THE EFFIGIES

L'auteur

Sarah Raughley a grandi dans l'Ontario, en inventant des histoires de filles dotées de pouvoirs surhumains, ce qu'elle rêvait en secret de devenir. C'est une immense fan de science-fiction, de fantasy, de jeux de rôle et de manga, mais elle soutient mordicus que c'est Jane Austen qui lui a inspiré l'envie de devenir écrivain. En plus de ses activités d'auteur young adult, Sarah termine une thèse en littérature anglaise – elle rêvait de faire des études de médecine mais ne supporte pas la vue du sang ! *The Effigies* est son deuxième ouvrage.

Sarah RAUGHLEY

THE EFFIGIES

Les flammes du destin

Traduit de l'anglais (États-Unis)
par Jean-Baptiste Bernet et Sarah Dali

LUMEN

Titre original : *The Effigies book 1 – Fate of Flames*

Publié en accord avec Simon Pulse, un département de Simon & Schuster Children's Publishing Division

Pour ma mère et mon père

PREMIERE PARTIE

Où court tout ce peuple ? Pourquoi cette rumeur et ce tumulte dans les longues rues ? Rhodes est-il en proie aux flammes dévorantes ? Tout est en mouvement : au milieu de la foule j'aperçois un homme à cheval, et derrière lui, quel spectacle ! On traîne un monstre qui a la forme d'un dragon, une large gueule de crocodile, et chacun regarde tour à tour avec surprise le cavalier et le dragon.

Friedrich von Schiller, *Le Combat avec le dragon*,
traduction de Xavier Marmier, 1854

Chapitre 1

La sirène a retenti.

Par la fenêtre, je considérai, bouche bée, l'immense tour qui surplombait la masse des immeubles de Manhattan.

L'Aiguille. Comme toutes ses semblables dispersées aux quatre coins du pays, cette atrocité aux lignes épurées scintillait jour et nuit, parcourue de longues veines d'un horrible bleu électrique. C'était un perturbateur de particules à hautes fréquences, bref un truc avec un nom à rallonge – les termes techniques, ce n'était pas mon fort. En tout cas, c'était bien davantage qu'une attraction touristique.

Monstrueux ou pas, c'était le seul moyen qui permettait aux habitants de la ville d'éviter de se faire massacrer. Tant que l'Aiguille clignotait, nous n'avions rien à craindre.

Or, elle venait justement de s'arrêter de luire.

Dans la salle de classe régnait un silence de mort. Nous étions tous condamnés, et nous le savions.

— All… allons jeunes gens, restez calmes ! s'écria M. Whomsley, notre professeur de mathématiques, qui manqua pourtant de s'affaler en faisant le tour de son bureau.

Ses yeux enfoncés dans leurs orbites passaient d'un élève à l'autre, comme si la solution devait venir de nous. Nous lui rendions tous son regard, hypnotisés par sa bouche ouverte et son front gras constellé de sueur. On sentait bien qu'il était fébrile, pour ne pas dire tout simplement terrifié. Il faut dire que la sirène n'avait pas retenti depuis près d'une cinquantaine d'années.

Pire encore, elle émettait à présent une série de courts signaux précipités – le code pour une attaque de niveau 3 sur l'échelle de Hirsch-Johnson des catastrophes spectrales.

Les niveaux d'alerte 1 et 2, déjà, étaient plus que mauvais signe. Ils laissaient présager de gros dégâts matériels et humains. Le niveau 3, lui, dépassait nos pires cauchemars : destruction à grande échelle et ville tout entière plongée dans la terreur jusqu'au rétablissement des fonctions de l'Aiguille, rien que ça…

Et dire qu'il en existait un quatrième…

Ce n'est pas possible. Je vais me réveiller. Je labourais de mes ongles le bois de la table en face de moi.

— Pas de panique ! nous lança M. Whomsley en rangeant à la hâte les papiers éparpillés sur son bureau.

— Monsieur ! gémit Janice, ma voisine de classe, au bord des larmes.

Des chuchotements venus de tous côtés – y compris du mien – accompagnaient ses sanglots.

— J'ai dit : « Pas de panique ! » répéta M. Whomsley, qui triturait fiévreusement sa cravate.

— Mais qu'est-ce qu'on est censés faire, alors ? intervint Rick, l'un de nos camarades, depuis le fond de la salle.

À ces mots, M. Whomsley sembla recouvrer un peu ses esprits. Il avait sans doute compris que toute la classe se ruerait sans l'attendre vers la sortie s'il continuait à radoter une seconde de plus. J'entendais déjà les portes des autres salles s'ouvrir et les élèves se précipiter dans les couloirs.

— S'il vous plaît, avancez tous en rang et dans le calme ! répétaient les professeurs au milieu des cris terrifiés.

« Dans le calme. » Bien sûr, comme si nous n'allions pas tous être livrés en pâture aux spectres dans les minutes qui suivaient !

— Bon, les jeunes, euh… pas d'affolement, déclara M. Whomsley en rajustant son postiche. Dirigez-vous vers l'abri… en rang et dans le calme.

À en croire le règlement de l'école, descendre nous réfugier dans l'abri souterrain était la première chose à faire en cas d'urgence. Sauf que personne ne le lisait – la dernière véritable alerte remontait à des années. Et puis, on le savait tous : les chances pour que cette précaution de principe nous sauve la vie étaient infimes.

Bon, première étape, se mettre à l'abri… Et ensuite ?

Tout en me levant, j'essayai de me rappeler ce que nous avaient dit les deux militaires venus superviser l'exercice d'évacuation organisé chaque année en prévision d'une telle catastrophe. Quelques bribes de leurs consignes me revinrent en mémoire.

Dans l'éventualité très peu probable d'une attaque, n'emportez que le strict minimum et rejoignez l'abri situé sous l'école dans les dix minutes qui suivent le premier signal d'alerte.

Dix minutes… ou bien cinq ?

Je n'avais écouté leurs conseils que d'une oreille, trop occupée à traîner sur Internet – ce que je fais dès que j'ai cinq minutes à tuer… Et voilà que mon inattention risquait de me coûter la vie !

Mon sac en toile sur l'épaule, je repoussai ma chaise, dont les pieds crissèrent sur le carrelage. Mais entre le hurlement saccadé de la sirène et les battements de mon sang dans mes oreilles, je les entendis à peine.

— En rang ! hurla notre professeur quand mes camarades commencèrent à se bousculer.

Devant moi, une fille du nom de Missy parlait toute seule à voix basse, presque comme une démente – une réaction parfaitement compréhensible au vu de la situation. New York avait l'un des dispositifs anti-spectres les plus efficaces de la planète, mais à présent qu'il ne fonctionnait plus, la forte concentration de population allait probablement attirer des spectres par dizaines. Je ne voulais pas penser à ce qui nous attendait…

— La Garde Nationale devrait être là d'ici dix à quinze minutes ! nous assura M. Whomsley.

Il n'avait pas tort. Il se pouvait même que la Secte, elle, arrive encore avant, si l'organisation possédait une base dans les environs. Bref, nous avions peut-être une chance d'atteindre l'abri avant que le massacre ne commence.

J'inspirai profondément, me répétant en boucle une seule et même phrase comme un mantra. *Tout va bien se passer, tout va bien se passer…*

Seulement quinze petites minutes... Le problème, c'est qu'il en fallait bien moins à un spectre de niveau 3 pour raser tout Manhattan.

Abandonnant sa salle de classe, le groupe entier rejoignit la lente procession funèbre qui avançait en silence dans le dédale des couloirs du lycée Ashford. Impossible d'ignorer la terreur qui déformait le visage des élèves comme celui des professeurs. La plupart faisaient de leur mieux pour rester calmes, mais personne n'était dupe. Bien sûr, nous implorions tous secrètement le ciel pour que quelqu'un vienne à notre secours et que le cauchemar prenne fin. Mais que se passerait-il si la cavalerie arrivait trop tard ? Ou ne venait pas du tout ?

Alors, c'est moi qui serais le dernier espoir de ces hommes et ces femmes.

Mon Dieu, dites-moi que je suis en train de rêver !

J'essayai de me faire à cette idée ahurissante en contemplant mes mains moites. Si, en cet instant, j'avais dévoilé mes pouvoirs à la foule affolée, si je leur avais révélé mon identité, tous m'auraient suppliée de leur sauver la vie – or, je m'en savais parfaitement incapable.

Mais si je restais là, les bras ballants... C'était une fin horrible qui les attendait. Je fermai les yeux, mon cœur battant la chamade.

— Il... Il est là ! s'écria tout à coup Janice d'une voix blanche, juste devant moi.

En une fraction de seconde, le chaos s'empara du lycée tout entier. Ma camarade désignait un point plus noir dans le ciel, jusque-là bleu mais qui s'obscurcissait à vue d'œil, de plus en plus chargé de gros nuages saturés d'électricité. Et même si nous savions qu'aucun éclair n'en tomberait, il n'y avait pas franchement de quoi s'en réjouir : ils annonçaient bien pire qu'un simple orage.

Les nuées se dilatèrent soudain et une colonne tourbillonnante se détacha de leur masse grisâtre. Ses contours se faisaient de plus en plus nets à mesure qu'elle se rapprochait du sol.

Comme tout le monde, je me précipitai à la fenêtre et m'agrippai aux barreaux qui nous séparaient des vitres. C'était la première fois que j'en voyais un, en tout cas d'aussi près. On aurait dit un serpent qui s'extirpait d'un filet. Tandis qu'il pénétrait dans le ciel de New York, je vis son corps se solidifier et une cuirasse d'os noirs jaillir le long de ses flancs pour enserrer ses chairs.

Nous avions sous les yeux un spectre – et un très gros spécimen. Tétanisée par ce spectacle, j'avais des fourmis dans les doigts à force de serrer les barreaux de métal.

— On ne s'arrête pas ! nous ordonna un professeur en nous poussant vers l'avant. À l'abri, vite !

Je me pris à oublier complètement la voûte assombrie, hypnotisée par le désordre qui régnait en contrebas, dans tout le quartier. Les policiers mobilisés pour diriger l'évacuation n'étaient manifestement pas très doués pour encadrer la population. Il faut dire que la présence d'un monstre géant tombé du ciel ne leur facilitait pas la tâche. Des voitures à l'arrêt encombraient la chaussée à perte de vue. On aurait dit que tous les habitants de Brooklyn essayaient de quitter la ville en prenant chacun une direction différente. Conclusion, la circulation était désormais au point mort. Conducteurs et passagers abandonnaient leur véhicule pour s'enfuir en courant. Certains trouvaient quand même le temps de capturer ces scènes de chaos, téléphone portable à la main. L'anarchie la plus totale régnait dans les rues.

Aucun agent ne semblait avoir vu une fillette se glisser sous une jeep d'un rouge tapageur, garée presque au pied du lycée. Les secondes s'égrenaient, lancinantes, et personne ne remarquait sa présence au milieu des fuyards paniqués. Un éclat de voix me tira de ma torpeur :

— Avancez, jeunes gens !

Maia, fais comme tout le monde et va te mettre à l'abri, m'exhortai-je en silence. *La police s'en occupera.*

Je parvins à arracher mon regard de la voiture… pour y revenir aussitôt, incapable de faire autrement. Je balayais les alentours du regard, en vain : personne ne semblait devoir la remarquer. Elle allait rester dissimulée au milieu du désastre, à moins que…

— Maia ! s'exclama Mme Samuelson, l'un de nos professeurs. On se dépêche !

Tremblant de la tête aux pieds, je restai figée sur place, les poings serrés.

— Maia, tu m'entends ?

J'aurais tout donné pour suivre ce conseil…

Mais des milliers de vies étaient en jeu et ni la Garde Nationale, ni la Secte, l'organisme chargé de combattre les spectres, n'avaient encore montré le bout de leur nez, alors qu'un monstre de cauchemar était sur le point de se livrer à un véritable massacre.

Une plainte funèbre résonna à travers les rues. Un son pur, lancinant, qui aurait pu faire penser au chant d'une baleine, mais me donna surtout la chair de poule. La queue de la créature se détacha des nuages : une pointe acérée tourbillonna vers le sol. La bête allait sans doute détruire une bonne partie de Prospect Avenue à son atterrissage. Quelques rues de plus, et ce serait le tour du lycée.

À ma place, tu ne serais pas restée sans rien faire... Je me trompe, June ?

Quelle question... J'en connaissais déjà la réponse, bien sûr ! *Tu n'aurais pas hésité une seule seconde, je sais bien.* Je serrai les dents.

À mes côtés, Missy avait complètement perdu les pédales et s'arrachait les cheveux par poignées. Elle s'élança soudain à contresens dans le cortège en poussant des cris glaçants, prête à frapper tous ceux qui n'auraient pas eu le bon sens de s'écarter sur-le-champ.

Exactement le genre de diversion dont j'avais besoin... Je profitai aussitôt de la confusion pour me précipiter vers la sortie de secours.

— Maia !

J'ignorais qui m'avait appelée, et de toute façon peu importait. Je continuai résolument sur ma lancée.

— Maia, reviens ici tout de suite !

Je dévalai les marches, les yeux pleins de larmes. Je n'étais pas prête, pas prête du tout à endosser le rôle qui m'attendait et pesait d'un poids déjà immense sur mes épaules : sauver des vies, affronter des monstres de fumée et de chairs pourrissantes... Bien sûr, quoi de plus facile !

Deux jours. Cela ne faisait que deux jours que le destin avait fait de moi une Effigie. Je n'avais pas eu le temps de digérer la nouvelle, d'accepter mon sort ou de subir le moindre entraînement.

C'était pourtant, d'une manière terriblement ironique, ce que j'avais toujours voulu. Ce dont je rêvais quand, petite, je jouais dans notre jardin en compagnie de ma sœur, June, avec qui nous massacrions vaillamment nos peluches, des serviettes accrochées en guise de capes autour du cou pour mieux ressembler à nos héroïnes, les Effigies.

Me battre à leurs côtés. Sauver des vies. J'en rêvais, à l'époque.

Et voilà que j'étais l'une d'entre elles – moi, Maia Finley, une Effigie… J'aurais sans doute vraiment dû mieux choisir mes rêves de petite fille.

Je dévalai trois volées de marches, franchis une porte dérobée… et manquai d'être renversée au coin de la rue par un homme à lunettes avec une tête de comptable qui courait tête baissée vers l'entrée du lycée. Il était loin d'être le seul : aveuglés par la peur, les passants faisaient des pieds et des mains pour se mettre à l'abri. Les agents de sécurité avaient renoncé à leur faire entendre raison et s'employaient à barricader les accès de l'établissement. En d'autres termes, aucun professeur n'allait pouvoir tenter de me rattraper… Restait à savoir si c'était vraiment une bonne nouvelle.

Je finis par débouler sur la Septième Avenue, où je repérai la fillette à quelques mètres de l'endroit où je me trouvais, juste après une intersection encombrée de voitures. Elle était blottie en position fœtale, toujours sous la même jeep, le visage caché par ses boucles rousses.

Au-dessus de nos têtes, encore haut dans le ciel, le spectre avait décidé de ne pas se presser pour dérouler son corps monstrueux, ce qui me laissait un peu de temps pour agir.

Il n'était bien sûr pas question pour moi d'affronter la créature, je ne m'en sentais absolument pas capable. Mais n'importe quel adulte valide pouvait tirer cette fillette de là et l'emmener à l'abri... Ce que j'aurais aimé parvenir à faire sans y laisser la vie, de préférence.

En résumé, je m'apprêtais à prendre la décision la plus stupide de toute ma vie. Rassemblant mon courage, j'essayais de me frayer un chemin au milieu de la foule frénétique quand une voiture que je pensais garée fit une embardée et me percuta de plein fouet. Je poussai un cri de surprise mais réussis heureusement à exécuter une roulade sur le capot sans me faire trop mal – un petit tour d'Effigie, il faut croire. Je n'avais pas encore eu l'occasion d'éprouver mes pouvoirs mais le moment me paraissait bien choisi pour m'y mettre.

— Ça ne va pas ? hurlai-je en frappant du poing sur l'habitacle.

Trop terrorisé pour réagir, le conducteur me regardait me frotter la hanche sans bouger d'un pouce. J'entrouvris sa portière.

— Vous ne devriez pas rester là, vous irez plus vite à pied ! dis-je.

Il obéit sans protester. À mesure que les passants fuyaient, on y voyait un peu plus clair dans l'avenue – même si elle restait encore encombrée de voitures, de motos et de camions. Je me dirigeai droit vers ma cible, me faufilant entre les véhicules ou sautant de l'un à l'autre quand c'était plus rapide.

— Toi, là-bas, qu'est-ce que tu fabriques ? Ne reste pas là ! me cria un policier. Ho, tu m'entends ?

Ignorant ses injonctions, je finis par m'agenouiller sur le trottoir devant la jeep.

— Je m'appelle Maia, dis-je à la fillette d'une voix douce, mais assez forte pour qu'elle m'entende au milieu du vacarme. Tu as été séparée de tes parents ?

La petite me regarda à travers ses boucles rousses, qu'elle écarta de son visage pour mieux voir. Sans attendre, je poussai mon avantage :

— Viens, je vais t'emmener à l'abri, tu veux bien ?

Elle se mordit les lèvres, hésitante. Elle avait sans doute peur de sortir à découvert, mais quand des monstres géants tombent du ciel, mieux vaut éviter de se poser trop de questions. Je lui pris la main, sans succès : elle se dégagea aussitôt.

— Tu ne peux pas rester là, c'est trop dangereux.

— Mais j'ai peur ! gémit-elle en se couvrant les yeux.

— Écoute, il faut partir mainte…

La rue trembla sous mes pieds si violemment que j'en tombai à la renverse. Le spectre avait atterri à quelques rues de là, sans doute sur Prospect Avenue. J'eus tout juste le temps de glisser un bras sous ma joue pour amortir le choc. Hébétée, je levai le nez et finis par voir une longue queue recouverte d'épines noires disparaître derrière un bosquet. Mais aucun autre signe de sa présence. La créature était pourtant toute proche ! Où se cachait-elle ?

— Bon, ça suffit, dis-je à la fillette en la tirant hors de sa cachette. On va aller se cacher dans mon lycée, viens !

Je la pris dans mes bras et cherchai du regard le chemin le moins exposé pour rejoindre les bâtiments d'Ashford.

— Tout le monde est déjà là-bas, tu vas voir. Il y a un grand abri sous…

Sous terre… Voilà où est le Spectre : sous *Prospect Avenue, et pas à la surface !*

— Toi, là !

Le même policier – les yeux écarquillés par la peur, il balbutiait presque… Il m'empoigna l'épaule de ses gros doigts blafards.

— Ne reste pas plantée là, le temps presse ! insista-t-il.

— Attendez ! hoquetai-je. Je crois qu'il…

— Direction la station de métro, suis-moi !

— Mais il est là, sous…

Un grondement m'interrompit. Je me retournai brusquement, la fillette cramponnée à mon cou. Ma respiration me brûlait la gorge. Mon ami le flic me lâcha d'un seul coup, fixant à son tour le bout de l'avenue, une expression horrifiée sur le visage.

— Sous nos pieds, finis-je.

Le spectre surgit de la chaussée en plein milieu de la rue, soulevant un torrent de décombres sur son passage. Son corps se tordit dans les airs, arrachant au passage un feu de signalisation, tandis que sa tête allongée comme celle d'un serpent et couverte d'une carapace d'ossements noirs faisait sauter les réverbères les uns après les autres.

Il fonçait droit sur nous.

— Cours ! hurla le policier.

Mais je peinais à l'entendre à cause des cris stridents de la fillette.

Courir ? Pour aller où ? D'accord, le spectre était encore à plusieurs dizaines de mètres de nous, mais il se ruait dans notre direction à une vitesse impressionnante, et nous n'avions aucune chance de le semer. Nous étions déjà morts.

Mes bras tremblaient violemment, et je faillis lâcher la petite fille. Je la serrai contre moi de plus belle. Le monstre était presque sur nous mais nous étions tous trois paralysés. Mon cerveau me hurlait : *Fais quelque chose, bon sang ! Je te rappelle que tu es une Effigie ! Réduis-le en cendres !*

Et, pétrifiée sur place, je me rendis compte que je m'étais tout simplement mise à pleurer. Nous étions sur le point de nous faire massacrer et je ne trouvais rien de mieux à faire que de sangloter comme une gamine. Sacrée Effigie. L'enfant, l'agent, moi… nous allions tous mourir par ma faute.

— Écartez-vous !

Deux mots seulement, simples et efficaces, prononcés avec un léger accent français. Je me retournai et aperçus une longue chevelure blonde qui ondulait avec grâce. Je n'avais besoin de rien d'autre pour la reconnaître – comme beaucoup de mes semblables, j'étais obsédée par cette fille-là. Au point, par exemple, de reconnaître le son caractéristique de ses bottes martelant le trottoir. Pathétique, sans doute.

Belle Rousseau se dressait à quelques mètres de moi.

Belle, ils nous avaient envoyé Belle ! Le sang me monta au visage : un soulagement plus puissant que tout ce que j'avais jamais éprouvé jusque-là s'empara de moi. Je ne comprenais pas comment c'était possible. Aux dernières nouvelles, elle se trouvait à Moscou. J'avais vu les photos, et même posté un commentaire dessus rien que la veille au soir.

Quelle importance, on est sauvés ! Elle est là, devant moi !

Tremblante, j'esquissai un sourire abasourdi. Peu importaient la Garde Nationale, les troupes de la Secte, la police… New York n'aurait pas besoin d'eux, au final.

— Qu'est-ce qui se passe ? gémit une petite voix.

La fillette, qui avait enfoui son visage au creux de mon cou, leva juste assez la tête pour contempler la haute silhouette de la belle jeune femme de dix-neuf ans qui s'avançait d'un pas décidé au milieu de la rue déserte.

— Tu vas voir, répondis-je.

Soulagement et jubilation se mêlaient en moi. J'allais voir Belle Rousseau à l'œuvre, et de mes propres yeux.

La bête ne tarda pas à fondre sur la forme gracile de la jeune fille, envoyant valser plusieurs voitures sur son passage. Le choc était inévitable.

Il fut magnifique.

Fermement campée sur ses jambes, mon idole leva les deux mains. Elle n'eut rien d'autre à faire.

Le corps du spectre s'écrasa au moment de l'impact puis, soulevé par la force du coup, alla arracher un réverbère. Projetée à terre, je fis un roulé-boulé mais parvins malgré tout à protéger la tête de la petite fille entre mes bras. Belle avait reculé elle aussi – ses bottes avaient même dessiné une traînée sombre sur le trottoir – mais elle tenait bon.

Ce n'est qu'alors que le phénomène se produisit.

Autour de nous, l'air se fit soudain épais et glacial, à tel point que mon souffle saccadé se matérialisa en petits nuages de vapeur. Une couche de givre gagna le bout des doigts de Belle, qui serrait toujours de toutes ses forces le crâne du spectre. Je restai là à la regarder, frappée d'admiration. La pellicule s'étendit sur tout le corps du monstre, le recouvrant bientôt entièrement d'un lourd treillis glacé.

— Disparais, gronda Belle en le poussant d'un petit coup sec.

Le spectre vola en morceaux. Bientôt, il n'en restait plus qu'un tourbillon d'éclats de glace et de neige que le vent emporta en un clin d'œil.

Je n'aurais eu aucune chance contre cette créature, je le savais parfaitement. Mais mon impuissance venait de m'être confirmée de manière éclatante. Malgré le coup de folie aussi héroïque qu'idiot qui m'avait poussée à risquer ma vie au beau milieu d'une attaque de niveau 3, Belle Rousseau et la ridicule petite Maia Finley ne jouaient clairement pas dans la même catégorie.

Même si nous étions toutes deux des Effigies.

Chapitre 2

Sept mois plus tôt
Début septembre
Fashion Week de New York

— Arrêtez de pousser, enfin !

La nuée de fashionistas en herbe qui m'entourait me laissa juste assez d'air pour bredouiller ces quelques mots essoufflés avant de se refermer de nouveau sur moi comme un étau. J'étouffais au milieu de cette marée humaine.

Pas de doute : c'était chacun pour soi désormais, car la porte de derrière du Lincoln Center venait de s'ouvrir.

Cela faisait des heures que j'attendais – c'est du moins l'impression que j'en avais –, coincée dehors par une chaleur étouffante avec le reste de la plèbe. D'un seul coup, tout le monde se pressa contre les barrières et je me mis à jouer des coudes furieusement pour rejoindre le premier rang, abandonnant mes dernières bribes de savoir-vivre.

— Belle !

— Belle, tu es magnifique !

Invitée par l'un des couturiers en vogue du moment, Belle était venue à Manhattan spécialement pour la

Fashion Week. Les cris des paparazzis me déchiraient les tympans.

— Belle ! Par ici ! Un sourire ?

La jeune femme sortit du bâtiment au milieu des flashes et descendit la rampe sans leur accorder un seul regard.

On aurait dit une reine entourée de ses sujets.

Elle s'avançait à grands pas, fière et majestueuse. Ses cheveux noués en une longue tresse retombaient sur une épaule délicate. Correction… On aurait plutôt dit une princesse guerrière. Elle était revêtue d'une robe de chez Valentino Bambolina que tout le monde s'arracherait, bien sûr, à la minute où les photos circuleraient sur Internet. Le phénomène avait même un nom : l'effet Belle.

Elle était entourée d'un petit groupe de proches – dont la conception de l'amitié se limitait, paraît-il, à poser avec elle sur les photos. La rumeur voulait que ce soit des sangsues.

Moi, je n'étais pas comme ça.

Je fendis la troupe de reporters assoiffés de scoops, d'influenceurs qui voulaient juste un bon cliché d'elle pour booster la fréquentation de leurs blogs et leurs réseaux sociaux… J'extirpais de mon sac à main un stylo, ainsi que le poster que j'avais gagné en arrivant troisième d'un concours à la radio. L'agitation de la foule était contagieuse. En cet instant, il me semblait être la seule à mériter ma place au premier rang. Moi, j'étais une vraie fan.

— Belle ! criai-je d'une voix d'abord fluette, puis plus assurée. Belle !

Un van noir attendait au pied de la rampe pour l'emmener vers je ne sais quelle destination paradisiaque. Quelques secondes de plus et elle disparaîtrait : c'était maintenant ou jamais. Je me débattis au milieu de la masse des photographes et des admirateurs, et sentis mon cœur s'emballer quand je touchai enfin la barrière métallique.

— Belle ! m'époumonai-je en me penchant fiévreusement en avant.

Elle arrivait à ma hauteur. Elle était si près. Que lui dire quand nos regards se croiseraient ?

Salut, je m'appelle Maia et je suis une fan absolue. Je t'en prie, ne me prends pas pour une folle. Ou peut-être : *L'été dernier, ma sœur s'est fait un costume de toi, il était absolument magnifique. Elle est morte, maintenant. Au fait, signe mon poster.*

Je t'en supplie... regarde-moi.

— Belle !

Je jurai à voix basse en tripotant nerveusement mon stylo. Elle était presque devant moi. Dans quelques secondes, je lèverais les yeux et nous serions face à face. Encore quelques secondes.

Regarde-moi.

Et alors...

Aujourd'hui
Début avril
New York, attaque de spectres de niveau 3

— Jeune fille !

— Hein ?

Étrange comme la vie pouvait parfois paraître un éternel recommencement. Sept mois après avoir vu Belle à la Fashion Week, je me retrouvais figée, mes tennis collées au trottoir par le givre, ignorant le chaos qui faisait rage autour de moi, trop occupée à contempler, ébahie, l'Effigie dont les exploits restaient gravés dans ma mémoire.

L'agent m'empoigna le bras, impatient.

— Mais remue-toi, enfin ! insista-t-il. Il faut évacuer les lieux !

Une avenue éventrée, des voitures renversées, des passants qui hurlaient, fous de terreur...

L'attaque n'était pas finie, bien sûr. La sirène retentissait encore. Combien de temps avais-je passé ainsi, perdue dans mes pensées ?

Je m'extirpai de mes souvenirs pour retrouver l'infernale confusion de Prospect Avenue. La fillette, en larmes, se cramponnait à ma jambe. J'étais censée... la réconforter ? la protéger ? Je ne pouvais faire ni l'un, ni l'autre. D'un geste, le policier l'arracha à moi et la prit dans ses bras. Les miens restèrent ballants, inutiles. L'homme me parlait, mais je ne l'écoutais pas. Un peu plus loin, Belle murmurait dans son téléphone, ses cheveux encore constellés de flocons. Une légende vivante, une héroïne en chair et en os, se trouvait debout là, à quelques mètres de moi à peine !

La communication ne dura que quelques secondes – un agent de la Secte venait peut-être de lui indiquer sa prochaine cible. Elle serait bientôt loin d'ici. C'était sans doute idiot de ma part de réfléchir ainsi, mais hors de question de laisser passer une deuxième fois une telle opportunité de lui parler. Je tentai ma chance sitôt qu'elle raccrocha et fis un pas vers elle.

— Belle !

Mais elle serrait convulsivement l'appareil, tête baissée et mains tremblantes – il y avait de toute évidence un gros problème. Belle avait toujours eu un côté un peu sombre, bien sûr, mais ce n'était qu'une facette de sa personnalité qu'elle emportait avec elle aux quatre coins du monde quand elle partait affronter l'ennemi. La jeune fille qui se tenait devant moi n'arrivait même plus à bouger. Son corps entier frémissait, tendu à craquer.

— Belle ? soufflai-je d'une petite voix sans conviction.

Les deux hélicoptères noirs qui avaient surgi au-dessus de nos têtes masquèrent ce simple mot. Ils volaient si bas que mes cheveux se mirent à me fouetter le visage et mes vêtements à claquer dans mon dos. L'un des appareils s'immobilisa à bonne distance de Belle avant de descendre lentement se poser au sol. Une porte s'ouvrit et un jeune homme sauta à terre. Ses bottes noires battirent l'asphalte éventré avec une telle grâce qu'on devinait sa grande habitude des zones de combat – ce qui n'était guère étonnant pour un agent de la Secte.

L'inconnu se dirigea vers nous, laissant l'hélicoptère redécoller. L'uniforme rouge foncé qui soulignait sa haute silhouette élancée attestait de son appartenance à l'organisation. Je m'attendais à voir quelqu'un d'un peu plus imposant, un homme mûr, avec de la barbe et quelques rides. Or l'agent ne semblait pas beaucoup plus âgé que moi. Ses hautes pommettes donnaient à son visage rasé de près un aspect plutôt anguleux – pas que les angles en question soient désagréables à regarder : pour être honnête, il n'y avait pas grand-chose à jeter chez lui... Il se retourna pour évaluer les dégâts – ce qui me permit d'admirer la peau hâlée de sa nuque –, puis s'approcha, posant sur Belle un regard grave, ses yeux bruns bordés de cils interminables. Il se dégageait de lui une sensation de solidité, d'efficacité, et, de manière surprenante pour un homme du métier, une impression de grande douceur.

Le policier s'avéra moins troublé que moi.

— Super, la cavalerie... maugréa-t-il quand le nouveau venu nous rejoignit. (La petite fille frissonnait toujours dans ses bras.) Mieux vaut tard que jamais, j'imagine !

— On est en urgence absolue, donc vous avez de la chance : je vais faire comme si vous n'aviez rien dit.

La voix suave du jeune homme était toutefois assez ferme pour couper court à toute discussion. Elle me semblait étonnamment assurée pour un garçon dont le visage aurait eu toute sa place sur une photo de lycée. Pourtant, en l'observant un peu mieux, je remarquai le vaste réseau de cicatrices qui couturait ses bras et son cou. Jeune ou pas, il avait déjà combattu, et plus d'une fois.

Un coup de vent fit onduler ses cheveux brun sombre sur son front.

— Nos forces ont déjà dégagé une voie d'urgence le long de la Treizième Avenue. L'ennemi continuera à se matérialiser ici et là dans toute la ville tant que l'Aiguille ne sera pas opérationnelle : conduisez tous les civils que vous trouverez dans les abris souterrains.

En terminant sa phrase, il avait posé un bref regard sur moi. Mon cerveau se remit soudain en route et je balbutiai :

— Un abri... Il y en a un sous mon lycée...

— Alors c'est là que vous devriez être, me répondit-il. Ne restez pas plantée là.

— Rhys ? murmura la voix de Belle.

L'agent se tourna vers l'Effigie, qui gardait obstinément la tête baissée.

— Un problème ?

— Natalya...

Le jeune homme, qui s'apprêtait à la rejoindre, s'arrêta net. J'eus l'impression que mon cœur en avait fait autant. Belle avait les yeux noyés de larmes.

— On vient de me prévenir... Natalya est morte, dit-elle d'une voix inerte, où son accent ne perçait presque plus. Mais tu le savais déjà, bien sûr...

Natalya. Ce nom résonnait dans mon crâne, assourdissant, terrifiant, accusateur. Rhys lui-même semblait ébranlé par la nouvelle, comme s'il ne savait pas quoi rétorquer à cette annonce. C'est moi qui lui répondis, en pensée, car j'étais bien placée pour le savoir...

Oui, Natalya est morte. Ne pleure pas, Belle. Ton mentor a quitté ce monde il y a tout juste quarante-huit heures.

Logique, puisque j'avais pris sa place.

C'était la règle chez les Effigies. C'était... ainsi que tournait le monde.

— Morte, répéta la jeune fille, sous le choc. Mon Dieu…

Elle porta à sa bouche une main tremblante, les yeux fixes. Cette Belle-là, personne, personne n'avait l'habitude de la voir. L'Effigie contrôlait scrupuleusement son image publique, souvent décrite comme austère. Jamais un écart, jamais un mot de travers.

De manière inexplicable – j'étais son héritière, pas son bourreau –, je me sentais obscurément coupable de la disparition de Natalya.

— Je… Je n'ai pas voulu ça, soufflai-je, sans que personne ne paraisse m'entendre.

Quelque part derrière nous, une nouvelle déflagration fit trembler les trottoirs. Il n'y avait rien à voir encore, mais on entendait déjà s'élever un concert de cris de panique.

— Belle, l'information est confidentielle, et le moment mal choisi. Il y a urgence !

L'agent prit la jeune fille par les épaules mais la relâcha aussitôt : lui aussi avait sans doute remarqué la lueur assassine qui brillait dans son regard. Le moment de vulnérabilité de l'Effigie n'était plus qu'un lointain souvenir. Sans plus tergiverser, elle s'avança vers les hélicoptères qui l'attendaient sagement dans un parc voisin, Rhys sur les talons. Ce faisant, elle s'approcha de moi à grands pas.

Mon cœur s'emballa – un mélange familier de fascination et de terreur.

— Belle…

De sa main libre, le policier m'attrapa le bras.

— Tu as entendu l'agent de la Secte, viens…

— Attendez ! protestai-je en me débattant. Belle !

Mais que dire d'autre ? *Je t'en supplie, regarde-moi ?*

L'Effigie passa devant moi sans un mot, sans un regard, drapée dans une indifférence hautaine, comme si je n'existais pas – peut-être tout simplement parce que dans son monde, c'était le cas. Entre le soir où je l'avais attendue devant le Lincoln Center, sept mois plus tôt, et ce matin d'avril, rien n'avait changé, au fond – même si nous avions désormais davantage en commun qu'elle ne le pensait.

— Je suis l'héritière de Natalya. La nouvelle Effigie, chuchotai-je.

Heureusement pour moi, le policier ne m'écoutait plus depuis longtemps. Je le laissai me ramener, tant bien que mal, vers les hauts murs du lycée d'Ashford.

Nous restâmes plusieurs heures dans cet abri de la taille d'un gymnase, bondé d'adolescents en larmes et d'adultes cachant très mal leur panique. J'étais la seule dans cet endroit à pouvoir agir… et j'en étais réduite à me tourner pathétiquement les pouces à côté d'une gamine qui râlait parce que les toilettes étaient hors-service. Apparemment, avoir le pouvoir de faire quelque chose et être utile n'étaient pas synonymes – mon héroïque escapade dans les rues l'avait d'ailleurs bien démontré.

Le principal finit par disparaître, puis revint une demi-heure plus tard pour nous annoncer que le danger était passé. L'Aiguille fonctionnait de nouveau et son signal haute fréquence avait anéanti les spectres qui traînaient encore en ville. Quant à ceux qui rôdaient en périphérie, aussi silencieux que des cauchemars, ils avaient également été repoussés. Personne ne savait comment ce satané engin s'était éteint, mais au moins la crise était passée. Les spectres ne pouvaient plus entrer dans New York. Nous étions en sécurité.

Et ce n'est pas grâce à moi, loin de là.

On nous laissa enfin rentrer chez nous, entassés dans un vieux bus scolaire qui sentait le renfermé. Je tentai – sans doute pour la dixième fois – d'appeler mon oncle, mais toutes les lignes du Centre de contrôle de la défense de Manhattan étaient occupées. *Allons, il ne lui est rien arrivé.* Il était sans doute à l'abri, bien planqué avec tous les autres génies de son espèce, occupé qu'il devait être à pianoter sur des machines sorties d'un film de science-fiction pour assurer la sécurité de la ville. Il m'avait un jour expliqué que le CCD était l'un des rares sites de la ville équipé de protections supplémentaires au cas où nous devrions affronter une situation d'urgence – la catastrophe qui venait de s'abattre sur nous en était un bon exemple. Il allait sûrement très bien – et puisque je n'avais pas l'intention d'envisager d'autres possibilités, je laissai calmement un message sur son répondeur avant de m'obliger à penser à autre chose.

Tiens, par exemple : d'où venaient les spectres ?

C'était peut-être une perte de temps, mais je ne pus m'empêcher de m'interroger pendant tout le trajet, ignorant les bavardages surexcités autour de moi. L'année précédente, j'avais entouré deux fois « 1865 » dans mes notes d'histoire. Mais connaître la date de la première attaque dont on avait gardé une trace ne m'avançait pas beaucoup, surtout quand c'était la seule information disponible sur l'origine de ces créatures.

Pareil pour les Effigies. Des filles dotées de pouvoirs… Des monstres elles aussi, d'une certaine façon. Tout ce que l'on avait appris sur elles, c'était qu'il ne pouvait en coexister que quatre à la fois. Autrement, personne ne savait d'où elles sortaient. 1875, l'année où la première Effigie connue de l'humanité avait été découverte à Pékin. Une date, et pratiquement rien d'autre.

De la magie et des monstres, le tout enrobé d'une bonne couche de mystère.

Je savais aussi que les spectres étaient classés par familles – ils pouvaient être terrestres, aquatiques ou aériens – et par catégories, de A à E, en fonction de leur taille et de leur poids. Certains étaient plus petits qu'un être humain, alors que d'autres faisaient plusieurs dizaines de mètres de haut. Ils ressemblaient le plus souvent à de gigantesques serpents – à la seule différence qu'ils avaient l'air de sortir tout droit des enfers ! C'était surtout le cas de ceux qui évoluaient dans le ciel ou dans la mer. Et, à l'évidence, il en était de même pour les espèces souterraines. Les terrestres avaient des formes plus variées : s'ils avaient généralement l'allure de carnivores géants, on ne savait jamais vraiment à quoi s'attendre. Le plus souvent, leurs chairs étaient putréfiées et ils arboraient parfois des os noirs et saillants. Mais on pouvait en rencontrer d'autres, pourvus d'une multitude de membres – soit trop courts, soit trop longs – ou d'une paire d'ailes là où il n'aurait pas dû y en avoir… Un vrai musée des horreurs du règne animal ! Pourtant, tous partageaient certaines caractéristiques qui restaient gravées dans votre esprit. Cette fumée noire qui semblait s'évaporer de leur peau repoussante en faisait partie.

Mais d'où venaient-ils ?

Chacun avait sa petite théorie : poètes, scientifiques, complotistes… et même le Pape. Les spectres étaient tantôt des mutants – malheureux résultat d'une expérience qui aurait mal tourné – tantôt l'expression de la colère divine – ils auraient été envoyés sur Terre pour nous punir. Sans parler des spéculations sur l'origine des Effigies. Si ces monstres résultaient des recherches d'un genre de savant fou, il en était de même pour nous. S'ils symbolisaient la colère de Dieu, nous incarnions sa miséricorde. Les hypothèses étaient multiples.

Et à l'arrivée elles n'avaient pas grande importance. On avait, dans le monde entier, trouvé divers moyens de gérer ce problème, alors à quoi bon se soucier du pourquoi du comment ? Notre société fonctionnait plutôt bien. Vous pouviez aller à peu près n'importe où sur la planète tant que vous empruntiez les voies sécurisées. En suivant les règles, comme la bonne petite citoyenne que j'étais, j'avais réussi à vivre seize ans sans voir un seul spectre de près… jusqu'à ce jour.

Je les préférais de beaucoup en dessin dans les livres, photographiés par des satellites ou recréés en images de synthèse pour un film d'animation. Maintenant que j'en avais vu un de mes yeux, je m'en voulais de les avoir trouvés cool autrefois. Une image me revint en mémoire : June et moi, toutes petites, collées à la fenêtre de notre voiture, regardant avec fascination des volutes de fumée noire s'élever au-dessus de notre quartier, la lisière des arbres frémir à l'horizon, et ma mère au volant, tournée vers nous. Le visage tordu par la peur, elle avait fini par interrompre nos cris excités en nous ordonnant de nous coucher sur le plancher du véhicule.

Maman… Je fermai les yeux pour bannir de ma tête ce souvenir sorti de nulle part.

Le bus était inconfortable et mon voisin n'arrêtait pas de transpirer. Enfin, Nathan me rappela.

— Dieu merci, tu n'as rien, dit-il avant de pousser un soupir qui satura mon téléphone.

Entendre le son de sa voix m'aida à retrouver mon calme, et les muscles de ma nuque se dénouèrent un peu.

— Tout va bien, répondis-je en appuyant mon crâne sur le dossier de mon siège. Bravo pour la remise en marche de l'Aiguille. Qu'est-ce qui s'est passé ?

— On penche pour une sorte de bug. Il y avait un risque sur un million pour que ça arrive, mais c'est tout de même possible.

— Oui, l'univers fait souvent ce coup-là en ce moment, murmurai-je.

— Tu dis ?

— Euh… rien. Je suis contente que tu ailles bien.

— Écoute, nous devons vérifier tout le système, ce qui va sans doute nous prendre une bonne partie de la nuit. Tu vas devoir te faire à manger ce soir.

— Céréales party !

— Désolé, répondit Nathan avec un petit rire nerveux.

Je devinais à sa réaction qu'il était encore sous l'effet de la pression. Travailler au CCD après une attaque n'était sans doute pas une partie de rigolade.

— Je serai normalement à la maison demain matin, et je saurai me faire pardonner, promit-il. Bon sang, attends… (Quelqu'un cria son nom.) Je dois y aller, appelle-moi si tu as besoin de quelque chose, d'accord ?

Avec toute cette circulation, il nous fallut une bonne heure pour rejoindre South Slope – seule une poignée de rues étaient ouvertes aux voitures après l'invasion. Exténuée, je retrouvai notre maison déserte et son évier rempli d'assiettes sales que je n'eus pas le courage de mettre dans le lave-vaisselle. Me laissant aller complètement à la paresse, je me servis un bol de céréales et montai aussitôt dans ma chambre. J'enjambai avec une grâce pataude le tas de linge sale qui jonchait le sol tout en prenant soin d'ignorer les posters aux messages galvanisants que mon oncle avait imprimés et accrochés un peu partout sur les murs pour me remonter le moral quand j'avais emménagé chez lui.

Je m'affalai dans ma chaise de bureau, retrouvant tout de suite ses renfoncements familiers, enfilai mes écouteurs bleu métallisé, ouvris le clapet de mon ordinateur et le tirai de son sommeil d'un clic impatient.

Le lien vers *Doll Soldiers* était bien sûr dans mes favoris. Le nom était un peu nul, même pour un forum, mais c'était une mine d'or pour les dingues d'Effigies.

Va voir où en est ton post. N'aie pas peur, vas-y, c'est tout.

Mes doigts restaient suspendus au-dessus du clavier. Il ne me faudrait que quelques secondes pour parcourir le fil de discussion que j'avais ouvert le matin même, avant d'aller au lycée. C'était une idée un peu bête, pour être honnête, une expérience concoctée à la va-vite. Les réponses ne devaient pas être si terribles que ça, pas vrai ? *Tu n'as qu'à vérifier !*

Je décidai plutôt de passer en revue les dernières mises à jour du forum. Le fil qui recensait les spectres tués par Belle était aussi actif que d'ordinaire. Et, juste au-dessous…

Lake dévoile le titre de son premier album.

Elle essayait encore de se lancer en solo, celle-là ? Je levai les yeux au ciel. Chez les Effigies, Lake était juste là pour faire joli. Où était-elle en ce moment, alors que des innocents étaient en train de mourir, se retrouvaient séparés de leurs familles ? Elle regardait tout ça à la télé, bien à l'abri dans un studio d'enregistrement ? Une Effigie ratée doublée d'une pop-star ratée.

Je pris une grande inspiration. Lake me rendait parfois folle de rage, surtout à cause de son petit groupe d'adorateurs, les Cygnes, qui étaient prêts à tomber sur le premier qui osait dire du mal de leur reine.

Soudain, je me rendis compte qu'un jour, j'aurais peut-être moi aussi l'honneur suprême de susciter ce genre de haine irrationnelle. *Maia Finley fait tapisserie chez les Effigies !*

Je montai le volume jusqu'à ce que l'électro pop fasse vibrer le casque sur mes oreilles.

Apparemment, en dehors de mon post, la mort de Natalya n'avait encore été évoquée nulle part ailleurs sur le forum. Intéressant… Cela dit, ce n'était arrivé que deux jours plus tôt, et Belle elle-même venait tout juste de l'apprendre. Je n'en aurais sans doute rien su moi non plus si je n'avais pas été son héritière.

L'héritière de Natalya.

Mes mains se figèrent.

Depuis deux jours, mon esprit oscillait entre résignation et incrédulité totale. Je desserrai un peu les dents et regardai mes mains trembler au-dessus des touches, perplexe. J'étais pourtant une accro des Effigies, je les vénérais, et voilà que j'en étais devenue une. Mortel, pas vrai ? Un rêve devenu réalité.

Petite, j'imaginais souvent ce qui se passerait si je me transformais… non. Si on me désignait… Bref, j'ignorais quel était le terme approprié. J'avais toujours cru que je le crierais sur tous les toits, mégaphone en main… Et voilà qu'à la suite d'un curieux coup du destin, j'étais une Effigie depuis presque deux jours, et personne n'était au courant à part moi.

Enfin… bon, d'accord, ce n'était pas tout à fait vrai.

Allez, va voir le fil, pauvre idiote. Ma voix intérieure était particulièrement désagréable ce jour-là.

Je parcourus la rubrique *Discussions diverses* du forum en quête du sujet que j'avais lancé avec un compte spécialement créé pour l'occasion, histoire d'être certaine qu'on ne remonterait pas jusqu'à moi. Après tout, c'était une expérience. Je voulais seulement découvrir quelles réactions mon message susciterait. Je n'étais pas encore prête pour une grande déclaration publique.

Je suis la nouvelle Effigie.

J'aurais quand même pu trouver un meilleur titre. Pas grave.

Bonjour à tous,
Je ne peux pas vous dire mon nom. Vous n'allez sûrement pas me croire, et c'est normal, avec tous les trolls qu'on a eus par ici, mais… je vous jure sur la tombe de mes parents que je ne mens pas.

Natalya est morte. Je suis la nouvelle Effigie.
Je suis sérieuse.

Cool, non ?
Je suis vraiment sérieuse.
Voilà. Ne m'étranglez pas, s'il vous plaît.

Inutile de préciser que je n'avais pas trop réfléchi avant d'écrire ces lignes. Les réponses ne m'étonnèrent pas.

[+500, –0] Dégage de là !
[+430, –1] Donc toi, tu tues les gens, comme ça, virtuellement ? Va te faire voir.

J'étais certaine qu'ils ne me croiraient pas. Quelle idée idiote !

Mais alors pourquoi l'avoir fait ?

Devenir une Effigie est vraiment une drôle d'expérience. On ne peut ni lutter contre, ni embrasser ce destin de son plein gré. On ne peut pas non plus empêcher d'être choisie. Il n'y a pas de signes avant-coureurs. Le pouvoir s'insinue en vous, c'est tout, étrange et silencieux – comme si vous l'aviez aspiré en prenant votre souffle – et il n'est accordé qu'à quatre filles à la fois. Le truc le plus improbable du monde.

J'avais d'abord voulu le dire à qui voulait l'entendre mais, après avoir imaginé un horrible essaim de caméras se pressant devant mon nez, j'avais décidé de ne le révéler qu'à mon oncle pour commencer… avant qu'une crise de panique ne m'immobilise complètement.

Je ne pouvais toujours pas expliquer clairement pourquoi j'avais réagi de cette façon. Tout ce que je me rappelais, c'était ce besoin écrasant d'en parler à quelqu'un, la frustration que j'avais ressentie quand les mots avaient refusé de sortir de ma bouche. C'est peut-être pour cette raison que j'avais fini par les écrire. Quand on devait partager un secret aussi colossal, l'anonymat restait le choix le plus sûr.

Mais c'était aussi une perte de temps, visiblement.

[+299, –11] LOL. Allez, salut.

[+285, –2] Les modos, fermez cette conversation, merci.

[+177, –25] Vous savez ce qui fait vraiment flipper avec ces tarées qui annoncent sur Internet qu'elles ont été choisies et qui montent de toutes pièces des histoires délirantes avec photos (retouchées) à l'appui parce qu'elles voudraient que ce soit vrai ? O.K., tu veux devenir une Effigie, mais tu sais ce que ça implique ? Que la fille d'avant doit MOURIR. Tu piges ? Tu veux que quelqu'un meure pour devenir célèbre, espèce de malade.

Mes doigts se posèrent mécaniquement sur le clavier, prêts à prendre ma défense, mais la tirade n'était pas terminée.

Il y en a ici qui font comme si les Effigies étaient des super barbies invulnérables ou je ne sais quoi, mais ELLES MEURENT. ELLES MEURENT TOUT LE TEMPS. PERSONNE ne devrait prendre ça à la rigolade.

— Je ne… murmurai-je.

[+54, –373] Puisque celle qui a lancé ce sujet veut tellement être une Effigie, je propose qu'on commence une nouvelle conversation pour parier sur la date de sa mort. 50 $ qu'elle y passe avant Memorial Day !

Je quittai aussitôt la page.

Je pensais qu'elle était partie, mais non, elle était encore là, cette peur qui m'avait envahie lorsque j'avais vu le spectre me foncer dessus. Elle s'était seulement cachée, tapie au creux de mes os.

Morte avant Memorial Day…

Je n'étais pas comme Belle, qui pouvait réduire des monstres en poussière, et avec classe s'il vous plaît.

Je n'avais même pas été fichue de protéger cette gamine – et pourtant, j'étais censée sauver le monde, pas vrai ? Quand l'humanité entière aurait appris que j'avais été choisie pour succéder à Natalya Filipova, l'une des plus grandes Effigies de notre ère, elle n'attendrait qu'une chose : que je me lance dans la bataille.

Quitte à mourir.

J'enlevai mon casque, sentant que le rythme frénétique de la musique commençait à m'anesthésier, et après m'être massé les tempes, je parcourus quelques-uns des autres fils de discussion, puisque, comme d'habitude, Internet était la seule chose qui pouvait m'empêcher de me noyer dans le terrifiant tourbillon de mes propres pensées.

Attaque de spectres à New York

Je cliquai sur le titre. « Mais pourquoi les monstres détestent autant New York ? » Si ce genre de blagues de mauvais goût – somme toute assez prévisibles – se multipliaient, elles ne parvenaient pas à dissimuler la panique ambiante.

Je regarde CNN en essayant de ne pas m'arracher les cheveux. Une attaque de spectres à New York. Sérieux, vous ne voyez pas ce qui est en train de se passer ? Ça a commencé avec Seattle, et ensuite Moscou il y a quatre ans, puis Incheon, et Francfort... Je continue ? Et on ne parle pas de zones en voie de développement avec des DAS au rabais, là ! Personne ne va se bouger ?

C'était vrai : New York possédait l'un des dispositifs anti-spectres les plus puissants de la planète. Je voulais bien croire à un accident, un coup de malchance... Mais comment expliquer les catastrophes similaires survenues ces dernières années ?

Ne commence pas à te monter la tête avec des théories du complot. « N'y pense plus, n'y pense plus », le même mantra auquel je me raccrochais depuis qu'une camionnette contenant mes affaires s'était garée devant la maison de mon oncle. Il était depuis punaisé dans mon esprit comme l'un de ces posters sur les murs de ma chambre.

Je décidai plutôt d'ajouter un commentaire.

Belle était à New York aujourd'hui, je l'ai vue. Elle a sauvé beaucoup de monde... comme d'habitude.

Le visage de Belle, d'une pâleur morbide, me revint en mémoire. Tout son sang semblait s'être retiré de son corps quand elle avait appris la mort de Natalya.

J'aurais seulement aimé qu'elle me regarde. J'étais juste à côté d'elle. Elle aurait pu, rien qu'une fois. Je me dis seulement...

Mes yeux se détachèrent de l'écran, attirés par la photo de ma famille, sur l'étagère en désordre. Papa, maman, moi, et June. June avec sa longue tignasse châtaine en bataille... la même que la mienne. Logique puisqu'elle était la seule personne au monde à avoir le même visage que le mien. June, qui souriait, comme nous tous, alors que nous posions devant l'Astro Tower de Coney Island pour ce qui devait être la dernière fois.

Je me dis seulement que ça aurait été gentil de sa part de me regarder, c'est tout, écrivis-je, soudain écrasée par le vide oppressant de ma chambre.

J'effaçai tout ce que je venais de taper et revins à la page principale – juste à temps. Un nouveau sujet avait été posté quelques secondes plus tôt.

OH NON… RIP NATALYA

Chapitre 3

Tic, tac, tic, tac.

Natalya Filipova était morte – la nouvelle était une vraie bénédiction pour les chaînes d'information en continu. La Matriochka, fierté du peuple russe, partie à vingt-cinq ans. Pourquoi ? répétaient les journalistes. Comment ? Quelles conséquences pour la Secte, ses agents, ses Effigies ?

Qui lui succéderait ?

Pendant la semaine et demie qui suivit, les médias ne parlèrent que de ça. Pourquoi la Secte n'avait-elle pas encore divulgué la cause de son décès ? Quand sa famille ferait-elle une déclaration ? Pourquoi ne l'avaient-ils pas enterrée ? Neuf jours, dont chacun était pour moi un nouveau sablier égrenant les minutes qui me restaient.

Je dois le lui dire, pensai-je pour la millième fois, ce vendredi matin, tandis que je descendais à la cuisine.

L'air était saturé d'odeurs diaboliques : saucisses, pancakes, œufs brouillés… et quelques assiettes m'attendaient déjà sur la table. Nathan avait même enfilé son tablier « Monsieur cuisine, et alors ? » qui, combiné avec ses épais cheveux châtains coiffés sur le côté et ses lunettes à grosse monture, venait compléter sa panoplie de hipster sensible.

Et c'était bien cette sensibilité qui posait problème.

La Secte ne mettait jamais bien longtemps à trouver une nouvelle Effigie... À partir de là, combien de jours faudrait-il avant que mon nom se retrouve dans une rubrique nécrologique ? « Maia Finley, seize ans, morte au combat. » Mon oncle avait déjà perdu son frère, sa belle-sœur et sa nièce. Il avait pleuré plus que moi à leur enterrement.

Combien de temps me restait-il avant de devenir une chère disparue de plus pour lui ?

Quelle que soit la façon dont mon oncle découvrirait la vérité, sa réaction serait la même : il serait terrifié. Il connaissait les missions d'une Effigie. Mieux valait tout de même qu'il l'apprenne de ma bouche plutôt qu'en lisant la une du journal, non ?

— Maia ! Tu t'es réveillée juste à temps. Tu as faim ?

Il m'accueillit avec un grand sourire qui lui donnait l'air encore plus jeune. Il était si grand, si maigre, que j'oubliais parfois qu'il avait trente ans.

Je me détournai, la bouche sèche, et, pour gagner un peu de temps, repêchai la télécommande entre les coussins du canapé puis allumai la télévision.

Les funérailles de Natalya, sur presque toutes les chaînes.

— Oh, ils font ça aujourd'hui ? demanda Nathan. Elle est morte il y a déjà quelques jours, non ?

— Sa famille refusait de restituer son corps. Personne ne sait pourquoi.

Une longue procession défilait déjà dans les rues de Moscou. Des centaines d'hommes et de femmes, voire des milliers, se pressaient contre les barrières pour voir une dernière fois leur héroïne. Belle était peut-être là elle aussi, perdue dans la foule, à pleurer un être cher – un spectacle bien trop familier pour moi.

Je manquai de lâcher la télécommande.

— Ça va, Maia ?

— Oui, oui, répondis-je du tac au tac, en évitant soigneusement le regard de mon oncle. Mes yeux restèrent ainsi rivés sur le carrosse blanc, tiré par des chevaux, qui contenait la dépouille de Natalya.

— Maia, tu ne voudrais pas éteindre et manger un morceau avant de partir au lycée ? me demanda-t-il après un silence. Je sais que tu étais une grande fan de Natalya, mais… Tu sais, moi, les enterrements…

Je savais ce qu'il essayait de dire – très maladroitement – et pourquoi il avait fait revenir dans du beurre la moitié du contenu de notre frigo, sans même en avoir conscience. L'anniversaire approchait, ce qui expliquait pourquoi les pleurs qui accompagnaient les funérailles de Natalya le mettaient si mal à l'aise.

Et il n'était pas le seul à être submergé par de douloureux souvenirs à cause de cette bande-son lugubre.

Une odeur de graisse brûlée me piqua soudain les narines. Nathan avait oublié le bacon sur le feu. Il courut éteindre le gaz et posa la poêle sur le brûleur voisin.

— Tu t'en sors ? demandai-je depuis le canapé.

— Très bien, répondit-il en s'épongeant le front, les joues rouges. Je ne plaisante pas, tu devrais éteindre.

Ce qui nous attend ce soir me suffit largement, niveau déprime.

— Ne me dis pas qu'on va encore à ce truc !

— C'est le dîner de charité annuel, dit Nathan en s'essuyant de nouveau le visage.

— Et alors ?

— Alors ton père travaillait pour cette compagnie, et ta mère avait organisé les deux précédents.

— Mais elle ne me forçait pas à y aller. Franchement, j'ai du mal à me réjouir à l'idée de me retrouver au milieu de vieux snobs qui vont me lancer des regards apitoyés dès que j'aurai le dos tourné. Remarque, ils auront des potins à raconter si l'un de nous deux craque en public. Je suis certaine que c'est pour ça qu'ils nous ont invités.

— Tu sais, moi non plus, je ne suis pas ravi d'y aller, répondit Nathan en faisant le tour du bar. J'aurais peut-être dû refuser, mais… je ne sais pas. L'organisatrice en personne m'a appelé, et elle était très insistante. Je crois qu'ils ont prévu un genre de commémoration.

Génial ! Braquez encore plus les projecteurs sur nous, s'il vous plaît.

— Et c'est ce qui t'a poussé à accepter ?

— Je crois qu'ils veulent seulement leur rendre hommage… et moi aussi. (Il me prit par les épaules.) Écoute, ça fait presque un an maintenant que… c'est arrivé.

Ceci. L'événement. Nous n'avions pas d'autres mots pour en parler.

— Ça n'a pas été facile, et beaucoup de choses ont changé pour nous deux, poursuivit-il. Alors d'accord, cette soirée risque d'être aussi pénible que le reste, mais regarde-nous !

Il désigna le miroir ; son reflet m'adressait un sourire si forcé que je dus baisser les yeux.

— On ne s'en sort pas si mal, non ? Notre vie est plus ou moins revenue à la normale.

— À la normale, répétai-je d'une voix blanche.

— Exactement ! Toi et moi, nous avons survécu à cette année, et nous survivrons à la prochaine, alors ne t'en fais pas pour ce soir. Tout va bien, et c'est parti pour durer.

Au cours de la troisième nuit qui avait suivi mon arrivée chez mon oncle, j'étais entrée dans sa chambre pendant qu'il dormait afin d'y chercher un comprimé pour faire passer mon mal de crâne. J'avais alors remarqué la collection de livres étalés par terre. Il avait laissé sa lampe allumée, ce qui m'avait permis de déchiffrer les titres. *Le Deuil. Faire face au chagrin.* Combien d'autres ouvrages de ce genre lirait-il quand on annoncerait que j'étais la nouvelle Effigie ? Quand la Secte m'emmènerait dans l'un de ses camps d'entraînement, où j'apprendrais à ne pas me faire déchiqueter ?

Et quand je serai tuée en affrontant un spectre ?

Qui sait ? Certains d'entre nous étaient peut-être condamnés à tout perdre.

— Maia, ça ne va pas ?

Je ne pouvais rien lui dire.

— Je dois y aller, je suis en retard, murmurai-je en m'essuyant les yeux.

Je pris un pancake sur la table au passage, jetai mon sac sur mon épaule et me dirigeai à grands pas vers la porte.

Tic, tac, tic, tac. Ce n'était qu'une question de temps.

Dix-neuf heures. *Essaie seulement de survivre à cette soirée*, me répétai-je devant la glace après avoir enfilé ma petite robe pêche comme si c'était une armure.

De son vivant, mon père avait travaillé pour Seymour & Finch, une grosse boîte de recherche et développement. Elle donnait son dîner de charité au cinquième étage du *Manoir*, un hôtel huppé du Lower East Side. Juste quelques heures à tenir et je pourrais ensuite retrouver ma chambre, mon PC, mes jeux vidéo, et la paix. De toute façon, il était trop tard pour me défiler.

— Je crois que j'ai laissé le robinet ouvert, tentai-je tout de même dans l'ascenseur de l'hôtel pendant que nous remontions du parking souterrain. Sérieusement, la maison est peut-être déjà inondée. Le canapé ne s'en remettra pas...

Mon oncle n'arrêtait pas de tripoter sa cravate noire comme si c'était un serpent enroulé tendrement autour de son cou, raison pour laquelle il me répondit par un toussotement étranglé au lieu du petit rire qu'il semblait avoir prévu au départ.

— Ce sera bientôt fini.

— Dit-il avant de lui faire sa piqûre.

L'ascenseur s'arrêta et de la musique nous parvint à travers les portes métalliques. Un groupe était en train de jouer.

— Franchement ? J'ai peur que ce soit plus douloureux encore, répliqua Nathan avec un soupir.

Super. Les portes coulissèrent et je me frayai un chemin dans les couloirs, la tête baissée, en tâchant d'éviter tous les mocassins noirs et les ourlets de soie que je croisai. Nous arrivâmes bientôt sur le palier de la salle de gala et…

— Ah, d'accord… souffla mon oncle.

Jusque-là, je ne connaissais du luxe que les palaces de *Maisons de Stars*, que je regardais sur mon ordinateur portable au lieu de terminer mes devoirs – de la philo, le plus souvent. Autant dire que j'ouvris de grands yeux lorsque je découvris la grande salle toute de marbre blanc. Les convives trinquaient sous un haut plafond à caissons et échangeaient des ragots, adossés à d'énormes piliers dont les reflets rouges provenaient de puits de lumière en fer forgé. Devant la scène et son podium transparent, de longues tables recouvertes de nappes blanches accueillaient chacune une dizaine de plats en cristal. À l'autre bout de la pièce, un photographe vous immortalisait devant de grandes fenêtres arquées dont les vitres n'étaient que partiellement masquées par des rideaux couleur champagne. On se serait cru chez Gatsby.

Je me cramponnai au bras de Nathan, soudain assez complexée pour sentir chaque effleurement de ma robe sur mes jambes. Par bonheur, il avait choisi une table vers le fond. « Quatrième dîner de charité au profit de la Global Orphan Foundation » annonçait le carton qui trônait sur la nappe blanche. Évidemment.

Près de la scène, le groupe jouait du swing des années trente en essayant de se faire entendre au milieu du brouhaha. C'était peut-être une soirée à thème. J'avais oublié mon téléphone à la maison – quelle idiote ! –, et me retrouvai donc sans Internet. Même pas moyen de surfer sur la toile pour tuer le temps ! J'aurais bien passé la soirée à écouter les musiciens, tranquillement assise sur ma chaise… Au lieu de ça, je dus subir pendant la demi-heure suivante les inepties d'une foule d'invités qui, alors qu'ils participaient à une soirée donnée pour les orphelins, n'avaient pas l'air de savoir comment leur parler avec un minimum de tact.

« Comment vas-tu ? As-tu besoin de quoi que ce soit ? Tu tiens bon ? Mon Dieu, elle est si jeune ! Oh, quelle tragédie, n'est-ce pas ? »

J'aurais peut-être apprécié leur compassion si leurs regards ne me renvoyaient pas l'image d'une enfant des rues qui aurait bien besoin d'un repas, d'un bain et de quelques séances chez le psy.

Je m'arrangeai pour faire tomber mon verre de soda de la façon la plus innocente possible.

— Je peux aller en chercher un autre ?

— Vas-y, répondit mon oncle, qui avait l'air à deux doigts de faire le même coup.

— Je reviens tout de suite.

Je passai devant le bar sans m'arrêter et, les bras croisés pour empêcher mes mains de trembler, traversai la salle de gala d'un pas de plus en plus rapide. Arrivée devant les portes vitrées qui donnaient sur le balcon, je les ouvris, prise d'un haut-le-cœur, et les bruits de la rue montèrent aussitôt vers moi, portés par l'air de la nuit. Je refermai derrière moi et m'accoudai à la balustrade en poussant un profond soupir.

— « Tout va bien, Maia ? » haletai-je. « Tout va bien ? » Non, rien ne va bien, mais je vous en prie, n'hésitez pas à me rappeler toutes les deux secondes que ma famille est en train de moisir au fond d'une tombe, bande de faux-culs !

Je pressai le front contre la rambarde en bois et laissai échapper un gémissement. Je jetai un regard en bas et aperçus les véhicules garés, les voituriers, les couples bien habillés qui entraient dans l'hôtel.

— Pas question de rester ici une seconde de plus, soupirai-je.

— Nous sommes tout de même au quatrième étage… D'accord, c'est beaucoup plus rapide, mais l'ascenseur reste la solution la moins dangereuse.

Je me retournai précipitamment. Je n'avais pas vu le garçon tapi dans un coin du balcon – mais comment l'aurais-je pu ? Il était assis par terre, caché derrière une table impeccablement dressée, les yeux fixés sur une console portable dont le murmure s'échappait par l'un des écouteurs qui pendait sur sa poitrine.

Tout d'abord trop déconcertée pour répondre, je finis par bafouiller :

— Je, euh… pardon. Eh, mais je n'allais pas sauter !

— Tu fais ce que tu veux. C'est entre toi et Dieu.

— Génial, un petit malin… marmonnai-je, incrédule.

J'aurais bien dit que le plus remarquable chez lui était son regard nonchalant, d'un bleu transparent… mais je n'arrivais pas à détacher mes yeux de ses cheveux. Ils étaient complètement blancs, comme vidés de leur couleur, et attachés sur sa nuque en un court catogan. Un style qui, je dois le reconnaître, lui allait bien, même s'il jurait un peu avec le reste de sa tenue, plus appropriée pour ce genre de réception – et, euh... parfaitement ajustée –, un gilet gris et une chemise blanche. Vu qu'il s'était caché dans un coin tranquille pour jouer à des jeux vidéo, j'en déduisis qu'il appréciait la soirée autant que moi.

— C'est la nouvelle génération ? demandai-je en désignant sa console.

— Exact, sortie il y a quelques jours.

— À quoi tu joues ?

— *Metal Kolossos 3D, Rev...*

— *Reverse Reincarnation ?*

La main sur la bouche, je m'accordai quelques secondes d'embarras avant de courir le rejoindre.

— Ce n'est pas vrai, tu l'as ? Je te déteste !

— Une phrase que j'entends souvent, répondit-il.

— Non, sérieusement, je l'avais réservé, mais ma commande a été retardée ou je ne sais quoi. Les graphismes doivent être géniaux...

Je souris innocemment. Il comprit le message et me tendit sa console.

— Tu sais que je n'avais même pas encore commencé à y jouer ?

— Désolée ! (Je m'assis sur une chaise, à côté de lui.) Je veux seulement regarder la cinématique d'intro, je te promets.

— Garde-la autant que tu voudras, répondit le garçon en renversant la tête pour l'appuyer contre le mur, les yeux fermés.

Il était vraiment mignon. Mince mais plutôt musclé, avec un beau visage bien dessiné et des lèvres charnues. Oh, et il ne devait pas être beaucoup plus vieux que moi.

Je déglutis pour essayer de faire descendre la boule logée dans ma gorge et me concentrai sur le jeu et l'incroyable réalisme de sa vidéo d'ouverture qui résumait les épisodes précédents. La série des *Metal Kolossos* racontait l'histoire de la dernière Effigie, Aki, qui devait défendre à elle seule ce qui restait de l'humanité dans une ville souterraine post-apocalyptique nommée Ring. Aki était aussi un cyborg, ce qui rendait le jeu encore plus génial. Mais cette fois, ses créateurs, un studio japonais, avaient décidé de raconter une histoire annexe dans le Seattle des années soixante.

Comme par hasard…

Le siège de sept jours, annonçait le narrateur d'une voix lugubre. *Il aura en effet fallu sept jours aux spectres, le fléau de l'espèce humaine, pour anéantir une cité jusqu'ici prospère. Sept jours pour la réduire à néant.*

— Les jeux japonais en font toujours des tonnes… soupira le garçon.

— Ah oui, c'est vrai, Aki voyage dans le temps jusqu'aux années soixante cette fois-ci ! Le jeu tout entier se passe pendant le siège de Seattle ?

— À se pendre, pas vrai ?

Sur *Doll Soldiers*, beaucoup s'étaient plaints dans la rubrique consacrée aux divertissements qu'un épisode aussi horrible de l'histoire américaine ait été choisi comme toile de fond pour un jeu. J'avais passé des journées entières à essayer de faire comprendre aux grincheux qu'un tel contexte pourrait offrir des possibilités narratives d'une profondeur insoupçonnée. J'en avais aussi perdu le sommeil – eh oui, c'est ce qui arrive quand une polémique entre geeks éclate sur Internet.

— À propos, moi, c'est Saul, dit le garçon en se redressant. Je me suis dit que tu voudrais connaître le nom de celui que tu viens de racketter.

— Saul, répétai-je, les joues rouges. Désolée.

Mensonge. Je lui rendis son bien.

Saul se recoiffa en riant, et je remarquai qu'il portait au majeur une bague étincelante.

— Jolie, dis-je en la désignant.

— Oh, ça ? Elle appartenait à mon père.

Il fit tourner sa bague sur son doigt. La pierre blanche qui l'ornait aurait pu être une perle si elle n'avait pas été striée de volutes noires en son centre.

J'avais comme l'impression que ce beau bijou allait se retrouver vendu sous le manteau sitôt la fête terminée.

— Revenons aux choses sérieuses, reprit Saul. (Il me lança un regard malicieux qui fit véritablement battre mon cœur plus vite.) J'ai entendu dire que les auteurs du jeu voulaient au départ que le méchant soit une Effigie… mais pas l'une des quatre. Une cinquième.

— Une cinquième Effigie ? C'était au tout début du projet ?

Pourquoi n'en avais-je jamais entendu parler ?

— Je savais que ça t'intéresserait. (Saul compta sur ses doigts.) Terre, feu, glace, vent… Tout le monde sait qu'il n'y en a que quatre.

— Ils allaient inventer une nouvelle Effigie, comme ça, l'air de rien ?

Impossible de savoir ce qui m'énervait le plus, que les scénaristes aient osé jouer avec de vrais événements, ou que je ne l'apprenne qu'en cet instant.

— À l'origine, c'est même elle qui devait détruire Seattle.

Une fille seule capable de raser une ville entière ? Ben voyons ! En vérité, c'était un accident. La Flèche, le premier dispositif anti-spectres de cette taille, avait lâché à force de bugs. Et je trouvais franchement révisionniste, même pour les concepteurs de cette série, d'imaginer que quelqu'un puisse être à l'origine de cette catastrophe.

— Et pourquoi une Effigie voudrait détruire Seattle ?

— Pour le plaisir de tuer, évidemment, répondit Saul avec un sourire.

Je m'agitai sur ma chaise, mal à l'aise.

— Enfin, je n'en sais rien, se reprit-il. Je trouve seulement l'idée intéressante, avec tout ce qui s'est passé récemment. Tu sais ce qu'on raconte, je suppose.

— Je croyais que les théories du complot, c'était un truc réservé aux dingos qui vivent dans la cave de leurs parents et portent des chapeaux en papier aluminium pour ne pas qu'on lise dans leurs pensées.

— Quelle arrogance ! ricana Saul en tirant un téléphone de la poche de son pantalon gris à la coupe élégante. Regarde. (Il se releva et vint s'asseoir à côté de moi.) L'un de mes amis a des connaissances… pas très recommandables, et il m'a montré ces photos. Elles ont été prises quand les DAS ont lâché à Moscou, Incheon, Francfort, Berne… et ici même.

— D'accord… répondis-je en essayant de ne pas penser à sa jambe qui effleurait la mienne. Attends, qu'est-ce que c'est ?

Je me penchai pour voir l'une des photos de plus près. Je ne reconnaissais pas la ville, mais ça n'avait pas grande importance. Ce qui me sauta aux yeux, c'était le désir impérieux et insensé de rester en vie, mêlé au désespoir, qui se lisait sur tous les visages. Mais quelque part au milieu de la cohue…

— C'est un masque ? demandai-je, les yeux plissés.

J'arrivais à peine à distinguer la silhouette de celui ou celle qui le portait, mais voyais très nettement l'objet noir et arrondi.

— Oui, regarde, un masque de carnaval, répondit Saul. Il n'y a pas de bouche, mais tu vois ces fentes, pour les yeux ?

C'était tout le problème avec les complotistes : ils avaient tellement envie de se passionner pour des théories obscures et terrifiantes qu'ils gobaient tout ce qu'on leur racontait. Je n'avais pourtant pas l'intention de céder à la panique – pas encore en tout cas.

— Très bien, qu'est-ce que tu sous-entends ?

Saul se laissa aller contre la table, derrière nous.

— Ce type n'est pas sur toutes les photos, mais qu'il soit déjà sur plusieurs clichés… Tu te rends compte ? (Il verrouilla son téléphone et m'adressa un sourire digne de celui du chat d'*Alice au pays des Merveilles*.) Alors, qu'est-ce que tu en penses ?

Je n'avais pas tous les jours l'occasion de discuter avec un beau garçon, mais la conversation devenait vraiment trop étrange, même pour moi. J'essayais de trouver une réponse un peu vague, une variante de « je n'en sais rien », mais les mots refusaient de sortir. Il me regardait d'une façon si étrange… perçante, impatiente. Qu'est-ce qui lui prenait ? Pourquoi ma réponse comptait-elle autant à ses yeux ? Pourtant, il attendait, presque sans ciller. Son sourire figé me donnait froid dans le dos.

Je me levai un peu trop vite.

— J'en dis que ce n'est qu'un jeu. Ne commence pas à flipper pour rien.

Et à me faire flipper, surtout.

Le groupe, qui avait arrêté de jouer depuis un moment déjà, avait laissé la place à l'organisateur de la soirée et son discours à rallonge. Il aurait été cruel de laisser Nathan seul plus longtemps. J'étais toujours sous le coup de la surprise d'être tombée sur un fan des Effigies dans un lieu pareil, mais il était temps de m'éclipser.

— Tu ne m'as pas encore dit ton nom, *ma petite poupée* *[1].

— Pardon ?

L'attitude de Saul avait changé, même si je n'aurais pas su dire précisément en quoi. Il m'observait en silence.

Il était vraiment temps pour moi de filer.

Je lui adressai un sourire aussi poli que possible, accompagné d'un petit signe de la main, et partit en refermant la porte derrière moi.

Le reste de la soirée aurait dû se passer sans histoire. J'avais décidé d'attendre tranquillement que les minutes s'écoulent pour ensuite quitter les lieux sans me faire remarquer.

1. Tous les passages en italiques suivis d'un astérisque sont en français dans le texte. (N.d.T.)

Sauf que…

— Ce n’est pas vrai !

L’exclamation avait fusé à la table derrière moi, vingt minutes à peine après ma conversation avec Saul.

— Stacy vient de voir Belle Rousseau dans le hall ! reprit la fille qui venait de pousser un cri. Belle Rousseau, tu te rends compte !

Je serrai malgré moi mon verre à moitié vide.

— Sérieux ? Tu es sûre que c’est elle ? demanda son amie.

— Eh bien… C’est une blonde avec un accent français et elle a exactement la même tête. Je ne vois pas vraiment qui ça pourrait être d’autre !

— Mais qu’est-ce qu’elle fabrique ici ? Elle cherche à se faire des amis ou quoi ?

— Stacy dit qu’elle est venue chercher quelqu’un… une Effigie !

Je laissai retomber ma main, soudain inerte, sur la table.

— Sans blague ! Il y en a une autre ici ?

Tic, tac, tic, tac. Fini de jouer.

Chapitre 4

— Maia, où vas-tu ?

— Aux toilettes !

C'était bien sûr un mensonge, mais je n'avais pas le temps de convaincre mon oncle de me ramener à la maison – et puis, qu'est-ce qui me disait que des agents de la Secte ne m'attendaient pas là-bas ?

D'accord, mais où aller ? Des dizaines d'idées toutes plus idiotes les unes que les autres défilèrent dans mon esprit – la panique a une fâcheuse tendance à annihiler tout sens critique. C'est sans doute pourquoi je me retrouvai dans un ascenseur plein à craquer au lieu d'emprunter l'escalier quand je voulus filer en douce.

J'appuyai sur le bouton – 1 – une fois dans le parking, je pourrais toujours voler une voiture et partir... pourquoi pas en Sibérie ? Je n'aurais qu'à apprendre à conduire une fois là-bas.

Mais en lieu et place du sous-sol, les portes s'ouvrirent sur un hall vivement éclairé. Mon cœur bondit dans ma poitrine. Je ne voyais Belle nulle part, mais si elle était venue recruter la prochaine Effigie, elle avait sûrement amené des agents de la Secte avec elle. Pas question d'être aperçue.

Je me plaquai au fond de l'ascenseur en attendant qu'un petit groupe de clients descende, ce qu'il fit avec une lenteur exaspérante. Pour ne rien arranger, un garçon de l'hôtel entreprit de faire entrer dans la cabine un énorme chariot à bagages surchargé de valises alors même que j'essayais de sortir à mon tour. Je lui criai de reculer, mais l'une des roues se coinça et empêcha la porte de se refermer – or, plus cette dernière restait ouverte et plus je risquais d'être remarquée.

— Je vous aide ! dis-je en poussant le chargement avec un entrain exagéré.

— Attendez mademoiselle ! protesta l'employé. Je crois que c'est encore pire si…

— Je vais vous donner un coup de main, intervint un jeune homme qui attrapa l'autre côté du chariot. À trois on soulève, d'accord ?

J'étais sûre de l'avoir déjà vu quelque part – je reconnaissais ses yeux marron derrière ses lunettes à monture noire. Cependant, elles étaient un tout petit peu trop grosses pour que je puisse l'identifier aisément.

— Prêts ? demanda-t-il.

J'arrêtai de rêver le temps d'aider l'inconnu et le garçon de l'hôtel à décoincer le chariot, sans pouvoir éviter cependant qu'une valise ne bascule et tombe à mes pieds. Les deux hommes levèrent les yeux vers moi comme s'ils s'attendaient à ce que je fasse quelque chose…

— Désolée, je dois y aller !

J'enjambai le bagage et me faufilai entre eux – le bruit de mes talons martelant les dalles de marbre emplissait le hall. C'était ridicule : comment avais-je pu devenir aussi parano ? Soyons sérieux, ce mec portait un nœud papillon à pois ! Je n'allais tout de même pas passer le reste de ma vie à regarder par-dessus mon épaule et à me demander si chaque hipster que je croisais était en fait un agent venu m'enlever pour m'envoyer en formation d'Effigie !

L'imposante porte tambour du *Manoir* était enfin en vue. Mais alors que j'allais être renversée par deux gamins tout trempés qui sortaient de la piscine de l'hôtel et traversaient le hall en courant, une main se referma sur mon épaule et m'arrêta à temps.

Le garçon à lunettes.

— C'était moins une. (Je le vis sourire du coin de l'œil.) Pourquoi es-tu si pressée, Maia ?

Pas possible.

— Euh, vous êtes…

Enlevez-lui ses lunettes et son nœud papillon, son sourire moqueur et sa chemise blanche aux manches retroussées… bref, la tenue civile qu'il arborait en cet instant, et vous retrouviez cette tignasse noire et ébouriffée qui retombait sur ses yeux, ce nez fin, ces lèvres… et ces cicatrices sur ses bras.

Pas de doute, c'était bien l'agent de la Secte que j'avais rencontré le jour de l'alerte.

— Tu te souviens de moi ? demanda le jeune homme. Rappelle-toi, cette attaque de spectre, il n'y a pas si longtemps… Pour être honnête, j'ai mis un petit moment à te reconnaître quand ils m'ont montré ta photo… et je ne te raconte pas le choc, quand je t'ai enfin remise ! (Il se pencha vers moi pour me murmurer discrètement quelques mots à l'oreille.) Qui aurait cru que j'avais alors devant moi notre nouvelle Effigie ?

J'eus un mouvement de recul.

— Moi, c'est Aidan, mais tout le monde m'appelle Rhys – c'est mon nom de famille, précisa-t-il avec un sourire un peu trop décontracté. (Il me tendit la main.) N'aie pas peur, Maia. Tout va bien se passer.

Je m'échappai en courant vers la porte.

— Eh, reviens !

Je l'entendis crier, mais ne ralentis pas pour autant – jusqu'à ce que je me rende compte, juste avant de traverser la rue, que fuir ne servait à rien.

Pour partir où, d'ailleurs ? La Secte m'avait déjà trouvée, l'affaire était pliée. Et puis, qu'aurais-je bien pu faire ? Essayer de les éviter le restant de ma vie ? Il était temps d'arrêter de se mentir.

Le tumulte de la ville m'assaillit de toutes parts, et un petit frisson me rappela que j'avais filé sans prendre mon manteau.

Je contemplai un instant les toits de New York et les rais de lumière qui allaient et venaient le long de l'Aiguille, de l'autre côté du fleuve.

Ma vie avait basculé onze jours plus tôt, soit deux jours avant l'attaque. Je me rappelais avoir été réveillée en pleine nuit par une vive douleur à la poitrine, comme si quelque chose d'horrible s'était immiscé en moi. Quelques secondes de silence s'étaient écoulées avant les cris… les miens. Je m'étais débattue sous mes couvertures avant de voir, terrorisée, l'ampoule de ma lampe de chevet s'enflammer puis exploser. Je n'avais pas eu besoin de temps pour comprendre ce qui m'était arrivé – j'étais devenue une Effigie, l'héritière de la célèbre, l'héroïque Natalya Filipova – je l'avais su immédiatement, voilà tout. J'en avais conscience, comme de mon propre prénom.

Une pensée s'était alors imposée à moi : quelle que soit leur identité, ils s'étaient trompés. June aurait dû être à ma place. C'était la plus vive de nous deux, la plus forte, la plus courageuse.

Celle qui aurait dû vivre.

— On ne cherche plus à s'enfuir ?

D'un mouvement du bras, je m'essuyais le visage avant de me retourner. Rhys était là, devant la porte de l'hôtel, les mains dans les poches.

— Je n'ai nulle part où aller, pas vrai ?

— Je ne voulais pas te le dire, mais...

L'agent avança prudemment vers moi et de grosses larmes roulèrent sur mes joues. Je me sentais de plus en plus pathétique. June ne se serait pas dérobée, elle, elle aurait affronté le problème. Elle aurait aussi testé ses pouvoirs depuis longtemps, contrairement à moi qui avais la nausée à chaque fois que j'y pensais, comme une grosse lâche. June serait, au fil des années, devenue une héroïne, une légende capable de rivaliser avec Natalya.

June aurait forcément été choisie pour devenir une Effigie si j'avais réussi à la sauver ce jour-là.

Et voilà que je pleurais vraiment, maintenant. Je tournai le dos à Rhys.

— Maia, les choses n'ont pas besoin d'être si difficiles, dit-il d'une voix douce. Je ne suis pas là pour te faire enfermer, mais pour t'apporter notre soutien. C'est notre rôle.

Je m'essuyai les yeux une fois de plus en refusant catégoriquement de regarder le jeune homme.

— Je sais que ces derniers jours ont été compliqués pour toi, et nous sommes là pour t'aider à donner un sens à tout ça. Nous ne sommes pas votre ennemi, Maia.

Mon reflet aux yeux humides me contemplait misérablement dans la vitre d'une voiture garée devant moi. Elle était belle, l'héritière de Natalya, à sangloter en frissonnant au milieu du trottoir !

Je devais faire mieux.

Il me fallut un moment pour me reprendre. Les poings serrés, j'adressai un petit signe de tête à Rhys, prête à affronter l'étape suivante. J'avais le cœur serré en pensant à mon oncle, mais je m'obligeai à le chasser de mon esprit. Pleurnicher n'allait rien changer, et je devais me concentrer. Je pris une grande inspiration et me retournai vers l'hôtel.

Rhys était beaucoup plus grand que moi – il devait faire plus d'un mètre quatre-vingts –, mince et large d'épaules. Mais même mon faible pour les hommes aux bras musclés ne parvenait pas à rendre l'instant moins inconfortable.

Nous nous tenions chacun d'un côté de l'ascenseur, sans rien dire. J'étais trop nerveuse pour le regarder en face, mais je le voyais m'examiner dans le miroir. D'accord, j'avais fait pareil, mais en essayant d'être discrète, au moins.

Ce fut lui qui, finalement, brisa le silence.

— Un dîner de charité, hein ? Tu aimes bien ce genre, de euh… dîners ? demanda-t-il plus gauchement qu'il l'avait sans doute espéré.

Je gardais les bras croisés. Je n'étais pas étonnée de découvrir qu'il savait pourquoi j'étais là, mais sa remarque me fit tout de même un peu flipper.

— Hmm… jolie robe, dit-il.

— Merci, ton style n'est pas mal non plus. Très chic, très premier de la classe, et plutôt surprenant pour un agent de la Secte.

— En fait, c'est mon jour de repos, et puis on m'a dit que ça m'allait bien.

— Quel âge as-tu, d'ailleurs ?

— Dix-huit ans.

— C'est une blague ? Un agent de dix-huit ans ?

— Que veux-tu ? Ils m'ont recruté jeune.

C'était peut-être son air innocent qui m'irritait le plus.

— Je n'aurais pas dû m'arrêter, dis-je.

— Déjà des regrets ? Je t'ai rattrapée il y a à peine trois minutes !

— Je suis sérieuse. J'aurais pu t'échapper, faire du stop jusqu'au Queens, me trouver une fausse carte d'identité et prendre un avion pour les îles Caïman. Tu n'aurais rien pu faire. J'ai abandonné trop vite.

— Je n'arrive pas à savoir si tu plaisantes ou non.

— Moi non plus, soupirai-je en me laissant aller contre la main courante de l'ascenseur.

Rhys me dévisageait, la tête penchée et le début d'un sourire très agaçant se dessina sur ses lèvres.

— Quoi ? demandai-je.

— Je n'arrive pas à croire à quel point vous pouvez être différentes.

— Qui ça, « vous » ?

— Les Effigies. L'une d'entre vous meurt, une autre surgit immédiatement tel un diable à ressort doté de superpouvoirs, et vous n'avez à chaque fois rien en commun. Tu es si différente de Natalya.

Il m'observait avec attention, et son regard, quasi chirurgical, me donna l'impression qu'une radio de mes entrailles était projetée sur écran géant devant un amphi d'étudiants en médecine. Je lui tournai le dos et serrai mes bras encore plus fort contre ma poitrine.

— Tu lui aurais plu, ajouta-t-il.

Ne nous mentons pas, j'étais curieuse. Je me retrouvais coincée dans un ascenseur avec un garçon qui avait connu la légendaire Matriochka, voire combattu à ses côtés… mais malheureusement, Rhys n'en dit pas plus et laissa le silence s'installer.

— J'aimerais bien rentrer chez moi.

— Il est probablement trop tard pour ça.

Comme si je ne le savais pas… Mais au moins, le petit « Désolé » qu'il ajouta à demi-voix avait l'air sincère.

Le numéro 24 s'alluma et les portes s'ouvrirent enfin dans un petit tintement. Un homme aux cheveux roux, costume noir et lunettes de soleil sur le nez, montait la garde devant la chambre 2401. Il salua Rhys d'un signe de tête et s'écarta alors que le jeune homme tirait une carte magnétique de sa poche et ouvrit la porte.

C'était une suite digne de l'hôtel dans lequel nous nous trouvions, d'un faste sans doute étudié tout spécialement pour attiser les désirs d'une élite assoiffée de luxe. Belle se trouvait au fond de la pièce, assise sur une élégante méridienne et vêtue d'une robe de la même teinte écarlate que son rouge à lèvres. Elle était aussi superbe qu'intimidante. Un autre agent en costume noir se tenait à côté d'elle, une main posée sur son holster – contrairement à Rhys, il était armé –, l'autre sur une boîte en métal noir qui lui arrivait à la taille – du matériel de la Secte, probablement.

L'homme était plus âgé que Rhys, et bâti comme un rugbyman. Il posa ses yeux bleus sur moi dès mon entrée dans la suite alors que Belle ne m'accorda pas un regard – un verre de vin à la main, elle ne disait rien. Derrière elle, les lumières de New York filtraient à travers les rideaux ivoire et parsemaient de petits points blancs la pièce faiblement éclairée.

— Vous ne devinerez jamais sur qui je suis tombé, annonça Rhys en me tapant un peu rudement dans le dos. Je n'ai pas eu à chercher bien loin, d'ailleurs.

— Maia Finley… répondit l'agent en relevant sa grosse tête chauve et carrée, comme pour m'observer sous un autre angle.

Il connaissait mon nom. Je n'étais là encore pas très étonnée, ce qui ne rendait pas la situation plus rassurante pour autant.

— Tu sais pourquoi tu es ici ? demanda-t-il.

J'empoignai l'ourlet de ma robe pour essuyer mes mains moites, l'air de rien.

— Euh, je crois… parce que je suis…

— L'héritière de Natalya.

Belle venait de me parler pour la première fois. Mon idole me regardait !

Mon cœur tambourinait dans ma poitrine. Enfin, j'y étais ! Je me demandais depuis plusieurs jours ce qui se passerait, le moment venu. Aurais-je droit à une poignée de main, un sourire, un chaleureux « bienvenue dans l'équipe » ? Mais Belle ne disait plus rien. Je ne voulais pas vraiment l'admettre, mais j'avais compris à son regard vide que quelque chose manquait chez elle, quelque chose d'important.

— Euh… ravie de te rencontrer, bredouillai-je en dansant d'un pied sur l'autre dans mes escarpins. Je suis une grande fan ! Je veux dire… de toi. Vraiment !

Du calme, Maia, m'ordonnai-je… mais pas moyen de m'arrêter quand j'étais lancée.

— Tu es tellement géniale, tu n'as pas idée ! Quand je pense à tous ceux qui te doivent la vie !

— Une fan ? (Rhys ricana dans sa barbe.) C'est trop beau !

— Je suis même membre premium de ton fan-club officiel ! Et, euh…

Je m'interrompis brusquement, comprenant trop tard que j'aurais dû m'en tenir à « ravie de te rencontrer. »

— Tu veux que je m'en aille ? bafouillai-je très vite. Je peux m'en aller si tu veux. Je m'en…

Rhys me retint par le bras avant que je puisse aller trop loin.

— Quatorze, lâcha Belle.

— Pardon ? demandai-je en me dégageant.

— C'est le score de Natalya, répondit Belle en croisant les jambes.

Rhys soupira et baissa les yeux.

— Je ne suis pas sûre d'avoir compris.

— Tu as déjà entendu parler de la règle des sept ans ? me demanda Belle. C'est une petite plaisanterie chez les agents de la Secte. Nous autres, les Effigies, menons des vies dangereuses, et comme tu peux t'en douter, nous avons tendance à ne pas faire de vieux os.

J'entrelaçai mes doigts pour empêcher mes mains de trembler.

— D'où cette règle : si tu réussis à survivre plus de sept ans, c'est que tu es soit une déesse, soit un pathétique rebut de l'humanité dont la survie ne peut être attribuée qu'à son pitoyable désir de se cramponner à sa misérable existence.

— Oh.

Belle posa son verre de vin.

— Natalya est devenue une Effigie à onze ans, beaucoup plus tôt que la plupart d'entre nous, et elle est morte à vingt-cinq... Ce qui fait quatorze ans. Le double de ce qu'il faut pour être considérée comme une déesse. Quatorze années à se battre. Alors, dis-moi, Maia (elle secoua la tête et sa longue tresse cingla l'air derrière elle), quel sera ton score, à ton avis ?

— Belle, oublie le bizutage, tu veux bien ? dit Rhys en s'asseyant sur le bras d'un fauteuil voisin. Tu savais que ça arriverait. Natalya est morte, et nous ne pouvons rien y faire.

La jeune femme lui lança un regard menaçant.

— Maia, moi c'est Howard, me dit l'homme au crâne chauve. Que sais-tu sur la Secte, exactement ?

Les mêmes choses que le commun des mortels. Les Effigies n'étaient pas vraiment des électrons libres. Elles étaient dirigées par une ONG internationale dont les membres soutenaient la lutte contre les spectres dans le monde entier. La Secte avait pour mission de former, superviser… et peut-être même de surveiller les Effigies.

— Je sais que vous m'avez trouvée, même si je n'ai pas encore compris comment.

— En effet, répondit Howard, un peu trop calmement.

— Et apparemment, vous menacez la sécurité internationale en essayant de devenir en douce une superpuissance néo-impérialiste, si j'en crois ce que raconte le présentateur de Fox News… Vous savez, celui qui a un regard de cinglé et passe son temps à crier.

— Mademoiselle a de l'humour, dit Rhys, amusé.

— On dirait, répondit Howard, qui semblait l'être beaucoup moins.

— Bon, et maintenant ? demandai-je en croisant les bras. Vous allez… me mettre au travail ?

J'étais sûrement loin d'avoir l'air redoutable, mais au moins, ce courage de façade m'aidait à ne plus me sentir comme une petite fille perdue au milieu d'un groupe d'adultes.

— Quel âge as-tu ? me demanda Belle.

— S… seize ans, répondis-je, décontenancée.

— Seize ans. As-tu des amis, Maia ?

Je baissai la tête.

— Oui, bien sûr, lançai-je, au lieu d'avouer que j'avais fait fuir ceux qui me restaient en me coupant du monde depuis un an.

— Tu mens.

Je sentis mon ventre se nouer.

— Tant mieux, ce sera plus facile pour toi, ajouta Belle. Tu as de la famille ?

— Je vis avec mon oncle, dis-je sans lever les yeux.

— Je vois. (Elle but une gorgée de vin.) Et que penses-tu de Natalya ?

— Natalya ?

Elle hocha la tête.

Je remarquai que Rhys évitait mon regard.

— Comme tout le monde : c'était une légende.

— En l'occurrence, ce que tout le monde pense, c'est qu'elle s'est suicidée.

— Quoi ?

— Ou plutôt c'est ce que tous penseront, quand la Secte l'aura annoncé.

Je la regardai sans rien dire, abasourdie.

— Ses parents n'y ont pas cru, dit Belle. Ils étaient tellement accablés de chagrin qu'ils ont refusé de remettre le corps à la Secte.

Pour mener leur propre enquête ? Voilà qui aurait expliqué ces funérailles tardives.

— Et toi, Maia, qu'en dis-tu ? demanda Belle d'une voix douce, mais dont l'intensité me poussa à reculer d'un pas. Tu crois que Natalya a mis fin à ses jours ?

— Non ! répondis-je sans hésiter. Elle n'aurait jamais fait une chose pareille…

Je me tus brusquement. Je trouvais inconcevable que Natalya puisse se suicider, mais était-ce impossible pour autant ? Et qui étais-je pour le décréter ?

— Non, ce n'est pas vrai, dis-je en secouant la tête.

Parce que si même Natalya en arrivait à se tuer…

— Je refuse d'y croire.

— Je ne voulais pas moi non plus, répondit Belle, beaucoup moins sûre d'elle. En tout cas, je…

Une fois de plus, un grand silence envahit la pièce.

— Et en ce qui concerne tes pouvoirs, Maia ? demanda Belle après s'être raclé la gorge.

— Mes pouvoirs ?

— Natalya était l'*Ignis Ensis*. L'Épée de feu, l'Effigie qui contrôle les flammes.

Je restai immobile.

— Alors ? En es-tu capable ? Peux-tu contrôler le feu ?

Non. Je n'avais jamais essayé, j'avais même tout fait pour ignorer mon pouvoir – celui de faire apparaître des flammes comme si j'étais un briquet humain –, préférant passer les onze jours précédents à préserver ma santé mentale. Comment avouer à Belle que l'héritière de Natalya avait plus de chances de trouver une cigarette sur la Lune que d'en allumer une par la pensée ?

Mais apparemment, je n'en avais pas besoin.

— Je vois, dit Belle.

Je n'entendais ni reproche, ni mépris dans sa voix… mais pour être honnête, je n'y entendais rien d'autre non plus.

— Est-ce parce que ta famille a péri dans un incendie ? demanda-t-elle.

Mes bras retombèrent le long de mon corps.

— Belle !

Howard et Rhys s'étaient écriés en chœur, mais le jeune homme semblait particulièrement furieux.

— Ça suffit, tu vas trop loin ! Tu as déjà fait ta petite enquête, alors à quoi tu joues ?

— Rhys, je te trouve bien protecteur avec une jeune fille que tu viens à peine de rencontrer. Est-ce pour une raison particulière ?

— Je peux savoir ce que tu insinues ? demanda Rhys.

— C'est bon, arrêtez, j'ai compris, dis-je.

Tous les regards se tournèrent vers moi.

— Maia... commença Rhys.

— C'est un test, n'est-ce pas ? poursuivis-je, ne comprenant à quel point mes lèvres tremblaient qu'à l'instant où j'ouvris la bouche. Je suis la petite nouvelle, c'est normal que vous me chahutiez un peu. L'épreuve du...

Feu. Sa chaleur était censée vous rendre plus fort, non ? Vous forger, et vous recracher parfaitement façonnée, prête au combat... Mais pour moi, elle était suffocante, insupportable. Je ne me rappelais que ça, la chaleur, les flammes qui dévoraient ma maison alors que je regardais, impuissante, de l'autre côté de la rue.

— Belle, en vérité, je...

Le feu, la sueur sur mon front, l'asphalte du trottoir qui m'écorchait les jambes.

Et mes larmes pitoyables, les larmes d'une lâche.

— Je veux être comme toi.

— Pardon ? demanda Belle, l'air perplexe.

— Je veux être comme toi.

— Tiens donc ? ricana-t-elle avec dédain.

J'avais l'impression d'être de retour au collège, à essayer de cacher les auréoles sous mes bras en cours de mathématiques pendant que tous les garçons me regardaient en riant.

— Je sais que je ne suis qu'une gamine, et que je finirai peut-être par devenir un… un « pathétique rebut de l'humanité », comme tu dis, si je ne meurs pas avant, mais… (Je cherchais mes mots, et le visage de June occupait toutes mes pensées.) Si tu m'aidais, comme Natalya l'a fait pour toi…

— Non.

— Mais pourquoi ?

— Je n'en ai pas envie.

— D'accord, tu penses que je ne le vaux pas, mais s'il te plaît… (J'avançai vers elle, les bras ouverts.) Fais de moi une meilleure Effigie ! Tu en es capable, tu peux tout faire ! Tu es Belle, la Tueuse aux douze proies !

Howard et Rhys se figèrent en entendant le vieux surnom de Belle. Je remarquai aussi que le verre de Belle penchait dangereusement dans sa main, que son visage s'était soudain durci – mais je ne pouvais pas arrêter. Je devais la convaincre.

— Aide-moi ! Tu as toujours dit dans tes interviews que Natalya t'avait aidée à t'améliorer.

Belle posa son verre et se dirigea vers la fenêtre. À travers les rideaux, la lueur de l'Aiguille teintait ses cheveux d'un bleu électrique.

— Maia, que signifie le mot « Effigie » pour toi ?

J'ouvris et fermai la bouche plusieurs fois de suite, incapable de répondre.

— On nous appelle aussi les Quatre épées, sans doute parce que nous sommes des armes… mais nous sommes aussi bien davantage. (Belle observait mon reflet dans la vitre.) Chaque nouvelle Effigie est l'héritière de la dernière qui s'est éteinte, tu comprends ?

J'étais trop pétrifiée pour ne serait-ce que secouer la tête.

— En devenant une Effigie, tu reçois l'héritage des autres filles de ta lignée : tout d'abord leurs pouvoirs, mais aussi leurs regrets, leurs peines… et même leurs souvenirs. (Belle se tapota le crâne.) Tout est là-dedans. Je suis certaine que tu ne les as pas encore entendues… ou qu'elles n'ont pas commencé à te parler, mais quand ça arrivera, plus moyen de faire marche arrière. Tu n'auras plus jamais le loisir d'être toi, rien que toi. (Elle posa une main contre la fenêtre et la fit glisser lentement sur la vitre.) En fin de compte, nous ne sommes que des monuments grossiers bâtis à la gloire de celles qui nous ont précédées. Des Effigies.

— Mais nous restons humaines, non ? demandais-je d'une voix que je n'aurais pas cru aussi inquiète.

— Peut-être, répondit Belle avec un sourire. Natalya disait que ça n'avait aucune importance. Nous sommes ce que nous sommes, des êtres créés pour se battre.

D'un coup, l'air de la pièce sembla devenir plus épais. Des flocons tourbillonnèrent autour des mains de Belle pour dessiner une forme allongée et une poignée apparut entre ses doigts.

Le nuage se dissipa et je pus admirer la longue épée que Belle arborait avec fierté.

Elle était superbe, une arme de reine. Belle la brandit et la pointa droit sur moi, laissant les lueurs de la ville danser le long de sa lame.

— Voici la preuve que j'ai accepté celle que je suis. Une récompense pour m'être donnée à cette vie.

— Je ne comprends pas, répondis-je en regardant Belle relever son épée et passer une main sur le fil de la lame.

— C'est le signe qu'une Effigie est arrivée au sommet de ses facultés. Combattre, c'était tout ce qui comptait pour Natalya – et comme tu l'as dit, elle m'a tout appris. Mais je ne suis pas comme elle.

Elle me lança un regard à faire givrer les flocons qui flottaient devant son visage.

— Fais ce que tu veux. Entraîne-toi ou pas, accepte ton destin ou non, franchement, ça m'est égal.

Je ne ressentais plus qu'une douleur sourde dans la poitrine.

— Génial, je vois que tu as décidé de sauter les présentations pour passer directement à l'étape supérieure et lui saper le moral… soupira Rhys, exaspéré. Surtout, ne change rien, Belle.

On frappa timidement à la porte, ce qui tranchait quelque peu avec la tension insoutenable qui régnait dans la suite.

— C'est vous, Jeff ? demanda Rhys – c'était sans doute le nom du garde posté dans le couloir – tandis que Howard se dirigeait vers l'entrée.

— Excusez-moi… appela-t-on de l'autre côté de la porte.

Une voix d'homme… que j'avais déjà entendue quelque part.

— Ce n'est pas Jeff.

Howard s'arrêta net.

— Hello ? Vous m'entendez ?

— Attendez, cette voix me dit quelque chose, intervins-je en me creusant les méninges. Saul ?

C'est absurde !

— Maia, tu le connais ? me chuchota Rhys.

— Je l'ai rencontré en bas, à la soirée… alors oui, si on veut.

— Le problème, c'est que nous, non, intervint Howard. Et que Jeff n'aurait jamais quitté son poste. Surtout avec une nouvelle Effigie dans la pièce.

Rhys se leva.

— Navré de vous déranger, s'excusa Saul d'un ton un peu trop complaisant. J'aimerais seulement parler à la jeune fille qui est avec vous.

Tout le monde dans la suite se tourna vers moi.

— C'est une réunion privée, répondit Howard en adressant un signe de tête à Belle.

L'Effigie resserra les doigts sur la poignée de son épée.

— Je sais, mais… elle ne m'a pas donné son nom.

— Qui êtes… commença Belle.

Alors, pour la deuxième fois, l'Aiguille s'éteignit.

Nous scrutâmes la tour, abasourdis.

Impossible !

Le temps sembla s'arrêter.

— Je m'appelle Saul. (La porte s'ouvrit brutalement et le corps de Jeff s'effondra dans la pièce.) Comme je vous l'ai dit, j'aimerais parler à cette jeune fille.

Howard se jeta sur Saul, prêt à frapper, mais l'intrus l'empoigna et, avec une nonchalance totale, le fit voler à travers la pièce.

Je hurlais déjà quand Howard percuta le mur, près de Belle.

— Que voulez-vous ? demanda l'Effigie, l'épée levée.

Saul était vraiment trop calme. Mais quand il remarqua Belle, une joie presque enfantine apparut dans ses yeux bleus – ils tranchaient nettement avec sa peau, d'une pâleur fantomatique.

— Oh, quelle surprise ! Désolé, mais ce n'est pas toi qui m'intéresse aujourd'hui.

— Je répète : que voulez-vous ?

Une explosion secoua l'immeuble, quelque part sous nos pieds, et une pluie de poussière blanche s'abattit sur nous.

La salle de gala ! Nathan !

— Pour l'instant, je veux seulement que cette demoiselle me donne son nom, répondit Saul en me regardant droit dans les yeux.

Chapitre 5

Howard était toujours sonné, avachi par terre. Rhys plongea vers lui pour lui arracher son pistolet, le braqua sur Saul et tira – mais le jeune homme avait déjà eu le temps de lever le corps de Jeff devant lui pour s'en faire un bouclier. À ses pieds, des volutes de fumée noire s'agglutinaient lentement.

Des spectres.

C'était un cauchemar. La tête dans les mains, je reculai en titubant et m'effondrai sur la méridienne.

— Marian, murmura Saul à quelques centimètres de mon visage.

Comment a-t-il fait pour traverser la pièce ? Ce n'était pas mon imagination, je sentais ses pieds frôler les miens.

— J'ai une question pour toi, *ma petite poupée**, alors arrête de me faire perdre mon temps et réveille-toi, d'accord ?

Il me prit par le bras et m'obligea à me lever. Les yeux fous, il me sondait comme s'il cherchait quelqu'un d'autre, enfermé au plus profond de mon être.

— Baisse-toi ! cria Belle derrière moi.

Je repoussai violemment le visage de Saul et me jetai à terre. Belle agita les mains et un torrent d'eau se déversa sur le jeune homme pour le geler sur place.

— Attention ! souffla Howard qui essayait de se redresser.

J'entendis un grondement tout près de nous : trois spectres se dressaient devant moi – ils ressemblaient à des loups, même si leurs os se raccrochaient tant bien que mal à des lambeaux de fourrure. Je m'écartai précipitamment, et Belle sauta sur le sofa pour leur asséner un grand coup d'épée.

— Rhys, emmène Maia loin d'ici ! lança-t-elle à l'agent.

— Mais... mon oncle est en bas !

J'entendis des cris qui provenaient des étages inférieurs, de la rue, et me précipitai à la fenêtre. Les clients fuyaient l'hôtel en courant, mais j'étais trop haut pour voir si Nathan était parmi eux.

Il était sans doute en train de me chercher.

Je me retournai et tombai sur Saul, toujours figé, un sourire rêveur aux lèvres.

— Je n'irai nulle part, je dois retrouver Nathan !

Les mots étaient sortis tout seuls, ardents et naïfs.

— C'est bon, tu as fini ? me demanda Rhys en m'attrapant par le bras. Allez, viens !

Des fissures apparurent le long de la chape de givre qui emprisonnait Saul...

— Vite ! cria Rhys en m'entraînant – trop tard.

Belle bondit en arrière une seconde avant que la glace ne vole en éclats. Saul, libéré, leva un bras vers le ciel...

Et déchaîna les enfers.

D'autres spectres jaillirent du sol, se contorsionnant le cou et le dos pour prendre forme.

— Non, mais je rêve ! lança Rhys.

Howard ouvrit la boîte noire et en tira un énorme fusil.

— Tu es dingue ou quoi ? Arrête ça tout de suite ! lui cria Rhys.

Mais Howard tira sans l'écouter. J'avais bien sûr entendu parler de la technologie délirante dont la Secte disposait, notamment de ces armes conçues spécialement pour atomiser les spectres. Et même si je n'en avais jamais vu de mes yeux, j'étais pratiquement certaine qu'elles n'étaient pas faites pour être utilisées à l'intérieur.

Le rayon électrique fit exploser deux spectres avant de terminer sa course dans le mur, qui manqua de s'effondrer – la pièce entière se mit à trembler. Les autres monstres passèrent alors à l'attaque.

— Dès que tu vois une brèche, fiche le camp ! m'ordonna Rhys alors que la sirène, qui retentissait pour la deuxième fois en à peine un mois, recouvrait en partie sa voix.

Howard lança à son coéquipier une petite matraque noire qu'il avait tirée de sa botte. Le jeune homme l'agita d'un coup sec et une longue tige d'acier en jaillit.

— Maia, file ! cria Rhys en enclenchant le mécanisme de son arme pour la charger en électricité.

Mais impossible de s'enfuir : nous étions cernés.

Un spectre s'accrocha à ma robe. Je le repoussai d'un coup de pied et sentis ses griffes m'érafler la cuisse. Alors que Rhys frappait les flancs d'une créature après l'autre avec sa massue, Howard plongea la main dans la caisse et en tira trois boules métalliques.

— Protège-toi les yeux ! m'ordonna Rhys.

Howard lança ses gadgets et, même à travers mes paupières fermées, je perçus un flash aveuglant lorsqu'ils touchèrent le sol. J'ouvris les yeux juste à temps pour voir les spectres s'évaporer en une volute de fumée noire.

La voie était libre. Belle s'occupait de ses propres adversaires – criblé de javelots de glace, un spectre se débattait au milieu du gigantesque lit de la suite. Quant à Saul, il semblait avoir disparu. Je décidai alors de ne pas me poser plus de questions et détalai.

Des hommes et des femmes à demi vêtus couraient partout dans les couloirs, des spectres sur les talons. L'un des monstres avait happé la jambe d'un malheureux dont le sang se répandait sur la moquette, sous les yeux horrifiés de sa compagne – bien plus jeune que lui –, qui hurlait de terreur. Je me figeai un instant, démunie… puis repartis en trombe vers les escaliers.

Je devais avant tout retrouver mon oncle.

Je dévalai la première volée de marches, mais je n'étais pas seule : d'autres clients se pressaient vers la sortie. Quelqu'un trébucha derrière moi – certains étaient plus maladroits que d'autres –, et je dus me cramponner à la rampe pour ne pas me retrouver emportée dans sa chute.

— Ça va ? demandai-je à l'homme en l'aidant à se relever, une fois arrivée sur le palier. Venez, il ne faut pas rester là !

Mais alors que nous n'avions pas descendu plus de

trois marches, le haut de l'escalier explosa sous nos pieds, me projetant en avant. J'eus tout juste le temps d'entendre les hurlements – masqués en partie par un sifflement qui retentissait à mes oreilles – avant de m'écraser contre le mur opposé.

Je ne sentais plus rien d'un côté de mon corps. Je me relevai en titubant, un œil fermé pour le protéger du sang qui coulait de mon front.

— Qu'est-ce qui s'est passé ? balbutiai-je alors que je cherchais quelque chose à quoi me cramponner.

Tout était embrumé, assourdi. Ma main glissa sur une vitre fendillée par la détonation.

— Laisse-moi t'aider.

Saul !

Il me souleva par la nuque et me plaqua contre la fenêtre, une main pressée sur ma bouche pour étouffer mes cris. Je contemplai, horrifiée, le carnage derrière lui : les spectres s'en donnaient à cœur joie au milieu des hurlements déchirants de leurs victimes. C'était trop pour moi. Je tournai la tête, ma joue pressée contre la vitre glacée – mais les gémissements me parvenaient encore.

— Dis-moi ton nom !

Tous ces cris… Je tremblais sans pouvoir m'arrêter.

— J'ai cru que tu te souvenais de moi, sur le balcon, mais tu te caches encore, n'est-ce pas, Marian ?

— S'il te plaît, laisse-moi partir, sanglotai-je quand il ôta sa main de ma bouche.

— Dis-moi ton nom !

— Maia ! glapis-je. (Ma voix retentit dans tout le couloir.) Je m'appelle Maia !

Saul me regarda fondre en larmes, la tête penchée sur le côté.

— Tu vas continuer à te terrer là-dedans, Marian ? Après tout ce temps, tu ne veux toujours pas me parler ?

— Je ne comprends rien à ce que tu racontes ! Tu me confonds avec une autre !

Pourquoi refusait-il de me croire ?

— Absolument pas. Je peux comprendre que tu ne veuilles pas me parler, Marian, mais pense à lui ! (Saul se tapota la tempe.) Il est là, et il t'appelle. Tu comptes l'ignorer, lui aussi ?

— C'est du délire ! S'il te plaît, laisse-moi partir !

Saul pressa ma tête si fort contre la vitre que je crus que mon crâne n'y résisterait pas. Mon pouls battait à tout rompre dans mes tempes, la douleur était insoutenable… Je voulais seulement que ça s'arrête !

Saul avait le regard curieux et malveillant d'un petit garçon qui s'apprête à arracher les ailes d'une mouche.

— Mais peut-être qu'il pourrait réveiller tes souvenirs, lui. Il ne veut que t'entendre murmurer son nom, tu sais… et t'embrasser encore une fois.

Je fermai les yeux de toutes mes forces quand le garçon se pencha vers moi… Mais ils s'ouvrirent d'eux-mêmes dès que nos lèvres se touchèrent.

La douleur avait disparu… et Saul aussi. Des images se succédèrent dans mon esprit, des visages, des endroits qui apparaissaient puis s'estompaient sans que je puisse me raccrocher à un seul d'entre eux. C'était donc ça, voir sa vie défiler devant ses yeux ? Saul m'avait peut-être tuée.

Mon esprit s'arrêta sur l'image d'un ruisseau.

Oui, un ruisseau blanc comme la nacre. J'étais cernée de toute part par une épaisse brume. À travers ce brouillard, je distinguais, à quelques mètres de moi, une porte rouge à double battant qu'ouvrit une rafale de vent.

Ma tête était en feu. Il faisait tout à coup extrêmement chaud. Images et souvenirs tourbillonnaient autour de moi comme des flammèches – mais aucun ne m'appartenait.

Je me retrouvai tout à coup dans un salon. Ma fièvre s'était dissipée, et je pouvais observer tout ce qui m'entourait – le charme suranné et la simplicité de cet endroit. Les vieux rideaux donnaient à la pièce une odeur de renfermé. Le plancher était parfaitement ciré, mais les ottomanes de couleur sombre disposées autour du canapé blanc cassé faisaient très ancien. Une table de couture installée contre le mur et un buste posé près de la cheminée venaient compléter le mobilier, mais c'était le bureau en bois installé près de la fenêtre du milieu qui attira toute mon attention. Une jeune fille y était assise, la tête posée sur une pile de livres, le visage dans les bras. Sa chevelure blonde digne de celle de Raiponce retombait sur le dossier de sa chaise et descendait en longues tresses vers le sol.

Mais la pièce dégageait une atmosphère étrange… et la fille portait une drôle de chemise de nuit blanche, avec de longues manches, des volants aux poignets et un haut col en dentelle, un style franchement vieillot pour quelqu'un d'aussi jeune. Les murs étaient ornés de vieux tableaux, des portraits d'hommes et de femmes vêtus d'habits que personne ne mettait plus depuis au moins cent ans, et j'entendais le tic-tac d'une grande horloge qu'on avait recouverte d'un drap brodé.

La jeune fille leva la tête, les yeux pétillants de malice. Elle me regardait, moi.

— Marian, tu es là ! dit-elle avec un sourire de conspiratrice. J'ai quelque chose à te montrer.

Alice, chuchota une voix dans mon esprit. Le souvenir m'arrachait à mon propre corps pour m'attirer dans cette pièce, cette autre réalité.

— Arrête ! criai-je en fermant les yeux pour me ramener dans l'escalier de l'hôtel.

Quand je les rouvris, Saul me tenait toujours par la nuque.

— Lâche-moi et laisse-moi tranquille ! hurlai-je.

— C'est peine perdue, soupira Saul. Désolé, Marian, mais je déteste ton nouveau corps. (Il s'approcha de moi jusqu'à ce que je sente son souffle sur mes lèvres.) Dépêche-toi d'en trouver un autre, *poupée**.

Le jeune homme donna un grand coup de poing dans la vitre et une pluie de verre s'abattit sur ma tête et mes épaules, m'écorchant le visage. Avant que je ne comprenne qu'il ne me serrait plus le cou, il m'avait poussée dans le vide.

Chapitre 6

Je tombais dans la nuit, du vingt-troisième étage, droit vers une mort certaine.

Le vent hurlait dans mes oreilles et la pression menaçait de me faire exploser le cerveau. J'agitais désespérément bras et jambes jusqu'à perdre une chaussure, puis les deux. Je ne voyais plus que le ciel nocturne, des briques… et le sourire de Saul qui s'évanouissait dans les ténèbres.

J'allais mourir.

Je ne pouvais plus respirer. J'allais mourir. Cette pensée, la seule dont j'étais capable, se déchaînait dans ma poitrine, me détruisant de l'intérieur. J'allais mourir, ici et maintenant.

Et, tout à coup, mon esprit se vida entièrement. Une vague d'énergie jaillit du plus profond de mon être, envahissant tout mon corps, de mes entrailles jusqu'au bout de mes doigts. J'étais dévorée par les flammes, et je sentais certaines d'entre elles prendre forme, refroidir, se forger dans ma main. Je frémis au contact de l'acier contre ma paume. Les flammes se dissipèrent et je découvris que je serrais le manche d'une faux dont la gigantesque lame luisait au clair de lune. Le symbole de la mort.

Son pouvoir m'épuisait, je sentais mon énergie vitale m'échapper, particule par particule… Mais je n'avais le temps ni de réfléchir ni d'hésiter, et plongeai la lame de la faux dans le mur. L'arme ralentit ma chute en projetant des éclats de brique tout autour de moi.

C'était incroyable… mais, apparemment, j'étais toujours en vie. Arrivée au premier étage, je m'autorisai enfin à reprendre ma respiration. J'étais seule dans une ruelle crasseuse.

Enfin, pas tout à fait.

Quelqu'un hurla d'effroi derrière moi, un homme. Était-ce à cause de moi ? De la scène à laquelle il venait d'assister ? M'avait-il vue ? J'aurais été incapable de le dire. La terreur qui régnait dans la ville était palpable et, quand mes oreilles cessèrent de siffler, j'entendis les cris, le mugissement de la sirène, les explosions à l'intérieur de l'hôtel.

Le chaos.

— Mais vous êtes qui, vous ? lança le jeune homme dans la ruelle à mon attention.

Je ne pouvais pas lui répondre : il ne me restait plus rien. L'énergie qui m'habitait se dissipa, mes yeux se fermèrent d'eux-mêmes et la faux s'évanouit dans les airs, me laissant finir ma descente en chute libre.

— Maia ? Maia !

La voix, d'abord indistincte, s'amplifia et se fraya un chemin dans le brouillard qui avait envahi mon crâne.

— Nathan ?

Dieu merci, c'était bien lui qui me regardait, blême de peur. Je voulais lui sourire, mais je ne pouvais que cligner des yeux, complètement sonnée. Je commençais tout juste à sentir les éraflures sur mes mains, mon dos endolori et les éclats de brique encore incrustés dans mes jambes. Que je puisse encore bouger tenait du miracle.

— Tu n'as rien ? Qu'est-ce que tu fais là ?

Impossible de le dire. Je me rappelais que Saul m'avait poussée, que je m'étais écrasée sur le bitume, mais rien de plus.

Pourquoi ?

Personne n'aurait pu survivre à une chute pareille, pas même une Effigie, alors comment avais-je fait ? Mains appuyées sur les tempes, j'essayai de me concentrer afin de raviver mes souvenirs, sans succès.

— Viens, nous ne devons pas rester là, dit mon oncle en me relevant. Il doit bien y avoir un abri dans le coin.

Le martèlement lancinant qui résonnait dans ma tête empirait à chaque pas, mais je m'obligeai tout de même à quitter la ruelle pour retrouver l'avenue, devenue entre-temps un véritable enfer.

— Nathan…

— Monte !

Il m'entraîna à l'intérieur d'une grosse berline de luxe dont les portières avaient été laissées grandes ouvertes. Je m'empressai de les fermer lorsque j'aperçus un essaim noir qui fonçait sur nous, engloutissant tout sur son passage.

— Qu'est-ce que c'est encore, bon sang ? cria Nathan en se glissant sur le siège conducteur pour pianoter sur le clavier du tableau de bord.

Mon oncle nous avait par bonheur trouvé une voiture de riche, donc équipée d'une armure électromagnétique.

— Tu connais le code, au moins ? demandai-je.

— Je peux contourner le système de sécurité et entrer ma propre clé.

— Dépêche-toi alors !

Les doigts de Nathan s'activaient à une vitesse folle sur les touches quand, enfin…

— *AEM activée*, annonça une voix rassurante provenant des haut-parleurs du véhicule.

— Les fenêtres ! m'écriai-je.

Deux d'entre elles étaient encore baissées.

Mon oncle jura et fit remonter les vitres juste avant que la nuée de monstres n'engloutisse la voiture. Je le rejoignis à l'avant pour la regarder passer. Des guêpes noires. Je savais que les spectres pouvaient prendre toutes sortes de formes, mais je n'avais jamais rien vu de tel. Elles poursuivirent leur route, tandis que celles qui s'approchaient trop de la voiture se retrouvaient calcinées par le champ électromagnétique.

— Qu'est-ce qui s'est passé à l'hôtel ? criai-je pour couvrir le vrombissement de l'AEM.

— Des spectres nous ont attaqués, haleta Nathan, le souffle court. Mais pourquoi, dis-moi ? On vient à peine de réparer cette foutue Aiguille ! Elle n'a pas pu se détraquer aussi vite !

Il regardait dans le vide, les yeux injectés de sang, se triturant les méninges pour essayer de comprendre ce qui avait bien pu provoquer une catastrophe pareille.

Un nouvel essaim surgit et heurta si violemment le champ magnétique que notre berline percuta la voiture de police garée derrière nous dans un crissement de pneus, m'éjectant de mon siège.

Le temps que je me réinstalle, les guêpes avaient disparu, et seules quelques retardataires voletaient encore dans la rue. Des hurlements. Des morts. Des corps mutilés gisant sur le trottoir.

J'ouvris la portière.

— N'y pense même pas ! m'apostropha Nathan.

— Je ne peux pas rester là sans rien faire !

Parce que l'image de ces cadavres me hantait… Et que j'étais une Effigie.

— Tu es devenue folle ? Ne fais pas l'idiote, les autorités s'en occupent !

Ce fut d'ailleurs le moment précis que choisit une unité d'élite pour se déployer autour des marches du *Manoir*, abritée derrière d'énormes boucliers qui lui avaient permis de se protéger de l'essaim. D'autres agents sortaient de l'hôtel, évacuant à travers les décombres des blessés cramponnés à leurs gilets pare-balles.

Mais il y avait encore du monde à l'intérieur. Belle, Rhys, Howard… et Saul. Je devais y retourner.

— Désolée, je n'ai pas le choix ! dis-je avant de m'élancer hors de la voiture.

— Maia ! Reviens !

Je fonçai vers l'entrée de l'hôtel.

— Eh, arrête-toi ! me cria un policier.

Il essaya de me retenir, mais je lui filai entre les doigts.

Belle se trompait si elle pensait que ma décision de combattre ou non n'avait pas d'importance. J'étais comme elle à présent, comme Rhys, et comme ces agents qui s'employaient à mettre les passants à l'abri. Je pouvais faire quelque chose – et je le devais.

Je gravis les marches de l'entrée en tâchant de recouvrer la mémoire. Saul m'avait poussée dans le vide, j'avais atterri dans la ruelle… Mais que s'était-il passé entre ces deux scènes ? J'avais l'impression que mes organes étaient aussi desséchés que des plantes mortes, privés de leur substance vitale… Et je devais arrêter d'y penser pour l'instant si je voulais survivre à l'intérieur.

Je ne fus pas vraiment surprise de découvrir un véritable carnage dans le hall. Le sol avait été éventré, séparant la pièce en deux, du sang coulait le long des piliers renversés et il n'y avait plus qu'un grand cratère rempli de gravats à la place de la fontaine. Le carrelage était jonché de corps. Certains, encore en vie – mais à peine –, s'étaient réfugiés dans les coins, d'autres gisaient sur ce qu'il restait du comptoir.

Je suis en enfer, songeai-je, une main serrée sur la poitrine.

Saul admirait le spectacle, perché au milieu de la pièce sur le dos d'un spectre à l'allure de serpent qui devait se contorsionner pour faire tenir son corps immense sous le plafond.

Le jeune homme m'aperçut et m'adressa un grand sourire.

Cette ordure avait l'audace de sourire devant tous ces morts. Que trouvait-il le plus drôle ? Que je sois encore en vie, ou que tant d'innocents ne le soient plus ?

La rage au ventre, je regardai une volute de fumée apparaître au creux de sa main et prendre la forme d'un masque noir aux bords déchiquetés.

Un masque en os de spectre.

Je me remémorai les photos qu'il m'avait montrées et tout devint limpide.

— C'était toi ! dis-je.

Saul enfila le masque sans un mot.

Nick…

Je me couvris les oreilles, mais la voix, à la fois aimante et inquiète, venait de l'intérieur de ma tête. Je l'avais déjà entendue… Oui, seulement quelques minutes plus tôt, quand Saul m'avait plaquée contre la fenêtre.

Le jeune homme et son spectre ne me laissèrent cependant pas le temps de comprendre ce qui m'arrivait et disparurent dans un tourbillon noir, semant la mort sur leur passage.

— Au secours !

Le cri venait des ascenseurs. Je traversai le hall à toute allure en évitant de marcher sur les corps, ou même de les regarder, tournai dans le couloir – et m'arrêtai net. Une femme était recroquevillée dans l'une des cabines, ses cheveux blonds collés sur son visage par la transpiration, une paire de lunettes cassées suspendue à l'une de ses oreilles. L'ascenseur tanguait avec un grincement particulièrement inquiétant, la femme était prise au piège : un mur de flammes l'empêchait de sortir dans le corridor.

Je contemplai le feu, hypnotisée.

— Aidez-moi ! gémit la femme.

L'ascenseur fut soudain traversé de secousses et la malheureuse poussa un cri strident.

— Je m'en occupe, parvins-je tout juste à murmurer.

Les flammes semblaient se moquer de moi, me défier de les toucher, de les laisser me brûler la peau.

— Cette fois, je le fais.

Je m'obligeai à me rapprocher… mais à chaque fois, mon corps reculait par réflexe, me laissant au même endroit. Je ne voyais plus la cabine ni la dame coincée à l'intérieur, mais ma maison en feu et les briques noircies qui me dissimulaient les dépouilles de ma famille.

L'ascenseur, Maia, l'ascenseur !

Je levai une main. J'allais éteindre ces flammes. Il le fallait…

— Pardon, bredouillai-je en pleurant.

C'était trop difficile.

— Je vous en supplie ! gémit la femme.

Trop tard : les câbles cédèrent et laissèrent tomber la cabine ainsi que sa passagère au fond de la cage.

Je reculai en hurlant, la tête dans les mains, trébuchai et me retrouvai au sol. J'eus beau me tirer les cheveux de toutes mes forces, la douleur ne suffisait pas à m'absoudre. *Si seulement je pouvais mourir !* Une autre fille aurait pris ma place. De toute façon, ça n'aurait jamais dû être moi !

— Maia, qu'est-ce qui te prend ?

Une main m'empoigna pour me relever sans ménagement.

— Assez ! Calme-toi ! me cria Rhys – au comble de la confusion, j'avais commencé à le frapper.

— Je l'ai laissée mourir ! sanglotai-je, sur le point de m'effondrer dans ses bras. S'il te plaît, tue-moi !

Rhys m'attira à lui et m'écrasa contre sa poitrine. Abasourdie, j'arrêtai de crier et contemplai les flammes en haletant.

— Du calme, Maia. Ça va aller.

Je ne le croyais pas une seconde.

— Nous devons filer, me dit-il en me prenant par les épaules pour m'écarter doucement de lui. Saul n'en a pas fini. Il aurait été aperçu sur le pont de Brooklyn.

— Quoi ? Mais il était ici il y a quelques secondes à peine !

Le monument était tout de même situé à plusieurs kilomètres de l'hôtel…

— On a besoin de toi. Viens !

Il m'entraîna vers l'escalier.

Nous parvînmes à gravir les vingt-deux premiers étages et leurs marches maculées de sang sans trop de problèmes, les escaliers étant pratiquement intacts, mais continuer après le vingt-troisième étage, là où Saul m'avait attaquée, nous demanda un peu d'inventivité.

— On dirait que Belle est passée par là, déclara Rhys en contemplant une rampe de glace qui émergeait au milieu des décombres. Accroche-toi à mon cou.

J'obéis, et Rhys agrippa la barrière improvisée pour se hisser lentement sur la surface gelée.

Je regardai en passant la fenêtre cassée par laquelle Saul m'avait jetée. Hurlements, alarmes, grincements de tôle froissée et cris des policiers remontaient par la cage d'escalier en un écho suffocant d'une ville prise d'assaut.

— Je n'y arriverai jamais, soufflai-je, la joue enfouie dans les cheveux de Rhys.

— Toutes les Effigies pensent ça, au début.

Nous retrouvâmes bientôt un sol plus fiable et grimpâmes jusqu'au toit, où nous attendaient Belle et Howard. L'agent avait apparemment davantage souffert que la jeune fille : son bras était recouvert de bandages écarlates noués à la va-vite et son œil gauche avait doublé de volume. Pourtant, il tenait toujours debout, son étui d'arme à feu aussi grand que lui dans le dos. Un hélicoptère noir stationnait au-dessus de nos têtes, faisant voler nos cheveux et claquer nos vêtements.

— Tu viens avec nous, m'annonça Belle alors que la porte de l'appareil s'ouvrait et qu'une femme en uniforme de la Secte nous jetait une échelle de corde.

Je n'osai même pas protester. Trop terrifiée pour me rappeler que je détestais prendre l'avion, je suivis les autres à bord.

— Dis-nous tout ce que tu sais sur cet homme, me demanda Belle pendant que l'hélicoptère survolait le tumulte pour filer vers le pont de Brooklyn.

— Je… pardon ?

— Tu connaissais son nom, me dit Rhys en s'asseyant à côté de moi.

— Je l'ai rencontré à la réception.

Je repensai à cet élégant jeune homme qui m'avait montré des photos de lui en train de détruire des villes aux quatre coins de la planète avec un petit sourire poli pour toute expression. Je leur racontai tout – ces clichés, son obsession pour cette Marian, tout ce que je me rappelai.

— Marian... répéta Belle, l'air songeur, ses mèches blondes lui fouettant le visage.

— Ce nom te dit quelque chose ? demanda Rhys.

Nous tendîmes tous l'oreille, mais l'Effigie secoua la tête.

— Je... je n'en sais rien.

— Je crois qu'on a un problème, nous interrompit Howard – il désignait quelque chose à l'extérieur, sa main valide cramponnée à une barre au-dessus de lui.

Je me levai, parcourue par un frisson d'horreur. Même à cette altitude, j'entendais les klaxons des voitures et voyais hommes et femmes abandonner leur véhicule pour fuir le pont de Brooklyn au pas de course. Ils paraissaient minuscules à côté de l'énorme serpent de fumée et de chair qui se dressait au-dessus d'eux, ses os saillants déjà dégoulinants de sang. Saul était perché sur la tête du monstre, les mains dans les poches, le visage caché par son masque noir.

J'étais au bord de l'évanouissement, mais mon corps refusait de franchir ce dernier pas qui me séparait de l'inconscience. C'en était presque cruel.

— Howard, où en sont les renforts ? demanda Rhys.

— À encore cinq minutes du lieu de la première attaque.

Rhys frappa rageusement la paroi de la cabine.

— Qu'est-ce que vous comptez faire ? lui demanda le pilote.

— À votre avis ? Vous avez vu mon équipement quelque part ? Vous croyez peut-être que je le cache sous ma chemise ? Non, tout ce que j'ai, c'est ce foutu nœud papillon ! s'écria Rhys en arrachant ce dernier. Maia !

— Quoi ? répondis-je en sursautant.

Rhys me prit par l'épaule – un peu trop fort.

— Tu es certaine que tu n'en sais pas plus ? Il n'y a rien qu'on pourrait utiliser contre lui ?

— Je… je ne sais pas.

Je regardai, l'estomac noué, deux voitures se balancer quelques secondes au-dessus de la rambarde du pont avant de tomber dans l'East River, emportant leurs passagers avec elles.

Belle se leva, son beau visage blême de rage.

— Ça suffit !

Je crus d'abord, terrifiée, être la raison de cette colère, avant de remarquer qu'elle regardait fixement le pont, sous nos pieds.

— Ouvrez la porte, demanda-t-elle au pilote quand nous fûmes assez près.

— Tu es devenue folle ? lui hurla Rhys.

— Ne discutez pas ! Rhys, braque le fusil de Howard sur le haut du corps du spectre mais ne vise pas la tête, il ne faut surtout pas risquer de tuer Saul. Nous devons le capturer vivant pour l'interroger.

— Compris ! répondit Howard sans hésiter.

— Soit, maugréa Rhys avec beaucoup moins d'enthousiasme.

— Je lance les hostilités, dit Belle. Ne manque pas ton coup.

La porte de l'hélicoptère coulissa et je dus me cramponner à la rambarde la plus proche pour ne pas être aspirée à l'extérieur. Face à l'ouverture, cheveux au vent, Belle se tenait fermement au bastingage et regardait froidement le spectre de Saul tout écraser sur son passage.

— Belle, qu'est-ce que tu fais ? demandai-je d'une voix blanche.

Pour toute réponse, l'Effigie sauta dans le vide.

Je la regardai tomber par la fenêtre, et vis son épée se matérialiser dans sa main, juste à temps pour frapper le spectre à la nuque.

— Attention ! criai-je, car le monstre avait tourné la tête au dernier moment et levait vers elle sa gueule grande ouverte.

Belle réagit promptement et fit apparaître un mur de glace entre ses mâchoires.

Sitôt qu'elle eut atterri sur cette plateforme improvisée, l'Effigie planta son épée dans le nez du spectre, entre ses yeux laiteux, et s'en servit comme d'une perche pour s'élancer dans les airs et retomber devant Saul. Elle frappa le garçon d'un rapide revers de sa lame, découpant son masque en deux.

Saul souriait de toutes ses dents. J'aurai voulu qu'elle lui découpe aussi le visage.

Belle opta plutôt pour son torse… mais frappa dans le vide.

Saul s'était volatilisé, pour réapparaître à côté d'elle.

— Non mais, comment a-t-il pu faire ça ?

Rhys tira le fusil de Howard de son étui et l'installa sur un trépied.

Pendant une seconde, les deux adversaires se dévisagèrent, regard assassin contre sourire narquois – celui-là même que j'avais déjà appris à détester… – puis le spectre fit une embardée. Saul s'agrippa à l'un des os qui saillaient du corps de sa monture, comme s'il l'avait senti venir. Le monstre se retourna d'un coup sec, projetant Belle dans les airs.

— Belle !

Mon cri fut étouffé par le rugissement assourdissant du monstre.

Belle parvint à se rattraper à l'un des câbles du pont. La jeune fille avait même recouvert sa main d'un gant de glace pour ne pas glisser. Elle était en sécurité, pour l'instant.

— Rhys, dépêche-toi ! aboya Howard.

Il leva son bras bandé en grimaçant pendant que Rhys verrouillait le fusil sur le trépied, puis actionna, sans se départir d'un rictus de douleur, une série de boutons disposés sur le châssis de l'arme. Une plainte s'échappa du fusil et ses voyants devinrent rouges, puis bleus, puis verts, signe qu'il était chargé. Rhys s'agenouilla, l'engin appuyé sur son épaule, un œil collé à la lunette de tir.

Sur le pont, le spectre, guidé par Saul, se jeta sur les civils qui tentaient de prendre la fuite.

— Rhys, maintenant ! glapis-je.

L'agent ouvrit le feu, désintégrant la partie supérieure du corps du monstre. Il tira encore, et visa cette fois la tête où se trouvait toujours Saul. Le rayon électrique pulvérisa le crâne du spectre avant qu'il ne s'abatte sur le pont – mais Saul s'était volatilisé.

Le jeune homme réapparut à quelques mètres du sol et s'écrasa lourdement sur un camion abandonné. Je me serais attendue à le voir filer plus élégamment, mais il faut croire que l'impact l'avait un peu secoué.

— Parfait, déclara Howard. Il ne reste plus qu'à l'attraper vivant.

Belle se laissa glisser le long du câble pendant que Saul se relevait avec effort. Le jeune homme leva les bras vers le ciel et une vague de brume noire s'éleva de la rivière pour foncer vers le pont et la foule des survivants déjà à moitié fous de terreur.

Assez ! Je me bouchai les oreilles, fermai les yeux…

Les hurlements redoublèrent. Je ne pouvais plus le supporter. J'agrippai la rambarde de l'hélicoptère et, les cheveux me fouettant le visage, me penchai vers l'extérieur :

— Nick, arrête !

Saul s'immobilisa.

Nick ? Pourquoi Nick ? Le nom s'était retrouvé sur mes lèvres, comme si je l'avais toujours connu.

Saul me regardait fixement, les bras ballants.

— Qu'est-ce qui lui arrive ?

Rhys me dévisageait lui aussi, comme si je pouvais tout lui expliquer. Mais non, moi non plus je ne savais pas pourquoi Saul avait soudain l'air complètement perdu, comme s'il était devenu quelqu'un d'autre. Tout ce qui comptait, c'était que j'avais donné un peu de temps à Belle.

Saul se plia tout d'un coup en deux, la tête dans les mains, au moment précis où Belle venait de bondir du camion voisin. Elle s'apprêtait à retomber sur lui… quand il disparut de nouveau, pour de bon cette fois.

Chapitre 7

Rhys raccrocha, son téléphone encore en main.

— Désolé, Maia, mais nous devons partir, tout de suite.

— Quoi ? Mais où ?

L'agent revint au petit trot vers l'hélicoptère. Nous nous étions posés sur le pont de Brooklyn moins d'une demi-heure auparavant, et faisions depuis de notre mieux pour ne gêner personne, tous les deux, pendant que Howard était conduit à l'hôpital et que Belle aidait les équipes de secours. J'attendais depuis vingt bonnes minutes qu'il se passe quelque chose, n'importe quoi, aussi je me levai d'un bond, les yeux écarquillés et les nerfs en pelote, dès que Rhys ouvrit la bouche.

— Tu me ramènes chez moi ? demandai-je avec empressement.

Rhys se hissa dans l'hélicoptère en s'accrochant à la barre de sécurité.

— Tu es encore au lycée, non ?

— Pardon ?

— L'un de mes supérieurs vient de m'appeler, dit-il en me montrant son téléphone. Nous devons être à l'aéroport dans dix minutes.

— Euh… Quoi ?

Je m'écartai pour le laisser regagner le cockpit, mais l'agrippai au dernier moment par la chemise.

— Attends, je ne rentre pas chez moi ? Je n'ai même plus de chaussures !

Mes facultés de guérison accélérées elles-mêmes n'auraient rien pu faire pour mes pieds.

Rhys avait les yeux cernés et le teint cireux. Il avait l'air aussi épuisé que moi, mais parvint pourtant à m'adresser un faible sourire.

— On dirait bien que tu viens de décrocher ta première mission. (Il me tapota l'épaule.) Tu ferais mieux d'emporter de quoi faire tes devoirs… Et ne t'inquiète pas, on te trouvera de nouvelles chaussures.

— Et mon oncle ? lui demandai-je en saisissant son poignet. Il était avec moi au dîner…

Rhys se détourna, sans doute pour que je ne voie pas à quel point son visage était devenu grave.

— Nathan Finley, c'est ça ? C'est un membre de ta famille, donc il est forcément dans notre base de données. Je vais demander à nos agents de le localiser.

Mais je ne te promets rien. Rhys n'avait rien dit de tel, mais c'était tout comme. Je laissai ma main retomber.

Mon téléphone était resté dans ma chambre, sur mon bureau, je ne pouvais donc pas appeler Nathan pour savoir s'il allait bien… mais je l'avais laissé dans une voiture munie d'une armure électromagnétique. Mon oncle étant tout sauf idiot, il n'en était pas sorti… ou alors il s'était réfugié derrière l'unité de policiers avec les autres rescapés. Il était sain et sauf. Il me fallait y croire.

Nous filâmes directement vers l'aéroport JFK et, en quelques minutes à peine, je me retrouvai sur l'héliport, pieds nus dans ma robe déchirée, frigorifiée et à peine consciente de ce qui se passait autour de moi. Je fermai les yeux une seconde et fus instantanément transportée dans mon lit, bien au chaud, prête à sombrer dans le pays des rêves...

— Agent Rhys ?

Je me réveillai en sursaut au moment où je commençais à sérieusement dodeliner de la tête. Un jeune agent vêtu de noir tendait à Rhys un gros sac de voyage.

— Vos affaires, monsieur.

— Merci Phil, répondit-il, visiblement satisfait.

Un autre agent approcha et me fourra à moi aussi un bagage dans les bras.

— Tenez, mademoiselle.

Je l'ouvris pour en inspecter le contenu, incrédule.

— Vous êtes allés chez moi ?

— Je leur ai demandé de dévaliser ton armoire, répondit Rhys pendant que je passai en revue mes vêtements. Ils en ont profité pour prendre deux ou trois bricoles.

Des tennis que j'enfilai sur-le-champ, mon ordinateur, qui n'avait pas une égratignure, et, joie, mon téléphone.

— Vous avez vu mon oncle ?

— Pardon, mademoiselle ? demanda l'agent Phil.

— Mon oncle ! Il était là-bas ? Comment va-t-il ?

— Nathan Finley ? Très bien.

« Très bien », une réponse laconique, mais qui suffit à tout changer. Je sentis mon estomac reprendre la place qui était la sienne habituellement, comme si la gravité venait de revenir à la normale.

— Nous n'avons pas eu trop de mal à le retrouver, il était à l'extérieur de l'hôtel avec les autres survivants.

Ouf ! Je pris mon téléphone dans mon sac, prête à l'appeler.

— Parfait, vous êtes tous là.

Belle sortit de son propre hélicoptère pour nous rejoindre. Elle avait caché sa belle robe sous un long manteau noir – toujours divine, même en plein cauchemar. En temps normal, j'en aurais eu des étoiles dans les yeux.

— Quelqu'un peut-il m'expliquer ce qui se passe ? lui demandai-je vivement au lieu de m'extasier. Pourquoi m'a-t-on amenée ici, et non chez moi ?

Belle baissa le foulard argenté qui lui couvrait le bas du visage.

— Pendant que tout le monde s'affairait pour redémarrer l'Aiguille, agents et policiers ont passé les rues au peigne fin.

— Et ont-ils trouvé… quelque chose ? demandai-je, redoutant immédiatement la réponse à cette question.

— Il n'y avait pas d'autres blessés… ni d'autres spectres, nulle part en ville.

Je compris à sa mine grave que Belle ne mentait pas.

— C'est ce que confirme le rapport, ajouta Rhys en tirant de son sac une longue veste en jean. Seuls l'hôtel et le pont ont été attaqués. Sitôt Saul envolé, les spectres ont disparu.

— Qu'est-ce que ça signifie ? Qui est-ce ? demandai-je, la gorge serrée.

Rhys me lança son manteau, que je rattrapai maladroitement.

— Bonne question, répondit-il. Personne ne devrait pouvoir faire ce qu'il a fait. C'est tout simplement impossible !

Apparaître et disparaître à son gré, traiter les spectres comme des animaux de compagnie… C'était complètement fou. Les spectres étaient des créatures sans conscience ni volonté, qui rôdaient au-delà des frontières de notre monde et tuaient tous ceux qui avaient l'horrible malchance de s'aventurer là où notre technologie ne pouvait pas les protéger. Leur violence était aveugle, aléatoire… mais pas cette fois-là. Saul avait réussi à les aliéner pour en faire des armes.

— Il les contrôle, dis-je d'une voix atone. (Mon cerveau refusait d'envisager cette possibilité.) C'est…

— Contre-nature, termina Rhys. Ce n'est pas censé fonctionner comme ça dans la réalité.

L'existence de Saul venait contredire tout ce que je savais de ces monstres. Et puis, qu'un être aussi puissant se soit retrouvé pétrifié en entendant un simple nom… Soit, ce n'était après tout qu'un détail qui venait s'ajouter à la liste des faits incompréhensibles le concernant.

— Il a réagi comme si je l'avais frappé quand j'ai crié « Nick » pendant le combat…

— Résumons : nous ignorons presque tout de ce Saul, nous devons donc remettre la main sur lui coûte que coûte, déclara Belle. (Elle fit signe à un agent, qui lui tendit une tablette tactile gris métallisé.) Plus qu'une menace, il pourrait se révéler un atout d'une grande valeur pour la Secte. On pourrait en apprendre davantage sur les spectres en l'étudiant. Mais je crois que vous serez d'accord avec moi, nous ne pouvons, à nous trois, rien faire contre lui.

Belle pianota sur la tablette et fit apparaître deux visages sur l'écran. Je laissai échapper un hoquet de surprise. Les présentations étaient inutiles.

— Tu sais qui c'est, j'imagine, me dit Belle sans me quitter des yeux.

Comment aurais-je pu être membre premium de *Doll Soldiers* si ça n'avait pas été le cas ? Victoria Soyinka, dite « Lake », et Chae Rin Kim, les deux derniers noms qui venaient compléter la courte liste des gagnantes – ou perdantes, question de point de vue – de la grande loterie cosmique qui nous avait conféré le titre d'Effigie.

— Les ordres viennent d'en haut, expliqua Belle. Retrouver et capturer Saul va exiger de monter une opération à grande échelle, donc d'employer un grand nombre d'agents.

— En gros, nous allons avoir besoin de toute la puissance de feu disponible, dit Rhys.

Je pus à peine hocher la tête. J'étais bombardée d'informations et ma tête n'arrêtait plus de tourner.

— Le grand retour de Lake et Chae Rin… murmura Rhys en composant un numéro sur son téléphone. J'envoie des agents les chercher.

— Non, l'arrêta Belle. Nous allons nous en charger nous-mêmes. Ce sont des Effigies. (Elle se tourna vers moi.) Si quelqu'un doit les appeler au combat, c'est leurs semblables.

Je serrai ma veste contre moi en espérant que Belle ne voie pas mes bras trembler.

— Aux dernières nouvelles, Chae Rin travaille toujours pour le *Cirque de Minuit**, dit Belle à Rhys.

— C'est sans doute mieux si je m'en charge avec Maia, répondit le jeune homme en se frottant la nuque. Je ne veux pas te vexer, mais je crois que Chae Rin te déteste.

J'aurais bien voulu donner mon avis, mais j'étais si impressionnée que j'en avais les lèvres comme engourdies.

— Très bien, je m'occupe de Lake, dit Belle.

— Tu sais où aller ?

Il ne fallut que quelques clics pour faire apparaître sur l'écran la liste des réseaux sociaux que Lake utilisait pour communiquer avec ses fans. Sa séance de dédicace organisée par la revue *Seventeen* à Glendale, en Californie, était annoncée sur chacun d'entre eux avec, à chaque fois, autant de points d'exclamation que le permettait la limite de caractères.

— Tu ne devrais pas avoir trop de mal à la trouver, ricana Rhys.

Deux camionnettes venaient d'arriver sur l'héliport.

— On ne sait jamais, dit Belle en rendant sa tablette à l'agent. Phil, nous partons sans tarder. Veillez à ce que tout soit en ordre.

— Eh, attends un peu ! criai-je bien plus fort que prévu.

J'avais obtenu l'effet escompté, mais maintenant que tout le monde me regardait je ne savais plus trop quoi dire.

— Euh... Belle, je pourrais te parler seule à seule une seconde ?

L'Effigie lança à Rhys un regard indéchiffrable, fit signe aux autres agents de monter dans la camionnette et s'éloigna à grands pas. Je la suivis, les yeux baissés sur ma veste en jean.

— Nous n'avons pas beaucoup de temps, me pressa-t-elle en se retournant.

— Je sais.

Intimider autrui semblait être une seconde nature chez elle : j'avais trop peur pour ne serait-ce que la regarder.

— Bon, qu'est-ce que tu veux ?

Je réfléchis soigneusement avant de répondre.

— C'est à propos de ce nom que j'ai crié, et qui a arrêté Saul. « Nick ».

— Oui, et alors ? Pourquoi « Nick » ?

— Je n'en sais rien, c'est venu tout seul. Quand Saul m'a embrassée, à l'hôtel, j'ai vu quelque chose... un souvenir... J'ai aussi entendu une voix de fille, et des noms : Alice et Nick. (Je fermai les yeux, une main pressée sur mon front.) J'avais l'impression que quelqu'un d'autre s'emparait de mon esprit.

— Des souvenirs, répondit Belle, le regard perdu dans le vide. *Les portes rouges* *...

— *Les* * quoi ?

J'allais sans doute finir par regretter d'avoir étudié l'espagnol en deuxième langue... Sans jamais dépasser la moyenne, en plus.

— Tu as vu Natalya ?

La question me désarçonna.

— Non... Pourquoi ?

Belle resta un instant songeuse. J'aurais juré voir ses pensées ondoyer dans le bleu de ses yeux. Mais elle se détourna aussitôt.

— Je vais devoir y réfléchir. Pour l'instant, concentre-toi sur ta mission.

Elle repartit vers les camionnettes, soudain très pressée… puis s'arrêta net.

— Maia ?

Je sursautai.

— Oui ?

— Fais de ton mieux.

C'était vraiment étrange… Cette phrase anodine – Belle aurait même sans doute pu trouver mieux – fit résonner au plus profond de moi ce que j'avais ressenti en la voyant descendre la rampe du Lincoln Center, pendant la Fashion Week. L'impression que l'Effigie avait parfaitement le droit de régner sur ce monde pour la protection duquel elle s'était sacrifiée. L'émerveillement et la douleur.

Ne me laisse pas tomber. Voilà ce qu'elle me disait vraiment, j'en étais sûre – et je ne le ferais pas. Nous étions dans la même équipe, enfin.

J'enfilai le manteau de Rhys et me préparai pour la tâche qui m'attendait.

Chapitre 8

Apercevoir des monstres par la vitre d'un véhicule a toujours quelque chose de terriblement dérangeant, même quand vous les distinguez à peine. Les voyages en voiture ne me posaient pas de problème, j'avais l'habitude. Mais déjà que d'habitude, j'avais horreur de l'avion…

La première chose que je fis en m'asseyant dans le jet privé de la Secte fut donc de baisser le store de mon hublot. Dix minutes après le décollage, j'étais encore recroquevillée dans un coin de la cabine.

— Tout va bien ? me demanda Rhys, assis en face de moi.

— Bien sûr, mentis-je. Je suis parée.

— C'est ce que je vois, répondit-il avec un petit rire.

— Bon, on commence par quoi ?

Rhys avait troqué ses lunettes de geek contre des lentilles de contact bien plus adaptées au combat, comme il me l'avait expliqué à l'aéroport.

— Nous aurons atteint Montréal dans à peine une heure, je vais donc devoir tout t'expliquer très vite, m'avertit-il en sortant sa tablette.

— O.K., répondis-je en hochant vigoureusement la tête, les yeux plissés.

Rhys me considéra un moment, puis prit une barre chocolatée dans son sac et me la lança.

— Aïe ! protestai-je quand la friandise ricocha sur mon nez.

— Désolé, un peu trop fort.

— Qu'est-ce que c'est ? demandai-je en ramassant la barre.

— Tu n'as jamais vu de chocolat ou quoi ?

— Très drôle ! Pourquoi tu me donnes ça ?

— Tu préfères mourir de faim ?

— On ne sert pas de la vraie nourriture, dans cet avion ?

— J'ai compris, rends-la moi, me dit Rhys en tendant la main.

Je serrai la friandise sur ma poitrine.

— Bon, trêve de plaisanterie, dis-moi tout.

Rhys sourit légèrement.

— Chae Rin Kim, commença-t-il pendant que je déballais mon butin. Arrête-moi si je dis quelque chose que tu sais déjà. Dix-huit ans, née à Daegu, a grandi dans la banlieue de Burnaby, région du Grand Vancouver. Une sœur aînée.

Il me tendit sa tablette.

Chae Rin avait l'air particulièrement blasée sur la photo, même si les statistiques qui accompagnaient celle-ci n'avaient rien de médiocre : beaucoup de missions, beaucoup de spectres abattus.

— Ses parents tiennent un restaurant plutôt connu, ajoutai-je en mordant à pleines dents dans ma barre chocolatée.

La pathétique vérité étant, bien sûr, que June m'avait un jour presque convaincue d'économiser de quoi me payer un vol pas cher pour y aller avec elle. Si elle était arrivée à ses fins, nous aurions toutes les deux contribué à l'afflux de nouveaux clients que le *Grill de Daegu* avait vu débarquer quand on avait découvert que la plus jeune fille des propriétaires était une Effigie.

L'avion fut pris de secousses, j'étais à deux doigts de m'évanouir. J'avalai ma bouchée avant de risquer m'étrangler et m'enfonçai misérablement dans mon siège.

— Puisque tu m'as l'air d'être l'une de ces dingues d'Effigies – ce que je trouve au passage terriblement ironique –, tu sais sans doute qu'elle travaille près de Montréal, reprit Rhys en ramenant son café vers lui.

— Oui, dans un cirque, et si j'ai tout suivi, elle n'a pas combattu depuis des mois.

— C'est à cause de sa dernière mission, dans un petit village de pêcheurs près de Hong Kong, expliqua le jeune homme en jouant avec l'anse de sa tasse. Ça ne s'est pas très bien passé… Dans certaines parties du globe, les plus petites agglomérations ont des DAS un peu faiblards, les attaques de spectres y sont donc inévitables. Nous avons réussi à évacuer les habitants, mais le combat a été difficile, et Chae Rin a fait des dégâts considérables.

— Je m'en souviens, mais je ne savais pas que c'était elle la responsable. Je pensais seulement que les spectres avaient tout ravagé.

— La Secte a étouffé l'affaire… en ce qui concerne les médias en tout cas, mais c'est toujours une autre paire de manches avec les gouvernements. Bien sûr, il y a toujours un peu de casse dans ce genre de missions. Mais la Secte est une organisation internationale, nous devons donc veiller à conserver de bonnes relations diplomatiques avec tous les pays et assumer nos responsabilités quand les choses tournent mal. C'est pourquoi Chae Rin est suspendue jusqu'à nouvel ordre.

— Suspendue jusqu'à nouvel ordre d'une mission que vous a confié la divine Providence ? Je ne savais pas que c'était possible…

— Divine Providence ou pas, il y a des règles à respecter. D'ordinaire, quand l'une d'entre vous se plante, nous ouvrons une enquête – non seulement sur l'incident, mais aussi sur l'Effigie elle-même. Nos agents passent tout en revue : scores à l'entraînement, bilans psychologiques, comportement en mission… Ils interrogent même son entourage. Un conseil se réunit alors pour établir un compte rendu et décider de son sort. Selon les résultats, ils peuvent ordonner à l'Effigie de reprendre sa formation, l'emprisonner, ou lui trouver un autre poste… mais tant que l'enquête est en cours, l'Effigie n'a pas le droit de se battre.

— D'accord, mais la Secte n'a pas peur qu'elle fasse encore plus de dégâts pendant sa mise à pied ? répliquai-je en rendant à Rhys sa tablette.

— Dans certains cas extrêmes, les Effigies peuvent être mises en détention provisoire pendant le temps de l'enquête… mais Chae Rin a sauvé beaucoup de vies. J'ai eu l'occasion de la rencontrer plusieurs fois : malgré son sale caractère, c'est une grande combattante. Et puis, certains de nos agents ont témoigné en sa faveur.

Une nouvelle secousse. Je croisai les bras de toutes mes forces et m'appuyai contre la paroi.

— Tu as peur en avion ?

Mes yeux s'ouvrirent d'un coup – je ne me rappelai même pas les avoir fermés.

— Non !

— Ce ne sont que des turbulences.

— J'ai dit non.

— Ou alors… (Rhys pencha légèrement la tête.) Tu crains que ces perturbations ne soient provoquées par… quelque chose.

— C'est toujours le cas, répondis-je en évitant son regard – et le hublot. La pression atmosphérique, notre vitesse, les nuages ou… je ne sais quel phénomène scientifique.

Rhys voulut relever le store mais, rapide comme l'éclair, j'attrapai la poignée pour l'en empêcher – et rougis aussitôt.

— Tu sais que tous les avions sont équipés d'émetteurs d'ondes anti-spectres, n'est-ce pas ?

— Évidemment !

Je n'aurais pas pu expliquer comment ces engins étaient conçus, mais ils fonctionnaient plus ou moins comme les DAS. Si leur portée n'avait rien de comparable, ils permettaient tout de même de bien dégager les voies aériennes.

— Et d'armures électromagnétiques.

Oui, au cas où les émetteurs seraient défectueux. Je pouvais même dire que celle de notre appareil était activée car je sentais des picotements dans ma joue appuyée contre la paroi.

— Et pour couronner le tout, nous sommes dans un jet de la Secte. Crois-moi, tu es en sécurité.

— Je le sais.

— Donc tu n'es juste pas très à l'aise en avion.

— C'est ton problème, peut-être ?

Ma réaction prit apparemment Rhys de court. Il se rassit, les yeux ronds.

— Oui, je crois.

Nous restâmes un long moment silencieux.

— Ton oncle va bien, dit-il tout à coup.

— Pardon ?

— Si jamais tu te faisais du souci pour lui…

— Je sais.

— Nos agents l'ont même ramené au Centre de contrôle de Manhattan. C'est bien là qu'il travaille, non ?

J'eus soudain très froid aux mains – je les coinçais sous mes jambes que je ramenai contre ma poitrine.

— Ils lui ont dit… pour moi ?

Je n'aurais jamais cru être aussi heureuse de voir quelqu'un faire « non » de la tête.

— Pas encore. Il croit que nous avons besoin de t'interroger comme témoin.

— Bien trouvé.

Je voulais attendre le bon moment pour lui annoncer. C'était l'excuse officielle… et une réaction compréhensible, non ? J'avais vraiment l'intention de tout lui raconter, mais pas à bord de cet avion, en pleins préparatifs pour arrêter un grand criminel particulièrement dangereux.

— Je suis tout de même un peu curieux… Tu as eu plus d'une semaine pour lui révéler la vérité, pourquoi ne pas l'avoir fait ?

— Je… quoi ? bafouillai-je en écrabouillant sans m'en rendre compte le reste de ma barre de chocolat dans ma main. C'est personnel !

— Attendre ne fera que rendre cette annonce encore plus difficile, pour lui comme pour toi, répondit Rhys en gardant les yeux baissés. Tu risques de souffrir.

— Et en quoi ça te regarde ? demandai-je, les joues en feu.

— En quoi ça ne me regarderait pas ?

Je croisai son regard, ce que je regrettai aussitôt. Mon cœur se mit à battre à tout rompre et je serrai les poings malgré moi. Je décelais dans ses yeux de la pitié, de l'inquiétude… ainsi qu'une étonnante tendresse qui mit mon âme à nu.

Il ne me connaissait même pas, en fin de compte ! Et j'étais tellement vulnérable ! Le combat n'était vraiment pas loyal.

Je reposai la friandise sur la table et ôtai sans un mot le manteau de Rhys.

— Que fais-tu ?

Je ne répondis pas.

J'appréciais sa gentillesse, aucun doute là-dessus, mais Belle m'avait déjà mise en garde sur ce qui attendait les nouvelles Effigies. La lutte permanente pour rester soi-même. La mienne commencerait par cette veste, car ce n'était sûrement pas à moi, Maia Finley, que Rhys l'avait prêtée. Je pliai soigneusement l'habit et le lui tendis.

— Tiens.

— Je ne comprends pas, tu n'avais pas froid ?

— Ça ira très bien comme ça. Reprends-le, c'est tout.

— Mais...

— Natalya est morte. Partie, dis-je, le visage fermé.

Rhys voulut répliquer – ses mains tremblaient légèrement –, mais je repris la parole.

— Je ne suis pas Natalya. Tu ne me connais pas, et je n'ai pas besoin que tu t'inquiètes pour moi. Ça me met... mal à l'aise. S'il te plaît, je peux m'en sortir. Occupons-nous de notre mission. Je veux seulement me mettre au travail.

Rhys resta pensif un moment, puis se redressa et récupéra son manteau. La légère rougeur qui lui avait teinté les joues quelques instants plus tôt s'était dissipée.

— Compris. Revenons à Chae Rin.

Nous atterrîmes à 23 heures et, parce que je l'avais eu à l'usure, Rhys nous prit deux chambres d'hôtel pour que nous puissions enfin nous laver et enfiler des vêtements propres avant de grimper dans une voiture de la Secte qui nous attendait à l'extérieur.

Montréal était vraiment une très belle ville, notamment de nuit. Et contrairement à New York, elle n'était pas défigurée par une gigantesque tour clignotante. Je ne savais pas grand-chose sur le Canada et leur technologie anti-spectres, seulement qu'ils utilisaient un système de rails dans les régions où la population était la plus concentrée. Il faut croire qu'aux États-Unis, on aime faire les choses en grand.

Et quelque part au-delà des rails qui protégeaient Montréal, au plus profond de la forêt boréale, nous attendait le *Cirque de Minuit* *.

Assise à l'arrière de la voiture, je profitai du trajet pour feuilleter une brochure du cirque récupérée à la réception de l'hôtel. La réserve Mastigouche avait apparemment été abandonnée à la fin du XIXe siècle, dès l'apparition des premiers spectres. C'était l'une des nombreuses régions de la planète que nous avions dû leur céder, une zone morte. Dans les années quarante, un investisseur privé avait dépensé des millions pour acheter une partie du terrain, construire une route fortifiée… et ouvrir l'un des cirques les plus célèbres du pays.

Faire d'une zone morte une attraction : une idée assez folle pour fonctionner. Tout le monde adore se faire peur. Mais au fil des ans, de plus en plus de lois furent votées pour réglementer l'accès à ce genre d'endroits et les affaires du cirque, qui disposait pourtant d'un permis et observait des règles de sécurité très strictes, se firent moins prospères. De nos jours, la troupe passait le plus clair de son temps en tournée, mais revenait s'installer quelques semaines par an à Mastigouche pour donner à voir les numéros tout bonnement spectaculaires qui avaient fait sa gloire. June avait toujours voulu qu'on y aille ensemble. J'aurais tellement aimé que ce rêve se réalise…

Nous arrivâmes bientôt au premier péage, à la sortie de la ville. Aux États-Unis, les routes nationales étaient payantes, et même si c'était aussi le cas au Canada, la somme demandée était si ridicule que notre conducteur aurait tout aussi bien pu régler en billets de Monopoly.

Bien sûr, les péages servaient également d'entrée officielle dans les zones mortes. Il nous fallut près de deux heures de route pour rejoindre celui de la réserve Mastigouche. Rhys présenta toute une série de documents aux officiers qui y montaient la garde et qui, après avoir vérifié nos papiers, s'extirpèrent de leur cabine pour inspecter consciencieusement – et lentement – notre voiture.

— Vous pouvez chercher, vous ne trouverez pas de cadavre dans le coffre, les gars, marmonna Rhys, assis à l'avant du véhicule.

— Il y a eu beaucoup de trafic dans les zones mortes de la région ces derniers temps, alors ils se montrent encore plus vigilants que d'habitude, expliqua le conducteur quand nous pûmes enfin poursuivre notre route.

— Ce n'est pas ton boulot, normalement ? demandai-je à Rhys.

— Non, on combat les monstres, pas les hommes, répondit-il, le visage tourné vers la fenêtre.

— En es-tu sûr ? murmurai-je en revoyant le sourire de Saul.

Nous roulions à présent sur une deux-voies plutôt étroite. Une grande partie de Mastigouche était toujours une zone morte à proprement parler, mais les propriétaires du cirque ne pouvaient pas courir le risque que leurs clients se fassent dévorer en chemin. Et si les rails de protection installés de chaque côté de la route remplissaient parfaitement leur office, ils n'étaient cependant pas assez puissants pour maintenir les spectres à distance.

Le spectacle qui s'offrit à moi me coupa le souffle avant que je ne puisse émettre le moindre son. Tout arriva très vite. Des os jaillirent d'un nuage de fumée que la nuit m'avait jusque-là masqué, et un serpent fondit sur nous en rugissant, la gueule ouverte. Mais il commit l'énorme erreur de s'approcher des rails et explosa une seconde plus tard en une brume opaque qu'emportèrent les ténèbres.

— J'ai horreur de ça… grondai-je en me couvrant les oreilles.

— J'adore ! s'écria Rhys au même moment, le nez collé à la vitre comme un gamin. C'est toujours aussi génial, ici !

— Tu es déjà venu ? demandai-je.

— Oui, une fois, avec ma mère, pour mes douze ans, répondit l'agent en riant. Je n'étais jamais revenu depuis. Incroyable que cet endroit…

Je hurlai pour de bon quand un autre spectre arriva sur notre gauche – mais il se désintégra également.

— Et si la voiture passe par-dessus les rails ?

— N'aie pas peur, elle ne peut pas faire d'embardées. Les rails et les arceaux (il désigna la rangée de portes métalliques qui saillaient des barrières) émettent un courant électromagnétique qui est censé à la fois maintenir la direction des voitures et atomiser les spectres.

— Quelle délicate attention !

Rhys savourait le tumulte qui nous entourait, excité comme un lycéen – en y réfléchissant bien, il avait d'ailleurs l'âge d'en être un. Pour ma part, j'étais pliée en deux, les bras croisés sur l'estomac.

— Ne le prends pas comme ça ! s'écria l'agent en se retournant vers moi. Les spectres font partie de l'attraction, comme dans *Jurassic Park* ! Attends, je crois que j'ai d'ailleurs la bande originale sur mon téléphone…

— Vous pouvez le faire taire, s'il vous plaît ? demandai-je à notre chauffeur avant qu'un cri perçant ne me fasse plonger sous le siège devant moi.

Mais Rhys avait raison. D'autres serpents louvoyaient entre les arbres ou se dressaient au-dessus de leurs cimes comme des dragons, leurs longs corps noirs luisant à la lumière des étoiles. C'était peut-être l'excitation de se retrouver si près de créatures aussi dangereuses, mais leurs silhouettes agiles et leurs mouvements gracieux avaient quelque chose de beau. J'avais sous les yeux des monstres tout droit sortis de contes dont les auteurs n'auraient jamais imaginé que leurs créations pourraient un jour prendre vie.

Nous franchîmes un portail blanc et, après avoir longé une large route pavée de briques rouges, arrivâmes au *Cirque de Minuit* *. Une guirlande d'ampoules partait des pointes du grand chapiteau pour s'enrouler autour des imposants sapins alentour.

Le conducteur avait par le passé eu une très mauvaise expérience avec Chae Rin, et préféra attendre dans le hall. Il ne restait plus que quinze minutes avant la fin de la représentation – qui durait apparemment deux heures –, et la carte de Secte de Rhys nous fit office de ticket d'entrée.

— Nous venons voir Chae Rin, annonça-t-il aux agents de sécurité avant de m'entraîner dans l'énorme arène – et m'arrachant ainsi à l'adorable bébé tigre qui accueillait les spectateurs dans le hall.

L'obscurité était zébrée de rais de lumière colorés – ils balayaient le public, captivé par le spectacle qui se déroulait sous ses yeux. Je n'aurais su l'en blâmer : mes genoux se mirent à trembler sitôt entrée dans la salle.

— Ah quand même... souffla Rhys.

Malgré la pénombre, je voyais ses mains frémir. La plus grande partie de la scène était occupée par un gigantesque aquarium, juste assez gros pour le spectre qu'il contenait.

Je titubai jusqu'à l'escalier pour me cramponner à la rampe. Un serpent – du genre de ceux que nous avions croisés dans la forêt – se laissait dériver paresseusement dans l'aquarium et, tout monstre marin qu'il était, semblait pourchasser sa propre queue.

Un spectre en cage... Impensable !

Le public tout entier tendait le cou et murmurait avec excitation. Je n'avais pas encore remarqué le Monsieur Loyal qui se tenait devant l'aquarium. Ses boucles rousses s'échappaient de son haut-de-forme et retombaient sur son visage alors qu'il haranguait la foule et faisait virevolter sa queue-de-pie mauve à paillettes, théâtral et kitsch à souhait.

— Avez-vous déjà vu une chose pareille ? Imaginé qu'un tel monstre puisse être dompté par un seul homme ?

— On dirait que c'est très à la mode, en ce moment, murmura Rhys.

— Qu'est-ce qu'on fait ? lui demandai-je.

— Eh bien ce soir et pour vous, l'impossible devient réalité ! cria le maître de cérémonie.

Surgie de nulle part, une silhouette féminine se détacha de l'obscurité et tomba du ciel en tourbillonnant, puis atterrit avec agilité sur le fil tendu au-dessus de la scène avant de nous saluer avec grâce. La jeune femme portait un masque vénitien doré qui couvrait la moitié supérieure de son visage, et sa queue de cheval était ornée de pierres brillantes. La peinture argentée qui lui recouvrait bras et jambes se confondait avec son justaucorps, et il était impossible de savoir où s'arrêtait le tissu et où commençait la peau.

Je la reconnus tout de suite, malgré son costume.

— C'est elle… murmurai-je.

— Ce soir, vous allez enfin en croire vos yeux ! tonna Monsieur Loyal en levant une main gantée. Mesdames et messieurs, le pouvoir des spectres !

Il abattit son bras et le serpent bondit hors de son aquarium.

Chapitre 9

Le contenu de l'aquarium se répandit sur la scène tandis que le spectre fondait droit sur le public. Rhys vint se placer devant moi tandis que je me baissai vivement, en quête d'un abri – un réflexe inutile : le monstre ne fit qu'effleurer la tête des spectateurs pour leur faire peur, avant de grimper le long du mur jusqu'au plafond. Je retirai les mains de mes yeux juste à temps pour voir son corps élancé surplomber la funambule qui attendait calmement sur son câble.

Chae Rin.

Encouragé par les hurlements de stupeur et les acclamations du public, Monsieur Loyal poussa un grand cri et tendit les mains devant lui. Avec un timing parfait, Chae Rin sauta au moment précis où le spectre passait sous son fil. Elle retomba sur la tête de la créature sans même vaciller puis, en parfait équilibre, parada tout autour de l'arène sur cette effrayante monture.

Un numéro de cirque où une Effigie domptait un spectre. Il fallait le voir pour le croire.

Pendant que Chae Rin saluait les spectateurs de la main, d'autres artistes masqués déboulèrent sur scène pour cabrioler et danser au rythme d'une musique ensorcelante.

Une femme assise à côté de l'allée centrale, à un rang de moi, avait laissé son sac grand ouvert, une tablette tactile bien en évidence. Elle était par bonheur trop hypnotisée par le spectacle pour me voir lui prendre l'appareil.

Je tapai à toute allure et levai l'écran vers Chae Rin quand elle passa au-dessus de nos têtes.

« BELLE NOUS ENVOIE. » De grosses lettres jaunes sur fond noir, impossibles à manquer, notamment parce que je sautais comme une folle au sommet de l'escalier. Pendant une fraction de seconde, nos regards se croisèrent, puis Chae Rin repartit voir la foule de l'autre côté de la scène.

Le spectacle se termina en apothéose musicale, avec un rappel et le retour du spectre dans sa cage de verre. Alors que les spectateurs se dirigeaient vers la sortie, l'aquarium resta sur scène – sinistre vestige d'un spectacle plus sinistre encore. Je suivis Rhys à travers les gradins, mais deux vigiles nous arrêtèrent à quelques pas de la scène.

— Dites-lui au moins de venir nous parler ici, insista Rhys. C'est vraiment urgent.

L'un des deux hommes adressa un signe de tête à son collègue et quitta l'arène, mais Chae Rin n'arriva pas pour autant. Nous nous retrouvâmes bientôt seuls en compagnie d'un groupe de gardes qui surveillaient le monstre dans son aquarium. Jamais je n'aurais imaginé que ma vie prendrait un jour un tournant aussi étrange. Rhys finit par s'asseoir sur un siège, une jambe par-dessus l'accoudoir.

— Un spectre en cage… l'entendis-je grommeler.

Le serpent me fixait sans ciller de ses yeux blancs et vitreux, et moi-même je n'arrivais pas à le quitter du regard. Si les spectres étaient capables de réflexion – et qui sait, c'était peut-être le cas ! –, à quoi songeait-il en cet instant ? Que pensait-il de moi, l'Effigie qui l'observait, de l'autre côté du mur de sa prison ? Savait-il, au fond de lui, qui j'étais ?

— Maia ! m'appela Rhys, car j'avais commencé à m'approcher du monstre.

Les agents de sécurité me barrèrent la route avant que je ne puisse l'atteindre, mais la bête m'avait comme envoûtée.

J'avais vu ces derniers jours beaucoup trop de spectres à mon goût ainsi que les ravages qu'ils pouvaient causer, l'horreur qu'ils laissaient dans leur sillage… Et voilà que je me retrouvais à quelques pas de l'un de ces monstres, avec pour tout rempart des types en uniforme, sans pour autant craindre pour ma sécurité. La créature dont on m'avait toujours appris à me méfier était à portée de main. La toute-puissance réduite en une chose inoffensive. Je n'aurais su décrire précisément l'étrange insouciance que je sentais gonfler en moi, mais elle expliquait peut-être le succès du *Cirque de Minuit*, une invention aussi géniale que dangereuse.

Je compris en voyant un chariot élévateur approcher pour emporter l'aquarium qu'il se faisait très tard. J'étais réveillée depuis bien trop longtemps, et même les bouffées d'adrénaline – qui semblaient se succéder indéfiniment – n'arriveraient pas à me faire tenir debout beaucoup plus d'une heure. Le temps pressait.

— Bonjour !

Je me retournai d'un bond, comme électrocutée, et manquai de me faire tomber toute seule. La jeune fille qui venait de m'interpeller, à quelques rangées de Rhys, portait encore une serviette nouée sur la tête. Je ne fus pas surprise de retrouver la moue dédaigneuse et le regard pénétrant qui caractérisaient toutes les photos de Chae Rin Kim publiées en ligne.

Je n'aurais pas pu en dire autant pour les chaussons lapin et le survêtement.

— J'étais en train de me laver les dents, grommela Chae Rin. Qu'est-ce que vous voulez ?

Son visage enfantin formait un ovale parfait et ses joues pâles étaient joliment rosées. Même son expression renfrognée n'arrivait pas à ternir sa beauté.

— Ce que je… veux ? Euh… bafouillai-je.

Quelle idiote ! Pathétique !

— Vous étiez sérieuse, tout à l'heure ? demanda Chae Rin.

Elle descendit les marches avec la lenteur d'un prédateur qui se demande quel membre de sa proie arracher en premier. J'en oubliai un bref instant de respirer.

Garde ton calme, Maia, aie confiance en toi. Je me répétais ce mantra que j'avais ressassé à l'hôtel en imaginant la scène.

— À propos de quoi ?

— Quand vous avez écrit « Belle nous envoie ». Est-ce vraiment le cas, ou bien vous êtes juste une de ces fans tarées prêtes à tout pour avoir un autographe ?

J'aurais presque pu répondre « oui » aux deux questions.

— C'est-à-dire que…

— Une fan, je le savais ! (Elle se tourna vers les agents de sécurité.) Les gars, vous m'avez littéralement traînée hors de ma salle de bains pour ça ?

Elle jeta sa serviette à l'un des hommes qui la laissa s'écraser sur son torse sans rien dire. Elle visait bien.

— Salut, Chae Rin, dit Rhys en se levant enfin.

L'Effigie se retourna d'un bond et son visage se rembrunit quand elle découvrit celui qui lui faisait signe.

— Voilà autre chose…

— Content de te voir moi aussi, répondit le jeune homme avec un grand sourire.

— Monsieur Aidan Rhys. On dirait bien que c'est Belle qui vous envoie, après tout. Dans ce cas… (Elle nous gratifia d'un grand sourire à son tour.) Puisque je ne suis plus obligée de prêter la moindre attention à ce que peut penser cette garce, je vous invite à prendre congé.

Je la regardai sans rien dire, incrédule.

— Eh oui, la Secte m'a virée… chantonna-t-elle en s'étirant. Maintenant, si vous voulez bien m'excuser… (Elle s'apprêtait à remonter dans les gradins.) Oh… Et dites à Belle que si elle veut me transmettre un message, elle n'a qu'à le faire elle-même. Franchement, elle se prend pour qui ?

— Attendez ! m'écriai-je en courant pour la rattraper, coupée dans mon élan par Rhys.

— Dis-moi, Chae Rin, tu me peux parler un peu de ce gros poisson dans son bocal ? demanda-t-il froidement.

La jeune fille se figea. Nous n'entendions plus que le vrombissement et les bips du chariot élévateur en train de charger prudemment l'aquarium.

— Si la Secte savait que tu préfères surfer sur les spectres plutôt que les tuer, elle l'aurait ajouté à ton dossier. J'en déduis que c'est un hobby récent.

— Non, seulement mon nouveau numéro.

Chae Rin avait beau défier l'agent du regard, impossible de ne pas entendre que sa voix tremblait.

— Mais on le répète depuis un petit moment déjà, trois mois, si tu veux tout savoir... Et regarde-moi, je suis déjà une star ! Enfin, j'imagine que mon statut d'Effigie y est un peu pour quelque chose.

— Pourquoi ? demanda simplement Rhys.

— Quoi, pourquoi ? Excuse-moi, tu as un problème avec ce que je viens de dire ?

Chae Rin n'était pas aussi grande que l'agent, mais sa véhémence rattrapait largement cette différence.

— Je n'enfreins aucune des règles de la Secte, mon prochain bilan n'a lieu que dans trois semaines, et, le plus important, je ne fais rien d'illégal. Alors quoi, tu râles parce que je ne lui ai pas fait la peau ? Tu as déjà oublié que j'ai été fichue à la porte ? Ce n'est plus mon problème !

— La Secte ne t'a pas renvoyée, Chae Rin.

— Ah oui, pardon, je suis en « congé jusqu'à nouvel ordre, dans l'attente d'une évaluation approfondie ». (L'Effigie leva les yeux au ciel.) Alors qu'on sait déjà tous comment cette histoire va finir...

— Faux ! dit Rhys. Tu as été un excellent élément jusqu'à présent.

— Un « élément »... ricana Chae Rin.

— Quelle que soit la décision de l'organisation, je suis certain qu'elle sera juste.

— Je n'ai jamais demandé à être un « élément », comme tu dis. Pourtant, j'ai joué le jeu : je me suis entraînée, j'ai enchaîné les missions, j'ai fait ce qu'on me demandait... et il a suffi que je foire une seule fois pour que la Secte me dise « désolés pour tout le boulot accompli, mais vous êtes devenue un problème, et nous allons vous traiter en tant que tel ».

— Tu as quand même fait un peu plus que foirer, Chae Rin, dit Rhys.

— Tu n'étais pas là !

— Mais j'ai lu les rapports. Tu t'es montrée irresponsable. (Il désigna la scène, derrière lui.) Et je pense que tu pourrais te montrer un peu plus reconnaissante, quand je vois toute la liberté qu'on te laisse.

— Reconnaissante ? Tu sais ce que ça fait, d'être convoquée devant la Cour interne comme une criminelle ? D'être regardée de haut par une bande d'inconnus ? Belle et Natalya sont traitées en héroïnes et moi, qui n'ai pas été remerciée une seule fois pour tout le travail que j'ai accompli, on me traite comme un élément perturbateur à la première incartade ! Sauf que tout à coup, vous avez besoin de moi, et vous me rappelez comme si j'étais une vulgaire call-girl. Va au diable ! J'ai raccroché.

— J'ai juste une question ! intervins-je avant que Chae Rin ne reparte. Savez-vous ce qui s'est passé ces derniers mois ?

L'Effigie, qui avait apparemment oublié ma présence, me lança un regard en coin.

— Qui est-ce, Rhys, ta nouvelle partenaire ? Tu les choisis bien jeunes, dis-moi.

— Répondez-moi, s'il vous plaît, dis-je, dans mes petits souliers.

— Désolée, je n'ai pas eu trop le temps de regarder la télé récemment, mais laisse-moi deviner : des attaques de spectres, et les mêmes catastrophes qui arrivent à peu près chaque jour dans le monde ?

J'inspirai profondément.

— Natalya est morte.

J'avais fait mouche. Le visage de Chae Rin s'adoucit et elle détourna le regard, mal à l'aise, pendant que le chariot élévateur emportait lentement le spectre.

— Faites une pause, les gars, lança-t-elle aux agents de sécurité. On a besoin de discuter cinq minutes.

Une fois seule avec nous, Chae Rin se redressa et chassa les mèches de cheveux qui retombaient sur son visage.

— Oui, je sais. C'est… (elle s'humecta les lèvres) triste. Quoi d'autre ?

— Quoi d'autre ? Un être humain capable de contrôler les spectres se balade en ce moment dans la nature. (Chae Rin haussa un sourcil.) Euh… quelqu'un d'autre que toi, je veux dire.

— Quand ton directeur t'a parlé de ce nouveau numéro, qu'il t'a dit qu'il était possible de domestiquer un spectre comme un poney, ça ne t'a pas paru curieux ? demanda Rhys.

Chae Rin s'essora les cheveux et laissa l'eau dégouliner sur les marches, à ses pieds.

— Un peu...

— Dans ce cas, pourquoi ne pas l'avoir signalé ?

— Signalé quoi ? demanda l'Effigie en rejetant la tête en arrière. Il n'y a vraiment pas de quoi en faire tout un plat. Le bâtiment est protégé des spectres de l'extérieur, mais celui-ci est dedans, c'est tout. Mon patron dit que le liquide que contient l'aquarium est une espèce de drogue. Ce truc le rendrait... influençable.

— Et c'est donc pour ça que tu peux lui apprendre des tours ? demanda Rhys en secouant la tête. Ne me dis pas que tu crois vraiment à cette fable ?

— Et pourquoi pas ? répondit Chae Rin en s'essuyant les mains sur son sweat-shirt gris. Écoute, je ne sais pas comment ça fonctionne, je me contente de faire quelques tours de piste sur le dos de cette bestiole. De toute façon, que sait-on vraiment sur les spectres ? Qui peut dire si c'est possible ou non ?

— Dans ce cas, comment fait Saul ? demandai-je. Je ne crois pas l'avoir vu se promener avec un aquarium.

— Qui ?

— Rhys, donne-moi ton téléphone, dis-je, la main tendue.

L'agent sembla pris au dépourvu, mais obéit tout de même. Je ne mis pas longtemps à trouver ce que je cherchais. Quelqu'un avait déjà posté une vidéo de l'affrontement sur le pont de Brooklyn. Je replongeai instantanément dans la terreur. Les hurlements, les badauds qui fuyaient à toutes jambes pendant que le spectre de Saul projetait les voitures par-dessus bord, et…

Je détournai mon regard de l'écran. Je pouvais tout juste supporter les sons de la catastrophe, enregistrés par un appareil incapable de capturer la véritable horreur de cette nuit-là. Je n'osais même pas cligner des yeux, car je savais que dès que mes paupières se fermeraient, je reverrais le hall de l'hôtel et son carrelage jonché de cadavres.

Je me concentrai donc sur Chae Rin, ses lèvres serrées et ses joues de plus en plus pâles. J'étais au bord des larmes, mais quand elle plongea ses yeux dans les miens, je lui rendis son regard.

— Vous êtes une Effigie. Ne me dites pas que vous ne ressentez rien, murmurai-je.

Alors qu'elle tentait visiblement de refouler ses émotions, Chae Rin m'examina attentivement. On aurait dit que c'était la première fois qu'elle me voyait vraiment.

— Qui es-tu ?

— L'héritière de Nata…

— De Natalya, la nouvelle Effigie du feu, conclut-elle, les dents serrées.

J'essayais de trouver quelque chose à dire pour immortaliser le moment, mais rien n'était plus fort que ce silence qui passait entre nous comme un courant électrique.

— Natalya a dû se sentir comme moi aujourd'hui, quand elle m'a rencontrée pour la première fois, dit Chae Rin après avoir recouvré contenance. On se succède à une vitesse folle, pas vrai ?

Elle descendit quelques marches et s'arrêta à ma hauteur alors que je me préparai pour l'inspection détaillée qui m'attendait. Maintenant que nous étions face à face, je faisais tout mon possible pour cacher mes faiblesses.

Pourtant, je ne fus pas assez rapide pour esquiver la violente chiquenaude que Chae Rin me donna au front, et qui me fit vraiment très mal.

La douleur me transperça de part en part, à tel point que je crus un moment qu'elle m'avait véritablement fendu le crâne en deux. La force surhumaine de Chae Rin n'avait donc rien d'une légende.

— Ça va, Maia ? me demanda Rhys en me prenant par l'épaule quand il me vit pliée en deux.

— Ou… oui, haletai-je, une main sur le front.

— Mauvais réflexes, déclara Chae Rin, adossée à l'un des sièges. Regarde-la un peu ! Et pourtant je n'y suis pas allée fort.

Qu'est-ce que ça doit être quand elle se donne à fond…

— Cette gamine n'arrivera jamais à la cheville de Natalya. (Elle se retourna vers moi en soupirant.) Désolée, j'apprécie que tu aies fait tout ce chemin pour me rencontrer, et crois-moi, je comprends ce que tu vis, mais j'ai été suspendue et je me fiche de ce qui peut bien se passer hors d'ici. La Secte ne peut pas me jeter comme une vieille chaussette et venir ensuite me chercher quand bon lui semble. L'organisation voulait me retirer de la circulation ? À elle d'assumer maintenant ! (Elle s'étira en bâillant.) Vous n'avez qu'à dire à Belle de tout arranger.

— Non mais c'est dingue ! protestai-je, les poings serrés. Tu as bien vu cette vidéo ! Tu sais ce qui est en train de se passer, et tu ne vas rien faire parce que tu en veux à la Secte ? Désolée, mais je refuse de croire que c'est juste une question de fierté mal placée.

Chae Rin commença à s'éloigner.

Je revoyais June, plongée dans ses livres, intarissable quand il s'agissait de raconter des anecdotes sur les héroïnes qui nous protégeaient des monstres rôdant à la lisière de notre ville.

— Mais tu es une Effigie ! m'écriai-je. Sérieusement, c'est quoi, ton problème ? Tu m'écoutes au moins ?

Je m'élançai à sa suite dans les gradins, mais Chae Rin frappa le sol de son talon juste avant que je ne la rattrape. Je sentis les marches trembler, et avant que je ne comprenne ce qui arrivait, le sol s'ouvrit sous mes pieds et m'engloutit.

Je tombai dans une pluie de gravats, trop stupéfaite pour crier, et m'écrasai lourdement sur un tas de terre, quelques mètres plus bas. Je m'essuyai aussitôt les yeux, pour en chasser la poussière et vis Chae Rin qui me regardait sans rien dire, à la surface.

— Pff… et maintenant je vais devoir réparer ça, grommela-t-elle.

Chapitre 10

Bien au chaud sous les couvertures, je regardai une vidéo pour la cinquième fois depuis que j'avais ouvert les yeux ce matin-là. On y voyait Chae Rin casser la figure à trois abrutis, de solides gaillards aux joues bien roses, devant un café de Thunder Bay, quelque part dans l'Ontario. Elle n'avait que quinze ans à l'époque et venait tout juste de commencer son entraînement. Il m'avait fallu remonter très loin dans les archives de *Doll Soldiers* pour retrouver cette célèbre rubrique. « *Chae Rin pète (encore) les plombs !* » Elle comportait déjà une centaine de pages quand les modérateurs l'avaient fermée.

On entendait seulement Chae Rin hurler « Comment vous m'avez appelée ? J'ai dit : “Revenez” ! » avant d'abattre un réverbère d'un coup de pied, ce qui avait l'air de lui demander autant d'effort qu'il en fallait pour faire une passe à un gamin de deux ans. L'individu qui avait filmé la scène avec son téléphone s'enfuyait ensuite en courant, et la vidéo s'arrêtait net.

Elle n'a commencé son entraînement que depuis un an ! La Secte pourra-t-elle contrôler sa nouvelle Effigie ? Les chaînes d'information s'étaient régalées, et à partir de là, Chae Rin ne fut célèbre que pour ses sautes d'humeur, ce qui rendit le public plutôt inquiet – et on pouvait le comprendre.

Si j'avais appris une chose au cours de ma vie de simple fan, c'est que les Effigies possédaient une force surhumaine. Elles en avaient bien besoin vu les monstres qu'elles devaient affronter.

Nous en avons bien besoin, me repris-je en me retournant dans mon lit.

Et nous devenions encore plus puissantes avec le temps : le poids de l'expérience, si on veut. Mais Chae Rin avait toujours été de très loin la plus forte, et ce avant même de commencer son entraînement – j'en avais pour preuve le gros hématome qui barrait mon pauvre front innocent. Il soulignait en tout cas à quel point nous en savions peu sur les Effigies, malgré toutes les recherches effectuées – comme pour les spectres, en somme. Si peu d'informations étaient disponibles sur les monstres qui peuplaient notre monde… Ce qui était certain, c'est que je devrais faire très attention la prochaine fois que je me retrouverais devant Chae Rin. Avec un peu de chance, Rhys penserait à prendre un casque pour moi.

Je m'extirpai du lit avec un grondement de buffle, prête à passer au plan B. Nous avions trouvé la veille un hôtel dans une jolie petite ville à deux pas du cirque, et pendant que Rhys s'occupait de réserver nos chambres, un membre du personnel m'avait parlé de la fête foraine qui avait lieu le lendemain.

— C'est le cirque qui l'organise pour faire sa pub à chaque fois qu'il lance un nouveau spectacle, m'avait-il expliqué. Ça va durer toute la journée !

Je devais tenter le coup. Une fois renseignée sur l'itinéraire, je glissai mon téléphone dans la poche de mon sweat et me mis en route. Je n'étais pas sûre de trouver Chae Rin, mais si c'était le cas, je préférais être seule. Rhys travaillait pour la Secte, contre qui Chae Rin avait l'air très remontée, alors que j'étais une Effigie, comme elle. Peut-être baisserait-elle la garde si nous arrivions à parler en tête à tête ?

J'aurais bien aimé qu'on m'explique pourquoi il était si difficile d'avoir une conversation civilisée avec mes nouvelles consœurs.

Je parcourus la ville, les bras croisés.

La fête battait son plein et les rues étaient remplies de promeneurs venus admirer les clowns, les jongleurs, les numéros organisés avec les moyens du bord, les ballons colorés et les stands de nourriture et de souvenirs. Difficile de se concentrer dans ces conditions. Après deux heures passées à chercher Chae Rin et à demander à la ronde si quelqu'un l'avait vue, je compris qu'elle n'était pas là. Le plan B était un échec.

— *Bonjour, jolie demoiselle, vous cherchez un collier** ? me demanda un vendeur, en français.

— Désolée… je ne comprends pas, répondis-je distraitement, encore un peu déconcertée par l'enclos à lamas que je venais de dépasser.

— Un joli collier pour une jolie fille ? insista l'homme en passant à l'anglais.

Je n'avais jamais saisi pourquoi les vendeurs semblaient penser que nous parler avec des airs vicieux pouvait faire gonfler leur chiffre d'affaires. Je m'apprêtai à refuser poliment quand je remarquai les poupées alignées contre le mur, derrière lui.

Le marchand suivit mon regard et sourit de toutes ses dents.

— Ah, nos matriochkas ! Haute qualité, importées de Russie, et fabriquées par les meilleurs artisans locaux !

Je savais très bien qu'il racontait n'importe quoi, mais je restai hypnotisée par les statuettes avec leurs petits visages dessinés à l'encre noire, leurs foulards rouges et leurs robes à fleurs peintes sur le bois délicat par petites touches précises. Le marchand en prit une sur l'étagère et l'ouvrit pour aligner sur sa table les figurines qu'elle renfermait, chacune plus petite que la précédente. La dernière était si minuscule que celui qui l'avait peinte s'était contenté de tracer sur son visage un simple trait, un sourire probablement.

— Vous les aimez ? Elles sont belles, n'est-ce pas ?

Ces poupées me fascinaient. J'avais l'impression qu'elles m'appelaient, comme des sirènes au chant inaudible… mais leurs petits yeux et leurs sourires me semblaient aussi un peu figés, comme si elles me cachaient un secret.

J'avais des frissons, la bouche très sèche et mes doigts tremblaient nerveusement…

Je ne parvenais pas à m'expliquer ma réaction car c'était Natalya, la Matriochka, pas moi. Je n'avais jamais trouvé ce surnom très adapté, mais elle l'avait porté avec fierté de son vivant.

Une fille succédant à l'autre en un cycle infini, impossible à briser.

Une vive douleur me transperça brusquement le crâne et je me pliai en deux, la main sur la tempe.

— Tout va bien, mademoiselle ?

J'acquiesçai en grimaçant. Des voix s'étaient mises à chuchoter dans ma tête, pratiquement étouffées par le bourdonnement sourd de la douleur.

— Mademoiselle ?

— Excusez-moi, je dois y aller.

Je m'éloignai en vacillant, toujours assaillie par ce martèlement dans mon crâne. Je fermai les yeux un instant, dans l'espoir de calmer la crise… et découvris en les rouvrant que je n'étais plus à la fête foraine.

Des images défilaient devant mes yeux, comme emportées par un tourbillon. Je continuai à marcher, mais je ne sentais plus les pavés sous les semelles de mes tennis.

J'étais mouillée. J'avançais dans un ruisseau blanc étonnamment chaud, et je distinguais devant moi, voilée par la brume, une imposante porte rouge… qui, sitôt entrée dans mon champ de vision, disparut.

Que m'arrivait-il ? Secouée de tremblements, je me pris la tête à deux mains. J'avais déjà été dans cet état au *Manoir*, quand les lèvres de ce maniaque de Saul s'étaient posées de force sur les miennes.

Si j'avais vu la dernière fois une fille endormie à son bureau, je me retrouvai ce coup-ci dans un bel appartement moderne, avec des canapés blancs et une déco pop art – celui que le monde entier avait pu voir trois mois auparavant dans une émission consacrée aux célébrités, quand Natalya avait fait visiter les lieux aux journalistes.

J'étais chez elle, à Madrid, et Chae Rin, adossée au mur près de la cheminée, tripotait quelque chose dans son dos.

— Quoi qu'il en soit, il n'y a pas de quoi se sentir gênée.

C'était la voix de Natalya, avec son accent russe si caractéristique.

Sauf qu'elle sortait de ma bouche.

Mes cris de panique, eux, refusaient de franchir mes lèvres et mes mains bougeaient toutes seules, comme si elles ne m'appartenaient plus. Elles débouchèrent une carafe en cristal posée sur une étagère et versèrent du whisky dans un petit verre. Je ne sentis même pas le goût de l'alcool.

— Comme je te l'ai dit, vois ça comme une leçon, l'occasion d'apprendre quelque chose.

— Euh… d'accord. Merci Natalya.

Je n'avais jamais vu Chae Rin aussi nerveuse… et comment ne pas remarquer la culpabilité qui troublait son regard ?

La bague…

Le murmure venait du plus profond de mon être, ce qui était déjà arrivé quand Saul m'avait attaquée. Une voix intérieure, qui me parlait… mais cette fois, c'était celle de Natalya.

— Chae Rin, quelque chose ne va pas ? demanda l'Effigie, sans que je puisse intervenir.

Chae Rin sursauta.

Et soudain, des flammes embrasèrent le souvenir qui disparut au milieu du brasier. Je reculai en titubant pour m'extirper du corps de Natalya, de l'appartement, de Madrid, jusqu'à sentir mes pieds patauger dans le ruisseau blanc.

Pas question de rester là. Je devais rentrer, et tout de suite.

Je luttais de toutes mes forces pour m'arracher au piège qu'était devenu mon esprit et me ramener petit à petit à la réalité. Je m'écroulai en haletant et parvins enfin à ouvrir les yeux, nauséeuse et désorientée.

J'étais de nouveau à la fête foraine, roulée en boule aux pieds d'une jeune femme qui avait l'air plutôt secouée. Certes, je trouvai étrange qu'elle soit attachée sur une grosse cible en bois, mais ne m'en inquiétai pas davantage… ou plutôt, pas tout de suite.

Je remarquai alors le couteau dans la main d'un lanceur, et compris que j'aurais sans doute dû hurler.

— *Dégage* * ! beugla l'homme en français.

Il n'était sans doute pas habitué à ce que des inconnus déboulent au beau milieu de son numéro sans prévenir, mais je priai pour qu'il ne soit pas surpris au point de lancer quand même son arme alors que j'étais dans sa ligne de tir. Par bonheur, il garda la main levée.

Il faut dire qu'on l'aidait un peu – un jeune homme se tenait à ses côtés et lui enserrait le poignet. Le garçon était parfaitement calme, à la différence du lanceur de couteaux. À en croire son regard paniqué, j'avais bien failli me retrouver avec un poignard en pleine tête. L'inconnu attendit que l'homme se remette de ses émotions et que son bras se détende avant de le lâcher.

Mon sauveur était maigre, très grand, avec un visage élégant, anguleux, et des cheveux ébouriffés. Il me faisait penser à ces mannequins européens qui ont toujours l'air tout droit sortis d'un centre de désintox – son jean très serré et sa chemise blanche venaient accentuer cette impression.

— Tout va bien ? me demanda-t-il.

Je n'arrivais pas à identifier son accent. Il sonnait vaguement russe, mais contrairement à celui de Natalya, semblait s'être émoussé au fil des ans pour finalement ne plus ressembler à grand-chose.

— Ma tête… murmurai-je.

Parler, même à voix basse, me faisait mal. J'avais l'impression qu'on m'avait greffé les cordes vocales et les mots d'une autre. Je ne pouvais rien faire d'autre que regarder mon interlocuteur et son beau visage encadré de mèches d'un blond clair.

— Mais pousse-toi de là ! me cria la jeune femme, toujours attachée à sa cible.

Je remarquai enfin les couteaux plantés dans le bois, à quelques centimètres de son justaucorps.

— Qu'est-ce que tu fabriques ? On est en plein milieu d'un numéro, bon sang ! renchérit le lanceur.

En effet. La foule me contemplait, bouche bée. Quant à mon élégant sauveur, il avait l'air sur le point d'éclater de rire. Il s'était sans doute retrouvé là par hasard, au bon moment. Heureusement pour moi.

Je ne voyais plus le marchand de poupées russes, et pourtant je ne me rappelai pas m'être éloignée de son stand. Comment étais-je arrivée là ? C'était comme si j'avais fait une crise de somnambulisme… en plein jour.

— Il est temps de se lever, me dit le jeune homme, mais mes jambes refusèrent de coopérer.

— Bon ça suffit mainte… commença le lanceur de couteaux.

Le regard de mon sauveur l'arrêta net. Mais la lueur joyeusement assassine que j'avais cru apercevoir dans ses yeux de chat disparut aussitôt, remplacée par un vide glacial.

Ce garçon n'est pas normal.

Le lanceur pensait sûrement la même chose car son bras retomba immédiatement le long de son corps.

— Cette demoiselle n'a pas l'air de se sentir très bien, dit le jeune homme avec un sourire aussi cordial que menaçant. Soyez gentils, laissez-lui un instant.

Autrement dit, allez-vous-en.

L'artiste comprit le message et s'excusa en français, puis en anglais, auprès de son public. Il était sans doute trop ébranlé pour remarquer que son couteau lui avait échappé des mains et s'était planté dans l'herbe, à quelques pas de lui. Son assistante se libéra de ses entraves comme si de rien n'était et lui emboîta le pas pour aller expliquer la situation à un de leurs collègues.

— Désolée, bredouillai-je pendant que la foule se dispersait.

— Ne t'occupe pas d'eux, me conseilla l'inconnu en rajustant son foulard. Je vais t'aider.

— Non, ça va ! répondis-je très vite en repoussant le bras qu'il me tendait.

J'avais déjà commencé à ramper quand il me souleva par les aisselles et me remit sur pied. D'accord, j'étais debout, mais j'aurais franchement préféré qu'il me laisse tranquille.

— On m'a toujours appris à ne jamais refuser un coup de main, me dit-il d'un ton amical. C'est le genre de chance qu'il ne faut pas laisser passer. (Il resserra son étreinte.) D'un autre côté, Natalya n'a jamais cru à la chance, ajouta-t-il avec un sourire espiègle.

Je le dévisageai en grimaçant, trop surprise pour parler.

Il passa un doigt le long de sa joue – j'étais assez près pour entendre le raclement de son ongle sur sa peau.

— Et toi, tu y crois ?

Le dernier couteau abandonné par son propriétaire fendit l'air et se ficha dans la cible derrière nous. À en croire les quelques cheveux dorés qui se détachèrent de la tête de Monsieur Flippant, il avait frôlé la mort de très près.

Ce qui avait l'air de beaucoup l'amuser.

— Salut Aidan, dit-il.

Rhys se tenait à l'endroit même où se trouvait le lanceur quelques minutes plus tôt, le regard figé sur le mystérieux garçon.

— Maia, éloigne-toi de lui !

Je ne me le fis pas dire deux fois. J'avais d'ailleurs déjà profité de l'arrivée de Rhys pour m'écarter de l'inconnu.

— Tu passais dans le coin, Aidan ?

— Je l'ai retrouvée grâce à son téléphone.

Je farfouillai machinalement dans mon sweat-shirt et attrapai mon portable.

— Ne me regarde pas comme ça, dit le garçon. Tu sais très bien que je ne lui ferais jamais rien… sauf si on me l'ordonnait, bien sûr. Mais bon, c'est le boulot, pas vrai ?

Rhys fourra les mains dans ses poches, mais je voyais bien qu'il serrait les poings.

— Vasily ?

— Oui ? demanda l'homme en se penchant vers lui.

— Je n'aime pas trop les clichés, mais touche à un seul de ses cheveux et je te tue. Je suis très sérieux.

— Tu ne peux pas, jubila Vasily. Tu n'as plus de couteaux.

— Je ne suis jamais à court de lames.

Rhys avança d'un pas, et son adversaire leva les bras.

— C'est bon, j'essayais seulement de l'aider. Pourquoi en fais-tu toujours des tonnes ?

— Rhys, qui est-ce ? demandai-je en m'approchant du jeune homme.

— Un vieil ami, répondit Vasily.

— Un agent, dit Rhys au même moment.

Un agent de la Secte ? Ceux qu'on voyait à la télé étaient toujours des hommes et des femmes vifs et athlétiques, jeunes mais pas trop, avec un costume noir et des lunettes de soleil, ou leur fameux gilet pare-balles rouge. En résumé, ils ressemblaient plus à Howard qu'à Rhys ou Vasily. Le premier faisait vraiment trop geek, et le second avait surtout l'air d'une rock star débauchée… Je constatai alors à quel point j'en savais peu sur la Secte, ce qui était somme toute logique, puisque cette organisation ne communiquait pratiquement jamais avec le reste du monde qu'elle était censée protéger.

Je dévisageai les deux hommes. Malgré son calme apparent, il était clair que Rhys bouillait de rage, quant à Vasily, il se tenait tranquillement les mains dans le dos, l'air de ne pas y toucher.

— Qu'est-ce que tu fais ici, Vasily ?

— J'avais deux ou trois trucs à régler dans le coin.

— Pour Blackwell ? Tu lui sers toujours de coursier ?

Vasily ne semblait pas avoir relevé l'insulte, il contemplait ses ongles, l'air de rien.

— J'ai entendu dire que vous étiez ici, et j'ai eu envie de venir voir comment vous vous en sortiez avec la mission.

— Très bien, merci, répondit sèchement Rhys.

— Dans ce cas, où est Chae Rin ?

Rhys se renfrogna. De toute façon, je le voyais mal répondre « aux toilettes ».

— Tu as reçu le message toi aussi, pas vrai, Aidan ? demanda Vasily en sortant son téléphone. La mise au point sur l'opération ? (Rhys acquiesça.) C'est sans doute pour ça que tu t'es dépêché de retrouver cette fille, continua-t-il en me désignant du menton. Tu progresses, mais le temps presse, plus que jamais. Tu dois recruter Chae Rin dans l'heure si tu veux respecter les délais imposés par la Secte.

Une heure pour retrouver une Effigie mal lunée et la convaincre de reprendre du service. *Trop facile !*

— Tu n'es pas là que pour ça, je me trompe ? demanda Rhys.

— Ne sois pas si parano, Aidan. Je ne fais qu'obéir aux ordres, comme tout le monde. (Vasily prit une grande bouffée d'air, les yeux fermés.) Et qui sait ? Comme je suis dans le coin, j'aurais peut-être le temps d'aller voir un spectacle...

Rhys fusilla le jeune homme du regard, mais il était clair que ce dernier en avait fini avec lui.

— Ce fut un plaisir, Maia. (Je frissonnai rien qu'à l'entendre prononcer mon prénom.) Oh, une dernière petite chose à propos du nouveau numéro que le cirque a lancé hier, ajouta-t-il en grattant son menton mal rasé.

Rhys avait déjà dû faire son rapport, ce qui voulait dire que la nouvelle circulait maintenant dans toute l'organisation. Chae Rin aurait-elle des problèmes ?

— J'ai entendu une rumeur de la bouche d'une personne particulièrement bien renseignée... appelons ça un indicateur, si vous voulez... (Vasily déroba un ballon à un clown qui passait par là.) Disons que quand vous parlerez au directeur du cirque, pensez à être à l'affût d'une pierre blanche.

— Une pierre blanche ? répéta Rhys.

— Il l'aura sur lui, j'en suis pratiquement sûr.

— Pourquoi tu me racontes tout ça ? demanda Rhys, méfiant.

— Honnêtement, parce que j'ai mieux à faire, sinon j'aurais vérifié moi-même. Je compte sur toi pour gérer la situation avec ta rapidité et ton professionnalisme habituels.

Son sourire narquois était plein de sous-entendus. Je compris en voyant Rhys se raidir que ces deux-là avaient un secret.

— Mais comme je te l'ai dit, nous n'avons pas beaucoup de temps, et j'ai pour ordre de reprendre les choses en main si tu ne te montres pas à la hauteur – ce qui n'est souhaitable pour personne.

Vu la tête que faisait Rhys, je voulais bien le croire.

— Allez, on s'active, termina Vasily en se retournant pour s'éloigner.

— Attends ! s'écria Rhys, mais le jeune homme avait déjà disparu dans la foule.

Chapitre 11

— Agents de la Secte, annonça Rhys en montrant son insigne. Nous cherchons le bureau du directeur, nous devons lui parler. Prévenez également Chae Rin et dites-lui de nous rejoindre là-bas.

Les dortoirs du cirque étaient mitoyens de la salle principale, et nous dûmes traverser tout le rez-de-chaussée avant d'atteindre l'endroit voulu.

— Henry Guillaume ? lança Rhys en toquant à la porte. Nous sommes de la Secte... Il faut qu'on parle, c'est urgent.

— Tu crois vraiment que ça en vaut la peine ? lui demandai-je, adossée au mur.

— Vasily a beaucoup de défauts, mais il reste un agent. S'il pense que nous devons nous intéresser à cet homme, je suis prêt à obtempérer. Et puis, si c'est ce monsieur qui a eu l'idée de ce petit numéro entre Chae Rin et son spectre de compagnie, j'aurais de toute façon deux mots à lui dire.

Rhys s'apprêtait à frapper de nouveau quand la porte s'ouvrit d'un seul coup. Derrière, nous attendait Monsieur Loyal, qui à l'évidence portait aussi la casquette de directeur. Il était beaucoup moins flamboyant que la veille, avec son short de bain qui lui descendait jusqu'aux genoux. Je n'arrivais pas à détacher les yeux de ses mollets poilus.

— Qu'est-ce que vous me voulez ? demanda l'homme en me regardant par-dessus la monture de ses lunettes de soleil.

— Nous sommes, euh… venus vous parler de…

Je devais me forcer pour le regarder en face – Rhys, qui l'avait bien sûr remarqué, semblait trouver cela très amusant.

— Prenez rendez-vous.

L'individu s'apprêtait à nous claquer la porte au nez quand Rhys posa la main sur la poignée.

— C'est une possibilité, mais on reviendrait alors avec beaucoup plus de monde… Et des menottes.

Le directeur nous laissa entrer avec un regard mauvais, mais il se reprit tout de suite et lissa sa chemise violette avant de relever le col de son blazer avec la superbe de l'homme de cirque aguerri – des manières qui ne rendaient pas son short moins ridicule pour autant.

— Vous êtes bien Henry Guillaume ? demanda Rhys en indiquant la plaque posée sur le bureau.

L'homme acquiesça. Des cheveux s'échappaient de sa queue de cheval rousse faite visiblement à la va-vite.

— Je savais que la Secte finirait par pointer le bout de son nez… Ce cirque appartient à un investisseur privé. Vous n'avez pas le droit de fouiller dans nos affaires.

— Même quand vous sortez des monstres de votre chapeau pour votre grand numéro ? demanda Rhys en jonglant avec la plaque. Vous n'aviez pas de quoi vous payer un éléphant ?

Le directeur du cirque lui arracha l'objet des mains.

— Ça ne vous regarde pas !

— Vous avez trouvé un moyen de contrôler les spectres, ces créatures qui terrorisent l'humanité tout entière depuis plus d'un siècle, et vous n'avez pas jugé bon d'en informer les autorités ?

— Bon, écoute, gamin…

Vif comme l'éclair, Rhys attrapa l'homme par le col de sa chemise et l'attira à lui.

— Vous savez combien de personnes sont mortes à cause de ces bestioles, rien que la semaine dernière ? Je vais vous donner une petite estimation…

Guillaume bafouilla quelque chose, mais je ne l'écoutais pas car je venais de remarquer la bague à son doigt – un bijou à priori plutôt quelconque, mais dont la pierre blanche me semblait étrangement familière…

Oh !

— Où avez-vous trouvé cette bague ? m'écriai-je, le cœur battant.

Une perle blanche avec des volutes noires en son centre. Identique en tout point à celle que Saul m'avait montrée sur le balcon… avant de déclencher un véritable massacre dans l'hôtel grâce à une armée de spectres.

J'en informai l'agent, mais le regrettai aussitôt : sans perdre une seconde, il avait plaqué brutalement l'homme sur son bureau.

— Rhys !

— Répondez à la question : d'où vient cette bague ?

— Qu'est-ce que vous faites, lâchez-moi, s'étrangla le directeur.

— Je ne me répéterai pas… insista Rhys.

— Vous pouvez me dire à quoi vous jouez, bande de guignols ?

Chae Rin se tenait dans l'encadrement de la porte, en legging de sport. Elle avait l'air hors d'elle.

— Ce n'est pas ce que tu crois, dis-je.

C'était exactement ce qu'elle croyait.

— Chae Rin, fiche-moi ces malades dehors ! glapit le directeur.

— Je n'y crois pas, sérieux, murmura l'Effigie.

Elle se dirigea vers nous à grands pas et Rhys libéra l'homme de son emprise.

— Chae Rin…

— La ferme, Rhys ! Venez avec moi, vous deux.

Elle nous attrapa par les poignets et nous traîna sans le moindre effort hors de la pièce, puis referma la porte derrière elle. Malgré tout, on entendait encore Guillaume proférer des menaces dans le vide, parler de poursuites judiciaires…

— Nous devons récupérer cette bague ! dis-je quand l'Effigie nous lâcha enfin. Il s'en sert pour contrôler le spectre !

— Ah oui ? Où es-tu allée chercher ça ?

J'expliquai mon raisonnement aussi vite que possible, mais Chae Rin n'avait pas l'air convaincue.

— Rhys, tu devrais savoir qu'on ne harcèle pas un civil sur une simple conjecture, surtout si elle est hasardée par une apprentie un peu trop enthousiaste.

— Mais…

Chae Rin poussa un profond soupir qui indiquait clairement que la situation l'épuisait. Nous l'épuisions.

— S'il vous plaît, ne me faites pas ça. Pas aujourd'hui.

Elle glissa ses écouteurs dans ses oreilles et remonta la fermeture éclair de son anorak blanc.

— C'est une journée très importante pour moi, et j'ai vraiment besoin qu'on me laisse tranquille. On en reparle demain, d'accord ? Revenez avec une armée de gratte-papier de la Secte si vous voulez, mais demain.

Sur ces mots, Chae Rin partit en courant à un train d'enfer… mais je n'allais pas la laisser filer si facilement, aussi je m'élançai à sa poursuite avant que Rhys ne puisse me retenir. Elle était enfin dans ma ligne de mire, et cette fois, pas question de rater mon coup.

L'Effigie était très rapide, et la musique qu'elle écoutait était sans doute bien trop forte pour qu'elle entende mes cris désespérés, mais je m'obligeai à tenir l'allure.

Les dortoirs surplombaient un superbe petit lac qui étincelait au soleil. Chae Rin regarda par-dessus son épaule, vit que je la suivais toujours, et accéléra encore.

— Attends !

J'étais plutôt forte en athlétisme au lycée, mais Chae Rin jouait clairement dans la catégorie supérieure.

— J'ai dit « attends », pauvre débile ! beuglai-je de toutes mes forces.

L'Effigie s'arrêta net et fit volte-face. Emportée par mon élan, je freinai des quatre fers et manquai de m'étaler de tout mon long.

— Comment m'as-tu appelée ? demanda Chae Rin en arrachant ses écouteurs.

Pliée en deux, les mains sur les genoux, je laissai échapper un petit rire nerveux – ce qui n'était pas un mince exploit tant je haletais.

— Tiens, tu m'entends tout à coup ?

— Alors comme ça, je suis débile ?

Toiser Chae Rin avait de quoi vous donner des cauchemars, mais je fis appel à tout mon courage et tins bon.

— Ce n'est pas vrai, peut-être ? Je t'ai raconté tout ce qui est en train de se passer, et toi, ça t'est juste égal !

— Ne t'ai-je pas dit qu'on en parlerait plus tard ?

— Non, nous devons le faire maintenant ! Il nous faut cette bague, tu dois venir avec nous, et rien de tout ça ne peut attendre !

— Tu te prends pour qui, pour me donner des ordres ?

Je laissais ma langue se délier à une vitesse alarmante, emportée par ma colère.

— Et toi ? Pour une Effigie, peut-être ? crachai-je. Tu sais qu'à chaque fois qu'on parle de toi aux infos, c'est parce que tu as foiré une mission ?

Chae Rin se tut.

— Tu as enfin la chance de tout changer ! Un terroriste se balade en liberté, et nous avons besoin de toi. Qu'y a-t-il de si difficile à comprendre ? Si Natalya était là, elle…

— Quoi ? Elle sauverait la mise ? (Une brise glaciale venue du lac emporta le rire sans joie de Chae Rin.) Tu ne sais vraiment pas qui elle était en réalité, hein ? Non, tu n'es qu'une petite groupie de plus !

La jeune fille fonça droit sur moi, un sourire figé sur les lèvres – mais tout se passait dans ses yeux. Elle avait un regard plus chaleureux quand elle avait tenté de m'enterrer vive, la veille.

— Laisse-moi deviner, tu penses que les Effigies sont « trop géniales », pas vrai ? Et je parie que tu as des posters de Natalya accrochés aux murs de ta chambre, juste à côté de ta collection de figurines.

— Non.

Mon poster traînait quelque part au fond d'un placard.

— Tu veux que je te parle de la vraie Natalya ? De l'alcoolique qui avait un besoin maladif de se mettre en danger dès qu'elle le pouvait ? Et la Secte par-ci, et la Secte par-là… Ah… le devoir ! L'honneur ! J'ai toujours su qu'elle se ferait tuer, mais qui aurait pu deviner qu'elle s'en chargerait elle-même ?

— Arrête ! m'écriai-je, les ongles plantés dans mes paumes. Ne parle pas d'elle comme ça !

— Pourquoi ? Bienvenue dans le vrai monde, la nouvelle ! Nous mourons tout le temps, nous autres, les Effigies. Nous nous faisons tuer, ou nous nous tuons. Natalya a choisi la deuxième option.

— Non, protestai-je, les yeux mouillés de larmes.

— C'est pourtant ce que tout le monde dit. Tu ne trouves pas ça « super », Miss Groupie ?

— Assez !

— Personnellement, j'ai choisi une troisième voie : vivre le reste de ma triste vie retranchée derrière ma honte. Ce n'est pas si mal… (Chae Rin désigna le cirque, derrière elle.) J'ai réalisé mon rêve – c'était ça ou gymnaste... Enfin, avant que le destin ne vienne frapper à ma porte. Et tu sais quoi ? Je ne sauve peut-être plus des vies, comme ta princesse Natalya, mais je rends les autres heureux, et je suis heureuse en retour. Pourquoi n'aurais-je pas le droit de choisir à quoi va ressembler mon existence ?

La jeune fille ne s'arrêta que quand nous fûmes à quelques centimètres l'une de l'autre.

— Si tu es désespérée au point d'avoir besoin de pouvoirs magiques pour donner un sens à ta vie, vas-y, je t'en prie... Marche dans les pas de ton héroïne ! Ils te mèneront six pieds sous terre. Laisse-moi seulement en dehors de tes histoires, merci.

Je fixai le sol, folle de rage. Je savais ce qu'on racontait sur Chae Rin... mais c'était tout de même une Effigie ! Elle aurait dû...

Je fermai les yeux... et vis June, qui me souriait.

— Tu es censée être forte... Une héroïne ! Natalya l'était... mais tu n'es rien comparée à elle.

À mon tour de la toiser du regard d'un air mauvais.

— Tu as peur, voilà le problème, poursuivis-je. Et toutes ces histoires au sujet de la Secte qui t'aurait humiliée ? Rien que du vent !

— Ah oui ?

— Tu t'es plantée, et tu n'es même pas capable d'assumer tes responsabilités. Tu en veux à la Secte parce qu'elle te traite comme un problème ? La faute à qui si tu es plus célèbre pour ton mauvais caractère et tes caprices que pour tes exploits au combat ? Même tes parents ont honte de toi ! Je me demande bien pourquoi, tiens...

C'était un coup affreusement bas. J'avais dépassé les bornes et j'en étais arrivée aux insultes pures et simples, même si tout mon être me hurlait d'arrêter.

— Tu ne veux pas nous aider ? Très bien, nous n'avons pas besoin de toi de toute façon. Tu n'as même pas été fichue de terminer ta première mission. Tu es repartie sur un brancard.

Je sentis soudain comme un trou dans mon estomac. Chae Rin m'avait jetée à terre d'un seul coup de poing.

— Ne t'inquiète pas, dit-elle d'une voix sourde en me relevant, les dents serrées. Les Effigies cicatrisent vite.

Sur ce, elle me jeta dans le lac. Je me débattis au milieu des remous et ouvris les yeux juste à temps pour voir Chae Rin me soulever hors de l'eau.

— Comment oses-tu me parler comme ça ? cracha-t-elle en me secouant dans tous les sens.

J'aurais bien voulu croire que les gouttes qui roulaient sur ses joues n'étaient que l'eau du lac, mais je savais pertinemment que ce n'était pas le cas.

— Tu ne me connais pas !

Elle me traîna par le col et me plaqua sur le rivage.

— Tu sais ce que ça fait, toi, d'avoir son corps brisé en mille morceaux ? De voir les tripes de quelqu'un répandues sur le trottoir, d'avoir l'impression d'être en enfer… Et après tout ça, d'être tout de même considérée comme la tarée de la bande ? Tu crois que je ne sais pas ce que pense ma famille de moi ?

Un instant je crus que ses larmes coulaient sur mon visage, mais je me rendis compte que je pleurais moi aussi.

— Qui es-tu pour me dire des choses pareilles ?

— Personne… répondis-je, les lèvres tremblantes. Pas comme toi, Natalya, ou Belle.

Tout ce monde, sur le pont, au *Manoir*, la femme dans l'ascenseur… Ma propre famille.

— Moi, je ne peux sauver personne, mais toi, tu es tellement forte, tellement puissante… Tu peux le faire, j'en suis sûre. Alors pourquoi te défiles-tu ?

Chae Rin me libéra de son emprise et essuya ses larmes. Elle s'éloigna ensuite lentement, traînant des pieds dans le sable, s'accorda un moment pour respirer à fond et écarta une mèche de son visage.

— Ma famille doit venir aujourd'hui, annonça-t-elle si doucement que je l'entendis à peine. Pour la première représentation de l'après-midi. Ma sœur, mon père… et même ma mère. Tu sais, ce sont les familles qui souffrent le plus dans toute cette histoire. Quand ma mère a appris que j'avais été choisie, elle…

Chae Rin ne termina pas sa phrase et je compris qu'un drame avait eu lieu, même si personne n'était au courant. Je savais que ses parents possédaient un restaurant à Vancouver, mais c'était la seule chose que j'avais pu trouver sur Internet.

— Aujourd'hui elle va bien, poursuivit la jeune fille, une lueur juvénile et innocente dans le regard. Ils viennent me voir ! J'ai fait mon temps, et maintenant ils n'ont plus à s'inquiéter. C'est fini pour moi, cette vie. Je suis désolée.

Étonnamment, elle avait l'air sincère.

*

Chae Rin disait vrai, nous guérissions vite. Elle m'avait amochée, mais rien de bien grave, et après quelques heures de repos dans la voiture de la Secte, je fus de nouveau sur pied, avec quelques bleus supplémentaires, histoire de me rappeler ce dont l'Effigie était capable quand elle était en colère. Et honnêtement, je les avais bien mérités.

— Je n'ai plus trop d'idées, déclara Rhys.

Au lieu de retourner en ville, nous étions restés sur le gigantesque parking du cirque qui commençait déjà à se remplir pour le premier spectacle de la journée.

— Je suis repassé devant le bureau du directeur tout à l'heure, mais il avait déjà appelé la sécurité, m'expliqua l'agent. C'est grotesque.

Je me redressai sur la banquette arrière et, avec prudence, éloignai de ma tempe la poche de glace que Rhys m'avait gentiment apportée. Malgré la douleur, je n'arrivais pas à oublier les larmes de Chae Rin. Nous n'avions été tendres ni l'une, ni l'autre, mais j'étais allée trop loin.

« Pourquoi n'aurais-je pas le droit de choisir à quoi va ressembler mon existence ? »

J'aurais dû entendre le désespoir que cachaient ces mots quand elle les avait prononcés.

Cette vie avait l'air tellement plus géniale derrière l'écran de mon ordinateur…

— Il faut non seulement trouver un moyen de convaincre Chae Rin de nous accompagner, mais aussi mettre la main sur ce bijou, résuma Rhys pendant que la poche gouttait sur mes genoux. J'ai déjà enfreint le protocole en brutalisant cet homme, je ne peux pas juste entrer par effraction dans son bureau et lui piquer sa bague… Et faire venir une équipe ici prendrait un temps fou.

Le téléphone de Rhys vibra.

— C'est un message de Vasily…

— Que se passe-t-il ? demandai-je en me penchant pour lire par-dessus son épaule.

Nous contemplâmes l'écran en silence.

« Désolé, temps écoulé. »

Le tout assorti d'un smiley.

— Je vais parler à Chae Rin, annonçai-je en laissant tomber le sac de glace.

— Maintenant ?

— Je crois que je n'ai pas envie de voir ce Vasily « prendre les choses en main », comme il dit. Je dois au moins essayer.

Je bondis hors de la voiture et filai à grandes enjambées vers le chapiteau, Rhys sur mes talons.

Une fois dans le hall, j'entendis une clameur retentir. Ça ne ressemblait pas du tout aux cris enthousiastes de la veille.

Rhys se précipita dans l'arène. Je m'engouffrai derrière lui dans la pénombre, mais il m'arrêta d'un geste.

— Vasily… cracha-t-il.

Le jeune homme se tenait derrière un Monsieur Loyal terrifié, et pressait un couteau contre sa gorge.

— Vasily ! Tu es devenu dingue ? lui cria Rhys.

L'agent ne pouvait pas nous entendre au milieu des hurlements des spectateurs, mais il sentit peut-être notre présence car il leva la tête et nous regarda dévaler les marches. Il articula deux mots en silence à notre attention, ponctua le tout d'un sourire féroce et fit sauter l'anneau – ainsi que le doigt de Guillaume – d'un coup de couteau.

Je me cramponnai à la barrière, horrifiée, pendant que Monsieur Loyal hurlait de douleur.

De la fumée colorée jaillit des tuyaux installés tout autour de la scène – un dispositif programmé d'avance pour agrémenter les numéros. Chaque jet teintait l'aquarium d'une nuance différente.

Vasily récupéra la bague sur le doigt coupé, puis jeta ce dernier derrière lui avec une désinvolture inquiétante.

— Vasily ! cria une fois de plus Rhys en se précipitant vers la scène.

Il s'arrêta brusquement, le regard fixé sur l'aquarium.

Vasily ne disait rien – il n'en avait pas besoin – et, toujours sans nous quitter des yeux, il recula lentement, les mains dans les poches, au moment précis où la scène était de nouveau enfumée. Son sourire fut la dernière chose que je vis disparaître dans l'épais brouillard.

— Faites évacuer la salle ! tonna Rhys.

Mais pourquoi ? Vasily allait revenir. Il avait la bague, nous étions tranquilles.

Un agent de la Secte venait d'accomplir sa mission ! C'était une bonne chose pour nous. Il allait bientôt réapparaître, il ne pouvait tout de même pas…

Mes jambes se mirent à trembler.

Partir.

Le spectre commença à s'agiter violemment dans son bocal.

— Tout le monde dehors !

Au moment précis où Rhys rejoignait le directeur du cirque, le monstre bondit hors de sa cage et transperça les colonnes de fumée, prêt au carnage.

Les spectateurs se ruèrent tous vers la sortie. Je grimpai sur un siège pour éviter de me faire piétiner quand le spectre passa au-dessus de nous. Tout le monde se jeta à terre, et je me recroquevillai, la tête dans les bras – sans pouvoir m'empêcher de jeter un coup d'œil à la scène, poussée par une curiosité morbide. Le corps du monstre, tout en os, chairs et fumée, me frôla à une telle vitesse que mes cheveux, soulevés par le courant d'air, me fouettèrent le front.

— Rhys ! criai-je en m'élançant dans l'escalier.

Le spectre creva le plafond et fila à l'extérieur, une pluie de débris dans son sillage.

Une grosse poutre en bois me tomba dessus, descellée par le choc. Je basculai en arrière en voulant reculer et la regardai s'abattre sur moi – puis fermai les yeux.

J'entendis le bruit de l'impact une seconde avant de sentir le sol vibrer.

Un pied en appui sur une marche derrière elle pour tenir le choc, Chae Rin avait réussi à stopper la poutre, mais semblait s'être cassé la main. Elle repoussa le madrier sur le côté avec un grognement de douleur.

— Chae Rin ! Comment es-tu… Ça va ?

Son justaucorps argenté était maculé de suie et seule la moitié de son visage était maquillée. Trop hébétée pour répondre, elle balaya la salle d'un regard ahuri.

— Papa ? Maman ? *Eomma ?*

Je la pris par le bras.

— Chae Rin, je…

— Fais sortir tout le monde ! me cria-t-elle, les yeux exorbités. Vite !

Je ne me fis pas prier. Pendant que Chae Rin cherchait sa famille, je m'employai à évacuer l'arène, relevant les spectateurs qui s'étaient jetés à terre, aidant ceux qui ne pouvaient pas marcher seuls – comme ce vieux monsieur dont les jambes fatiguées l'empêchaient de gravir l'escalier aussi vite que je ne l'aurais voulu.

— Au secours ! cria quelqu'un un peu plus bas dans les gradins.

J'attrapai par la manche un homme qui passait à côté de moi.

— Aidez-le, lui ordonnai-je en lui tendant la main du vieillard avant de courir vers la voix.

Au milieu d'une rangée de fauteuils, un adolescent essayait de dégager les jambes d'une femme de sous les décombres… mais le spectre venait de reparaître dans l'arène, et il n'avait plus le temps de la sauver.

Chae Rin les rejoignit la première. Elle écarta les débris de charpente comme s'ils ne pesaient rien et s'agenouilla près de la femme qui sanglotait de douleur.

— Comment va-t-elle ? demandai-je en enjambant d'un bond les derniers sièges.

La femme secoua la tête, les dents serrées. Elle avait la jambe droite cassée, mais rien de bien grave.

Le garçon ouvrit de grands yeux derrière ses lunettes à monture carrée.

— Vous êtes une Effigie ! souffla-t-il à l'intention de Chae Rin.

Drôle de spectacle de le voir ainsi subjugué au milieu de ce cauchemar. Les Effigies produisaient souvent cet effet.

Chae Rin l'avait remarqué elle aussi. Elle serrait le dossier du siège à côté d'elle, la bouche entrouverte, tétanisée par la confiance absolue du jeune homme.

— Il arrive ! cria la femme.

Le spectre fonçait droit sur nous.

Chae Rin leva les mains et un mur de pierre surgit devant elle, telle une rampe. Le spectre suivit sa courbe, et évita notre petit groupe.

Elle nous avait fait gagner du temps.

— Aide-la à se lever, m'ordonna-t-elle.

Je passai un bras autour des épaules de la blessée et l'entraînai vers l'escalier, le garçon sur les talons. Je me retournai juste avant d'entamer la montée et vis le spectre se ruer sur Chae Rin, la gueule ouverte. Peut-être avait-il reconnu celle qui l'avait monté comme un animal de rodéo.

— Allez viens, je t'attends, marmonna l'Effigie.

Elle sauta sur un fauteuil et, avec une pirouette que seule pouvait accomplir une funambule de métier, s'agrippa de sa main valide à l'un des os qui saillaient du corps de son ancien partenaire.

L'animal se contorsionna violemment pour la faire tomber, puis changea de trajectoire avec un rugissement féroce.

Je retins mon souffle. Il venait dans notre direction.

La terre trembla et une colonne de pierre jaillit du sol,

au milieu des sièges. Sa pointe aux bords ciselés se ficha dans la gorge du spectre, le stoppant net.

Chae Rin poussa un profond soupir et se laissa retomber par terre.

Le monstre était mort.

Un bataillon d'ambulances était garé devant le *Cirque de Minuit* – les infirmiers se chargeaient des blessés. Assise sur le capot d'une voiture de police, son anorak sur les épaules, Chae Rin chassa d'un geste impatient l'un des brancardiers qui essayait d'inspecter la grosse plaie sur son front.

— Il veut seulement t'aider, lui fis-je remarquer avec un petit rire épuisé.

— Je vais très bien, répondit-elle en défaisant son chignon. (Ses cheveux retombèrent sur ses épaules et elle me lança un regard entendu.) Rappelle-toi, les Effigies cicatrisent vite.

Je m'assis à côté d'elle, agréablement surprise de la voir s'écarter pour me faire de la place. Je ne savais pas quoi dire. Peut-être ne m'habituerais-je jamais à la vue des brancards, des gravats et des innocents en état de choc, encore trop sonnés pour comprendre ce qui leur était arrivé.

Il fallait que ça cesse.

— Je sais… soupira Chae Rin avant que j'aie prononcé un seul mot. Tu veux toujours que je vienne avec vous, hein ?

Elle tripota le bandage qui enveloppait sa main cassée.

— Où sont tes parents ? Comment vont-ils ?

— Ils ne sont pas venus, je viens de lire leur SMS, ricana la jeune femme en me montrant son téléphone. C'est aussi bien, en fait. Je ne sais pas trop comment j'aurais pu leur expliquer cette pagaille.

Alors qu'elle glissait l'appareil dans sa poche, je songeai à la panique qui l'avait envahie quand elle scrutait l'arène à la recherche de sa famille.

— Tu sais, cette bague… elle appartenait à Natalya, me dit Chae Rin, mal à l'aise.

Je n'étais pas étonnée. Natalya elle-même avait essayé de me le dire, dans ses souvenirs – car, selon toute vraisemblance, c'était bien ce dont il s'agissait. Tout commençait à s'expliquer… mais cela dépassait bien trop mon entendement. J'étais entrée dans la conscience d'une Effigie, une morte communiquait avec moi à l'intérieur de mon propre esprit… J'étais beaucoup plus secouée que je ne voulais le laisser paraître.

— Je la lui ai prise, la dernière fois que nous nous sommes vues… ça plus quelques autres babioles, dit Chae Rin.

— Pourquoi ?

— Je ne sais pas ! C'était idiot ! (Elle appuya son front contre sa main valide.) J'étais énervée et j'avais besoin d'argent, alors j'ai presque tout vendu. Je savais que cette bague avait une particularité que je ne parvenais pas à identifier, mais j'ai fini par la donner au directeur, comme une débile.

— Il te l'avait demandé ?

— Je ne crois pas qu'il savait ce qu'elle pouvait faire, il

l'a sans doute compris plus tard, mais c'est un sacré rapace, et on voit tout de suite qu'elle a beaucoup de valeur. Il a dit qu'il me laisserait rejoindre la troupe en échange du bijou. Je sais que c'était complètement crétin… je n'ai pas réfléchi.

Je me contentai de hocher la tête. Je savais qu'elle aurait pu faire bien pire, en termes d'erreurs. J'étais plus préoccupée par la bague elle-même, qui se retrouvait entre les mains d'un agent complètement désaxé qui n'avait peut-être jamais été de notre côté. Et puis, c'était la bague de Natalya, d'accord… Mais comment était-elle entrée en sa possession ?

— Puisque nous sommes entre catastrophes ambulantes, je peux te dire quelque chose ? Nous avons vraiment besoin de ton aide. Juste pour cette mission, et après…

— Si nous sommes encore en vie, me coupa Chae Rin.

— Tu pourras retourner au cirque.

— S'il rouvre un jour. (Elle poussa un soupir.) Je ne vois pas vraiment ce que je pourrais inventer pour me défiler. Je ne vais pas laisser quelqu'un d'autre réparer mes bêtises.

Chae Rin sauta avec agilité du capot.

— Je… Que veux-tu dire ?

— Que j'ai besoin de cinq minutes pour faire ma valise, répondit-elle en agitant la main avant de disparaître dans la foule.

Je luttai de toutes mes forces pour ne pas lever le poing en signe de victoire au milieu des infirmiers débordés et des blessés qui auraient trouvé le geste de très mauvais goût. J'avais accompli ma première mission ! Les choses auraient pu se passer un peu plus en douceur et avec moins de casse, mais au moins je ne reviendrais pas bredouille auprès de Belle. Cela valait bien quelques bleus !

— Rhys ! l'interpellai-je en voyant l'agent passer derrière un groupe d'infirmiers.

Il était au téléphone et ne m'avait pas entendue. Il raccrocha, l'air contrarié, et je le hélai de nouveau. Cette fois, il m'aperçut et vint à ma rencontre.

— Tu n'as rien ? demanda-t-il en m'attrapant par les épaules pour m'inspecter attentivement. Attends... C'est moi qui te fais rire ?

En vérité, c'était à peine un rictus.

— Tu me rappelles ma grand-mère !

— Vraiment ?

— Oui, l'accent jamaïcain en moins.

Un air incrédule se dessina sur le visage de Rhys, il faut dire que mon physique ne trahissait pas tellement mes origines. Le sourire penaud qui étirait ses lèvres et détendait peu à peu ses traits avait quelque chose de profondément agréable. Il avait une certaine façon de me regarder, de ne pas baisser les yeux... Bien sûr, je n'étais pas vraiment censée l'admettre tout haut.

Je baissai la tête en dansant d'un pied sur l'autre.

— Chae Rin vient avec nous.

— J'en étais sûr. Bien joué !

— C'est le spectre qui a fait la plus grosse partie du travail. Et Vasily ?

— Disparu...

— Ne devrait-on pas essayer de l'attraper ?

— C'est ce que je pensais, mais j'ai eu pour ordre de m'abstenir, répondit Rhys, maussade. « Tout est sous contrôle », m'a-t-on dit. Il est en route, avec la bague, vers le QG de notre Division européenne, à Londres. Il a même déjà fait son rapport.

— Son rapport ? Contente de savoir qu'il ne s'est pas mis à son compte ! Il a aussi raconté à la Secte comment il a failli tous nous faire tuer ?

— Ça ne changerait pas grand-chose. Vasily n'est pas vraiment un agent comme les autres. Il n'obéit pas aux mêmes voies hiérarchiques que nous.

— Ce qui veut dire… l'interrogeai-je.

Au lieu de s'expliquer, Rhys rumina un petit moment, puis il rangea son téléphone dans sa poche avec un soupir et sembla aussitôt retrouver son humeur habituelle.

— Quoi qu'il en soit, les ordres ont changé. Dès que Chae Rin est prête, nous décollons pour l'Argentine.

Je le regardai prendre ses clés de voiture, éberluée.

— Tu as bien entendu, dit-il en les faisant tourner sur son doigt. Pense à prendre de la crème solaire !

Chapitre 12

Chae Rin attrapa un magazine sur le présentoir d'une des boutiques de l'aéroport et me le lança. Je contemplai la une, les yeux ronds.

Une fille sublime souriait à l'objectif, ses lèvres figées en un rire inaudible, sa peau parfaite délicatement maquillée. C'était tout bonnement impossible d'être aussi jolie.

— Tu l'as déjà rencontrée ? demandai-je en m'engageant sur un tapis roulant.

— Lake ? me demanda Chae Rin en remontant ses énormes lunettes de soleil sur son nez. Bien sûr que non ! Tu crois qu'on se retrouve toutes les semaines pour papoter entre Effigies ?

Je m'interdis d'imaginer le tableau.

Derrière nous, Rhys, accoudé à la rampe, feuilletait un guide de conversation espagnole pour touristes.

— Une Effigie chanteuse-top model, une autre artiste de cirque… Lycéenne bien élevée, ça fait un peu terne en comparaison, non ? dit-il.

« Chanteuse », c'était un peu exagéré. Je n'avais jamais trouvé les performances vocales de Lake extraordinaires, même à son heure de gloire, plusieurs années auparavant, quand elle participait à une émission de télécrochet anglaise. Cependant, je n'aurais jamais osé le déclarer sur le net – aucune envie de me faire lyncher par ses psychopathes de fans, merci bien.

— Tu n'es pas l'une de ses ferventes admiratrices ? demanda Rhys d'un ton narquois en baissant son livre. Moi qui te prenais pour une groupie généraliste.

J'avais dû faire la moue en contemplant la une du magazine. Chae Rin étouffa un petit rire, et je me mis à danser d'un pied sur l'autre. J'étais peut-être une fan, mais j'avais un minimum de discernement ! Chae Rin avait au moins essayé d'accomplir son devoir. Lake n'avait réussi sa formation que de justesse et ne partait que très rarement en mission, soi-disant pour raisons de santé – ce qui ne l'empêchait pas de multiplier les séances photo. Ses Cygnes lui trouvaient toutes sortes d'excuses, bien entendu.

— Écoutez ça : « De paria d'un girls band à superstar solo ! », lus-je en feignant l'enthousiasme que le nombre de points d'exclamation accompagnant cette manchette suggérait.

Je parcourus la revue jusqu'à ce que je trouve la double page qui m'intéressait. Lake y posait dans une robe pastel qui dévoilait ses jambes interminables… Mais je remarquai avant tout le masque rouge de super-héroïne qui lui cachait le haut du visage, et à travers lequel on ne voyait que ses yeux marron.

— Ça ne te gêne pas ? demandai-je à Chae Rin qui me prit le magazine des mains pour l'observer de plus près.

— Quoi, qu'elle se serve de son statut d'Effigie comme d'un argument publicitaire ? Elle n'est pas la première, même moi j'en ai profité... À ton avis, pourquoi les ventes de billets ont augmenté d'un coup, quand j'ai rejoint le cirque ?

— D'accord, mais ça ne t'embête pas qu'elle ne parte jamais en mission ? Je sais bien que les Effigies ont le droit d'avoir une vie entre chaque opération, mais est-ce qu'il lui arrive de faire son travail ? Je n'entends parler d'elle que quand elle fait sa pub ou traîne avec des stars de téléréalité complètement lobotomisées.

— Tout dépend du nombre de missions pour lesquelles on t'appelle. Je n'avais jamais beaucoup de temps pour moi avant d'être suspendue, mais, à ce que j'ai cru comprendre, Lake n'est pas la plus fiable d'entre nous. Je crois qu'elle a un peu craqué à Milan, l'an dernier, et que la Secte a décidé de la mettre temporairement en repos.

— Ses parents s'en sont mêlés... et ses avocats aussi, la totale, ajouta Rhys.

— Il faut croire que tout le monde n'est pas taillé pour les monstres, le sang et la mort, lança Chae Rin en ricanant. Au moins, elle profite au maximum de son congé.

Lake aurait craqué ? Je n'en avais jamais entendu parler.

— De toute façon, qu'est-ce que ça peut te faire ? me demanda Chae Rin. (Elle me lança de nouveau le journal en marmonnant dans sa barbe.) Jamais vu une donneuse de leçons pareille !

*

L'épuisement étant mon seul rempart contre ma peur de l'avion, j'y cédai volontiers. Nous eûmes tous largement le temps de dormir pendant les quinze heures du vol sans escale pour Sierra de la Ventana. La Secte avait établi le quartier général de sa branche sud-américaine quelque part au pied de l'imposante chaîne de montagnes.

Il faisait – comme je m'y attendais – terriblement chaud en Argentine. J'avais déjà noué mon sweat-shirt autour de ma taille quand je pris place avec Chae Rin à l'arrière du van noir qui nous attendait – pourtant ma peau, humide de transpiration, cuisait au soleil matinal.

C'est complètement dingue, songeai-je en regardant le paysage accidenté défiler par la fenêtre. Je n'étais jusque-là jamais allée plus loin que Kingston, pour voir de la famille, et voilà que je me retrouvais dans un autre hémisphère, à profiter de l'air pur et prendre des photos des champs de tournesol avec mon téléphone. J'aurais sans doute beaucoup plus apprécié la balade si une petite voix au fond de moi ne m'avait pas répété que je n'étais pas en vacances.

Rhys profita du trajet pour nous en dire un peu plus sur la base. Comme toutes celles qui n'étaient pas installées dans des zones urbaines, elle était équipée d'un DAS assez puissant pour protéger les kilomètres carrés de terrain qui l'entouraient – d'ailleurs, je ne comprenais pas très bien l'utilité des miradors situés à l'entrée, mais on n'était sans doute jamais trop prudent. Chacune des tours accueillait deux gardes en uniforme de combat rouge – à l'exception de celle la plus à droite où ils étaient trois, deux hommes et une femme en civil, le visage dissimulé derrière des jumelles.

La main en visière, j'essayais de mieux les distinguer quand notre van passa à leur hauteur, mais les belvédères étaient trop hauts et trop éloignés de la route. Peut-être valait-il mieux de toute façon que je ne voie pas leurs visages. Je sentais qu'ils m'observaient eux aussi, ce qui me mettait mal à l'aise.

Le parking souterrain n'était pas beaucoup plus loin, et une équipe nous y attendait déjà.

— Agent Rhys, ravi de vous rencontrer, dit l'homme à leur tête. Je suis l'agent Ortega.

Avec son costume et sa cravate noirs – la panoplie parfaite pour un agent de la Secte –, il se tenait comme s'il mesurait quinze bons centimètres de plus qu'en réalité et ne semblait pas du tout complexé par son chignon de samouraï désordonné.

— De même.

Rhys serra la main de l'homme avec un petit signe de tête sérieux qui ne collait pas du tout avec son look d'enfant de chœur. Il réussissait pourtant à ne pas avoir l'air ridicule.

— Et je vous présente…

— Les Effigies.

Je baissai les yeux comme par réflexe quand Ortega se tourna vers nous.

— Chae Rin et Maia, je présume ? (Il nous examina rapidement.) Parfait, Belle est arrivée il y a quelques heures avec Victoria. Nous vous brieferons sur la situation actuelle quand vous serez réunies.

— Ça me va, dit Rhys. Conduisez-nous au département Communications s'il vous plaît.

À peine entrée dans l'ascenseur, je tâtai les poches de mon jean par réflexe.

— Désolée, mais… Je crois que j'ai oublié mon téléphone dans la voiture.

— Étonnant, soupira Chae Rin, les yeux au ciel. Elle est parée pour le combat, celle-là.

« Combat ». Je sentis mon estomac se contracter rien qu'à ce mot.

— Donnez-moi les clés, je reviens tout de suite !

Le conducteur s'exécuta et je traversai en courant le parking en sens inverse. *Bravo, Maia…* Oublier son téléphone à l'aube d'une énorme opération ? Comme si mon amour-propre n'avait pas pris assez de coups !

J'atteignis le van, ouvris la portière, mais juste avant de me pencher pour jeter un œil à l'intérieur, j'aperçus une vive lumière un peu plus loin, à quelques rangées de voitures de moi.

Le phare d'une moto.

Dissimulé dans l'ombre derrière un mur de brique, le deux-roues était coincé entre deux camionnettes, et je n'y aurais pas prêté attention si son conducteur n'avait pas été encore assis dessus, les mains sur le guidon. Il restait ainsi, figé, même quand je m'approchai.

— Bonjour ?

Au son de ma voix, le motard sursauta comme un gosse qui vient d'être pris en train de manger de la glace en cachette avant le dîner. J'entendis un petit « Non… » étouffé.

Une voix de femme, sans aucun doute.

Je remarquai alors à quel point les mains hâlées crispées sur les poignées étaient fines… et notai aussi de petites étoiles qui ornaient les ongles vernis avec soin.

— Tout va bien ?

La motarde tremblait, et même si je ne voyais pas son visage à travers la visière de son casque, elle semblait en proie à une crise de panique.

— Excusez-moi, mais… pourriez-vous vous décaler, s'il vous plaît ? Si ça ne vous dérange pas ?

Une voix jeune, délicate, avec un accent anglais.

— Pardon ?

— Eh, gamine, qu'est-ce que tu fabriques ? m'appela Chae Rin.

— Une seconde ! répondis-je en faisant tinter les clés du van.

— Euh… Pardon, mais… pourriez-vous me laisser passer ? demanda de nouveau la motarde.

Ses longues jambes remuaient convulsivement comme si son jean moulant, trop serré, lui comprimait les nerfs.

Je m'approchai d'elle pour voir si tout allait bien quand je sentis mes pieds décoller du sol. C'était un coup de vent d'une grande douceur, mais assez puissant tout de même pour me déposer délicatement sur le coffre de la jeep derrière moi.

Il me fallut une seconde pour comprendre ce qui venait de m'arriver.

— Sans blague…

— Désolée ! me dit la fille en haussant les épaules.

Elle fit vrombir le moteur de sa bécane et partit dans un crissement de pneus.

Je me précipitai vers le van. Chae Rin était là, mon téléphone à la main, et regardait la moto filer, la bouche ouverte.

— C'est elle ! Il faut qu'on la rattrape !

— Qui ?

— Lake !

— Alors comme ça, on essaie de nous fausser compagnie ! maugréa Chae Rin. Tu as les clés ?

Sans attendre qu'un agent ne nous donne le feu vert, nous grimpâmes dans la voiture et Chae Rin démarra.

Alors que je bouclai ma ceinture, je jetai un œil dans le rétroviseur et aperçus Rhys et les autres agents, plantés à côté des ascenseurs, les yeux écarquillés dans notre direction.

Nous poursuivîmes Lake à travers le parking, puis remontâmes en trombe à la surface. Depuis quand les petites pop-stars se transformaient en un clin d'œil en motardes de compétition ?

Je baissai ma vitre et passai la tête par la fenêtre, mais impossible de se faire entendre à cette vitesse. Lake fuyait comme si elle avait le diable aux trousses.

Nous approchions de l'entrée principale. La porte était fermée, mais Lake ne ralentissait pas pour autant. Elle débloquait complètement si elle pensait qu'ils allaient lui ouvrir.

À moins qu'elle n'ait l'intention de s'en charger elle-même d'une bourrasque.

Mon téléphone sonna. Le moment était mal choisi, mais je répondis tout de même.

— Allô ?

— Donne le téléphone à Chae Rin, m'ordonna une voix glaciale.

Je manquai de laisser tomber l'appareil.

— C'est... pour toi, dis-je en le tendant à l'Effigie qui s'en empara immédiatement.

— Quoi ? Où es-tu ? (Elle se pencha sur le volant pour apercevoir le sommet des miradors.) Ah quand même...

Je la remarquai également – Belle. C'était elle, la femme postée dans la troisième tour. Le téléphone à l'oreille, elle avait délaissé les jumelles qui lui masquaient auparavant le visage.

— Oui, je la vois, dit Chae Rin. Tu aimes vraiment diriger, hein ? Allez, c'est bon !

Elle jeta mon téléphone sur la banquette arrière.

— Accroche-toi bien, me lança-t-elle.

— Pourquoi ?

Elle écrasa la pédale de frein et la ceinture de sécurité vint me broyer la poitrine, me coupant le souffle. Le van s'arrêta après un long dérapage et Chae Rin en descendit.

— Mais qu'est-ce qui te prend ? Et Lake ? lui demandai-je.

La voiture s'était peut-être immobilisée, mais ma tête continuait à tourner.

Au lieu de me répondre, la jeune fille regarda la moto approcher de la sortie, puis leva sa main guérie depuis peu. Elle abaissa le poing d'un coup sec, chaque muscle de son bras contracté, et la terre s'ouvrit sous les roues de l'engin. Je l'avais déjà vue faire, mais c'était différent, cette fois. Le sable semblait avoir pris vie et s'enfonçait dans le sol, creusant un trou de plus en plus profond pour aspirer Lake.

Terre et eau réunies – deux Effigies qui travaillaient ensemble.

Lake hurla, happée par la boue.

— Arrêtez ! criai-je, mais Chae Rin me fit un signe pour que je me calme.

Elle devait sûrement se douter de ce que Lake allait faire.

La jeune fille bondit de sa moto – ou plutôt s'envola, emportée par le vent qu'elle avait convoqué, pour se poser délicatement sur la terre ferme, indemne, mais folle de rage.

— Non mais vous êtes complètement cinglées ou quoi ? hurla-t-elle en arrachant son casque, ses cheveux tout ébouriffés.

Chae Rin avait visiblement une repartie toute prête, mais elle n'eut pas le temps de la lancer. De grandes piques de glace jaillirent du sol et emprisonnèrent Lake dans une étroite cage conique, sans doute pour éviter qu'elle ne fasse une crise.

Au sommet du mirador, Belle abaissa ses jumelles.

— On te tient ! chantonna Chae Rin en jubilant.

Cramponnée à l'un des barreaux, Lake baissa la tête, vaincue.

— Une pop-star en cavale… Je ne sais même pas par où commencer.

Rhys secoua la tête. C'était presque devenu un tic depuis que nous avions ramené Lake.

Nous étions loin de la rencontre grandiose que j'avais imaginée. Nous marchions toutes les quatre en silence pendant que Rhys, Ortega et les autres agents nous guidaient à travers le labyrinthe de couloirs du complexe. Belle et Chae Rin devant, j'en étais réduite à fermer la marche avec une starlette de dix-sept ans qui n'arrêtait pas de me lancer des regards inquiets. Alors que le malaise entre nous devenait de plus en plus pesant, Rhys poursuivait sa tirade.

— Je ne comprends pas bien comment une base équipée d'un système de surveillance en parfait état de marche a failli laisser filer par la grande porte l'une de nos armes secrètes.

Rhys essayait de garder un ton aussi neutre que possible, mais son agacement n'avait pas échappé à Ortega.

— C'est la première fois que ça nous arrive, répondit l'homme, l'air sombre. Mais en ce moment, toutes nos troupes sont en position, nous avons une liaison administrative à maintenir avec le gouvernement argentin, et nous essayons d'assurer l'intérim du directeur Aleandro.

— C'est vrai, il s'occupait de ce secteur…

— Oui, et maintenant il est cloué au lit, malade, et divague complètement. C'est arrivé d'un coup, et avec les préparatifs en cours, rien d'étonnant à ce que nous ayons négligé un élément de moindre importance.

— « Un élément de moindre importance » ? répéta Chae Lin, incrédule. Si nous représentons si peu, pourquoi nous avoir traînées jusqu'ici ?

— Mes excuses, mademoiselle, répondit l'agent.

— Donc elle a pu filer parce que personne ne la surveillait, résuma Rhys.

— Heureusement, je m'en suis rendu compte, intervint Belle, qui, à chacun de ses mouvements, même le plus infime, faisait sursauter Lake. J'ai préféré aller la chercher moi-même plutôt que de mobiliser toute la base. Quoi qu'il en soit, le problème est réglé. Inutile d'en parler davantage.

Belle se retourna vers Lake, qui refusait de croiser son regard et gardait la tête baissée. Elle ne ressemblait pas du tout à une fille qui venait de donner une séance de dédicace à Los Angeles. La Lake qui marchait à côté de moi semblait se défaire un peu plus à chaque pas – malgré son grand corps de liane, elle paraissait minuscule. Sa détresse me mettait encore plus mal à l'aise.

— Hmm…

La voix fluette de l'Effigie m'arracha à mes pensées. Je levai la tête, un peu déconcertée par cette fille immense qui me regardait si timidement.

— Euh… salut.

Une façon sans détour de commencer une conversation.

— Salut, répondis-je.

J'avais conscience du côté horriblement embarrassant de la situation. Rhys, Belle et les autres agents marchaient un peu plus vite que nous et discutaient du dernier rapport d'Ortega sur l'opération en cours. Chae Rin passait d'un groupe à l'autre, ravie, j'en suis sûre, de pouvoir nous surprendre dans un moment aussi gênant.

Je n'étais pas cruelle au point de rejoindre le groupe de tête alors que Lake essayait de discuter, mais… disons que j'aurais préféré être ailleurs. Je me rappelai alors la plupart des commentaires vachards que j'avais laissés sur la conversation consacrée à l'Effigie la semaine précédente. Je les avais seulement écrits pour faire enrager les Cygnes, mais tout de même…

Lake passa une main dans ses cheveux – je ne pus m'empêcher de remarquer qu'ils étaient lisses, contrairement à d'habitude.

— Moi, c'est Victoria. Enfin, Lake… (Elle s'arrêta, comme si elle hésitait.) Comment tu t'appelles ?

J'entendis Chae Rin rigoler en douce devant nous.

— J'espère que ça ne te dérange pas que je te pose la question, je voulais seulement…

Je n'étais certainement pas préparée à me retrouver devant une Lake intimidée et embarrassée par sa propre gaucherie.

— Je veux dire, elles, je les connais. (Elle désigna Chae Rin et Belle.) Enfin, j'ai entendu parler d'elles même si je ne les avais jamais rencontrées. Alors que toi, je ne sais même pas qui tu es ! Pardon, je suis certaine que c'est ma faute, mais… (Elle s'interrompit avec un sourire penaud.) Je recommence… Comment t'appelles-tu ?

— Maia, répondis-je en laissant mes doigts traîner le long du mur.

— Comme c'est joli !

Lake avait – sans exagérer – les mêmes yeux que Bambi, et je crus bien y voir s'allumer une petite étincelle quand elle se redressa d'un coup, manifestement ravie de voir notre conversation progresser un peu.

— Tu sais, j'ai déjà rencontré Natalya. Elle était très gentille… un peu obstinée, peut-être, mais certaines personnes sont comme ça.

— Oui, j'imagine.

— Tu dois te sentir un peu… Je veux dire, ce ne doit pas être facile de lui succéder, ce n'était pas n'importe qui.

— Pourquoi t'es-tu enfuie ?

Que pouvais-je lui demander d'autre, après avoir passé un nombre d'heures incalculable à batailler en ligne avec ses fans ? Des fans qui, soit dit en passant, seraient bien capables de continuer à la défendre, même s'ils découvraient qu'elle avait tenté de nous filer entre les pattes.

La petite lueur qui était apparue dans son regard s'évanouit d'un seul coup. Elle se tut un long moment, laissant ses talons claquer sur le béton. Je la sentis plusieurs fois prendre une petite inspiration, mais attendis qu'elle se décide enfin à parler.

— Tu n'as pas peur, toi ? Honnêtement, je serais encore plus flippée si tu me répondais non, me dit-elle avec un sourire un peu triste.

Elle chuchotait presque, comme si elle craignait que quelqu'un d'autre ne l'entende.

Tu n'as pas peur, toi ?

Je ne pouvais ni mentir, ni admettre la vérité à voix haute – j'optai donc pour le silence.

Arrivés à un tournant, nous débouchâmes dans un étroit couloir et Ortega s'arrêta devant une porte équipée en son centre d'un petit écran et d'un clavier, tous deux cerclés de noir. Il tapa prestement un code et l'écran scanna ses rétines, projetant une lumière bleue qui balaya son visage avant de s'évanouir.

— *Identification confirmée*, annonça une voix féminine alors que le visage d'Ortega apparaissait sur l'écran.

— On se croirait dans *Star Trek*, murmura Chae Rin assez fort pour que tout le monde l'entende.

Et ce n'était que le début.

Après une série de cliquetis, la porte coulissa pour dévoiler ce qui ressemblait en effet au pont de l'*Enterprise*. Le département Communications occupait une immense pièce de deux étages remplie d'employés qui s'affairaient sur leurs ordinateurs. Le bruit ambiant – bavardages, sonneries, ronronnement des ordinateurs, petits tapotements de doigts sur les grands écrans tactiles transparents installés dans la salle – semblait m'envelopper. À l'étage, des agents se pressaient le long de passerelles, de l'autre côté de grandes baies vitrées. Tous étaient trop occupés pour seulement remarquer notre présence.

Belle se dirigea vers l'un des moniteurs, au fond de la salle, et nous fit signe de la suivre.

— Maia, avant de parler de l'opération, j'ai quelque chose à te montrer. (Je me glissai à côté d'elle, intriguée.) C'est elle, dit Belle à la femme installée devant l'écran. Vous pouvez lancer la vidéo ?

Une ruelle apparut – la scène se passait de nuit. On y voyait un chien errant fouiller un tas d'ordures, près d'un mur couvert de graffitis. Rien de bien intéressant, mise à part la symphonie infernale qu'on entendait en fond sonore. Celui qui filmait tomba soudain en arrière, ses gémissements terrifiés à peine audibles au milieu des hurlements et des explosions. La scène me paraissait étrangement familière.

L'image remonta lentement le long de l'immeuble.

Et une fille tombée du haut du bâtiment entra soudain dans le cadre. Des flammes l'enveloppaient tout entière et des éclats de brique se mêlèrent soudain au tableau, volant en tous sens quand elle frappa le mur avec l'arme qui venait d'apparaître dans ses mains – une faux.

— Je n'y crois pas...

La caméra suivit la silhouette jusqu'à ce qu'elle s'écrase dans la ruelle.

— C'était... c'était...

— Vous.

La femme qui venait de me répondre descendit lentement les marches d'un escalier situé dans un coin de la pièce, ses yeux d'aigle fixés sur moi. Un nez aquilin, des pommettes saillantes... Son visage entier était anguleux. Son pantalon de tailleur gris clair bien taillé contrastait vivement avec sa peau noire. Tout chez elle semblait affûté comme une lame, une allure parfaitement assortie à sa démarche déterminée.

— Sibyl Langley, directrice intérimaire de la Division européenne de la Secte, annonça-t-elle en ôtant ses gants noirs pour les tendre à l'assistante qui la suivait en trottinant.

Par réflexe, je reculai d'un pas en la voyant arriver.

— Européenne ?

Je ne l'aurais jamais deviné : nous avions le même accent.

— Elle remplace provisoirement le directeur Aleandro. Pour cette opération en tout cas, expliqua Belle.

Inutile de m'expliquer que c'était elle qui commandait – son air dominant en disait bien assez long.

— C'était vraiment moi ? demandai-je sans oser la regarder en face.

— Oui, répondit sèchement Sibyl. Croyez-moi, ça n'a pas été facile de faire disparaître cette vidéo d'Internet avant qu'elle ne fasse le tour des réseaux sociaux. Maia, suivez-moi. Et vous aussi, mesdemoiselles. Vous devez toutes entendre ce que j'ai à vous dire.

— De quoi parlez-vous ? demandai-je, le cœur battant. Y a-t-il un rapport avec ce qui nous attend ?

— Ce n'est rien de le dire, puisque vous êtes la clé de toute cette mission.

Chapitre 13

Sibyl et son assistante, Cheryl, étaient les seuls membres de la Secte présents dans la salle d'opération. L'endroit était glacial : la clim devait être au bord de l'explosion. Je remis mon sweat-shirt, mais c'était loin d'être suffisant…

Je m'assis à la grande table ovale et me rendis compte que je tremblais. J'avais l'impression d'avoir été téléportée dans un univers parallèle hostile avec, pour seules armes, une cuillère et un serre-tête.

La vraie mission commençait enfin. J'entendais le sang battre mes tempes.

— Cheryl, repasse-nous la vidéo, s'il te plaît, demanda Sibyl, au bout de la pièce.

Lentement, la scène se déroula de nouveau sous nos yeux. Je ne pouvais ni y croire, ni m'empêcher de regarder. Pour être honnête, c'était plutôt cool : moi qui tombais en chute libre, une énorme boule de feu, une mort évitée à la dernière seconde… Avec n'importe quelle autre Effigie à ma place, j'aurais essayé de voler la vidéo pour la monter avec du gros rock en fond sonore et la mettre en ligne.

Cheryl relança la lecture du début, et sur un geste de Sibyl, mit le film sur pause au moment où la faux se matérialisait dans ma main.

— Vous avez sous les yeux une manifestation des pouvoirs psychiques que possèdent toutes les Effigies, annonça Sibyl.

Quoique beaucoup plus jeune, elle me rappelait beaucoup mon prof de philo… pas physiquement – M. Strom était vieux, blanc, un peu bouffi avec les cheveux ramenés sur le côté pour cacher sa calvitie –, mais à cause de sa façon de parler, rapide et directe, sa posture très raide et son regard complètement dépourvu d'humour. J'avais peur de recevoir un coup de règle sur les doigts si elle me prenait à rêvasser.

— La création et la manipulation d'un des quatre éléments sont les deux volets de l'une des trois techniques psychiques dont disposent les Effigies. La deuxième (elle pointa l'écran), c'est l'invocation.

— Je t'ai montré comment ça fonctionne, à l'hôtel, me rappela Belle, de l'autre côté de la table.

Autrement dit, il y a des lustres ! Je me rappelai malgré tout le vent glacial qui m'avait donné la chair de poule quand Belle avait fait apparaître sa superbe épée – le genre d'arme qu'on aurait imaginée dans la main d'un aristocrate du XVIIIe siècle. Comment oublier sa beauté, les rayons de lune qui dansaient sur sa lame… et la majesté de Belle quand elle l'avait pointée sur Saul ?

C'est le signe d'une Effigie arrivée au sommet de ses facultés. C'était tout ce qui comptait pour Natalya.

— On ne vous appelle pas les Quatre épées pour rien, reprit Sibyl. Nous avons découvert au fil des ans que d'un point de vue technique, chaque Effigie en est capable…

— Pas moi, la coupa Chae Rin en levant la main.

— À condition de subir un entraînement psychologique approfondi et de posséder une grande discipline mentale.

— Je vois… rétorqua la jeune fille qui recommença à se limer les ongles comme si de rien n'était.

— C'est sans doute pour cette raison que je n'y arrive pas non plus, murmura Lake. C'est nul, j'aurais adoré posséder une épée moi aussi.

— Je te rappelle que ta formation a failli tourner au fiasco, rétorqua Chae Rin.

— Et alors ? demanda Lake, outrée.

— Alors, tu ne sers à rien.

— Tu m'excuseras mais j'ai des compétences, tu sais, répondit Lake, qui ne murmurait plus du tout. Tout un tas, en fait.

— Dommage que chanter juste n'en fasse pas partie.

— Aïe… laissai-je échapper avant de plaquer une main sur ma bouche en voyant Lake poser sur moi ses yeux de biche.

Sibyl se racla la gorge.

— Ça veut dire « ça suffit », précisa-t-elle.

Nous nous tûmes sur-le-champ.

— J'ai une question, commençai-je. Si c'est une technique que l'on ne peut maîtriser qu'après avoir suivi un entraînement intensif, comment y suis-je arrivée ?

— C'est parce que tu es exceptionnelle ! chantonna Chae Rin à voix basse.

Sibyl était la seule d'entre nous à ne pas s'être assise. Peut-être appartenait-elle à cette catégorie de personnes qui réfléchissaient mieux debout.

— Maia, vous avez raconté à Belle, avant de quitter New York, que vous avez vu un souvenir quand Saul vous a embrassée.

Un souvenir… comme celui qui était venu me hanter au Québec. J'avais compris en me remémorant le rêve dans lequel Saul m'avait projetée alors qu'il me plaquait contre la fenêtre de l'hôtel, que ce souvenir-là n'appartenait pas à Natalya. La jeune fille, le décor, tout semblait venir d'un autre siècle.

— Tu m'as dit avoir entendu une voix de femme et des noms, après la vision, ajouta Belle. Tu peux nous les répéter ?

— Alice et Nick.

La jeune fille dans le bureau, et le prénom qui avait paralysé Saul.

— Même quand une Effigie meurt, elle ne disparaît pas tout à fait. Une partie de sa psyché subsiste dans l'esprit de celle qui lui succède.

Il y avait aussi « Marian », le prénom que Saul ne cessait de me donner, comme si je n'étais rien d'autre qu'un corps servant d'enveloppe à une fille morte depuis une éternité.

Ce qui faisait beaucoup à encaisser en une seule fois – c'était, semblait-il, une habitude ces derniers temps. On aurait pourtant pu croire que j'aurais commencé à m'y faire.

— Comment savez-vous tout ça ? demandai-je, la tête dans les mains.

Cheryl, l'assistante, se redressa comme ces élèves qui ont toujours envie de montrer qu'ils ont bien appris leur leçon.

— Nous l'avons compris au fur et à mesure, en étudiant les récits des Effigies avec qui nous avons travaillé. Selon nos données, chacune d'entre vous devrait être capable de parcourir les souvenirs hérités de celles qui l'ont précédée, comme si elle avait vécu plusieurs vies. Bien sûr, la mémoire de votre ancêtre directe est normalement la plus tangible.

Celle de Natalya, donc, en ce qui me concernait.

Je réprimai un frisson alors que Cheryl rajustait ses petites lunettes rectangulaires sur son nez pointu.

— Nous avons aussi découvert que l'aptitude d'une Effigie à accéder à ces souvenirs est liée à sa capacité d'invocation, même si nous manquons encore de preuves pour en établir les raisons.

— Je ne comprends pas.

— En gros, le truc avec les souvenirs et celui avec l'épée sont liés, mais ils ne savent pas encore comment, m'expliqua Lake. Quoi ? rétorqua-t-elle alors que Chae Rin et moi la regardions avec des yeux ronds. Ce n'est pas parce que je suis une célébrité que je suis forcément idiote.

Belle ferma les yeux, sans doute pour essayer de se concentrer.

— Il faut, en théorie, des années afin d'acquérir la discipline nécessaire pour percevoir ces voix, ouvrir cette première porte et entrer dans le premier souvenir, expliqua-t-elle. Le lien qui t'unit à Saul a sans doute déclenché quelque chose qui t'a permis d'y pénétrer de force. Il a peut-être facilité le passage dans les psychés.

À cause d'un baiser volé ? Génial…

— Sauf que la scène que j'ai vue ne provenait pas de la mémoire de Natalya, mais de celle d'une certaine Marian, je crois. C'est comme ça que la fille qui était avec moi m'a appelée. Le même nom. Celui que Saul n'arrêtait pas de répéter.

Que le souvenir provienne de Marian ou de Natalya, mon esprit semblait à chaque fois s'être glissé dans leur corps. J'étais condamnée à tout regarder à travers leurs yeux.

Et se retrouver prisonnière dans la peau d'une autre n'avait rien d'agréable.

— Marian… répéta Sibyl en penchant la tête, laissant sa longue queue de cheval frôler son col. Pour tout vous dire, nous ne possédons pas le registre de toutes les Effigies depuis leur apparition, mais comme vous le suggérez, il est plus que probable que ce Saul et elle soient liés. C'est en tout cas la conclusion que nous avons tirée du rapport de Belle après l'attaque de Brooklyn, et c'est pour cette raison que nous avons sollicité votre participation à cette opération.

Sibyl fit signe à Cheryl, qui fit apparaître sur l'écran le plan d'une ville.

— Nous avons constaté récemment une recrudescence anormale du trafic dans les zones mortes du nord-est du pays, dit Sibyl. En réaction à quoi le gouvernement a renforcé la sécurité le long des routes, mais aussi dans tous les postes de contrôle urbains suspectés, ce qui inclut le quartier de Chacarita, à Buenos Aires.

Cheryl zooma sur la carte.

— Sans la vigilance accrue ces cinq dernières années, nous ne l'aurions sans doute pas remarqué.

— Remarqué quoi ? demanda impatiemment Chae Rin qui tapotait nerveusement ses ongles avec sa lime.

Cheryl fit défiler une série de clichés pris par une caméra de surveillance. La date changeait, mais l'image restait identique : un jeune homme dans un cimetière, seul devant une tombe, une capuche sur la tête et les mains dans les poches de son trench.

— Cette scène se rejoue chaque année depuis au moins cinq ans. Toujours le même jour de janvier, à 9 heures le matin.

Je me penchai vers l'écran. L'angle des photos changeait parfois légèrement, laissant deviner quelques mèches blanches qui s'échappaient de la capuche de l'homme.

— C'est lui ?

— Oui, dans le cimetière anglais de Chacarita. La tombe appartient à un certain Louis Hudson, né en 1850 et mort en 1883.

— Sait-on quel est le rapport entre cet homme et Saul ? demanda Belle.

— Non, mais nous pouvons tout de même essayer de nous en servir contre lui – et c'est là que vous entrez en jeu, Marian.

Ce prénom sonnait à mes oreilles aussi étrangement qu'un coup de marteau sur de la tôle.

— Qu'est-ce que vous attendez de moi ?

J'avais posé la question, sachant pertinemment que je ne pouvais de toute façon pas y couper.

Sibyl s'assit enfin et posa le menton sur ses mains jointes.

— À peu près six mois avant sa mort, Natalya nous a confié qu'elle avait le sentiment d'être suivie.

Du coin de l'œil, je crus voir Belle se raidir.

— Nous n'avons jamais réussi à mettre la main sur l'homme en question. Elle était résolue à l'affronter à Francfort, il y a quatre mois, mais il aurait disparu avant qu'elle ne puisse le coincer. L'attaque de spectres qu'a subie la ville s'est déclenchée un peu plus tard, cette après-midi-là.

— Saul… murmurai-je en l'imaginant sur les traces de Natalya dans un dédale de rues étroites, un petit sourire aux lèvres. Que saviez-vous de lui, alors ?

— Pratiquement rien… Ce n'était qu'une ombre que Natalya n'était même pas certaine d'avoir vue. Ce n'était pas assez, en tout cas, pour faire avancer notre enquête.

— Elle ne m'en a jamais parlé, souffla Belle.

Une phrase qui, quoique murmurée, appelait une réponse – que Sibyl ne lui offrit pas.

— Il n'en a donc pas qu'après vous, Maia, poursuivit l'agent Langley. Nous pensons qu'il cherche en fait à retrouver une Effigie de votre lignée. Celle dont vous avez vu les souvenirs.

Je déglutis pour chasser l'angoisse qui me prenait à la gorge.

— Saul a dit qu'il avait une question à me poser. C'est pour cela qu'il voulait à tout prix parler à Marian…

— Et nous allons en tirer parti. Maia, dans une heure, vous allez enregistrer une vidéo pour demander à ce jeune homme de vous retrouver au cimetière, « à l'heure habituelle ». Vous devrez vous montrer assez explicite pour qu'il pense que vous avez retrouvé les souvenirs de Marian et que vous pouvez lui être utile. Vous vous servirez des informations que nous avons sur la tombe, cela renforcera vos dires.

— Cependant, nous ignorons où il se trouve en ce moment, précisa Cheryl. Votre message devra donc être diffusé dans le monde entier, et pour s'assurer que les chaînes d'infos le retransmettront…

— Vous devrez y annoncer que vous êtes la nouvelle Effigie.

Sibyl l'avait énoncé très simplement, sans effet de manche ni délicatesse aucune, comme si elle ne se rendait pas compte à quel point cet acte allait changer ma vie. Elle m'observait avec le calme arrogant de l'agent haut placé qui sait que tout ce qu'elle dit a force de loi.

Je savais bien que tôt ou tard, ce moment arriverait. J'avais manqué plusieurs occasions de tout raconter à Nathan, et il n'allait donc pas apprendre la nouvelle de vive voix, mais *via* un écran de télé en même temps que le reste du monde.

— Pff… Vous savez combien de pauvres filles mettent en ligne des vidéos pour annoncer qu'elles sont la nouvelle Effigie ? demanda Chae Rin. Plus personne n'y fait attention. Et sans vouloir vous contrarier, Maia n'est même pas fichue de faire apparaître une étincelle. Comment allez-vous vous débrouiller pour que les médias prennent son message au sérieux ?

— Oh, ne vous en faites pas pour ça. Nous allons le leur donner nous-mêmes, un cadeau officiel de la Secte… mais le public n'en saura rien, bien sûr.

Nous demanderons à nos contacts d'annoncer que la vidéo leur a été envoyée anonymement, pour que Saul pense que Maia a agi seule. Et quand il arrivera sur les lieux de l'opération, nos troupes passeront à l'attaque. Vous aussi, vous devrez être prêtes, mesdemoiselles.

Je sentis Lake poser une main sur mon épaule. Un geste délicat que j'appréciai, mais qui ne m'empêchait pas pour autant d'avoir la tête qui tournait. Cette fois, nous y étions. Et ce serait quitte ou double – le problème étant que la seconde option était nettement plus probable.

J'en étais capable… il le fallait du moins.

— Et s'il ne vient pas ? demandai-je à Sibyl.

— Saul viendra. Qui sait depuis combien de temps il pourchasse Marian ? Il viendra, et vous y serez.

J'attendais dans une pièce glaciale et mal éclairée. J'avais déjà essayé d'appeler Nathan plusieurs fois pour arranger les choses au mieux avant qu'il ne soit trop tard, mais il ne répondait pas. Il allait donc découvrir mon lourd secret à la télévision ou sur Internet, et j'étais la seule fautive.

Je fus maquillée, habillée de neuf et ma crinière, truffée de nœuds, coiffée convenablement. Je ne me sentais bien entendu pas prête, mais n'avais aucune intention de l'avouer à voix haute.

June n'était mon aînée que de trois minutes, comment avions-nous pu être si différentes ? Nous étions toutes deux des geeks, mais, alors que je le cachais dans les tréfonds de mon ordinateur, June l'affichait avec fierté. Elle portait tout le temps de grosses lunettes d'aviateur à lanière, même à l'école – jusqu'à ce qu'elle se fasse taper sur les doigts pour tenue inappropriée –, se rendait dans les conventions dédiées, se teignait les cheveux en rose et portait des robes pseudo-victoriennes. Elle fabriquait des pistolets laser avec des bouteilles en plastique et courait au centre commercial les montrer à ses copains. Elle gardait la tête haute, et levait encore davantage le menton quand elle entendait qu'on se moquait d'elle.

Elle était forte et intrépide – bien plus que moi, même si nous étions physiquement identiques.

Je rejetai la tête en arrière et fermai les yeux dans la lumière faiblarde d'une suspension solitaire. Derrière mes paupières, des petits points blancs mouchetaient les ténèbres, et au milieu de cette danse entre lumière et obscurité apparut le visage de June, rebelle et plein de vie.

Je repensai à tous ceux que je n'avais pas pu sauver, à New York. J'entendais encore la voix de cette femme qui me suppliait de l'aider au moment où l'ascenseur se décrochait pour aller s'écraser au fond de sa cage, emportant avec lui les cris et le corps fragile de l'inconnue.

Un sanglot remonta le long de ma gorge, mais je le chassai par la seule force de ma volonté et séchai mes larmes d'un revers de la main. J'avais demandé à Belle de faire de moi une meilleure Effigie… et cette mission m'en donnait la chance. La chance de sauver des vies, de faire quelque chose de la mienne, de tout rattraper.

— Alors n'aie pas peur, murmurai-je en m'efforçant de réguler les battements de mon cœur jusqu'à ce qu'ils recouvrent une allure plus raisonnable.

Devenir une Effigie… Je pouvais y arriver. Mon oncle, mes camarades… le monde entier serait bientôt au courant.

La porte s'ouvrit et Rhys entra dans la pièce. Je me levai précipitamment et lissai les manches du chemisier blanc que Sibyl m'avait donné. L'ensemble était un peu simple à mon goût, mais elle avait insisté pour que je sois habillée de la manière la plus sobre possible. C'était ma première apparition en tant qu'Effigie : pas question de faire mauvaise impression. J'avais demandé sur le ton de la plaisanterie si je pouvais écrire mon propre hymne et le passer en fond sonore pendant la vidéo – cela n'avait fait rire personne.

— Ça y est, on peut y aller ? demandai-je.

— Oui, répondit l'agent en passant une main dans ses cheveux en bataille. Tout est prêt. On dirait que tu es parée pour tes grands débuts. Malheureusement, je n'ai trouvé personne pour jouer ta chanson.

Mon rire était un peu haut perché pour ce qui n'était pas non plus la blague du siècle.

— La Secte ne peut pas tout faire !

Si je ne lui avais pas tout de suite tourné le dos, je l'aurais sans doute vu me lancer un regard interloqué.

— Maia ?

— Désolée… Tout va bien. (Je lui adressai un sourire trop crispé pour être convaincant.) Je te jure que je n'ai pas peur ! Enfin… si c'est ce qui t'inquiète.

Je me cramponnai à ma chaise. Je n'avais pas peur. Pas du tout.

— Tu sais, même en temps normal, nous avons un protocole à suivre pour trouver les nouvelles Effigies.

Elles sont généralement réquisitionnées pendant au moins deux ans pour être entraînées, et ne peuvent pas vraiment se cacher. Impossible d'éviter un grand battage médiatique.

Autrement dit, mon secret aurait été dévoilé tôt ou tard.

— Je sais.

— Dans ce cas, est-ce que ça va ? Vraiment ? demanda Rhys en s'approchant lentement.

Son visage était empreint de douceur, d'une gentillesse par laquelle je me laissai emporter malgré moi. Je sentis alors le poids qui pesait sur ma poitrine se résorber lentement. J'arrivais enfin à respirer.

— Maia, j'ignore tout de ce que tu vis en ce moment. J'ai été élevé dans cet environnement, pas toi. (Il s'apprêtait à poser une main sur mon épaule, mais s'interrompit.) J'aurais aimé que tu aies un peu plus ton mot à dire.

L'univers avait eu le choix, lui, et il m'avait désignée – moi et non June – pour prendre la suite de Natalya Filipova. Le monde entier allait bientôt savoir qui j'étais, où je vivais, quelles notes j'avais au lycée, comment ma famille avait péri. Tous allaient attendre de moi que je leur sauve la vie… et si je n'y arrivais pas ? Je me ferais mettre en pièces dans les médias, on me consacrerait des discussions entières sur les forums, uniquement pour me descendre en flammes…

— Je te jure, ça va, répondis-je, à ma plus grande surprise.

Je me redressai et le regardai droit dans les yeux jusqu'à ce que je sois sûre d'avoir l'air aussi intrépide que June si elle avait été à ma place.

— Je te l'ai dit : je n'ai pas peur. Je vais y arriver.

— Tu es sûre ? demanda-t-il, comme pour me mettre à l'épreuve. Après ça, tu ne pourras plus revenir en arrière.

— Comme si je le pouvais jusqu'ici !

Mon sourire était sincère cette fois, et parfaitement assorti au ton décidé de ma voix.

— Allons-y, agent Rhys. Faites de moi une star.

Lumière… Ça tourne !

— Bonjour, je m'appelle Maia Finley et je suis la nouvelle Effigie du feu, l'héritière de Natalya Filipova.

Je récitais mon texte au mot près et parlais d'une voix calme, naturelle mais décidée, comme on me l'avait demandé.

Je songeai à mon oncle et sentis ma gorge se serrer.

— Peu importe si vous ne me croyez pas, ce message ne vous est pas adressé. Il est pour Saul. Saul, je sais maintenant. J'ai fait ce que tu m'as demandé et je me suis souvenue de tout. De Marian, celle que j'étais. De Nick… D'Alice, et de la réponse à la question que tu voulais me poser. Je suis prête à te parler. Demain, lundi, retrouve-moi devant la tombe de Louis à l'heure habituelle, qu'on en finisse une fois pour toutes. S'il te plaît.

Chapitre 14

— *Maia, reste vigilante.* (La voix de Rhys grésillait dans mon oreillette.) *Nous avons dépassé l'heure du rendez-vous. Saul peut arriver n'importe quand à présent.*

Pour des raisons de sécurité, j'ignorais où étaient postés Rhys, le reste des troupes ou même les autres Effigies – histoire d'éviter que je regarde dans leur direction et ne révèle leur position. Une rose à la main, je contemplais à mes pieds la pierre tombale du mystérieux Louis Hudson. Je ne savais pas qui était ce monsieur, mais il nous avait permis de tendre notre piège.

Merci camarade. Repose en paix.

Je m'essuyai le front du dos de la main. Le ciel, vide de tout nuage, me laissait à la merci du soleil argentin et l'air lourd et épais pesait une tonne dans mes poumons. Si Saul me trouvait en train de transpirer comme ça, y verrait-il un signe de stress ? Se méfierait-il ?

— *Tu t'en sors très bien, me répéta Rhys pour la millième fois. Détends-toi.*

J'étais détendue – super détendue. Je ne me débrouillais pas trop mal pour ma première mission. Il faut dire que servir d'appât à un meurtrier psychotique ne demandait au final pas trop d'efforts physiques.

Impatiente, je triturais les poches de mon short. Des civils venus se recueillir sur les tombes de leurs chers disparus se promenaient dans les allées. Certains s'agenouillaient, d'autres déposaient des bouquets de lis et de fleurs que je ne connaissais pas. Partout des familles en deuil… Ce spectacle avait de quoi vous déprimer pour la journée. D'autant que je me demandais comment la Secte comptait évacuer tout ce petit monde quand Saul pointerait le bout de son nez. Qui sait ce que ce taré préparait ? Ces personnes étaient en danger. Une organisation internationale aurait quand même pu y penser.

Autant soulever le problème.

— Dis, Rhys…

— *Ne parle pas dans le micro.*

C'est vrai, j'avais oublié.

— Mais…

— *Chut !*

J'espérais qu'il ne m'avait pas entendue soupirer.

Rhys était un agent de terrain, il faisait partie de cette poignée de recrues postées dans des villes équipées de DAS trop faibles, et chargées de protéger les habitants quand des spectres débarquaient. Mais, parfois, de même que les troupes d'intervention de la Secte, les agents de terrain étaient mobilisés sur le site d'une catastrophe. Après Brooklyn, Rhys aurait pu retrouver son poste, quelque part à la campagne, dans l'État de New York… Mais il était là, avec moi.

J'aurais voulu le remercier, mais je craignais qu'il ne me demande une fois de plus de me taire. Plus tard, peut-être… si lui et moi étions encore en vie.

Il ne me restait plus qu'à attendre. Encore. L'heure du rendez-vous était maintenant passée depuis dix minutes. Je commençais à paniquer, ce qu'on m'avait pourtant demandé d'éviter à tout prix. Le soir précédent, mon visage s'était retrouvé en couverture de tous les magazines, sur tous les sites d'information, toutes les chaînes… sans parler de la toute nouvelle conversation sur *Doll Soldiers* – elle comptait déjà soixante-dix pages ! –, que j'avais aussitôt enregistrée dans mes favoris, bien entendu.

Maia Finley, seize ans : la nouvelle Effigie ?
Maia Finley est-elle vraiment ce qu'elle prétend ?

Saul avait forcément vu mon message. Mais si ce n'était pas le cas ? Ou, pire encore, s'il n'en avait rien à faire ?

— *Quoi ? Qu'est-ce que tu dis ?* s'écria Rhys, manifestement dans tous ses états.

— Je n'ai rien dit, répondis-je, perplexe. Tu m'as demandé de me taire.

— Non, pas toi, Maia. Attends un instant. (Puis, après une poignée de secondes qui me parurent interminables :) Saul a été aperçu à huit kilomètres d'ici, à l'est.

Malgré la chaleur, un frisson me parcourut et gagna mes mains soudain engourdies, comme pétrifiées. Les passants – encore en deuil quelques minutes plus tôt – se ruèrent vers moi en criant dans leurs appareils de communication. Tous étaient des agents, et Rhys se trouvait parmi eux. Mais avant que je puisse comprendre ce qui se passait vraiment, j'étais déjà à bord d'un van blanc et Rhys m'expliquait brièvement la situation :

— Nous sommes en route pour El Ateneo, une librairie en ville. (Il me tendit son téléphone et me montra un point sur une carte tandis que notre camionnette se frayait un chemin au milieu de la circulation.) Il a des otages, mais c'est toi qu'il veut.

— Génial…

Une prise d'otages dans une librairie. Saul avait vraiment le sens du spectacle.

Il n'avait apparemment pas fallu plus de trente secondes à Sibyl, restée au quartier général, pour élaborer un plan B dont on m'expliqua les détails pendant le trajet. La rue de la librairie était déjà encombrée de fourgonnettes, de voitures de police et d'agents de la Secte. Les policiers avaient sorti leurs armes, mais elles ne suffiraient pas : l'entrée du magasin était bloquée par un gros nuage noir.

Des spectres à l'allure de guêpes, comme celles qui nous avaient fondu dessus devant l'hôtel… Sauf que celles-ci n'attaquaient pas et se contentaient de faire du sur place devant nous, telle une muraille grisâtre et vénéneuse. On leur avait clairement donné l'ordre de monter la garde.

Leur maître apparut à la fenêtre, pâle comme un fantôme, un petit sourire satisfait aux lèvres.

— Mais abattez-le et c'est réglé ! gronda Chae Rin

qui venait de sauter de l'un des véhicules de la Secte avec Lake et Belle, et avait aussitôt attrapé Rhys par le col.

— On ne peut pas ! répondit l'agent en se dégageant.

— Pourquoi ? avions-nous demandé d'une même voix.

— Le bâtiment est rempli de spectres, et Saul nous a bien fait comprendre qu'à la moindre provocation, tout le monde était mort.

Chae Rin avait l'air prête à frapper quelqu'un, n'importe qui, et c'est sans doute pourquoi Rhys s'écarta légèrement.

— Je n'y crois pas, sérieux, pesta l'Effigie. La ville n'est pas censée être protégée de ces monstres ?

Si, tout comme Brooklyn, Moscou, Berne, et tous les autres lieux dont les DAS avaient été détraqués on ne sait comment par Saul.

Belle me prit par l'épaule, mais je ne lui laissai pas le temps d'ouvrir la bouche.

— Quelqu'un pourrait m'expliquer ce qui se passe ? Je pensais que vous contrôliez la situation !

— C'est le cas, répondit-elle. Rien n'a changé : nous avons attiré Saul, il est ici… Tu n'as plus qu'à faire ton travail. Considère ceci comme ta première mission en solo.

— J'avais bien compris… répondis-je, les dents serrées.

Belle me répéta le plan de Sibyl. Mes jambes flageolaient, mais je ne pouvais pas me laisser gagner par la peur. Notre temps était compté, et chaque seconde passée à tergiverser donnait une occasion supplémentaire à Saul de s'attaquer aux otages. Non, je n'allais pas le regarder sans rien faire. Pas cette fois.

Les deux instruments dont j'avais besoin étaient assez petits pour tenir dans la poche arrière de mon short en jean. Les agents m'avaient conseillé d'agir dans la plus grande discrétion le moment venu. Saul se méfierait.

Je resserrai mon sweat autour de ma taille pour les cacher.

— Attends, tu vas vraiment entrer là-dedans toute seule ? me demanda Lake en essayant vainement de me retenir.

— Tout ira bien, lui répondis-je en souriant. Reste là.

Je marchai droit vers l'essaim de spectres, cernée par les journalistes qui avaient refusé d'évacuer les lieux. La nouvelle Effigie partait au combat, son pas décidé immortalisé par les caméras.

Saul m'observait depuis la fenêtre, puis il disparut de mon champ de vision. Les spectres s'écartèrent pour me laisser franchir les portes vitrées. Quelle politesse !

J'avais déjà entendu parler d'El Ateneo, j'en avais même vu des photos. C'était une librairie tout simplement incroyable, située dans un ancien théâtre et pourvue de balcons circulaires sur plusieurs niveaux, tous vivement éclairés, où de grands rayonnages remplaçaient à présent les anciens fauteuils.

Le sol était jonché de livres – les clients les avaient sans doute renversés dans leur fuite. Je dépassai de gros piliers et grimpai quelques marches, captivée par la grande fresque qui occupait tout le plafond, avant de remarquer à l'autre bout de la salle la grande scène flanquée de rideaux rouges – elle était envahie de spectres.

D'énormes loups nimbés d'ombres et de fumée encerclaient un petit groupe d'hommes et de femmes terrifiés. À en juger par les tables et les chaises gisant au sol ainsi que par les tasses qui répandaient leur café sur le plancher verni, l'espace devait faire office de cafétéria.

L'un des clients me cria quelque chose en espagnol, mais un spectre le fit taire d'un claquement de ses mâchoires pourrissantes qui manquaient à chaque instant de se détacher du reste de son corps.

La voix de Saul retentit quelque part au-dessus de ma tête.

— Tu voulais me parler, *poupée** ?

Il était appuyé à la rambarde du deuxième étage comme s'il admirait tranquillement la vue, les mains maculées de sang.

Reste calme, Maia. Cette fois, c'était moi, l'Effigie venue sauver le monde avec classe. J'avançais la tête haute – et les jambes tremblantes.

— Je déteste me donner en spectacle, tu sais... dis-je du ton le plus nonchalant possible en désignant les otages.

C'était le genre de petite phrase qu'aurait pu lâcher Belle, ou Natalya.

De ses deux mains, Saul recoiffa les longues mèches blanches qui retombaient sur son visage.

— Ils n'étaient là que pour attirer ton attention... et pour assurer mes arrières. J'en connais plus d'un qui aurait envie de me tuer, dans les parages.

— La faute à qui ?

Saul leva une main et les spectres se mirent à gronder férocement, leurs crocs biscornus dégoulinant de bave. Les clients étouffèrent des cris et se serrèrent les uns contre les autres.

— Tu n'as plus besoin d'eux, puisque je suis là, ajoutai-je très vite. Réfléchis, personne ne va tirer si je suis à l'intérieur.

— En es-tu certaine ? demanda Saul qui faisait mine d'examiner ses ongles. C'est là tout le problème avec les Effigies : chaque fille n'est qu'un misérable petit maillon d'une chaîne affreusement longue, et on se retrouve parfois avec une gamine de rien du tout comme toi, qui ne manquerait à personne. Tu n'étais même pas capable de te défendre, la dernière fois. C'est un miracle que tu sois encore en vie.

Ce garçon avait vraiment un don : dès qu'il ouvrait la bouche, j'avais envie de le frapper. Je serrais d'ailleurs les poings sans m'en rendre compte.

— Bien vu ! Je ne vaux pas grand-chose, comme Effigie. Je ne pourrais même pas enflammer une allumette… mais si tu me tues, la Secte perdra un temps fou à chercher l'Effigie du feu suivante… et toi aussi. Je suis là, devant toi, et j'ai Marian dans le crâne, avec toutes les réponses que tu cherches. Garde-moi, mais laisse les autres partir. Je ne risque pas de te faire bien mal, pas vrai ?

Tandis que Saul réfléchissait, je regardai les otages du coin de l'œil.

— Bon, d'accord, soupira-t-il enfin.

Il claqua des doigts et les loups reculèrent. Les malheureux avaient tout juste la place de descendre de scène, ce qu'ils firent au pas de course, heureux d'être encore en vie.

À peine eurent-ils passé le pas de la porte qu'ils furent engloutis par la foule des policiers et des reporters, mais personne d'autre n'entra dans le bâtiment.

— *Bien joué, Maia,* me félicita Rhys dans mon oreillette. *On passe à la suite du plan. Ne t'en fais pas, tu vas y arriver.*

Sa voix douce et assurée était pour moi comme une ligne de vie, dont j'avais besoin plus que jamais.

— Tu attends quoi ? me demanda Saul en m'invitant d'un geste à le rejoindre.

Je le dévisageais, avec la désagréable impression de regarder la mort en face. Mais impossible de faire marche arrière. Je me rendis compte en me dirigeant vers l'ascenseur que les spectres m'avaient emboîté le bas. Les voir entrer dans la cabine avec moi avait quelque chose de plutôt comique. Je leur aurais peut-être demandé à quel étage ils se rendaient s'ils ne m'avaient pas forcée à reculer dans un coin en montrant les crocs. De toute façon, il était évident que nous n'avions pas le même sens de l'humour.

Les portes de l'appareil s'ouvrirent et les monstres me laissèrent sortir. Saul était assis dans un fauteuil, dans l'une des loges de l'ancien théâtre, à côté de la fenêtre d'où il m'avait observée un peu plus tôt. Il aurait suffi que je m'approche pour les voir : les agents, la police, la presse, et les autres filles… tous, en bas, attendaient mon signal.

Mais il était encore trop tôt. Pour l'instant, je devais suivre le plan à la lettre et ne pas me faire voir, à l'exemple de Saul.

Le jeune homme remarqua que je regardais le livre qu'il avait à la main et me montra la couverture. *Le Portrait de Dorian Gray*, d'Oscar Wilde.

— Et moi qui pensais que tu n'aimais que les jeux vidéo. Impressionnée de voir que tu apprécies aussi la littérature, dis-je avec mépris.

— J'ai eu plusieurs décennies pour faire les deux – même si j'ai été bien occupé, il faut le reconnaître.

Des décennies ? Je masquai ma surprise pour éviter de me trahir.

— Ça fait longtemps, n'est-ce pas ? commençai-je. Depuis que tu as parlé à Marian pour la dernière fois…

— Tu devrais le savoir, puisque tu te souviens de tout, répondit-il en reposant son livre avec précaution.

— Oui, bien sûr, dis-je d'une voix mal assurée.

— À moins que tu te sois moquée de moi, peut-être ?

J'eus un mouvement de recul, mais me rappelai juste à temps la présence des spectres qui grondaient derrière moi.

— Quoi ? Non, pas du tout ! Je suis là pour ça… pour parler.

Saul se leva.

— De quoi ?

— De tout.

Il ne me croyait pas, c'était évident. Il s'approcha de moi avec un rictus, en quête du moindre signe qui aurait pu indiquer que je lui mentais – ce qui ne faisait pas partie de notre plan.

— Détends-toi. C'est toi qui mènes l'interrogatoire.

Il m'avait suffi d'entendre le son de la voix de Rhys pour pouvoir respirer de nouveau.

Et il avait raison : nous voulions que Saul nous en révèle le plus possible avant de frapper. Je devais retourner la situation, et vite.

— C'est donc pour ça que tu as attaqué toutes ces villes ? Simplement pour voir Marian ? demandai-je en faisant ce que je pouvais pour lancer la conversation. J'avais même croisé les bras pour paraître plus sûre de moi.

— Bien sûr que non, je te l'ai déjà dit. Je l'ai fait pour tuer. (Il m'effleura la joue, et je m'écartai brusquement.) Même tuer fait partie du jeu…

— Le jeu ?

— Dont Marian est d'ailleurs l'une des clés, donc si ça ne t'ennuie pas…

— Tu as assassiné des innocents… Et tu appelles ça un jeu ?

— Laisse-moi parler à Marian immédiatement, ou je leur ordonne de te dévorer.

Mes jambes étaient sur le point de se dérober sous moi, mais je réussis à me maintenir debout, les deux pieds ancrés dans le sol – rien de plus facile avec le souffle des monstres qui me frôlait les mollets !

— C'est vrai, tes toutous… je n'avais jamais vu quiconque contrôler des spectres. Ce joli bijou y est-il pour quelque chose ?

Je désignai cette maudite bague, qu'il portait au majeur de la main droite. Saul se contenta d'un sourire, mais la lueur meurtrière que je distinguais dans son regard m'incita à changer de sujet.

— D'accord, tu vas parler à Marian… mais tu dois me dire comment procéder.

— Comment la faire venir, tu veux dire ? Intéressant ! Entendu, mais j'ai deux ou trois choses à t'expliquer avant.

Les mains dans les poches, Saul me dépassa pour s'approcher d'un rayonnage.

— Les Effigies sont en fait de tristes petites créatures. Même après avoir péri, le plus souvent dans des conditions atroces, elles n'ont pas le droit à la paix : autrement dit, pas de lumière au bout du tunnel ! Elles sont liées à l'Effigie suivante. (Il s'esclaffa.) Toutes ces filles entassées dans un seul petit corps. C'est étrange, non ?

Je ne répondis rien.

— Les maillons d'une chaîne, répéta le jeune homme. Un esprit domine les autres en permanence – le tien, dans le cas qui nous intéresse –, mais parcourir ces souvenirs épars peut le rendre vulnérable.

Je voulais bien le croire, moi qui avais failli me retrouver avec un couteau dans le crâne après m'être baladée dans ceux de Natalya.

— J'avais compris toute seule.

— Dans ce cas, tu dois aussi savoir que cette même vulnérabilité permet à un autre esprit de prendre le contrôle, me dit Saul en rangeant son livre sur l'étagère.

Bien sûr, je l'ignorais.

— Ce qui veut dire que quelqu'un d'aussi faible que toi, jeune et sans aucun entraînement, n'aurait jamais été capable de résister. Si tu t'étais rappelée tous les souvenirs de Marian (il se tapota la tempe), elle aurait pris le contrôle.

Au cours de sa démonstration, le jeune homme s'était approché de moi, pas à pas, et j'étais maintenant coincée. D'un côté, Saul, et de l'autre, les spectres. Je n'arrivais plus à respirer calmement, mais je plongeai tout de même mes yeux dans les siens.

— Et si ce n'était pas son genre ? répondis-je. Elle ne voulait peut-être pas s'emparer du corps d'une autre, Nick.

J'attendis que le prénom fasse son effet… mais rien. Ça n'avait pas marché. La situation s'annonçait plus compliquée que prévu.

Le sourire de Saul s'était transformé en un rictus mauvais qui ne présageait rien de bon.

— Qui ne le voudrait pas ? demanda-t-il en me prenant à la gorge pour me soulever de terre. Si tu espérais m'avoir encore avec son nom, désolé, mais j'ai veillé à envoyer Nick très, très loin. Il m'agace tellement quand il commence à tirer sur ses chaînes que j'ai enterré la cage tout entière. Il ne t'entendra plus, promis.

Mon pouls résonnait dans mes oreilles tandis que Saul serrait de plus en plus fort.

— Maia, c'est bien ça ? Je sais que tu as menti pour m'attirer ici, mais j'ai tout de même une dernière question à te poser avant d'en finir avec toi.

Je me cramponnai à ses poignets et battis des jambes pour me dégager. Je sentais les spectres me mordiller les talons.

— Ce que je fais est-il si terrible que ça ? demanda Saul, qui n'avait pas vraiment l'air sincère. Tu parles d'assassinat…

D'accord, je sais que c'est mal, mais… Il y a bien quelque chose que tu souhaites par-dessus tout, dis-moi ?

Je toussais, suffoquais… mais au moins, j'avais les mains libres.

— N'as-tu pas un rêve, un désir secret, digne des plus grands sacrifices ?

Je me retrouvai une fois de plus plaquée contre une fenêtre. Saul semblait se réjouir de revivre cette scène.

— Ne me juge pas, Maia, je ne suis pas le seul. Nick a un vœu, lui aussi, même s'il ne l'admettra jamais. Qu'en est-il pour toi, *poupée** ?

Je sentais son souffle sur ma joue.

Quoi qu'il arrive, rester calme. Je glissai une main sous mon sweat…

— Que désires-tu plus que tout au monde ?

J'entrouvris les lèvres et laissai échapper un râle inintelligible.

— Quoi ? demanda Saul en se penchant vers moi. Qu'est-ce qu'il y a, je n'entends rien.

— J'ai dit : je veux que tu la fermes.

Évoluant à tâtons, j'avais enfin réussi à atteindre la poche arrière de mon short. Le petit traceur – une idée de Sibyl, au cas où Saul arriverait à filer – n'était pas plus gros qu'un bouton, la taille idéale pour se loger dans la bouche ouverte de mon opposant. J'y insérai l'appareil de force et lui bloquai la mâchoire d'un coup sec. Je faillis hurler de triomphe en voyant sa pomme d'Adam remonter. Le jeune homme recula, manifestement trop secoué pour ordonner à ses spectres d'attaquer.

*

Poussée par une décharge d'adrénaline, je tirai alors l'appareil d'inoculation de mon autre poche. J'avais d'abord cru en voyant l'objet – un long tube rouge assez épais –, que c'était... un vrai stylo, normal, pour écrire.

Ne te laisse pas abuser par son aspect, il fonctionne comme n'importe quel pistolet inoculateur, m'avait expliqué Rhys.

Les agents m'avaient soigneusement expliqué le fonctionnement de l'instrument pendant le trajet, mais seules quelques bribes de la conversation me revenaient.

Il injecte des enzymes spéciales qui bloqueront momentanément...

Des quoi ?

Retiens seulement que si tu as vu juste au sujet de Saul, c'est peut-être ton seul moyen de l'empêcher d'utiliser ses pouvoirs.

Et si je me trompe ?

Pas le temps d'y penser. Je pris mon adversaire par le col, le tirai contre la fenêtre, fis sauter la sécurité du stylo et le plantai dans son cou. Les yeux du jeune homme s'embrumèrent et ses lèvres se mirent à trembler.

— C'est fait ! criai-je.

— *Alors, écarte-toi !* m'ordonna Rhys dans mon oreillette.

Je me jetai à terre. Des coups de feu firent voler les fenêtres en éclats et atteignirent Saul aux rotules. Nous le voulions vivant. Les traits délicats du jeune homme se figèrent en une drôle de grimace qui lui plissait la peau. Je savais qu'il essayait de nous rejouer son tour de passe-passe pour disparaître, mais apparemment, ça ne fonctionnait pas. Il était toujours là, en chair et en os, impuissant.

Enfin… pas complètement.

Il se tourna vers ses spectres, un sourire narquois aux lèvres… et les monstres se jetèrent sur moi en un bruit assourdissant. J'avais anticipé leur attaque, et poussai Saul de toutes mes forces – il bascula par la fenêtre et je plongeai dans le vide derrière lui.

— Je te tiens !

Lake ! Portée par le vent, elle me rattrapa au vol avant que je n'aie pris trop de vitesse – même si la violence du choc lui arracha un grognement. Elle prit délicatement appui contre le mur et, en seul bond, nous propulsa toutes les deux dans les airs. La jeune fille atterrit sur le rebord du balcon, les jambes tremblantes, et me laissa tomber sur le sol de la plateforme pour vérifier que ses bras n'étaient pas cassés.

Saul, quant à lui, poursuivait sa chute – mais il avait encore plus d'un tour dans son sac.

La rue tout entière se mit à frémir et à gronder.

— Dégagez ! hurla quelqu'un en bas, mais il était trop tard.

Un spectre jaillit de l'asphalte sous la forme d'un ver colossal, entouré de fumée.

— Mon Dieu ! s'écria Lake en manquant de tomber du balcon, tétanisée par le spectacle.

Je rattrapai ma consœur de justesse, alors que le monstre, avec un sens du timing impeccable, ouvrait la gueule pour avaler Saul et retournait sous terre.

Je regardai la créature disparaître, bouche bée.

— Je n'y crois pas, il l'a mangé ! Il est... mort ?

D'énormes explosions retentirent alors et d'autres spectres surgirent du sol pendant que les reporters couraient se mettre à l'abri.

La police se chargeait de conduire les civils en lieu sûr. Les agents de la Secte, qui avaient déjà monté leur arsenal, donnèrent l'assaut. D'autres, postés sur les toits des immeubles voisins, assemblaient des fusils destinés à abattre les spectres trop gros pour être détruits par les troupes au sol.

Je cherchai Rhys à travers le champ de bataille, mais ne le vis nulle part. Où était-il passé ?

Je repensai à sa voix dans mon oreillette, à son petit sourire quand quelqu'un se moquait de sa tenue.

— Rhys... murmurai-je.

Allons, il n'a rien, tentai-je de me rassurer.

— Maia, Lake ! Descendez !

C'était Belle. Elle venait de hisser Chae Rin, à peine consciente, sur le capot d'une camionnette de télévision. La jeune fille se tenait la tête et grimaçait de douleur.

— Vite ! insista Belle.

De violentes secousses parcoururent la rue et la camionnette commença à bringuebaler dangereusement. Belle s'adossa au pare-brise, Chae Rin fermement serrée contre elle.

— Lake, nous devons... commençai-je, cramponnée à la balustrade.

— Descendre ? Mais il y a des spectres en bas !

Lake tremblait et sa voix n'était qu'un murmure. Elle se blottit dans un coin du balcon, la tête entre les genoux.

Mais la plateforme crissait et craquait de toutes parts. Les spectres étaient trop nombreux : ils submergeaient le bâtiment, retournaient la chaussée de fond en comble et une pluie continue de débris balayait la façade de la librairie.

— Maia, Lake, ne restez pas là ! hurla Belle.

Je ne pouvais pas en vouloir à Lake de craquer, j'étais moi aussi terrifiée. Au point de considérer que se jeter dans le vide et tomber au milieu des cadavres et de ces monstres sinistres était notre meilleure option – de toute façon, c'était ça ou rester plantées sur un balcon qui allait s'effondrer d'une seconde à l'autre.

Je relevai Lake de force et la traînai jusqu'à la rambarde. Elle essaya bien de se débattre, mais elle était, malgré sa taille, si fine et si hébétée que je pris le dessus sans problème.

— On saute ! lui criai-je.

Lake avait les larmes aux yeux. Elle se cramponnait à moi tant qu'elle pouvait et refusait de regarder en bas.

— C'est horrible, je ne peux pas ! Je… je les déteste !

Je revis les spectres de Brooklyn. Le carnage qu'ils avaient laissé dans leur sillage. Mes mains se mirent à trembler à leur tour.

— Moi aussi, murmurai-je.

Je sautai, emportant Lake avec moi. J'avais raison de croire en elle : comme poussée par son instinct, elle se mit à courir dans le vide, les joues caressées par une brise qui emportait ses larmes. Nous nous dirigions lentement vers la camionnette – ce qui, d'un autre côté, nous rapprochait également des spectres, juste sous nos pieds. L'un d'entre eux bondit sur nous, et Lake nous fit remonter, juste à temps pour éviter sa gueule, ouverte en un puits béant.

Prise de spasmes, je sentais mon estomac se retourner à chaque secousse, et j'étais sur le point de vomir quand Lake congédia le vent qui nous avait portées, nous déposant lourdement – mais saines et sauves – à côté du van.

— Dans la voiture ! ordonna Belle en tranchant la mâchoire d'un spectre de la lame de son épée avant d'entraîner Chae Rin à l'intérieur du véhicule.

Lake s'apprêtait à ouvrir la portière passager quand l'un des loups de Saul bondit sur elle. Elle poussa un cri strident et lui décocha un coup de pied en plein museau, plantant son talon dans l'une des narines de la bête, pendant que je me débattais avec la poignée.

— Monte, vite ! lui criai-je.

Lake s'engouffra dans le van et claqua la portière derrière elle.

— Tout va bien, Lake ? lui demandai-je en l'aidant à s'asseoir sur la banquette.

Manifestement, Non. Et pas seulement à cause du sang qui coulait le long de sa jambe. Tétanisée, la jeune fille n'arrivait même plus à parler, son beau visage paralysé par la terreur.

— Bon sang, ça fait mal, grogna Chae Rin, recroquevillée sur le siège avant, une main sur la tempe.

Je ne voyais pas de plaie, elle avait sûrement reçu un coup à la tête dans la cohue.

Belle tira de la poche de son jean un objet qui avait tout d'un téléphone, si ce n'était la carte d'un bleu électrique qu'affichait l'écran.

— Nous allons pouvoir suivre Saul grâce au traceur que tu lui as fait avaler. (Belle désigna un petit point rouge clignotant.) Regardez : il est sous terre, dans son spectre. Il faut qu'on le rattrape. (Elle tapota son oreillette.) Ordre de Sibyl !

Le van était dépourvu de pare-brise à l'arrière, ce qui ne m'empêcha pas pour autant de me retourner – comme si je pouvais apercevoir Rhys à travers la tôle.

Belle tourna les clés que le propriétaire avait laissées sur le contact au moment précis où quelque chose d'énorme nous percuta. Le choc fut si brutal que les roues du véhicule décollèrent du sol.

— *C'est parti *!* s'écria l'Effigie en écrasant l'accélérateur. Debout ! (Elle secoua rudement Chae Rin puis me lança son terminal.) Je ne peux pas conduire et regarder ce truc en même temps. Tu vas me guider.

Je savais à peine faire marcher le GPS de mon oncle, mais puisque Chae Rin était dans le coaltar et Lake, en plein stress post-traumatique, l'honneur me revenait. Tout en suivant le point rouge sur l'écran, je me retrouvai donc à diriger Belle – dont la conduite était très sportive – à travers le dédale de la ville.

— À droite ! criai-je quand nous nous engouffrâmes dans une rue désolée, mais un crissement de métal couvrit ma voix.

Un spectre s'était abattu sur le van et en avait arraché le toit. Le terminal m'échappa des mains, rebondit contre le siège conducteur et tomba au sol. Je n'aurais su dire qui de nous hurlait le plus – il n'y avait peut-être que moi. Nous nous baissâmes toutes les quatre, mais Belle garda le volant en main alors que la camionnette effectuait un violent dérapage.

— Dégage !

Chae Rin fit jaillir du sol de grandes piques de terre qui embrochèrent le spectre au moment où Belle reprenait le contrôle du véhicule.

Je vis par le plafond lacéré un hélicoptère qui volait au-dessus de nous, le logo d'une chaîne de télé placardé sur son flanc.

Flash spécial ! Les Effigies en pleine course-poursuite !

— Maia !

Le cri de Belle me fit sursauter.

— Tout… tout de suite !

Les cheveux battant au vent, je tâtonnai par terre et remis la main sur le terminal.

— Tout droit !

Córdoba Avenue, puis à droite sur Bouchard. Nous approchions du front de mer. À quoi jouait Saul ? Voulait-il s'enfoncer plus profondément sous terre ? Refaire surface ? S'échapper sous l'eau ?

— Toujours avec nous, Chae Rin ? demanda Belle avec un calme ahurissant.

— Je viens de transformer un spectre en kebab à l'instant !

Chae Rin avait beau s'indigner, elle respirait avec difficulté et sa tête inclinée suivait un drôle d'angle. De plus, elle avait clairement du mal à rester éveillée.

— Nous allons perdre le signal s'il atteint le fleuve !

— Tu n'as qu'à jouer les Moïse et ouvrir les eaux, répondit Chae Rin à Belle.

— Impossible. Je ne veux pas inonder la ville. Il faut le capturer avant.

La promenade était bordée de bateaux, de restaurants et de magasins dont beaucoup ne devaient pas être vides. Pour arrêter Saul, Chae Rin devrait frapper fort, mais également aussi précisément que possible.

Nous nous rapprochions du point rouge. Peut-être le spectre de Saul commençait-il à faiblir.

— On est presque au-dessus de lui !

— C'est parti, répondit Chae Rin en fermant les yeux.

À la voir ainsi, on aurait dit qu'elle cherchait mentalement le monstre.

— Faites que ce cauchemar prenne fin, c'est tout ce que je demande, gémit Lake en s'accrochant désespérément à mon épaule.

Chae Rin leva les bras en hurlant et Belle freina d'un coup. Le spectre jaillit devant nous, comme si la terre avait décidé d'expulser ce corps étranger. Il plongea vers la rivière, mais retomba sur un lit de glace aux bords acérés. Belle avait veillé à rendre les extrémités de l'iceberg assez tranchantes pour décapiter le monstre, qui fut tué sur le coup.

Horrifiée, je contemplai le trou béant. À la place de la tête, il n'y avait plus que du vide, à l'exception de lambeaux de carapace, de chair et d'os. Saul s'extirpa de la carcasse et sortit à l'air libre en haletant. Il ne pouvait pas disparaître. Il s'écroula sur la glace et resta un moment allongé avant de s'asseoir finalement avec peine. Il avait l'air exténué, mais ne me quittait pourtant pas des yeux.

Nous nous accordâmes d'abord un court moment pour reprendre notre souffle, puis Belle descendit du van, et je la suivis en tâchant de ne pas me casser la figure sur le trottoir gelé. J'avais beau essayer de l'éviter, mon regard revenait toujours vers Saul.

— Je suis en état d'arrestation ? demanda-t-il quand nous arrivâmes à sa hauteur.

Même blessé et appuyé contre la carcasse de son spectre, il parvint à nous adresser l'un de ses petits sourires sarcastiques.

— Tu vas être interrogé, oui, répondit Belle, toujours très droite malgré la fatigue qui lui creusait les traits.

— Parfait. Posez-moi des questions, fouillez, creusez aussi profondément que vous le voudrez, mais Maia… (Saul tendit la main vers moi.) Es-tu prête à affronter ce que tu vas trouver ?

Il m'attrapa la cheville sans que je ne puisse rien faire. Peut-être était-ce seulement parce que j'étais à bout de force, mais à son contact, tout mon corps fut parcouru d'un grand frisson. Et même une fois que Belle l'eût forcé à me lâcher d'un coup de pied, je continuai à trembler.

Mon crâne était en feu. Je connaissais cette sensation, pour l'avoir déjà éprouvée à Brooklyn, puis au Québec.

Des souvenirs… Trop de souvenirs me tourmentaient sans que je puisse m'arrêter sur aucun d'entre eux.

Je pressai mes mains sur mes yeux… et découvris en les rouvrant que j'avais changé d'endroit.

Il faisait tout d'un coup trop sombre pour que je puisse m'habituer à l'obscurité, mais je compris que j'étais assise dans un fauteuil.

Les tableaux aux murs me semblaient familiers, même dans la pénombre. Je reconnaissais aussi la carafe remplie de whisky, le rouge à lèvres sur les verres, les bouteilles d'alcool.

Natalya.

Je tendis la main vers la carafe, mais mes doigts se refermèrent sur ma gorge. À l'évidence, ce n'était pas ma main.

Je n'arrivais ni à parler, ni à respirer. Si j'étais dans l'esprit de Natalya, quel souvenir était-ce là ?

J'essayai d'appeler à l'aide, mais je ne pus que tousser.

Aidez-moi. Natalya me suppliait, depuis les tréfonds de mon esprit. *Je vous en prie.*

Une vive douleur me déchira la poitrine et je tombai du fauteuil. Je me cramponnai au tapis, car je ne pouvais plus marcher. Je n'avais plus qu'une idée en tête, rester en vie. Je rampai vers une paire de jambes, à côté de la table, mais elles ne bougeaient pas, ne faisaient rien pour m'aider. Pourquoi ? *S'il vous plaît !*

J'aurais crié si j'avais pu. Je lui aurais demandé pourquoi. Pourquoi me laissait-il me cramponner à lui sans rien faire ? Pourquoi me regardait-il mourir calmement ?

Natalya périrait sans obtenir ces réponses.

Chapitre 15

Natalya Filipova avait été assassinée.

Ce n'était pas une simple hypothèse. Grâce à ce souvenir, même fugace et confus, j'avais désormais une vision unique : un aperçu des derniers instants de Natalya. Elle avait été assassinée… ou non.

Avec un gémissement, j'enfouis ma tête dans mes mains. Les agents de la Secte avaient embarqué Saul au quartier général de la Division depuis déjà plus de douze heures. Mission accomplie. J'avais espéré pouvoir enfin rentrer à Brooklyn, mais Sibyl nous avait obligées – Belle, Lake, Chae Rin et moi – à rester. Pourquoi ? Elle avait refusé de nous l'expliquer. Je n'avais même pas le droit d'appeler Nathan. Mais je trouvais encore plus curieux qu'il n'ait pas essayé de me joindre.

Le complexe de la Secte n'était pas équipé pour accueillir quatre Effigies épuisées, à la fois physiquement et moralement. Après une opération pareille, nous avions besoin de repos. D'un lit, d'une douche et d'un vrai repas – histoire de changer du mauvais café. Grâce aux négociations acharnées de Lake, la Secte avait fini par céder et nous installer dans un bel hôtel à la périphérie de la ville, loin du champ de bataille. J'avais réussi à dormir quatre heures avant d'être réveillée par le bruit des hélicoptères à ma fenêtre. Des envoyés spéciaux. Des curieux. Peut-être même des fans d'Effigies. Et dire qu'il n'y a pas si longtemps, j'aurais sans doute été à leurs côtés.

Heureusement, la Secte avait anticipé et réservé le onzième étage de l'hôtel dans son intégralité – une horde de journalistes venus du monde entier ne tarderaient pas à débarquer, c'était inévitable. Pourtant, malgré cette mesure de sécurité efficace, la tempête médiatique parvenait à s'immiscer jusque dans l'intimité de ma chambre.

« À la rencontre de Maia Finley : l'héritière de Natalya. » C'était l'intitulé d'un article sur un site people qui proposait – Ô joie ! – des interviews de mes camarades de lycée. Cette garce de Missy Stevenson, championne de gymnastique, s'était ainsi empressée de raconter sur tous les toits à quel point j'étais douée pour me retrouver dans des situations embarrassantes, exemples à l'appui. Si seulement c'était faux…

« Finley peut-elle enfiler les bottes de Filipova ? » titrait le *Washington Post*. « Pantoufles » aurait été plus approprié pour compléter leur belle allitération.

Assoiffées de sang, les chaînes d'information en continu s'étaient emparées de la bataille contre Saul pour la faire disséquer par des commentateurs cyniques. Certaines images étaient déjà diffusées : mon entrée dans la librairie, et le spectre de Saul qui surgissait pour avaler son créateur.

« Le ministère de la Défense lance une évaluation d'urgence de toutes les tours et de tous les dispositifs

anti-spectres du pays » annonçait une présentatrice de CNN. Elle partageait l'écran avec un homme joufflu et répugnant, qui fulminait dans son coin.

« Selon une déclaration du porte-parole de la Secte, un suspect se trouverait actuellement en garde à vue. Malheureusement, John, nous n'avons pu obtenir aucun renseignement ni sur cet individu ni sur les récentes attaques de spectres qui ont affecté des villes du monde entier.

— Enfin Wendy, qu'espériez-vous ? La Secte a démontré à maintes reprises non seulement son incapacité à gérer les questions de sécurité internationale, mais aussi sa réticence à remplir ses promesses en termes de transparence. À quoi sert-elle de nos jours ? Mis à part quelques agents, loin d'être aussi bien formés que nos fiers soldats américains d'ailleurs, on parle quand même de fillettes aux pouvoirs surnaturels qui brassent de l'air sans aucune surveillance ! Je veux dire, est-on vraiment censé se sentir en sécurité alors qu'on sait qu'une bande d'ados aux hormones en ébullition a ce type de pouvoirs entre les mains ? Quelqu'un les croit-il vraiment capables de nous protéger ? »

Crétin !

« À leur décharge, John, elles ont contribué à l'arrestation du terroriste présumé.

— Aujourd'hui, oui. Mais réfléchissez un peu. Si vous étiez une jeune femme dotée d'un pouvoir incroyable, auriez-vous la stabilité émotionnelle nécessaire pour le gérer ? Même Natalya Filipova a fini par se suicider. »

Les yeux fermés, j'essayais vainement d'oublier la sensation du tapis de Natalya sous mes doigts.

« Et qu'est-ce qui empêche la Secte de retourner les Effigies contre nous ? poursuivait John. *Toute cette confidentialité… Que cherchent-ils vraiment à nous cacher, Wendy ? »*

— Qu'est-ce que tu regardes ?

Je n'avais pas entendu Chae Rin entrer. Je refermai mon ordinateur portable et tapotai l'oreiller sur mes genoux pour lui redonner forme.

— Ça va mieux ?

— À priori, oui… En tout cas je n'ai plus l'impression d'avoir le cerveau en bouillie.

— Un peu gênant, tu ne trouves pas ? me demanda-t-elle après s'être assise sur le lit à côté de moi tout en désignant la fenêtre du doigt.

À l'évidence, elle faisait allusion au tumulte qui faisait rage derrière les stores baissés.

— Qu'est-ce que tu fais là, Chae Rin ?

— Je voulais juste te tenir au courant, répondit-elle avant d'aller fouiller dans mon mini-frigo. Saul est transféré au quartier général de Londres.

Le quartier général de la Division européenne de la Secte.

— Pourquoi ?

— Ils n'ont donné aucune explication.

Ce John n'avait peut-être pas tort à propos de la transparence de l'organisation. Je serrai l'oreiller contre ma poitrine.

— Ce n'est pas dangereux ?

— Ne t'en fais pas. Ils ont dû le congeler dans de la carbonite ou quelque chose du genre. Ils ont plutôt intérêt à l'enfermer après tout ce qu'on a enduré avant de l'attraper.

Alors que Chae Rin était sur le point d'attraper une canette de bière, je me raclai la gorge.

— Mais… tu n'es pas mineure ?

Chae Rin haussa un sourcil, sceptique.

— Tu plaisantes ? J'ai failli mourir au combat ! Tu es bien trop raisonnable… (Elle but une gorgée.) Je me demande combien de temps ils vont nous garder ici.

— Je ne sais pas. Je n'ai même pas le droit d'appeler mon oncle.

Prise d'une soudaine agitation, je me replongeai dans le monde virtuel de mon ordinateur. Le forum *Doll Soldiers* était sur le point d'exploser – des sujets étaient postés puis supprimés en rafale. Si j'avais soigneusement évité tous ceux à mon sujet jusqu'à présent, je tombai cette fois sur un nouveau post que je ne pouvais pas ignorer : *Un fiasco à Buenos Aires signé Victoria*.

Horrifiée, je découvris une vidéo de Lake qui se réfugiait dans notre van pendant que nous poursuivions Saul à travers les rues de la ville. La scène avait été filmée depuis un hélicoptère, lui-même à notre poursuite.

> [+980, –318] Je ne peux pas la voir, celle-là. Non mais sérieux, quelqu'un pourrait m'expliquer pourquoi c'est une Effigie ? Pff…
> [+912, –310] Chanteuse ratée, Effigie ratée.

Chae Rin se pencha pour regarder mon écran.

— Qu'est-ce que c'est ? Ah oui, quand même… c'est violent !

D'autant plus que, bien sûr, personne n'avait récupéré la vidéo où Lake remontait le long de ce fichu immeuble pour m'éviter une chute mortelle. Par chance, les Cygnes refusaient de se taire.

[+589, –299] Désolé si tout le monde n'est pas une p*!#*@! de princesse guerrière, et franchement, on s'en fiche un peu, non ? Ce n'est peut-être pas encore une Effigie confirmée mais elle a fait de son mieux, alors fermez-la !
[+598, –256] Lol ! Regardez, la brigade des pantouflards vient donner son avis sur Internet alors que personne ne lui a RIEN demandé. Et TOI, tu t'y connais en batailles, tu as déjà combattu des spectres ? Non ? ALORS BOUCLE-LA !
[+501, –273] Non mais, c'est quoi, le problème ? C'est quoi, cette vision commerciale, ultra-simpliste et faussement féministe du girl power ? Si je comprends bien, les filles doivent être capables de venir à bout de monstres géants sans moufter, sinon ce sont des poules mouillées, c'est ça ?

La conversation était un véritable champ de bataille. Pourtant, peu de temps auparavant, j'aurais fait partie des détracteurs de Lake, ignorants et arrogants.

— Oh, quelqu'un vient de publier une vidéo !

Chae Rin cliqua sur le lien avant que je ne puisse l'en empêcher. Des voix de crécelle entonnaient la première chanson de Filles de jour, groupe de pré-ados issu de la téléréalité britannique et commercialisé à l'intention du public de Disney. Si Lake n'avait jamais été la plus douée vocalement, elle était déjà, à quatorze ans, la plus jolie – et de loin. Pourtant, sa beauté ne lui avait épargné ni le trac ni l'échec de leur premier concert officiel. Je ravalai ma colère.

— Je ne vois pas le rapport. Les gens sont…

— Nulle ! Bon sang, elle est vraiment nulle ! s'écria Chae Rin.

La porte s'ouvrit au même moment. Lake se tenait sur le seuil, une boîte de donuts dans les mains. Chae Rin se racla aussitôt la gorge, puis haussa les épaules.

— Oui, on se moque de toi.

— Elle, pas moi ! précisai-je comme si ça changeait quoi que ce soit.

— Ah oui, je me souviens de ce concert, gloussa Lake. C'était naze ! Non mais écoutez-moi cette voix de casserole quand je montais dans les aigus. Enfin bon, j'étais belle, non ? (Elle posa les beignets sur la table avant de sauter sur le lit à côté de nous.) En tout cas, ne vous inquiétez pas, j'ai l'habitude de ce genre de commentaires sur Internet… Je pourrais même vous montrer des vidéos bien pires.

Je me demandais si Lake avait remarqué que son rire sonnait faux. Je n'arrivais pas à la regarder dans les yeux car un sentiment, aussi étrange que désagréable, m'envahit soudain.

On frappa à la porte et Belle entra, suivie d'un couple. À leur vue, je restai sans voix. Bien que d'âge mûr, ils n'auraient pas dû sembler aussi vieux et fatigués – le souffle de la jeunesse les avait sans doute quittés dès l'instant où ils avaient appris le suicide de leur fille.

Les cheveux blonds de la femme, dissimulés sous un foulard, effleuraient la barbe épaisse de son mari alors qu'elle se blottissait tout contre lui. Elle se mit à pleurer dès qu'elle m'aperçut. Les larmes coulaient de ses yeux bleu clair : les mêmes que ceux de Natalya.

L'homme serrait la taille de son épouse de ses mains ridées. Je me tournai vers Belle, sans un mot… Je ne pouvais que me taire en présence des parents de Natalya.

— Maia, voici Maria et Alekseï Filipov, annonça-t-elle sans émotion. Ils veulent te parler.

Alors que la jeune femme s'apprêtait à partir, la mère de Natalya, au désespoir, la saisit par la manche.

— Belle, s'il vous plaît, supplia-t-elle avec un fort accent russe. Je vous en prie, restez. Parlez-nous…

Jamais je n'aurais cru voir une telle peur – si brute, si vive – traverser le regard de Belle – de manière fugace, certes, mais intense. L'Effigie dégagea doucement son bras puis sortit.

— On va y aller, nous aussi.

Chae Rin se leva et entraîna Lake, à mon grand regret. Concentrée sur l'oreiller serré contre ma poitrine, je sursautai lorsque la porte se referma. Je me retrouvais seule avec les parents de Natalya.

— Nous ne resterons pas longtemps, dit Mme Filipov.

Son mari se contenta de hocher la tête. Le col de sa chemise lavande, boutonnée jusqu'en haut malgré la chaleur, était parfaitement ajusté sur sa veste. Cet infime détail me rappela Natalya, toujours apprêtée avec le plus grand soin.

— Mon époux, il ne parle pas bien anglais. Mais nous n'avons que peu de choses à vous dire.

Mme Filipov me dévisageait, observant avec attention la fille qu'elle avait sans doute vue en photo des centaines de fois dans les médias internationaux depuis quelques jours. Les pieds plantés dans le sol, je ne savais pas si je devais me lever ou rester assise, croiser les bras ou les garder sur mes genoux.

— Ma fille, elle…

Les larmes envahirent de nouveau ses yeux, mais elle les refoula. Son mari lui serrait la main comme pour la retenir à ses côtés.

— Elle pense… pensait que toute vie est précieuse. Elle a travaillé dur pour accomplir son devoir. Noble et fière… Voilà comment elle était.

Et ce à quoi je devais aspirer.

— Je… ferai de mon mieux.

Tu parles d'une promesse…

La mère de Natalya se mit à trembler et son mari resserra son étreinte.

— J'en suis certaine, mais ce n'est pas la raison de notre visite… Un jour, Natalya nous a confié que même après sa mort, elle serait toujours présente. Ses souvenirs… ses sentiments…

Je devinais ce qu'elle souhaitait savoir, et j'espérais de tout cœur qu'elle ne me le demande pas.

— Natalya… Ils ont dit qu'elle s'était suicidée. Mais jamais… Nous avons engagé des avocats, mené notre propre enquête… Tout le monde a confirmé le suicide. Je ne peux pas…

— Je… n'ai pas vu les souvenirs de Natalya, mentis-je. J'ignore comment faire.

Face aux pleurs de cette mère, mon univers me parut soudain sombre et vain. J'aurais voulu m'enfuir aussi loin que possible du couple endeuillé, car je savais que je ne pourrais pas leur apporter de réponse. S'adresser à moi constituait pour eux une tentative désespérée afin de comprendre le décès de leur enfant. J'étais leur dernier recours. Je me rappelais encore très bien la douleur de la suffocation, mais pouvais-je avoir confiance en mes sensations, en ce souvenir ? Natalya avait-elle vraiment été assassinée ou s'était-elle suicidée ? À quel point la mémoire était-elle fidèle ? Et si Natalya avait été assassinée, pourquoi la Secte persistait-elle à parler de suicide ?

Pour l'instant, je n'étais certaine que d'une chose : je ne pouvais parler de ce souvenir incertain aux parents de Natalya – c'était trop risqué, et eux, trop fragiles. Il me fallait d'abord tirer la situation au clair.

— Je suis désolée, murmurai-je.

— Ce n'est pas grave. Je me devais d'essayer.

Plus calme mais le souffle encore mal assuré, elle se dégagea de l'étreinte de son mari et sortit de son sac à main au cuir tanné une clé en étain, visiblement ancienne, attachée à une fine cordelette.

— Tenez, c'est pour vous, dit-elle en déposant l'objet dans ma main.

— Que… qu'est-ce que c'est ? demandai-je, perplexe.

— Une semaine avant sa mort, Natalya m'a demandé de la donner à son héritière, si jamais il lui arrivait malheur. Je tiens ma promesse.

Je la remerciai, sans pour autant comprendre ce qu'il en retournait. Elle m'adressa un signe de tête empreint de tristesse avant de se détourner. Son mari me regarda alors droit dans les yeux, un rictus aux lèvres.

— La Secte… Ne leur faites pas confiance.

Après le départ des parents de Natalya, Sibyl me convoqua dans la suite de Belle. Tout le monde m'y attendait. Vêtue d'un magnifique pantalon de tailleur, Sibyl occupait le canapé. Cheryl se tenait debout derrière elle, sa longue tresse rousse posée sur sa poitrine. Belle était assise dans un fauteuil confortable, près d'un vase en porcelaine, Chae Rin et Lake de l'autre côté de la table. Et…

— Rhys !

Mon cœur s'apaisa lorsque je le découvris. Il se tenait debout devant les rideaux des immenses fenêtres, ses épais cheveux bruns ébouriffés. Dans d'autres circonstances, j'aurais peut-être lancé une remarque sarcastique sur les fines bretelles passées de mode qui retenaient son jean, mais j'étais obnubilée par son bandage au front : un souvenir de la bataille, sans aucun doute. Le bilan aurait pu être pire.

— Comment va ta tête ? demandai-je, timide sans le vouloir.

— Toujours attachée à mon corps.

Son sourire était contagieux. Je détestais me montrer fleur bleue, mais je ne pus m'empêcher de l'imiter. Je dansai d'un pied sur l'autre, comme une gamine timorée, et écartai les boucles de devant mon visage.

— Vous voulez qu'on vous laisse en tête-à-tête après ? railla Chae Rin. Ce ne sont pas les chambres qui manquent ici !

— Maia, dit Sibyl assez fort pour mettre un terme à la conversation, asseyez-vous donc.

— C'est proposé si gentiment…

Je choisis le fauteuil à côté de Belle, qui fixait un tableau au mur.

— Je viens d'avoir une discussion avec le Conseil, poursuivit Sibyl.

Bravo Maia, mission accomplie ! Merci d'avoir failli mourir plusieurs fois pour nous permettre de capturer Saul ! Bien sûr, je n'étais pas naïve au point de croire que ces paroles allaient franchir ses lèvres, mais j'étais tout de même un peu frustrée.

— Maia, vous allez partir en Angleterre. Après votre évaluation par le Conseil, vous serez conduite au quartier général de Londres pour commencer votre formation. Si vous réussissez l'examen, bien sûr, ajouta-t-elle d'un ton glacial.

— D'accord, répondis-je d'une voix terne.

Il faut dire que c'était loin d'être une surprise. Chae Rin éclata alors de rire.

— À ton tour, ma petite ! Tu vas voir, l'évaluation, ce n'est pas une partie de plaisir. Je déteste ce Blackwell.

— Vous êtes du voyage aussi, Chae Rin, précisa Sibyl. Cela vaut d'ailleurs pour vous trois. Vous contribuerez à la formation de Maia.

— Quoi ? s'écria Chae Rin, soudain raide comme un piquet. Pourquoi ?

— Décision du Conseil.

— Très instructif, marmonnai-je.

— Pardon, intervint Lake, mais la Secte ne possède-t-elle pas des agents spéciaux pour former les Effigies ? Des instructeurs ? Vous ne pouvez pas tout simplement en recruter un pour Maia ?

— Je me souviens de la mienne, dit Chae Rin. Un jour, je l'ai assommée sans faire exprès.

— J'approuve le choix du Conseil, déclara Sibyl. Vous avez toutes de l'expérience. Partagez-la. Formez Maia. En même temps, vous vous améliorerez, et peut-être finirez-vous même par mutualiser vos compétences.

Lake garda le silence, comme tout le monde. Au ton de Sibyl, il était évident que la décision était sans appel.

— Vous ne nous dites pas tout, n'est-ce pas ? lança Belle avant de saisir une rose dans le vase en porcelaine. Vous avez un plan. C'est pour cela que vous voulez nous réunir…

— Appelez ça comme vous voulez, mais sachez que vous êtes l'un des éléments-clés de cette entreprise, répliqua Sibyl, les yeux dissimulés par son chapeau à large bord. Vous enseignerez en effet la divination à Maia.

Belle plia en deux la tige de la fleur. Quant à Rhys, calme en apparence, il fit un brusque pas en avant.

— La divination ? demandai-je.

— Vous la pratiquez déjà, répondit Cheryl. Vous voyez les souvenirs des autres Effigies comme vous voyez ceux de Natalya, j'en suis certaine.

Rhys me regarda, bouche bée.

— Natalya ? Tu… tu as vu Natalya ? Déjà ?

— Juste des fragments de souvenirs. Rien… de sérieux.

— La formation vous apprendra à maîtriser ce pouvoir, poursuivit Cheryl. Les visions seront plus claires et, surtout, vous saurez contrôler le processus, peut-être même solliciter les souvenirs de certaines Effigies de votre lignée. Ce sera aussi moins douloureux.

— Agent Langley, que comptez-vous faire ? s'enquit Rhys, le visage sombre.

Sibyl fit signe à Cheryl, qui sortit aussitôt de son sac le même stylo d'inoculation que j'avais planté dans le cou de Saul.

— Maia, savez-vous ce qui alimente le pouvoir d'une Effigie ?

— Le cylithium, répondit Lake à ma place. Quoi ? ajouta-t-elle alors que Chae Rin et moi la dévisagions.

— Ce qui rend une Effigie exceptionnelle, expliqua Cheryl, c'est la présence dans son organisme d'un élément chimique rare. La Secte a découvert son existence dans les années cinquante, au cours des Expériences de Cambridge. Ce dérivé chimique est produit par votre hypophyse.

Je hochai la tête comme si je comprenais, mais sans réelle conviction.

— À la librairie, vous avez inoculé à Saul des enzymes conçues pour perturber la production de ce produit chimique. Ça a fonctionné. Pendant quelque temps, il ne pouvait plus utiliser ses pouvoirs.

— Vous voulez dire… que Saul est une Effigie ?

— Peut-être, répondit Sibyl alors que tout le monde était suspendu à ses lèvres. Bien sûr, on trouve aussi du cylithium dans les restes de spectres.

Je me cramponnai aux accoudoirs de mon fauteuil. Une cinquième Effigie ? Un spectre ? Mais que pouvait-il bien être ?

— Je sais que c'est déroutant. Voilà pourquoi nous avons besoin de vous. Nous avons connaissance d'un lien entre Saul et une Effigie non répertoriée du nom de Marian. Nous savons aussi qu'il se rend chaque année sur la tombe d'un homme décédé au XIXe siècle.

Me revint soudain en mémoire une réplique sarcastique de Saul.

— « Des décennies ». À la librairie, il a affirmé avoir eu des décennies pour lire des livres, pourtant il ressemble encore à un jeune étudiant.

— Un vampire ? suggéra Chae Rin, qui évita adroitement le regard noir de Sibyl.

— C'est pour percer à jour ce mystère, Maia, qu'avec l'aide de Belle, vous rassemblerez tout ce que vous pourrez sur Marian. Examinez scrupuleusement ses souvenirs, nous pourrions y trouver Saul. Cette décision est irrévocable, ajouta-t-elle dès que Rhys ouvrit la bouche.

Il serra les poings. Je tâtai la clé cachée sous mon chemisier. La divination me donnerait l'occasion d'étudier plus en profondeur la vie de Natalya. Et, surtout, sa mort.

Si elle avait vraiment été assassinée, alors qui l'avait tuée ? Et pourquoi ? Chaque fois que je fermais les yeux, je revoyais Natalya tendre la main vers les mocassins d'un homme qui l'avait regardée agoniser sans réagir.

Ses parents cherchaient des réponses. Moi aussi. Restait à savoir si la Secte les détenait.

Sibyl, qui pianotait sur son genou – sa manucure parfaite bien visible –, interrompit d'un coup son geste.

— Autre chose, Maia ?

Je pourrais lui dire. Après tout, je leur avais déjà raconté les autres souvenirs. Mais je n'arrivais pas à oublier l'expression amère de M. Filipov quand il m'avait conseillé de ne pas faire confiance à la Secte. Je refusais de me rendre à l'évidence, par facilité. Pourtant, en mon for intérieur, je savais. Dans ce souvenir atroce et déchirant, Natalya ne souhaitait pas mourir. Elle ne s'y attendait pas et s'était débattue de toutes ses forces.

Quelques jours plus tôt, la Secte avait annoncé le suicide de Natalya. La Secte… que savais-je vraiment à son propos ?

— Alors ? insista Sibyl.

Je voulais parler, mais les mots refusaient de sortir. Je renonçai donc et emportai mes secrets avec moi.

— Non, rien.

Je tirerais la situation au clair plus tard. Pour le moment, j'obéirais aux ordres. De toute façon je n'avais pas vraiment le choix.

— D'accord. Je suis partante.

À mon grand soulagement, les autres filles acquiescèrent et empruntèrent avec moi l'ascenseur pour descendre dans le hall bondé de journalistes. Je me réconfortais à l'idée que je ne serais pas seule. Prête pour ma future mission, je pris une profonde inspiration avant de plonger au milieu des flashes étourdissants.

DEUXIÈME PARTIE

Les poupées ont toujours existé
depuis l'aube de l'humanité.
Dans les ordures, abandonnées,
s'entassent les poupées ;
la mer en est peuplée.

D'où viennent-elles ?
Sont-elles des déesses, innées,
à qui parler
quand on a besoin de parler,
ou à lancer dans le fossé ?

Une poupée est un témoin
immortel,
avec nous pour l'éternité.

Margaret Atwood,
Cinq poèmes pour poupées

Chapitre 16

— Attendez, personne n'a prévenu la presse ? s'écria Lake. Je n'aurais pas été contre un peu de publicité gratuite. Je vous signale que je travaille encore sur ce disque !

Après avoir retiré ses lunettes de soleil, elle promena un regard indigné sur l'aéroport d'Heathrow. Chae Rin tirait sa valise avec l'énergie d'un paresseux.

— Tu as l'air de bonne humeur.

— Et comment ! Je suis de retour à la maison ! La dernière fois, ils m'ont enfermée dans un complexe en Finlande. C'était horrible ! Mais cette nouvelle formation a lieu ici, à Londres ! D'ailleurs, ça vous dit de faire un saut chez mes parents ce soir ? On a toujours de la place pour des invités !

— Allons d'abord au complexe avant de prévoir le dîner, d'accord ? suggéra Chae Rin, en frottant ses yeux gonflés de sommeil. Et toi, qu'est-ce qui t'arrive ?

Elle me donna un brusque coup de coude au moment même où je finissais d'écouter une fois de plus le message d'accueil du répondeur de Nathan. Je lui répondis par un sourire aimable, mais ma main continuait de trembler alors que je rangeais mon téléphone dans ma poche. Nathan était sans doute occupé. Je réessaierai plus tard.

Les nuages gris dans le ciel présageaient une journée sans soleil. Désormais habituée aux vans de la Secte qui venaient me chercher aux aérogares, je tendis la main d'un geste mécanique vers la poignée, mais Belle m'arrêta dans mon élan.

— Maia, par ici.

Derrière la camionnette, deux agents patientaient à côté d'une petite voiture noire. L'un d'eux attrapa mon sac et le lança dans le coffre.

— Eh, attendez ! Je vais où, exactement ?

— Dans le Cambridgeshire, répondit Belle avant de refermer la portière sur moi.

Les visages complices des autres filles défilèrent derrière ma fenêtre alors que le véhicule s'engageait dans les rues bondées de Londres.

Bon sang ! Pourquoi devais-je passer encore deux heures à l'étroit dans une voiture alors que les autres pouvaient se détendre dans la résidence du complexe ? Maussade, la joue appuyée contre la vitre froide, j'observai les câbles anti-spectres qui reliaient les poteaux téléphoniques le long de l'autoroute.

La petite ville d'Ely, dans le Cambridgeshire, dormait encore. Les agents me conduisirent dans les rues désertes jusqu'à une superbe cathédrale au milieu de la plaine rurale, plongée dans la brume. Le monument était d'une beauté sinistre : ses tours et tourelles en pierre, froides et austères sous le ciel obscur, semblaient sortir tout droit d'un conte de fées gothique. Je descendis de la voiture et esquissai quelques pas sur la route pavée.

— Qu'est-ce que je fais là ?

— Vous devez entrer seule, répondit le chauffeur. Nous vous attendons ici.

Pas de panique… Il était quand même peu probable qu'après avoir fait de moi la soi-disant clé de leur enquête, ils me tendent un piège et m'assassinent dans une obscure église anglaise ! J'allais devoir leur faire confiance.

En réalité, la cathédrale d'Ely n'était pas une simple église. Une fois à l'intérieur, j'en eus le souffle coupé. Je remontai lentement la longue nef fantomatique. Chacun de mes pas se répercutait sur la pierre et le marbre, ce qui renforçait l'atmosphère si particulière du lieu. Même si je n'étais pas vraiment croyante, et ne reconnaissais donc pas les références chrétiennes qui ornaient la voûte en croisée d'ogives, tant de beauté me donnait des frissons.

Tout à mon émerveillement, je n'avais pas remarqué que je n'étais pas seule. Deux fidèles se trouvaient sous la lanterne octogonale en pierre, dont l'un était assis dans le transept désert. Dès que je distinguai son visage, je restai bouche bée.

Vasily ! Le même qui, au Québec, avait lâché un spectre sur nous avant de s'enfuir. Celui qui avait tranché le doigt d'un homme sans ciller. C'était bien lui. Dès qu'il me vit, il s'empressa de m'adresser un sourire diabolique. C'était peut-être un piège, après tout. Je reculai.

L'autre « fidèle » était un homme que je n'avais jamais vu, peut-être l'associé de Vasily. Il était assis dans un fauteuil près du maître-autel, au milieu du chœur. S'il s'apprêtait à m'attaquer, il allait devoir se lever, ce qui jouait en ma faveur car il semblait bien trop à l'aise, installé là, ses longues boucles brunes tombant sur ses larges épaules. Il haussa ses épais sourcils noirs avec amusement tandis qu'il m'observait à la lueur vacillante d'une chandelle.

— Maia, déclara-t-il d'une voix de baryton, tonitruante et arrogante, avec un accent britannique. Vous voilà enfin ! Approchez !

— Non, merci.

Je ne savais que penser de lui. Il paraissait riche, avec son costume bien coupé et l'énorme bague clinquante à son majeur gauche. Les gravures argentées de l'anneau captaient la lumière des vitraux dans son dos, mais c'était peut-être le but, car la subtilité ne semblait pas son fort. Ses bras posés sur les accoudoirs, sa chevelure sauvage drapée sur ses épaules, son sourire perfide figé sur ses lèvres, comme taillé au couteau... tout en lui faisait penser à un sphinx.

Il allait sans dire que j'étais prête à m'enfuir à la première occasion. Mon interlocuteur émit alors un petit rire, les yeux fermés.

— Malheureusement, ma chère, vous n'avez pas le choix.

Une brise glaciale parcourut l'église, et je sentis un souffle, à la fois doux et froid contre mes jambes nues. L'homme sortit de sa manche gauche une pièce d'or, qu'il lança puis rattrapa entre ses doigts.

— Je suis Bartholomäus Blackwell, le représentant des Sept Maisons qui constituent le Haut conseil de la Secte. Votre évaluation va pouvoir commencer.

L'« évaluation ». Sibyl en avait parlé en Argentine, mais ce n'était pas vraiment ce que j'avais imaginé. Je ne bougeai pas.

— Connaissez-vous cette cathédrale, Maia ? À la fin du XIXe siècle, lors de la formation de la Secte, ses fondateurs se réunissaient ici. C'est toujours le cas aujourd'hui… enfin, quand vient le moment de rencontrer les nouvelles Effigies.

Je n'aurais pas été surprise d'apprendre que des fantômes hantaient les vieux murs, car j'entendais un léger murmure.

— Sa tête ne me revient pas.

Je fis volte-face.

— Elle n'a vraiment aucune assurance. Regardez-la ! C'est inquiétant…

Je scrutai les arches, puis les piliers, sans parvenir à identifier l'origine de ces voix aux accents multiples qui bourdonnaient autour de moi : vieilles, jeunes, masculines, féminines, mais toutes anonymes.

Mon sang se glaça dans mes veines, j'étais soudain incapable de faire le moindre mouvement pour sauver ma peau. Mes pieds semblaient scellés au sol.

— D'après le dossier, elle a seize ans.

— Natalya était bien plus jeune quand elle a été désignée.

— Plus elles commencent jeunes, plus elles ont de potentiel, c'est bien ça ?

La dernière voix, vieille et larmoyante, fut prise d'une quinte de toux qui résonna dans toute la nef. La sensation d'être encerclée me poussa à reculer et à serrer mes bras autour de ma poitrine.

— N'ayez pas peur, ma douce, m'assura Blackwell avec un geste vers les arches. Il y a des caméras. Ils vous voient.

Mais moi, je ne les voyais pas. Le Conseil… Comme c'était sympathique de leur part de se cacher, alors que je me retrouvais seule dans cette arène d'inconnus.

— Les membres du Conseil doivent garder l'anonymat, voyez-vous, pour leur sécurité. C'est pourquoi ils ont besoin de moi. Je suis leur représentant, le visage de la Secte, expliqua Blackwell, tout à son aise, en se caressant le menton. Mais ne vous inquiétez pas. Toutes les Effigies doivent se soumettre à cette évaluation avant que le Conseil ne les autorise à entamer leur formation. C'est la tradition. Nous allons vous poser quelques petites questions, pour savoir quoi faire de vous.

Je dévisageai Vasily, près du transept.

— Quoi… faire de moi ?

Blackwell tendit la main et Vasily s'approcha de lui pour lui remettre avec précaution un mince livre noir.

— 1957, à Jasper, au Texas. La petite ville natale de Mary Lou Russell. (Ce nom me donna un haut-le-cœur.) Cela vous dit quelque chose ? Une Effigie notoire, en raison du coup qu'elle a porté à l'image de la Secte. Bien sûr, l'histoire n'a pas commencé ainsi.

Je connaissais la suite, mais il poursuivit son récit.

— Bien au contraire. C'était une jeune femme avec de superbes cheveux blonds et de magnifiques yeux bleus. La toute première Effigie née aux États-Unis et, en quelque sorte, la première à combler le fossé entre devoir et célébrité. Une très belle fille, n'est-ce pas, Vasily ?

Pour toute réponse, Vasily s'appuya sur l'accoudoir de son somptueux fauteuil.

— Sa beauté explique peut-être pourquoi, au début, personne n'a voulu croire qu'elle se servait de ses « talents » pour aider son père et son frère à incendier des églises et des écoles à l'autre bout de la ville.

Je me penchai en avant, le souffle court, soudain consciente que cette fille – Mary Lou Russell, la belle Effigie de quinze ans élevée par des suprémacistes blancs – se trouvait quelque part à l'intérieur de moi. Une horreur indescriptible m'envahit.

— Quelle honte ! cria une voix masculine stridente. Cette monstrueuse enfant a déclaré à la presse qu'elle n'arrêterait pas les massacres avant d'avoir purifié son pays.

— Un jour très sombre pour la Secte. C'était précisément ce que ses opposants attendaient pour la dénoncer comme une menace néo-impérialiste.

— Quelle absurdité !

J'imaginais les membres du Conseil acquiescer dans le confort de leurs mystérieux bureaux en même temps qu'ils me regardaient souffrir sur leurs écrans.

— Pourquoi est-ce que vous me racontez cette histoire ?

— Chaque Effigie qui rejoint nos rangs constitue un risque potentiel, me répondit Blackwell avec un regard en coin. Ce n'est pas un préjugé, mais la réalité. C'est pourquoi je souhaiterais vous poser quelques questions.

— Pour évaluer si je constitue un risque potentiel ?

— Le Conseil désire simplement vous connaître un peu mieux, très chère.

— Et si le résultat ne vous plaît pas ?

— Alors nous serons sans doute contraints d'arrêter les frais et de passer à autre chose. Bref, de recommencer à zéro.

Blackwell prononça ces deux dernières phrases d'un ton qui me fit froid dans le dos. Les murs en pierre semblaient soudain s'être rapprochés et mes jambes nues, puis tout mon corps, furent secoués d'un frisson. Blackwell souleva le signet de son livre.

— Maia Finley, seize ans. Née à Buffalo, dans l'État de New York. Mais pas seule.

Je me mordis la joue en le regardant tourner une page.

— Père originaire de Buffalo et mère de Kingston. Ah… Ma paroisse préférée de Jamaïque.

— C'est vraiment important ?

— Non, ma douce. L'important, c'est qu'ils sont tous morts dans un incendie l'année dernière.

Mes articulations se verrouillèrent. Je déglutis avec peine, l'esprit vide. La voix de crécelle de Blackwell entacha les noms qu'il prononça ensuite.

— David Finley, Samantha Finley et June Finley, votre sœur jumelle. En avril dernier, un câblage défectueux a provoqué un incendie chez vous, à Buffalo…

Non. Je ne sentais plus mes jambes.

— S'il vous plaît, arrêtez.

— Vous aviez fait le mur en pleine nuit, après une dispute avec votre sœur…

— Arrêtez !

Mon cri de désespoir se brisa sur le plafond voûté pour me revenir en un millier de hurlements. Blackwell referma son livre, puis le posa avec précaution sur ses genoux.

— D'après les rapports de police…

— Et alors ? rétorquai-je, concentrée sur les gravures sur le sol sans pourtant les voir. Vous allez également me dire quelle est ma couleur préférée ? Ou la marque de mes sous-vêtements ?

— Quelle insolence ! se lamenta une voix.

— C'est vrai, ajouta une autre, mais Belle était bien pire, vous ne trouvez pas ?

— Le Conseil craint qu'un tel drame finisse par refaire surface de manière troublante, expliqua Blackwell.

— Vous avez peur que je devienne folle ?

Leurs propos me rendaient malade – furieuse, enragée.

— Devenir une Effigie n'est pas un cadeau, lança une voix rauque de vieille femme, comme si je pouvais penser le contraire. Nous voulons l'entendre de votre bouche, Maia. Pourquoi devrions-nous vous faire confiance ?

— Je ne sais pas.

C'était la vérité mais, comme prévu, cette réponse ne suffisait pas.

— Et vos pouvoirs ? demanda un homme qui renifla si fort que j'imaginai ses narines poilues vibrer. *Terra Ensis. Aquae Ensis. Ventus Ensis.* Vous, ma chère, vous êtes l'*Ignis Ensis* : l'Épée de feu. Mais d'après les rapports, vous n'avez pas encore créé ni même manipulé votre élément de façon consciente.

— Nous nous inquiétons aussi de savoir que vous avez été capable, à votre insu, de convoquer une arme dans un moment de confusion, ajouta un autre. Une telle instabilité pourrait facilement se révéler mortelle dans d'autres circonstances.

— Alors, dites-moi, Maia, est-il sage de se fier à vous ?

— Pourquoi devrions-nous vous permettre de rester au centre d'une enquête aussi importante alors que nous nourrissons des doutes sur votre état psychologique ?

— Après un drame aussi terrible…

— Pourquoi l'humanité devrait-elle avoir foi en vous, en tant qu'Effigie…

— Comment voulez-vous que je le sache, bon sang ? Bande d'imbéciles ! Vous faites comme si j'avais demandé à devenir une Effigie ! Vous restez planqués et vous appelez ce bizutage une « évaluation » ? La « tradition » ? Allez tous vous faire voir !

Hors d'haleine, je serrais tellement les poings que mes ongles me rentraient dans la peau. Puis ma vision se troubla. La cathédrale se mit à vibrer et tournoyer. L'espace d'une seconde, j'aperçus Natalya. Grande et svelte, la guerrière tombée au combat m'apparut, la main tendue vers moi, puis articula un nom inaudible. L'instant d'après, elle avait disparu.

Prise de vertige, le corps brûlant, je tombai à genoux. Je ne voulais pas pleurer, surtout pas devant ce tribunal de lâches qui guettait le moindre prétexte pour me rejeter comme un produit défectueux et m'anéantir. Mais j'avais les larmes aux yeux.

— Laissez-la tranquille, dit une nouvelle voix, douce, élégante et féminine. Elle est jeune et déjà très efficace. Donnez-lui une chance de faire ses preuves. Chaque Effigie devrait y avoir droit.

La voix m'apporta l'apaisement dont j'avais besoin. Je pris une profonde inspiration et mes épaules se relâchèrent. Le rire de Blackwell brisa le silence.

— Très bien, décréta un membre du Conseil. Blackwell, apportez le livre.

Il était demeuré sur l'autel, caché derrière Blackwell, mais lorsque Vasily le lui tendit, le magnifique ouvrage relié en cuir attira mon regard. Il semblait peser lourd dans la main du représentant du Conseil, qui se leva enfin. L'homme était bien plus grand que je ne l'imaginais, et son dos droit lui conférait une allure majestueuse. Il descendit les marches une à une, sans me quitter des yeux.

— La Secte compte des millions de membres. Soldats, scientifiques, et même hommes d'affaires. Tous ont juré de servir ses objectifs. Et vous, Maia… vous êtes une Effigie dont la mission est de protéger l'humanité. Vous devez donc nous prêter serment.

J'étais toujours agenouillée quand il s'arrêta devant moi.

— Un seul genou.

Me retrouver dans cette position alors qu'il se dressait au-dessus de moi acheva de me déstabiliser. Jamais je ne m'étais sentie si minuscule. Impuissante. C'était d'ailleurs sans doute le but recherché. Mais ici, sous le regard du Conseil, je n'avais pas le choix. Je devais m'exécuter.

À contrecœur, je relevai le genou droit. Blackwell tendit les bras.

— Ce manuscrit représente la Secte. Il contient notre passé, notre présent et notre avenir, ainsi que nos règles et nos objectifs. Vous devez jurer sur ce volume que vous nous serez fidèle. Que vous resterez fidèle à la Secte et que vous protégerez cette organisation aussi farouchement et consciencieusement que vous protégerez l'humanité. Jurez de nous servir, Maia Finley, Effigie du Feu.

Je posai une main tremblante sur le livre.

— J… je le j… jure.

J'avais parlé d'une toute petite voix. À mon avis, cette réponse n'était pas du genre à inspirer confiance au Conseil, mais elle sembla suffire car Blackwell retira le manuscrit.

— Maia, déclara un membre du Conseil, nous vous autorisons officiellement à vous acquitter de vos fonctions d'Effigie. Mais vous ferez l'objet d'une étroite surveillance.

— Vous devrez aussi vous soumettre à une évaluation psychologique mensuelle, afin de nous prouver votre capacité constante à donner le meilleur de vous-même.

Une évaluation mensuelle. Génial, comme si je n'avais pas déjà un an de thérapie à mon actif… Mais c'était toujours mieux que l'option plus que drastique envisagée au départ. Je me relevai, les jambes tout engourdies.

— C'est tout ? Ou… il y a autre chose ?

— Non, petite Maia, me répondit Blackwell avec un sourire. Vous pouvez partir.

*

Sans surprise, il pleuvait dehors. Mais mon cœur bondit dans ma poitrine lorsque j'aperçus Rhys, à côté de la voiture. Des gouttes d'eau ruisselaient sur son parapluie et venaient s'écraser à ses pieds.

— Quand j'ai appris que tu étais déjà partie, j'ai pensé que tu aurais peut-être envie de voir un visage familier.

Si, au début, j'avais été surprise qu'il vienne en Angleterre pour m'accompagner dans mon apprentissage, je ne pouvais à présent pas imaginer, ne serait-ce qu'un instant, qu'il en soit autrement. Il s'approcha de moi et m'attira à l'abri avec lui.

— Est-ce que ça va ?

Je ne savais pas quoi répondre. Par chance, je n'eus pas à le faire.

— Viens, dit-il avant d'ouvrir la portière de la voiture.

— Aidan ! Comme on se retrouve…

Blackwell sortait de la cathédrale, les mains dans les poches tandis que Vasily tenait un parapluie blanc nacré au-dessus de sa tête.

— Comment va ta mère ?

Rhys répondit à ces paroles enjouées par un regard froid, qui devint glacial lorsqu'il remarqua Vasily. Blackwell les dévisagea l'un après l'autre.

— Ah oui, c'est vrai… J'ai entendu dire qu'il y avait eu un petit malentendu entre vous deux au Canada.

— Le contraire m'aurait étonné, rétorqua Rhys, puisque c'est vous qui l'avez envoyé là-bas.

— Et qu'est-ce qui te fait croire ça ?

— C'est évident. Vous êtes le seul à qui il rend des comptes.

La pluie ruisselait sur le sourire énigmatique de Vasily. Rhys saisit mon poignet d'une main rêche et me serra contre lui. Blackwell éclata alors de rire.

— Eh bien, pardonne-lui ses écarts de conduite. Vasily est encore un peu fougueux, vois-tu. Mais tu devrais le savoir mieux que quiconque après votre formation commune… au Groenland, n'est-ce pas ? Un endroit terrible !

— Rhys, murmurai-je, car il avait soudain resserré son emprise.

— Ne t'inquiète pas, poursuivit Blackwell. La bague est déjà en cours de traitement au quartier général de Londres, de même que celle confisquée en Amérique du Sud.

— Ce que je voudrais savoir, c'est comment vous pouviez connaître son existence. Personne n'était au courant après tout. J'en déduis que quelqu'un a dû mettre Vasily sur la piste… Je me trompe ?

— Rhys !

Je dégageai en le frottant mon poignet endolori. À en juger par son air hébété, Rhys n'avait pas dû se rendre compte qu'il me faisait mal. La tête penchée d'un côté, Blackwell intervint alors dans un élan de compassion suspect.

— Raccompagne-la, Aidan. La pauvre petite a traversé une épreuve difficile ce matin.

Une voiture de collection blanche attendait l'étrange duo. Je m'écartai sur son passage et posai distraitement la main sur le torse de Rhys. Étonnée par mon geste, je la retirai aussitôt.

— Allons-y, me dit-il.

— D'accord.

« Ne leur faites pas confiance. » Le père de Natalya m'avait mise en garde contre la Secte, de même que sa fille. Je prenais en effet la brève apparition du fantôme de Natalya dans la cathédrale comme un avertissement. Je ne l'oublierais pas.

Et je n'étais pas près de pardonner à ces ordures d'avoir réouvert mes blessures à peines cicatrisées, sous couvert de leur prétendue évaluation. Avachie sur la banquette arrière de la voiture de la Secte, j'appuyai ma main contre ma poitrine de plus en plus douloureuse. La situation ne pouvait pas être pire.

J'essayai de joindre Nathan à plusieurs reprises. Je venais de laisser mon septième message quand Rhys m'interrompit.

— Maia… Tu ne peux pas entrer en contact avec ta famille pendant ta formation. C'est une nouvelle règle, censée faciliter l'entraînement, expliqua-t-il d'un ton sceptique. Je suis vraiment désolé, mais ton oncle a été prévenu. Il… ne te rappellera pas.

Hébétée, je fixai l'écran noir de mon téléphone.

De : Maia F. reinemaia@gomail.com

À : Nathan Finley finleyn@gomail.com

Date : Jeudi 23 avril à 2 h 37 (Brouillon)

Objet : Salut

Salut Nathan,

Il commence à se faire tard ici, alors je t'envoie juste un petit message pour te dire que ça va. On est bien arrivés à Londres. Là, je suis en sécurité sous ma couette avec un bol de chocolat chaud et mon ordinateur portable. Bref, le paradis. Donc tout va pour le mieux.

Je suis bien installée. Mes affaires ont été rangées dans l'aile est de la résidence (oui, cet endroit est assez grand pour avoir une aile est). Sans blague, c'est plutôt joli. Comme le QG de Londres est situé dans la forêt d'Epping, il y a des arbres tout autour. Notre immense dortoir occupe deux étages. On a une cuisine, une terrasse, une télé à écran géant fixée au mur, et j'ai même un placard rempli de vêtements que je n'ai jamais achetés. J'ai l'impression d'être un animal qu'on engraisse avant de le mener à l'abattoir… ha, ha.

Les filles sont là aussi. Je n'arrive toujours pas à croire que Belle Rousseau respire le même air que moi ! Chae Rin fait un peu peur, mais en fait elle est sympa. Je partage ma chambre avec Lake. Elle a beaucoup trop d'affaires et ses produits de beauté ont envahi la salle de bains, mais sinon elle est super gentille… sauf que ce n'est pas la grande forme. Elle n'a pas le droit de rendre visite à ses parents alors qu'ils habitent en centre-ville. Chae Rin non plus n'a pas le moral. Je le vois bien, même si elle préférerait mourir plutôt que de l'avouer. Je sais que sa relation avec ses parents est un peu compliquée…

Quant à moi, je n'y échappe pas : je n'ai pas le droit de te voir. Je n'ai pas le droit de t'envoyer ne serait-ce qu'un e-mail. Tu ne liras jamais ce message. Je me demande d'ailleurs bien pourquoi est-ce que je l'écris…

Nathan, tu m'as assuré que tout irait bien… Dis-moi que tu le pensais vraiment.

En fait, je n'arrive pas à dormir. Dormir, dormir, dormir… Je n'y arrive pas. Si seulement je pouvais t'appeler… Je n'ai pas envie de rester seule. Si seulement tu étais là. Si seulement June était là. Et si, et si, et si…

Je sais qu'on n'a pas toujours été d'accord tous les deux, mais tu es mon oncle, et si tu me dis que tout ira bien, si c'est toi qui le dis, alors je te croirai. D'accord ?

S'il te plaît dis-moi juste que tout ira bien…

Ça ne sert à rien.

Chapitre 17

Il faisait froid dehors et le pantalon de yoga que j'avais trouvé dans ma commode était trop court. Je tirai sur les cordons de mon sweat à capuche et me frottai les jambes avec tant de fébrilité que Lake me suggéra d'aller au « petit coin » avant le début du cours.

D'après les ordres de Sibyl, nous avions un planning à suivre, qui impliquait apparemment de dormir peu.

La séance d'entraînement avait lieu sur un terrain à l'extrémité ouest du complexe. Alors que le soleil venait à peine de se lever, Lake s'était déjà lancée avec passion dans un monologue sur un de ses anciens petits amis – Carlos, un mannequin sexy – et détaillait un peu trop son récit à mon goût.

— Tu devrais parler, Maia. Crois-moi, plus on parle, plus on produit de chaleur, m'assura-t-elle avant de me donner un coup de coude dans les côtes. Et toi, alors ? Un petit copain ? À moins que ce ne soit une copine ?

— Eh non, rien de tout ça !

Le souvenir de Rhys et moi sous son parapluie s'insinua dans mon esprit, mais je le chassai aussitôt. Lake se baissa pour se mettre à ma hauteur.

— Toi, célibataire ? Mais tu es super jolie ! Prends juste un peu plus soin de ta peau et tu seras au top.

— On dirait que tu traques mes complexes pour me vendre des produits pour le visage.

— Oh, j'en ai des tas ! Tu peux te servir si tu veux, je les ai tous eus gratuitement. Mais la plupart sont restés chez moi.

Elle se tut soudain. Impatiente de changer de sujet, je m'étirai.

— Bon… puisqu'on est ici…

— Oui, la formation… Bon, Belle n'est pas là, elle t'aidera peut-être juste pour la divination en fait. Tant pis ! Je croyais qu'elle nous donnerait un coup de main pour le reste…

Moi aussi.

— Prête, Chae Rin ?

Affalée sur un banc depuis son arrivée, des cernes sous les yeux, Chae Rin répondit à Lake par un grognement digne d'un animal féroce agonisant qui tenterait d'intimider sa proie. Comment lui en vouloir ? Le café n'était même pas encore chaud que des agents étaient venus nous traîner hors de la résidence. Chae Rin avait dû laisser son thermos sur le comptoir de la cuisine.

— Bon, c'est parti ! Bienvenue à ton premier cours de maîtrise du feu ! me lança Lake avant de sortir un moniteur cardiaque du sac de sport posé sur le banc. Tiens, mets-le. Ça fait partie intégrante de la formation, pour éviter le surmenage.

Je l'attachai à mon poignet puis l'activai. Une fois l'écran LCD allumé, un petit cœur numérique se mit à battre de façon régulière sur le moniteur.

— Tu crois que je pourrais me surmener ?

— C'est possible. L'apprentissage, la prise de contrôle... tout ça peut provoquer un peu de stress. Surtout au début.

— Alors... comment ça marche ? On fait du feu ou de la glace à partir de rien ?

— Comment ça marche ? C'est un peu comme... euh... Chae Rin ?

Les mains sur les hanches, Lake donna un coup de pied dans le banc alors que Chae Rin commençait à ronfler.

— Quoi ? Qu'est-ce que j'en sais, moi ?

Elle roula sur le dos, les jambes pendant d'un côté du banc.

— Je te signale que tu es aussi censée aider Maia.

— Mais je suis crevée, soupira Chae Rin avant de se redresser. En plus, elle est sûrement trop lente pour comprendre, donc ce n'est pas très grave !

— Non mais tu me prends pour qui ?

— Ordres de Sibyl, tu te rappelles ? On doit former Maia. Et puis, il me semble qu'un peu d'entraînement ne ferait de mal à personne. Ce n'est pas toi qui as failli raser toute une ville, il n'y a pas si longtemps ?

Les joues écarlates, Chae Rin ouvrit et referma la bouche plusieurs fois.

— Franchement, tu exagères, ce n'était pas à ce point-là ! Et puis, tu peux parler, Victoria ! Je me trompe ou tu n'as validé ta formation que de justesse avant de simuler une blessure pour pouvoir te défiler ?

— Et alors ? répliqua Lake. J'ai très bien appris à maîtriser mes pouvoirs, au moins. C'est le principal, non ? Tu ne t'en rends peut-être pas compte, mais j'ai travaillé super dur !

Je n'en doutais pas. Après tout, c'était grâce à elle que nous étions encore vivantes.

— À mon avis, à part Belle, on a toutes besoin de s'exercer un peu… Il paraît qu'elle a tué douze spectres pendant sa première mission en solitaire. Vous y croyez, vous ?

C'était le sujet à éviter. Elles passèrent aussitôt à l'attaque.

— En gros, tu penses que Belle est meilleure que nous, c'est ça ? lança Chae Rin. En même temps, tu es une inconditionnelle de la princesse, donc rien d'étonnant.

J'agitai les mains en guise de drapeau blanc.

— Non. Je ne voulais pas dire…

— Ce n'est pas sympa, Maia, m'interrompit Lake. Je te rappelle qu'elle a plus d'expérience que nous.

— Mais ce n'est pas ce que je voulais dire…

— Bon, poursuivit-elle d'une voix forte, on reprend la formation. Ta mission, aujourd'hui, c'est d'essayer de créer du feu. Ce n'est pas une science exacte, mais plutôt une sensation. Figure-toi… que le pouvoir se trouve à l'extérieur de ton corps. C'est faux, mais essaie. Ferme les yeux et imagine l'attirer en toi. « Capturer et libérer. » C'est ce qu'on m'a appris. Capture le pouvoir puis libère le feu.

Les yeux fermés, Lake prit une profonde inspiration. Je fronçai les sourcils.

— Mais… comment je le capture ? Comment je le libère ? Et je le libère où ?

— Comme je viens de le dire, c'est plus une sensation qu'autre chose, répéta Lake d'un ton sec. Détends-toi, et tente de l'attirer.

Elle leva une main, paume vers le ciel. L'air frais se mit à tourbillonner autour de moi, de plus en plus vite. En un éclair, la brise se transforma en une puissante rafale qui me fit tomber à la renverse et envoya valser le sac de sport qui se trouvait sur le banc. Chae Rin se cramponna aux planches pour éviter d'être emportée à son tour, mais elle finit par lâcher prise et s'écroula par terre. Un instant plus tard, le vent retomba et le calme revint.

— Désolée, s'excusa Lake, penaude.

Chae Rin gémit, tandis que je me relevai et m'époussetai.

— Donc je dois juste me concentrer, c'est bien ça, Lake ?

— Ouais, allume le feu !

Avec un clin d'œil, elle recula de plusieurs pas, sûrement pour se protéger, même si c'était inutile. Je me concentrai, en vain. Pendant près d'une heure, Lake essaya de m'aider comme elle le pouvait, mais aucun de ses conseils ne porta ses fruits. Méditation, visualisation, et même quelques tours de terrain. J'étais à présent en nage, mais à part ça, rien à signaler. Pas même une étincelle. Hors d'haleine, je m'allongeai à plat ventre sur l'herbe.

— C'est ridicule !

— C'est toi qui es ridicule, rétorqua Chae Rin. Ce n'est pas si compliqué…

— Tu découvres à peine tes pouvoirs, tenta de me rassurer Lake avant de s'agenouiller à côté de moi. Ne sois pas si dure envers toi-même. Ce n'est pas grave si tu n'y arrives pas du premier coup.

— Vous savez quel est le problème ? intervint Chae Rin. Pas assez d'adrénaline.

— Mais je cours partout depuis dix minutes.

Je me redressai et me frottai les cuisses. Chae Rin me tira par le bras pour me relever.

— Tu perds ton temps. Tout ce dont tu as besoin, c'est une bonne bagarre. Allez, viens, je t'attends !

À ces mots, je me figeai. Mes poumons menaçaient d'exploser et le chiffre de la fréquence cardiaque sur mon moniteur grimpait en flèche.

— Non, merci.

— Je ne t'ai pas demandé ton avis.

Chae Rin me poussa un grand coup et je volai en arrière.

— Aïe ! Mais ça ne va pas ? Qu'est-ce que tu fabriques ?

— Courir ne sert à rien, il faut que tu te battes. C'est cette adrénaline-là qu'on sent monter quand on frôle la mort, comme si on allait tomber d'une corde raide… Affronte-moi et tu vas voir que tu feras jaillir ce feu en un éclair ! De toute façon, tu n'as pas vraiment le choix si tu veux survivre.

— Tu es dingue !

— Non… non, elle a peut-être raison, gloussa Lake devant mon regard incrédule. On a tout essayé. Voyons au moins où ça nous mène.

— Simple démonstration, ajouta Chae Rin d'une voix douce avant de se jeter sur moi.

J'eus à peine le temps de me relever qu'elle me donna un coup de genou dans le ventre qui me renvoya au sol. Elle leva les yeux au ciel.

— Allez, debout !

J'obéis, mais pris aussitôt mes jambes à mon cou. Chae Rin était folle. Le manque de sommeil et de caféine avait fini par la transformer en une bête furieuse. Je venais de dépasser le banc quand le sol se souleva sous mes pieds, explosa et me projeta dans les airs. Après un atterrissage brutal, je roulai sur le côté, mais mon adversaire n'en avait pas fini avec moi. Je blêmis à la vue de la terre retournée sous l'herbe déchiquetée.

— « Capture et libère », me rappela Chae Rin avec un petit geste du doigt avant de piétiner le sol.

Une motte humide décolla à ses pieds. Elle l'attrapa puis me la jeta, mais je parvins à l'esquiver. Le souffle coupé, je vis le projectile entailler un tronc d'arbre à quelques mètres de là.

— Ce n'est pas une formation ! C'est une tentative de meurtre !

— Sens l'adrénaline monter en toi, me dit Lake de derrière un arbre. Fais-la sortir ! Allez !

Mais je n'y arrivais toujours pas. Je retrouvai mes appuis et reculai.

— C'est n'importe quoi ! Vous savez quoi ? Je vais… je vais le dire à Sibyl !

— Ça, c'est bien envoyé ! Mesdames et messieurs, je vous présente… la sauveuse de la Terre ! s'exclama Chae Rin, pliée de rire.

— Tu le prends comme ça ? Alors je vais en parler à Belle ! criai-je sans réfléchir.

Je ne savais franchement pas ce qui m'avait pris. Je me doutais que ça l'énerverait, ce qui était d'autant plus idiot. Son rire se transforma en un rictus, et j'eus l'impression que de la vapeur sortait de ses oreilles.

— Belle ? Oh, tu vas cafter à Belle ?

— C'était une blague, me défendis-je, les mains levées en signe d'excuse.

— Et quelle « autorité » a-t-elle sur nous ? D'ailleurs, où est-elle ? Comment ça se fait que les agents ne l'aient pas traînée ici, elle aussi ? Elle est trop douée pour perdre son temps avec nous, c'est ça ? Pff !

De colère, Chae Rin frappa le sol du pied. La terre se mit alors à trembler puis se fissura et se fendit à l'endroit exact où je me trouvais, m'obligeant à faire un grand écart. Je sautai sur le côté puis roulai dans l'herbe, manquant de peu de tomber dans la crevasse. Lake se cramponnait à son arbre comme à un radeau au milieu de l'océan. Le sol cessa enfin de trembler.

— Bon sang, ce qu'elle est gonflante ! Vous savez quoi ? J'en ai ras le bol. Je retourne me coucher.

Les mains dans les poches, Chae Rin s'éloigna, tandis que Lake et moi, ébahies, observions la nouvelle faille qu'elle venait de créer.

— Allume-toi !

Assise seule dans le noir à la fenêtre de ma chambre, un chandelier en cuivre dans les mains, j'attendais que la mèche de la bougie s'enflamme, comme par miracle.

— Allume-toi tout de suite ! Allez !

Toujours rien. Je jetai alors le chandelier contre le mur et enfouis mon visage dans mes mains.

J'avais beau être une Effigie, je ne parvenais pas à me servir de mon pouvoir. Lake et Chae Rin avaient peut-être connu quelques obstacles au cours de leur carrière, mais au moins elles étaient en pleine possession de leurs capacités. Moi, en revanche… J'étais un produit défectueux en attente de remplacement. D'ailleurs, à en juger par l'atmosphère qui régnait dans la cathédrale lors de mon évaluation, je n'aurais pas été surprise si le Haut conseil de la Secte avait décidé d'« arrêter les frais » et de « recommencer à zéro » avec une autre fille qui, elle, serait capable de faire son travail.

« Arrêter les frais ». Je songeai à Natalya, qui tendait la main vers moi, à l'abri du regard impitoyable des membres du Conseil. Avaient-ils « arrêté les frais » avec elle aussi ?

Je n'arrivais pas à chasser de mon esprit le souvenir du chagrin des Filipov, la lueur de mépris dans les yeux du père de Natalya quand il m'avait mise en garde contre la Secte… Sa fille était sans conteste l'une des meilleures Effigies de tous les temps, une légende. Je ne voulais même pas y songer, mais la graine qui germait en moi et semait l'effroi au plus profond de mon être était impossible à ensevelir.

Je plaquai ma main contre la clé autour de mon cou et sentis le métal froid contre ma poitrine. J'avais vu Natalya mourir. Il devait y avoir une explication, mais sans aucune aide, je resterais seule avec des fantômes et des bribes de leurs vies pour toute réponse. Il me fallait accéder de façon fiable et structurée à la mémoire de Natalya. La divination me le permettrait, mais Belle m'avait à peine parlé depuis notre arrivée à Londres. J'allais donc devoir prendre la situation en main.

Lake dormait à poings fermés, mais elle avait le sommeil léger alors je ne devais pas faire le moindre bruit. Après être passée devant son lit sur la pointe des pieds, chaussée des pantoufles douillettes qu'elle m'avait prêtées, j'ouvris la porte et me dirigeai vers la chambre de Belle. Notre « dortoir » était en réalité un duplex de forme ronde. Toutes les chambres situées à l'étage, de même qu'une série de portes vitrées donnaient sur la terrasse extérieure et les murs étaient donc incurvés. Le sol y était recouvert d'un parquet ciré séparé de l'espace central par une rambarde en fer. De là, je pouvais apercevoir la porte d'entrée, le salon et la cuisine, réunis en une pièce unique au rez-de-chaussée. C'était un endroit agréable – et propre grâce aux incessantes réflexions de Lake.

— Belle ?

Avant d'arriver à sa chambre, je l'aperçus à travers la baie vitrée de la terrasse. Elle peignait. Ou plutôt, elle allait se mettre à peindre. Sereine, elle examinait la toile posée sur le chevalet, comme si elle ne savait pas par où commencer. Une douce brise faisait onduler sa longue robe blanche. J'ouvris la porte, avec une prudence teintée de respect.

— Belle ?

Devant son silence, j'hésitai un instant à poursuivre.

— Tu… tu peins toujours la nuit ?

— Seulement quand il fait froid, répondit-elle sans lever les yeux sur moi.

C'était le cas. Malgré le pyjama en coton épais que je portais, la fraîcheur venait caresser mes bras. Alors même que je regardais Belle donner son premier coup de pinceau, je n'arrivais toujours pas à croire que je vivais dans la même résidence que Belle Rousseau. *Belle Rousseau.* La fille dont j'aurais collectionné les figurines si elles avaient existé. Avec une profonde inspiration, je m'armai de courage pour entamer la discussion.

— Belle, quand est-ce que tu comptes… euh… m'apprendre la… euh…

Le terme m'échappait.

— Divination.

— Oui, dis-je en me passant une main sur la nuque, penaude. Tu te rappelles, Sibyl veut que je me renseigne sur Saul par l'intermédiaire de cette Marian.

— Je sais, répliqua Belle sans cesser de peindre.

Je me dandinais, pas vraiment étonnée mais tout de même un peu découragée de voir que Belle ne m'avait toujours pas adressé un seul coup d'œil.

— Alors… quand commençons-nous ?

— La divination est un art très complexe. Je n'ai pas encore trouvé le meilleur moyen de te l'enseigner.

Donc, jamais. J'essayais de ne pas sombrer dans le pessimisme, mais de toute évidence et pour une raison qui m'était inconnue, Belle ne semblait pas aussi pressée que moi.

— J'ai quand même une question, puisque je suis là.

Après avoir considéré son silence comme une invitation, je m'appuyai contre la porte vitrée et poursuivis sur ma lancée.

— J'ai pratiqué un peu de « divination » toute seule. Enfin, j'ai vu des souvenirs. Surtout ceux de Natalya.

— Ah bon ? s'étonna Belle, la main en suspens.

— Oui, des fragments, précisai-je sans pouvoir m'empêcher de remarquer le léger tremblement du pinceau entre ses doigts.

— Les souvenirs de Natalya seront toujours les plus vifs puisque c'est l'Effigie qui t'a précédée immédiatement. Les autres seront plus difficiles à cerner… comme des fils emmêlés.

— Mais, le plus souvent, quand je me retrouve dans la mémoire de Natalya, c'est comme si… comme si j'étais elle et qu'elle était moi, expliquai-je, une main sur la poitrine alors que je revivais la scène une fois de plus – Natalya agonisant sur le tapis et moi au bord de l'asphyxie. Je déteste cette sensation.

— Parce que tu n'as pas encore le contrôle.

Belle devait avoir raison. Pourtant, c'était ce manque de maîtrise qui m'avait donné un accès aussi rapide aux souvenirs de Natalya, et un aperçu de sa mort.

— Belle… il y a autre chose.

Je m'interrompis. Lui confier ma théorie sur la mort de Natalya revenait à accuser ouvertement la Secte d'un acte très grave. Si Belle me dénonçait ensuite à Sibyl – ou pire, au Conseil – à quelle vitesse serais-je remplacée par une nouvelle Effigie ?

D'un autre côté, lorsqu'elle en avait parlé au *Manoir*, Belle semblait douter de ce suicide. Ça valait donc la peine d'essayer. Même si elle vouait une fidélité totale à la Secte, elle ne me dénoncerait pas. Ce n'était pas son genre.

— Quand on s'est rencontrées à Brooklyn, enfin, la première fois qu'on s'est parlé, à l'hôtel, tu as affirmé ne pas croire au suicide de Natalya. Et… j'ai vu certains de ses souvenirs.

— Tu te répètes, rétorqua-t-elle, la main crispée sur son pinceau.

— Sur la mort de Natalya…

— Je ne veux pas savoir.

— Quoi ?

Je fronçai les sourcils, persuadée qu'elle plaisantait.

— Qu'est-ce que tu racontes…

— Je n'ai pas envie de savoir, répéta-t-elle d'un ton calme. Ça ne m'intéresse pas. Du tout. Donc s'il te plaît, pas un mot de plus.

— Mais pourquoi…

— J'ai dit « pas un mot de plus ».

Le ton cassant de sa voix m'effraya et me fit taire. Avec un soupir, Belle laissa retomber ses bras et posa son pinceau.

— Maia, ne… ne prête pas attention aux souvenirs de Natalya. Oublie-les. Tu crois sans doute que c'est important, mais ce n'est pas le cas. Chae Rin, Victoria, toi et moi avons chacune un but précis. Un devoir à remplir. Le tien, c'est de trouver Marian et d'accéder à ses souvenirs. Ne te laisse pas distraire de ton objectif.

Ses mots sonnaient comme une supplication.

— Concentre-toi sur ta mission, poursuivit-elle. C'est ce que… ce que Natalya aurait fait.

Belle avait parlé calmement, le dos tourné, m'empêchant ainsi de voir l'expression de son visage. Elle arborait sans doute le même regard vide que lors de notre première rencontre au *Manoir*. Enfin, sa première rencontre avec la pitoyable remplaçante de Natalya. Je baissai la tête.

— Ça doit te paraître étrange, non ? Que je sois ici ? À sa place ?

— C'est ainsi, on ne peut rien y faire.

Pieds nus sur le parquet en acajou, elle s'approcha d'un pas léger du sofa bleu lavande. Le silence s'installa entre nous avant qu'elle ne se décide à le briser, le visage masqué par ses cheveux blonds.

— J'étais la plus âgée dans mon foyer d'accueil. À tout juste treize ans, j'étais entêtée, enragée… Quand Natalya m'a prise sous son aile, elle m'a ouvert de nouvelles perspectives.

Ces quelques mots me prirent par surprise. Belle ne parlait jamais de son enfance d'avant la Secte. La femme à qui on l'avait confiée, Mme Bisette, avait accordé de nombreuses interviews aux médias français pour raconter leur vie soi-disant merveilleuse. Mais, comme l'Effigie n'avait jamais reconnu publiquement l'existence de cette femme, j'avais toujours pensé que ces histoires n'étaient qu'un ramassis de mensonges.

Dans ces mêmes entretiens, Belle avait en revanche très souvent présenté Natalya – il s'agissait certes de son mentor, mais elle était surtout comme une sœur pour elle. Or je comprenais, plus que quiconque, l'importance de la famille.

— Ma sœur était une grande fan d'elle, dis-je avec un petit rire.

— C'est vrai ?

Que Belle Rousseau pose une simple question sur June, même par ennui… je n'arrivais pas à le croire. Mon cœur bondit dans ma poitrine.

— Oui ! June vous vénérait, Natalya et toi ! Elle savait tout sur vous ! Elle guettait la moindre info !

Je voulais tout lui raconter. Si seulement par miracle June pouvait me voir prononcer son nom devant Belle.

— Natalya et toi… vous étiez ses héroïnes.

— Alors elle se trompait.

Rapide et efficace. Le ton soudain glacial de Belle anéantit mon euphorie. Pourtant, bien que dévastée, je l'aurais peut-être pris beaucoup plus mal si je n'avais pas remarqué qu'elle cherchait à éviter mon regard. Elle se laissa tomber dans le sofa, tournée vers le domaine qui s'étendait au-delà de la balustrade. Que pouvait-elle bien voir à travers la cime des arbres au milieu de la nuit ? Que cherchait-elle de ses yeux soudain vidés du peu de vie qui y brillait habituellement ?

— Tu devais le savoir, déclara Belle d'une voix caverneuse. Aucune de nous n'est vraiment une héroïne.

Chapitre 18

Lors d'un après-midi ensoleillé, idéal pour une promenade, je flânais dans le musée, sereine et rêveuse, comme si je flottais dans les airs. Je me faufilais au milieu des touristes, devant les vitrines de papillons et les magnifiques squelettes de dinosaures, d'un pas déterminé. Je savais précisément où aller : une petite poterne dans un coin oublié du bâtiment, barrée par un ruban jaune. Après un rapide coup d'œil par-dessus mon épaule, je passai sous la banderole et pénétrai dans un long couloir sombre.

La peur commençait à me serrer la gorge. Je devais en finir au plus vite car j'ignorais combien de temps il me restait avant que quelqu'un ne vienne finalement me régler mon compte. Une fois au bout du couloir, je composai le code sur le clavier de sécurité. La porte s'ouvrit dans un grincement sonore.

Bien !

La voix de Natalya. Une fois de plus, j'étais plongée dans l'un de ses souvenirs, prisonnière de son corps.

Dès que j'en pris conscience, l'image grésilla, comme si un fusible avait sauté. Quelques instants plus tard, je me tenais dans une pièce secrète de ce musée inconnu.

Des quantités de livres masquaient les murs sur deux niveaux, mais c'est l'exosquelette fossilisé qui attira d'abord mon attention.

Long, tordu, reptilien : un spectre. Fixées au plafond par de solides câbles métalliques, ses ailes pointues étaient déployées, prêtes pour l'envol. L'enveloppe d'un spectre était souvent un mélange abominable de résidus de chair putréfiée et de peau dispersés sur les os, mais celui-ci était différent. Ce corps était aussi dur que du cristal… Lorsque je tentai de le toucher, je m'écorchai le doigt. C'était vraiment du cristal. Sa surface reflétait la lumière tel un diamant. L'ensemble, étrangement, me parut effrayant et beau à la fois.

J'aurais pu rester là des heures entières, fascinée, mais j'avais du travail. De curieuses lampes colorées étaient suspendues par de minces chaînes au plafond voûté, comme d'énormes pendentifs lumineux aux formes insolites. Le sol était jonché de vieux globes et de tableaux qui n'avaient pas encore été accrochés, sauf un. Juste au-dessus de la cheminée se trouvait le portrait d'un homme barbu, vêtu d'une pimpante redingote et coiffé d'un somptueux haut-de-forme, enfoncé sur de familières boucles brunes qui tombaient sur ses épaules. Fantaisiste mais élégant. Je lus la plaque sous le portrait : « Bartholomäus Blackwell II : 1849-1910 ».

Blackwell. Le petit rire de Natalya résonna dans la pièce à l'odeur de renfermé.

J'aurais dû m'en douter, murmura-t-elle. *Ils se ressemblent comme deux gouttes d'eau.*

Décidément, je ne m'habituerais jamais à sentir mes lèvres prononcer les paroles d'une autre. Aucune importance. Je me tournai vers une rangée de douze livres au premier niveau, tous de formes et de couleurs identiques, avec une reliure en velours et des gravures en argent : *Les Ouvrages de Castor.*

J'en attrapai un et effleurai du doigt le chiffre romain sur la couverture. Il ferait l'affaire. Après un coup d'œil par-dessus mon épaule, je tirai un bout de papier de ma poche. Quel plan idiot… Mais j'étais désespérée et je priai pour que Belle comprenne le message. « *La maison du malheur**. Parquet. »

Je venais de glisser la note entre les pages quand j'entendis un grincement derrière moi. Surprise, je lâchai le livre et me retournai…

Le rêve se termina ainsi. Je me réveillai, en nage sous ma couverture, sans connaître la fin du souvenir de Natalya.

— Rhys ?

Contrairement à la résidence des Effigies, celle des agents, dans l'aile ouest, était terne et organisée comme un couloir de prison – avec une enfilade de portes étroites et identiques. C'était un peu injuste, enfin, pas plus que le destin si on y réfléchissait bien. Je frappai de nouveau, avec plus d'insistance.

— Rhys ! C'est moi ! Je dois…

La porte s'ouvrit à la volée.

— Maia ?

Je refermai la bouche, tremblante. Pendant peut-être une bonne minute, je ne pus détourner les yeux du cruel spectacle que sa fine chemise ouverte m'offrait – son torse musclé, encore mouillé et luisant. *Bon sang !* Une serviette humide, comme jetée à la hâte, reposait autour de son cou balafré.

Avait-il remarqué mon regard ? Sans aucun doute.

— Entre !

Avec un sourire malicieux, il s'écarta pour me laisser passer. Sa chambre était d'une triste banalité : lit, table, chaise, placard. Mais c'était provisoire pour lui : il avait décidé de quitter Londres à la fin de l'enquête sur Saul. Je me demandais où il vivait en temps normal – quand il n'était pas sur le terrain –, d'où il venait. S'il venait de quelque part…

Tout bien réfléchi, je ne savais vraiment pas grand-chose sur lui. C'était peut-être pourquoi je ne lui avais pas encore parlé de la mort de Natalya.

Rhys rajusta la serviette sur ses épaules. Le bruit de la douche nous parvenait en sourdine depuis la salle de bains.

— Un souci ?

Oui. Mon regard restait rivé sur le pantalon de jogging noir qui moulait ses hanches. Je secouai la tête.

— Je voulais te parler.

— À quel sujet ?

Rhys restait un agent de la Secte. J'avais beau l'apprécier, en fin de compte, je ne pouvais pas prévoir comment il réagirait une fois que je lui aurais confié mes doutes sur le suicide de Natalya. Et pourtant…

Je demeurai pensive un instant au souvenir de la sensation de sa main rêche sur mon poignet quand il m'avait attirée à lui pour me protéger de Vasily et de Blackwell. De plus, il avait temporairement quitté son poste à New York pour veiller sur moi – enfin, j'espérais que c'était pour moi et non pour la fille dont je partageais les souvenirs.

Il l'avait connue, avait dû travailler avec elle. Ils avaient peut-être été proches. Sa gentillesse à mon égard provenait sans doute de son affection pour elle, mais ce seul fait me confortait dans l'idée que je pouvais lui faire confiance. Il voudrait alors savoir si Natalya avait été assassinée, non ? Et il ne révélerait pas non plus mes secrets aux mauvaises personnes – je devais m'en convaincre.

Je ne pouvais plus gérer cette situation toute seule. Je devais me confier à quelqu'un. Nerveuse, je pris une profonde inspiration.

— C'est au sujet de Natalya. Je… je crois qu'il lui est arrivé quelque chose.

— Ce n'est pas un scoop…

— Non, tu ne comprends pas, répliquai-je après avoir refermé la porte derrière moi. J'ai vu certains de ses souvenirs, jusque dans mon sommeil. Et je… je crois qu'elle ne s'est pas suicidée.

— Maia, soupira-t-il avant de s'asseoir à la table, les bras croisés. La divination n'est pas toujours fiable, surtout sans formation.

— Je sais. Pour l'instant je ne vois que des fragments, mais je suis sérieuse. Il s'est vraiment passé quelque chose !

L'air sceptique, Rhys se mit à se sécher les cheveux avec sa serviette. Je repensai à mon rêve, à la pièce secrète où Natalya avait laissé son message.

— D'accord, dis-je d'un ton impatient. Alors laisse-moi te poser une question. Tu connais *Les Ouvrages de Castor* ?

— Oui, bien sûr, comme tout membre de la Secte. Thomas Castor était l'un des premiers agents, un ancien employé de la Compagnie britannique des Indes orientales. Il parcourait le monde pour recruter d'autres agents. Il a même trouvé deux des premières Effigies répertoriées. J'imagine qu'il a dû écrire des bouquins là-dessus… Pourquoi ?

— Ses livres… Ils sont conservés dans un musée, non ?

— Pourquoi ?

— Quel musée ?

— Pourquoi tu me demandes ça ? Tu te passionnes pour les récits de voyage du XIXe siècle maintenant ?

Je n'aimais pas du tout la façon dont il me regardait en cet instant. Sa gaieté habituelle semblait avoir disparu et avait laissé place à un mélange de fatigue et de trouble. Je me rongeais les sangs à l'idée d'être à l'origine de ce changement.

— Simple curiosité, répondis-je. J'essaie de comprendre pourquoi Natalya s'y serait intéressée.

— C'est ce que tu as vu dans ses souvenirs ? demanda Rhys, qui repoussa avec lassitude ses cheveux emmêlés. Je te rappelle que ta mission n'est pas de fouiner dans la mémoire de Natalya, mais de trouver tout ce que tu peux sur cette fameuse Marian. Ne l'oublie pas.

— Je ne l'ai pas oublié ! Mais tu ne trouves pas un peu étrange que…

— Non, me coupa-t-il. La Secte a enquêté sur la mort de Natalya et a conclu à un suicide. C'est ce qu'on nous a dit, à moi y compris. Et tu prétends que ce n'est pas ce qui s'est passé. Tu te rends compte que tu es en train d'accuser la Secte de mentir ? C'est ridicule !

— Mais possible...

— Non. Ce n'est pas comme ça que la Secte fonctionne.

Le visage crispé, il commençait à perdre patience. Je me tournai vers la porte, la main sur la poignée.

— « Ce n'est pas comme ça que la Secte fonctionne » ? C'est une affirmation ou un souhait ? marmonnai-je.

— Qu'est-ce que tu insinues, au juste ?

— Dis-moi, depuis combien de temps es-tu membre de la Secte ?

— Depuis toujours, ou presque.

— Précisément. C'est une loyauté de longue date... Et une habitude difficile à perdre, je suppose. J'aurais dû m'en douter.

— Ce n'est pas...

— Natalya n'était pas ton amie ?

— Si, répondit-il, les dents serrées.

— Alors si jamais ce n'était pas un suicide, tu voudrais le savoir, non ? Ou bien es-tu si fidèle à la Secte que tu préférerais t'en tenir à la version officielle ?

— Maia !

Je l'avais entendu crier mon nom bien des fois, mais jamais de cette manière. Il arracha la serviette de sa tête d'un geste sec, mais panique et désespoir ne se mêlèrent sur son visage que l'espace d'un instant. En un clin d'œil, ces émotions avaient déjà disparu et il baissait la tête, l'air abattu.

— Je suis désolé, mais… fais attention à toi, tu joues un jeu très dangereux, Maia. D'abord, tu accuses une organisation internationale de couvrir un meurtre avec des preuves plus que discutables. Et ce alors même que tu es la nouvelle Effigie et que tu as prononcé des vœux. Mais même sans parler de ça, la divination en elle-même est risquée. Si tu ne fais pas attention, tu risques de te perdre dans les souvenirs de toutes les Effigies qui t'ont précédée. Et ce n'est pas le pire qui peut t'arriver.

— Je sais ! Mais je ne contrôle pas ces souvenirs et plus j'en vois, plus je…

— Alors fais en sorte de ne pas les voir.

Rhys lâcha sa serviette pour s'approcher de moi et poser ses larges paumes sur mes épaules. Une sensation de chaleur m'envahit à ce contact.

— Laisse tomber, Maia. Belle t'apprendra. Trouve Marian et oublie les souvenirs de Natalya. D'accord ?

« Oublie les souvenirs de Natalya. » C'était la seconde fois que j'entendais cette supplication.

— De quoi avez-vous si peur ?

— Pardon ?

Je retirai ses mains avec précaution, l'une après l'autre, puis scrutai son visage – il était décidément beau à se damner.

— Belle et toi. Vous m'avez tous les deux demandé d'oublier les souvenirs de Natalya. Pourquoi ? Avez-vous peur de ce que je pourrais y découvrir ?

Impassible, Rhys plaqua sa paume contre la porte, juste au-dessus de ma tête. Le duvet de son bras encore humide effleurait mon visage et je pouvais même sentir le parfum suave de son savon.

— Arrête ça tout de suite, je ne rigole pas.

La rudesse de ses paroles était pourtant atténuée par la douceur implorante de sa voix. Dans d'autres circonstances, j'aurais peut-être fini par céder et me couler contre lui, impuissante. Mais à cet instant, j'en avais plus qu'assez d'être manipulée. Je le repoussai avec un soupir impatient.

— D'accord, comme tu veux. Merci quand même.

— Attends, dit Rhys au moment où je tournai la poignée.

— Quoi ?

Il hésita quelques secondes avant de poursuivre, d'une voix résignée, sans même oser me regarder dans les yeux.

— Peu importe ce que tu penses de moi, je vais continuer à veiller sur toi. C'est la promesse que je me suis faite quand je t'ai rencontrée. Pour Natalya.

Soudain, une sonnerie retentit. Il me regarda en silence, puis se dirigea vers la table où se trouvait son téléphone.

— Allô ?

J'en profitai pour m'éclipser, et longeai le couloir.

— Maia !

Rhys ouvrit la porte en grand, le téléphone dans la main. Je fis volte-face.

— Quoi ? Qu'est-ce qu'il y a encore ?

— Saul, annonça-t-il d'un ton grave. Ils sont prêts pour son premier interrogatoire. Et ils veulent que tu sois là.

Chapitre 19

Rhys me conduisit sur-le-champ dans l'aile nord. Le département Recherche et développement était plongé en pleine effervescence. Des techniciens en blouse blanche s'affairaient autour de moniteurs, démêlaient des câbles et maniaient du matériel médical sophistiqué.

— Ah, vous voilà, nous dit l'un d'eux. Tout est prêt, l'interrogatoire va bientôt commencer. Les autres sont déjà en salle d'observation.

Il désigna une porte d'un blanc immaculé située à gauche dans un coin de la pièce. Pour l'atteindre, il nous fallut enjamber de longs tubes enroulés par terre telles des lianes métalliques.

Malgré l'obscurité, je distinguais chacun des hommes et femmes alignés au fond de la salle. L'air sévère, ils fixaient un point derrière la vitre tandis que Sibyl tournait autour de techniciens qui manipulaient un moniteur. Et au centre…

— Vasily ! Qu'est-ce que tu fais là ?

Il me salua de la main.

— Je suis venu assister à l'interrogatoire pour le compte de M. Blackwell, qui, malheureusement, avait d'autres engagements. Mais tu ne devrais pas être aussi étonnée de me trouver dans les parages. Le Conseil t'a prévenue que tu ferais l'objet d'une étroite surveillance, n'est-ce pas ?

Son sourire me fit frissonner. Par chance, Rhys me tapota l'épaule pour attirer mon attention vers la fenêtre d'observation.

— Saul.

De l'autre côté de la vitre se trouvait une pièce sombre et voûtée. Saul était enfermé dans une sorte de caisson, relié à des machines qui couvraient les murs par des dizaines de câbles, parcourus d'un flux bleu métallique. Il avait les yeux fermés et ses paupières étaient agitées de soubresauts. Malgré tout, il se tenait debout, les épaules affaissées, comme maintenu par une force invisible. Sans doute était-il drogué. Il était logique de le garder sous sédatifs, étant donné ses capacités. Pourtant, aussi étrange que cela puisse paraître, à l'intérieur du compartiment, il semblait impuissant, presque fragile. Il existait toutes sortes de grands criminels, bien sûr, mais sa vulnérabilité me prit au dépourvu.

— Ah, Maia, vous voilà, me dit Sibyl.

— Pourquoi m'avez-vous fait venir ? demandai-je sans parvenir à détacher mon regard de la vitre.

— Je veux que vous m'accompagniez pendant l'interrogatoire. Maintenant que ses défenses mentales sont tombées, il se confiera peut-être. Anderson, le sujet est-il prêt ?

— Presque, répondit l'un des techniciens. Il est sous sédation et ses pouvoirs sont neutralisés. Il faut juste attendre que ses constantes redeviennent stables pour le réveiller.

— Ses « pouvoirs », répéta Rhys. Vous parlez de sa capacité à disparaître ?

— Oui. C'est incroyable ! Imaginer qu'il pourrait y avoir d'autres Effigies dans le monde… avec des pouvoirs qui sortent du cadre classique des quatre éléments…

— C'est donc vrai, intervins-je. Saul serait une Effigie ?

— On dirait bien, oui, répondit Sibyl. Les techniciens ont utilisé un traceur pour suivre sa production de cylithium dans l'hypophyse, là où vous le produisez toutes les quatre. Les résultats ne laissent aucun doute : c'est une Effigie.

Une cinquième Effigie ! Sans compter qu'il pourrait en exister d'autres encore… Cette pensée me donna la nausée.

— Et maintenant ? demanda Rhys.

— Nous avons remarqué un fait étrange le premier jour de nos expériences, expliqua un technicien. Il se parlait, ou plutôt se disputait avec lui-même.

— Son accent passait sans arrêt du britannique à l'américain, ajouta un autre. Et sa signature spectrographique devenait parfois illisible.

— Sa « signature spectrographique » ? s'étonna Rhys.

— Le cylithium est un élément minéral très étonnant. Le corps humain n'en produit pas en temps normal, mais il est naturellement présent dans l'hypophyse des Effigies… tout comme dans les restes de spectres. D'autre part, même si c'est un solide à température ambiante, nous avons découvert qu'il est aussi présent à l'état gazeux dans la nature. Les spectres proviennent de ces zones riches en cylithium.

— Comme les fantômes…

Vasily me fit un clin d'œil, mais je détournai le regard. Le technicien acquiesça.

— Des fantômes qui développent soudain des os, de la chair et de la peau à partir d'une simple fumée noire. S'il existe des zones riches en cylithium dans le monde entier, les populations humaines restent concentrées dans les régions qui en sont déficitaires, et les dispositifs anti-spectres s'occupent du reste. Mais, comme je l'ai déjà dit, les Effigies produisent aussi leur propre cylithium. Là est l'origine de vos pouvoirs.

Tendue, je hochai la tête, sans cesser de danser d'un pied sur l'autre.

— D'accord, mais quel rapport avec vos conclusions ?

— Quel que soit son état, le cylithium émet un signal de fréquence comme tout autre élément : sa signature spectrographique. Et quand il passe d'un état à un autre, il émet un signal plus fort. C'est grâce à ce phénomène que le département Communications peut localiser à la fois les Effigies et les spectres.

— Dans ce cas… comment se fait-il que vous n'y soyez pas parvenus si Saul est une Effigie ?

— C'est précisément le problème, répondit Sibyl avant de s'approcher des moniteurs, ses yeux de lynx fixés sur le captif. Alors que Saul a utilisé ses pouvoirs dans chacune des villes qu'il a attaquée, il nous a été impossible de le localiser. Reste à savoir pourquoi.

— Il masque peut-être sa fréquence… suggéra Vasily.

— C'est possible ? demanda Rhys.

— À ce stade, nous devons présumer que tout est possible. Cette perspective est loin d'être rassurante, mais chaque option doit être envisagée, admit Sibyl d'un ton neutre. Nous avons ainsi constaté que sa fréquence semble alternante.

— Comme son accent, intervint un technicien. Pendant l'interrogatoire, nous effectuerons une surveillance simultanée de sa signature spectrographique et de son activité cérébrale. Nous pourrons alors peut-être comprendre son mécanisme grâce aux résultats.

— Deux minutes avant la stabilisation du sujet ! cria un technicien. Rappelez-vous, il sera encore un peu désorienté au réveil.

Vasily se faufila vers Rhys, les mains dans les poches.

— Eh, Aidan, tu te souviens de notre petit jeu ? (Face au silence de Rhys, il poursuivit :) Mais si, rappelle-toi, notre formation au Groenland ! ajouta-t-il avant de désigner Saul de la tête, un sourire en coin. Si tu devais le tuer, comment tu t'y prendrais ?

Il avait eu beau chuchoter, j'avais tout entendu. Effarée, j'observais attentivement Rhys qui nous ignorait tous deux.

— La jugulaire ? Ou plutôt une artère principale ? Je crois me souvenir que c'était l'une de tes réponses préférées.

Rhys poussa un soupir d'exaspération, mais Vasily insista, un rictus aux lèvres.

— Quoi ? Ne me dis pas que tu ne t'en souviens pas !

— Si, répliqua Rhys, mais à l'époque on était des gamins paumés de douze ans.

— Ah, le bon vieux temps…

— Arrête ça !

Avec un ricanement, Vasily recula au moment même où les techniciens faisaient signe à Sibyl. Rhys m'attrapa doucement par le poignet, mais son contact me parut soudain étrange.

— Rappelle-toi, tu n'es pas seule, on est tous là.

— C'est vrai, Maia. On est tous là, répéta Vasily.

Rhys le fusilla du regard, mais je pouvais sentir les yeux de l'autre agent rivés sur moi dans mon dos. Je me dégageai sans un mot pour suivre Sibyl dans la salle d'interrogatoire. Dès que je pénétrai dans la pièce, une vague de froid me saisit, m'obligeant à resserrer mes bras autour de moi. Mon souffle se transformait en vapeur au contact de l'air glacial, mais les températures polaires ne semblaient pas déranger Sibyl, accaparée par Saul qui ouvrait déjà les yeux.

C'est parti ! Après m'avoir conseillé de rester en arrière, Sibyl s'approcha du caisson d'un pas prudent. Le bruit de ses talons se répercuta entre les murs.

— Saul.

On aurait dit qu'il voulait lever la tête, mais elle retomba, son menton contre son torse.

— Saul.

— Qu… i…

Des sons incompréhensibles s'échappèrent de ses lèvres sèches et gercées. Essoufflé et exténué par l'effort, il finit par renoncer à parler.

— Saul !

Le prénom le fit tressaillir.

— Saul ? Qui… qui est-ce ?

Je voyais enfin ses yeux, d'un bleu qui me semblait beaucoup moins froid que la fois précédente. Frayeur et perplexité se lisaient dans son regard qui passait sans cesse de Sibyl à moi. Enfermé ainsi dans sa prison de verre, le jeune homme paraissait impuissant et complètement démuni.

— Quel est votre nom ? demanda Sibyl.

— Où… suis-je ? Quelle… année ? Pourquoi ?

Incroyable ! On entendait clairement son accent britannique à présent. Plus encore, le *mal* avait purement et simplement disparu de son être. Il n'avait pas changé de visage, bien sûr, mais c'était une tout autre personne.

— Votre nom ! exigea Sibyl d'un ton plus vigoureux.

— Nick.

— Comment ?

— Nick. Hudson. Je…

Ses lèvres tremblaient à chaque respiration. Hors d'haleine, il lâcha prise et laissa retomber sa tête en avant. Il se serait sans doute effondré sur le sol si sa geôle lui en avait laissé la place.

Nick Hudson ? Je me retournai vers la vitre derrière nous. Même si tout ce qui se passait de l'autre côté me restait invisible, je savais que chaque mot prononcé dans cette pièce était retransmis dans la salle d'observation. Sibyl croisa les bras.

— Hudson… Avez-vous un lien de parenté avec Louis Hudson ?

Louis Hudson… Le nom inscrit sur la pierre tombale, celle dont j'avais mémorisé presque tous les détails dans le cimetière en Argentine pendant ces atroces minutes où j'avais attendu Saul. Mais il n'avait jamais connu le XXe siècle ! En entendant ce nom, Nick leva la tête, les yeux écarquillés.

— Louis ? Il est là ? Je dois lui parler !

— Pourquoi ?

— Louis, répéta Nick avant de secouer la tête au prix de grands efforts. Non. Non, impossible. Il est déjà parti en Amérique. Le chemin de fer… Non !

Je n'aurais jamais imaginé voir un jour ces yeux se remplir de larmes. Malgré ses cheveux argent filasses qui lui tombaient sur le visage et les rides profondes autour de ses yeux, dans sa lutte contre lui-même, Nick ressemblait au garçon qu'il aurait dû être.

— Je n'y arriverai pas tout seul. Pas contre elle. Elle ne me laisse pas une minute de répit. Jamais. J'essaie d'être fort, mais…

Il poussa un gémissement étouffé.

— Pourquoi êtes-vous seul, Nick ? Qu'est-ce qui est arrivé à Louis ?

— Si Louis était là, ce ne serait pas aussi difficile. Au moins je ne serais pas seul. Mon frère…

— Ton frère ?

Je plaquai une main sur ma bouche comme pour empêcher les mots de sortir, mais trop tard. Nick m'avait entendue. Malgré le froid, son visage reprit quelques couleurs.

— Marian ? Marian… c'est toi ? C'est fou comme tu m'as manqué ! Marian…

Les larmes commencèrent à couler de ses yeux.

— Quoi ? Non, je m'appelle…

Sibyl fit signe pour me faire taire.

— Je vous laisserai parler à Marian si vous me répondez d'abord. D'où venez-vous ?

— Du Yorkshire. Mais Marian… (Nick se tourna vers moi et me dévisagea, refoulant ses sanglots.) Elle n'a pas cessé de te chercher. Tu détiens une information qu'elle veut obtenir à tout prix. Elle ne s'arrêtera pas avant…

Sibyl claqua des doigts pour attirer son attention.

— Qui n'arrêtera pas, Nick ? Qui donc ? Et pourquoi cette personne cherche-t-elle Marian ?

— Elle veut savoir où sont les autres.

Il appuya ses mains contre la paroi de verre, comme pour me toucher.

— Les autres *quoi* ? lui demandai-je, ignorant Sibyl qui me foudroyait du regard. Qu'est-ce qu'elle cherche ?

— C'est la raison pour laquelle elle commet ces tueries, depuis si longtemps. Un sacrifice. Ils exigent un sacrifice.

— Les autres *quoi* ?

À ces mots, je fis quelques pas en avant. Et même si Sibyl m'empêcha de m'approcher davantage, j'avais déjà toute l'attention de Nick pour moi.

— Je ne comprends pas, avouai-je, les mains tremblantes. Pourquoi a-t-elle besoin de Marian ? Et qui est ce « elle », d'abord ? Pourquoi en as-tu si peur ? Et surtout, pourquoi tous ces massacres ? Pourquoi ?

— *Ma chère poupée**, je te l'ai déjà dit, pourtant. Il y a bien quelque chose que tu souhaites par-dessus tout, non ? Sa voix avait changé et son accent, disparu. L'homme qui se tenait face à nous ne tremblait plus, ne pleurait plus. Malgré l'épuisement de son corps et la profonde lassitude gravée sur son beau visage blafard, il avait recouvré un sourire arrogant. Sibyl me poussa en arrière.

— Vous n'êtes pas Nick. À qui est-ce que je m'adresse maintenant ?

— C'est un secret, répondit-il d'un ton taquin.

— C'est vraiment puéril.

— Mais je suis jeune, rétorqua-t-il avant de baisser les yeux sur ses mains. Vous avez pris ma bague ?

— Elle est en sécurité.

— En sécurité ? Tout dépend à qui vous l'avez donnée.

Sibyl avait beau rester impassible, il était clair qu'elle n'avait pas du tout l'intention de se prêter au jeu dont Saul raffolait tant. Elle commença à énumérer les villes sur ses doigts.

— Moscou, Incheon, Berne, Brooklyn.

— Et plusieurs autres essais. Même si, je le reconnais, la situation à Seattle m'a quelque peu échappé. Je n'avais pas prévu de détruire toute la ville. Oups !

Bien qu'atténué par les sédatifs, le rire de Saul était toujours aussi glaçant. Sibyl plissa les yeux.

— Pourquoi ?

— Je pourrais vous le dire, mais en l'occurrence, la question que vous devriez plutôt vous poser, c'est « Comment ? » Mais oui, toutes ces villes sont normalement dotées d'une sécurité optimale. Alors comment est-ce possible ? C'était la question que se posait Natalya, il n'y a pas si longtemps. Mais où est-elle passée ?

Saul scruta la vitre derrière nous, d'où les membres de la Secte nous observaient en secret. Puis il se tourna vers moi, les lèvres figées en un rictus cruel.

— Dis-moi, *poupée* *, où est-elle passée ?

Chapitre 20

— Maia !

Lake bondit de son lit, essayant vainement de me reprendre le téléphone que je venais de lui arracher des mains. Trop tard, j'avais déjà raccroché.

— Tu es timbrée ? C'était mon manager !

Je lui lançai son portable et me mis à faire les cent pas.

— J'ai besoin de ton aide.

— Oui, je vois ça ! Et puisque tu me le demandes – merci pour ton intérêt, d'ailleurs –, j'aurais bien besoin d'un coup de main moi aussi. Cette fichue formation est en train de ruiner toutes mes tentatives de come-back. J'ai déjà dû annuler deux apparitions en public, une séance de dédicaces, et une invitation en guest-star dans cette horrible version américaine de *La Grande-Bretagne a un incroyable talent*, énuméra-t-elle avant de consulter ses messages. Bon, pour celui-là, je ne peux pas me plaindre…

— Lake !

Je cessai d'arpenter la pièce. Après un soupir exaspéré, je marquai une pause théâtrale et me jetai à l'eau.

— Je crois que quelqu'un a tué Natalya.

Le portable de Lake lui tomba des mains.

— Pardon ?

— Je crois… que quelqu'un a tué Natalya. (Je scrutai sa réaction avant de poursuivre :) Et qu'il y a un lien avec Saul et ses différentes apparitions.

— Mais… pourquoi quelqu'un aurait tué Natalya ? Pour Saul ?

— Saul est une Effigie. Un terroriste, mais aussi une Effigie. Une Effigie terroriste.

J'essayais de saisir les pensées à mesure qu'elles surgissaient dans mon esprit afin de les restituer au mieux, mais c'était un peu comme jouer au chat et à la souris.

— On dirait qu'il a une double personnalité. La première doit être née au XIXe siècle parce que son frère est mort à cette époque – j'ai vu sa tombe en Argentine. Et la seconde… je ne sais pas. Je crois que c'est celle qui a commis toutes ces attaques – la méchante, si on veut. Pour faire court, il a deux personnes dans sa tête et l'une a super peur de l'autre.

Je pressai une main contre mon front. Mes réflexions semblaient encore plus folles exprimées à voix haute. Natalya, Marian. Je savais déjà que le cerveau d'une Effigie vivante contenait la mémoire de toute sa lignée. Mais se pouvait-il que d'autres Effigies mortes errent dans sa conscience ? Lake me secoua par les épaules – exactement ce dont j'avais bien besoin.

— Eho ! Maia ? Tu vas te calmer et m'expliquer ce charabia, dans un langage clair !

Au prix de grands efforts, je retrouvai mon sang-froid et lui racontai tout ce dont je me souvenais, avec force détails – mes immersions incertaines dans la mémoire de Natalya, l'interrogatoire de Saul…

— Génial ! Ça fait très docteur Jekyll et M. Hyde, non ? Tu crois que ses deux personnalités se disputent au quotidien ? Au sujet du programme télé par exemple ?

— C'est tout ce que tu retiens ? grommelai-je avant de me laisser tomber sur le lit de Lake.

— Attends, tu reconnais que c'est dingue, quand même !

— Sans blague ! Enfin, les techniciens nous ont quand même donné une explication après coup. Lorsqu'on se sert de nos pouvoirs, on envoie des ondes radio détectées par la Secte. Saul peut cacher les siennes, mais seulement quand l'une de ses personnalités domine. La méchante, précisai-je avec un frisson au souvenir de son sourire cruel. Il a aussi parlé de Natalya comme s'il savait ce qui lui était arrivé. Mais quel est le rapport entre eux deux ? Je n'arrive à accéder qu'à des fragments de souvenirs…

Lake s'assit sur un tabouret à côté de sa commode, les jambes croisées.

— Je ne sais pas si tu devrais pratiquer la divination en ce moment, Maia. Tu devrais être prudente. Personnellement, je n'y connais rien, je ne la pratique pas souvent… Bon, d'accord, jamais. Mais je reste persuadée que ça peut très vite devenir dangereux, surtout quand on… ne la maîtrise pas encore.

La tête sur l'oreiller, j'attrapai le réveil en forme de chat posé sur la table de nuit et le soulevai au-dessus de ma tête. Les petits yeux noirs me fixaient, incrédules, tandis que la trotteuse continuait sa course.

— C'est difficile à contrôler. Je ne peux pas vraiment lutter contre. Cette nuit, j'ai vu un souvenir dans mon sommeil. Natalya s'est rendue dans la pièce secrète d'un musée.

— Oh, dis-moi que l'entrée était cachée derrière une bibliothèque !

— Non, répliquai-je, énervée. Mais il y avait bien une bibliothèque. Natalya a glissé un message pour Belle dans l'un des livres. Elle avait l'air très inquiète, comme si elle avait peur d'être suivie.

— Tu crois que la Secte pourrait être impliquée ?

— Ça paraît bête, je sais. Mais la Secte a affirmé à tout le monde que Natalya s'était suicidée. Or, je l'ai clairement vue mourir et je peux t'assurer qu'elle ne s'est pas donné la mort.

— Tu as vu le meurtrier ?

— Non. Mais pendant l'interrogatoire, Saul a dit que Natalya enquêtait sur lui il y a peu. Et… je ne sais pas. Pourquoi la Secte aurait-elle inventé cette histoire de suicide ?

— Si elle a été tuée, l'assassin a très bien pu maquiller ça en suicide et berner la Secte… Cela dit, si même le père de Natalya t'a conseillé de ne pas faire confiance à l'organisation…

Avec un soupir, Lake tapota ses ongles arc-en-ciel sur la commode, puis agita soudain les mains.

— Oh ! Le message !

— Quoi ?

— Le message ! Tu viens de dire que Natalya avait glissé un message pour Belle dans un livre dans la pièce secrète d'un musée, qui n'était malheureusement pas cachée derrière une bibliothèque. Tu te souviens de ce qui était écrit ?

Je me redressai puis enfouis ma tête entre mes genoux pour réfléchir, les yeux fermés.

— Quelque chose en français. *Morte* *… *Malheur** ? Ou alors…

« La maison du malheur*. *Parquet.* »

— *La maison du malheur* *!

— La maison… du malheur ?

— Oui. Je ne sais pas pourquoi, mais ça me dit quelque chose…

Lake sortit aussitôt son téléphone et se mit à pianoter sur le clavier.

— On va vite être fixées. « *La maison du malheur* * » avec un autre mot-clé… « Belle Rousseau » ? Voyons voir ce que ça donne !

Je descendis du lit et me plaçai aux côtés de Lake, face à l'écran. L'un des premiers résultats était un court extrait d'une interview de Belle, enregistrée quatre ans plus tôt, alors qu'elle avait à peine quinze ans. Il me semblait que ce n'était pas la première fois que je voyais ces images. Mais en tant que fan acharnée, j'avais regardé tellement de vidéos liées à Belle que j'en avais déjà oublié la moitié.

Lake cliqua sur le lien. C'était une conférence de presse organisée par la Secte pour annoncer la participation de Belle à la cérémonie d'ouverture des Jeux Olympiques en France, à la demande hallucinante du président de la République.

Belle, à votre avis, que diraient vos proches s'ils vous voyaient aujourd'hui, demanda un journaliste plein d'enthousiasme.

Belle fronça les sourcils. Même enfant, elle avait un regard glacial.

Mes proches ? cracha-t-elle.

— *Euh… oui*, répondit le journaliste, nerveux. *Les membres de votre foyer d'accueil…*

— *Ah*, la maison du malheur*. *Je n'y habite plus, donc je m'en fous.*

— Aïe ! s'exclama Lake.

— C'est vrai, j'avais oublié ! Elle a fait les gros titres de plusieurs journaux en France avec cette réplique. J'ai lu un article à ce sujet il y a longtemps.

— Elle a été adoptée ou placée en famille d'accueil, c'est ça ? On dirait que ça ne s'est pas très bien passé…

Effectivement.

— Le parquet… Natalya a dû cacher quelque chose sous le plancher dans l'ancien foyer de Belle. Elle a bien grandi près de Paris, non ?

Je me relevai d'un bond et commençai à fouiller dans le tiroir de mon bureau. Je trouvai la clé sous une pile de feuilles volantes et la brandis en lançant à Lake un regard déterminé.

— On doit entrer dans cette maison et tirer cette histoire au clair.

— Tu as raison. Et c'est ton jour de chance, car j'ai peut-être une idée.

— Une excursion ?

L'air blasé derrière ses lunettes, Cheryl releva les yeux du projet détaillé de Lake.

— Maia est en pleine formation.

— Ça, on ne risque pas de l'oublier, n'est-ce pas, Maia ?

Après un coup de coude de Lake, je hochai vivement la tête. Cheryl s'enfonça dans sa chaise de bureau.

— Sans parler du fait que nous sommes au cours d'une opération qui implique un terroriste international, et pour laquelle nous aurons encore certainement besoin de vous, Maia.

— On le sait aussi, répliqua Lake avant de me tapoter l'épaule. Une vraie petite vedette !

— Et vous voulez aller à Paris pour une séance photo ?

— Mon manager a tout organisé. J'ai travaillé avec *Teen Vogue* à plusieurs reprises. Ils salivent à l'idée de nous avoir toutes ensemble. Les quatre Effigies réunies, vous imaginez !

— Comment ça, vous avez déjà tout arrangé ? Vous auriez dû nous consulter avant ! s'écria Cheryl avec un claquement de langue désapprobateur digne d'une vieille institutrice. Je ne suis pas certaine que ce soit vraiment le moment.

Lake se pencha au-dessus de son bureau pour lui arracher des mains l'épais dossier agrafé à la hâte, qu'elle feuilleta pour finir par en tapoter une page précise.

— Vous voyez ces citations ? CNN, BBC, CBC. Tous ces médias ont parlé de la Secte ces derniers temps. Laissez-moi vous lire un passage, ajouta-t-elle avant de se racler la gorge. « Au cœur de l'inquiétude grandissante de la population au sujet de la sécurité internationale se trouve la Secte, qui, malgré ses deux siècles ou presque d'existence, n'a toujours pas réglé ses problèmes de transparence. » Vous entendez ça ?

— Oui, oui, j'entends, répondit Cheryl d'un ton las.

— Et ce n'est pas fini. « Pour la Secte, c'est la confiance des différentes nations qui est en jeu. Sa réticence à partager avec le reste du monde des renseignements sur un présumé terroriste a provoqué un malaise général. »

— Cette question n'est pas nouvelle, soupira Cheryl. Notre organisation a juré de protéger la terre entière contre les spectres. D'autres pays ont rattrapé leur retard en termes de technologie anti-spectres, mais ce qui leur manque, c'est vous. Des armes biologiques en chair et en os. Cette lacune leur a toujours fait peur, surtout pendant la Grande Guerre, quand toutes les nations essayaient de recruter des Effigies.

Soudain, mon cours d'histoire me revint en mémoire.

— Je croyais que la Secte avait juré de ne jamais s'engager dans des conflits qui n'impliquaient pas de spectres ?

— Ce qui a contrarié d'autant plus les différents gouvernements impliqués. Ils ont toujours craint que la Secte ne se retourne un jour contre le reste du monde, surtout quand l'organisation a pris une dimension internationale. C'est pourquoi le Conseil a signé les Accords de Greenwich, une garantie envers les différentes nations en quelque sorte. Malheureusement, personne n'écoute rien en cours d'histoire, ajouta Cheryl après avoir repris le document de Lake, et ces soi-disant spécialistes misent toute leur carrière sur la mémoire de poisson rouge des spectateurs. Inutile de se prêter à leur jeu…

J'échangeai un regard inquiet avec Lake lorsque Cheryl jeta son projet à côté d'une immense pile de paperasse.

Voilà en quoi consistait son travail quand elle ne suivait pas Sibyl partout. Lake fit une nouvelle tentative :

— Ça ne sert peut-être à rien de se prêter à leur jeu, sauf qu'en ce moment ils mènent le public par le bout du nez – simple constat. Et croyez-moi, je m'y connais... On ne renverse pas l'opinion en restant les bras croisés. Qui sait où toutes ces histoires peuvent nous mener ?

— Et vous croyez que vous afficher en groupe va arranger la situation ?

— Tout dépend des membres du groupe, et je sais de quoi je parle, affirma Lake avant de s'appuyer sur le bureau de Cheryl avec un sourire sournois. Les masses veulent des paillettes, du cool... des filles jeunes et jolies, mais à qui ils peuvent s'identifier. Les relations publiques, c'est avant tout une affaire d'image. La question est donc de savoir quelle est celle que vous voulez donner de la Secte ? Parce que, pour l'instant, aux yeux du monde, l'organisation se réduit à un mystérieux Conseil invisible.

— Blackwell en est le représentant officiel.

— Sauf qu'en dehors des réunions diplomatiques on ne le voit presque jamais. Alors que Maia, Belle, Chae Rin et moi, on est jeunes ! lança Lake en me prenant par le bras. On est jolies ! Belle et moi, on a déjà des fans. Quant à Maia et Chae Rin...

Elle me jeta un coup d'œil, et je souris de toutes mes dents.

— On va y travailler. Imaginez tout ce qu'on pourrait faire pour améliorer l'image publique de la Secte. C'est une stratégie infaillible !

Lake ressemblait à un charlatan obséquieux venu vendre un navet à un producteur de Hollywood, amateur de cigares et de profit– mais sa stratégie semblait fonctionner.

— Je comprends votre propos, mais la Secte a déjà vécu ce genre de situation avec les Effigies du siège de Seattle… Dois-je vous rappeler comment ça s'est terminé ?

Les « guerrières du siège de Seattle »… Un surnom qui remontait aux années soixante, époque où on employait aussi le surnom condescendant de « poupées » pour désigner les Effigies. En ce temps-là, la ville de Seattle avait été assiégée par des spectres pendant une semaine. Ce qui était en fait, je venais de l'apprendre, un coup d'essai pour Saul.

Les quatre élues avaient lutté jusqu'au bout dans cet épisode cauchemardesque de leur histoire. Heidi Krantz de Munich, Allison Whitney du Détroit huppé, Roselyn Alvarez de Mexico et Abena Owusu d'Accra au Ghana, la plus jeune et la plus acharnée.

Même si la ville avait finalement dû être cédée aux spectres, les filles avaient fait de leur mieux et survécu ensemble. C'était la première fois que des Effigies combattaient en équipe. L'image de ces quatre jeunes femmes soudées dans la bataille était devenue un puissant symbole de notre mémoire collective, jusqu'à lancer un phénomène éphémère de culture populaire.

Mais l'illusion avait été de courte durée. Victimes d'un trouble de stress post-traumatique, Heidi et Roselyn avaient fini par s'isoler du monde des vivants. Quant à

Abena, elle avait passé le reste de sa courte vie à fuir les projecteurs, accaparée par ses responsabilités d'Effigie. Contre toute attente, c'était Allison qui en avait profité le plus, alors qu'elle en avait fait le moins. Le teint blafard et la chevelure brune parfaite de l'Américaine en avaient fait la favorite. Son règne en tant que coqueluche du public s'était cependant achevé brusquement quand Abena avait révélé au monde entier que lors du siège, Allison avait passé la plupart de son temps à chercher de nouvelles cachettes au lieu de secourir les habitants, quitte à en laisser mourir certains.

— L'opinion a voulu en faire des héroïnes et on a récolté quatre poupées cassées, poursuivit Cheryl. Et au final, cette histoire a même terni l'image de la Secte.

— Mais nous sommes différentes ! Il faut commencer en douceur, et de manière intelligente ! Une courte interview et une jolie séance photo, voilà ce qu'il faut à la Secte dans l'immédiat pour réparer une partie des dégâts. Allez, s'il vous plaît… implora Lake, les mains jointes. Vous pouvez bien ne serait-ce qu'en parler à Sibyl ! S'il vous plaît ?

— Mais la formation de Maia…

— Elle pourra s'entraîner dans l'avion !

Cheryl finit par céder, consciente qu'elle ne pourrait pas gagner cette bataille.

— C'est d'accord.

Plutôt qu'une tape dans la main, Lake échangea avec moi un sourire diabolique.

*

— Ne me dis pas que tu joues à *Metal Kolossos II* !

Le sang me monta à la tête à la vue des personnages familiers.

— C'est ça, *La Colonie perdue.*

D'un geste, Chae Rin fit basculer le cure-dents qu'elle maintenait entre ses lèvres de l'autre côté de sa bouche, sans pour autant cesser de pianoter sur son clavier. Lake et moi l'avions trouvée assise par terre au pied de son lit, une couverture remontée jusqu'aux yeux – ce qui lui laissait juste assez de visibilité pour voir son écran. *MKII* était un vieux jeu. Enfin, vieux selon les critères des jeux vidéo – il était sorti trois ans auparavant. Même si je n'y avais pas touché depuis un certain temps, je le connaissais sur le bout des doigts – il faut dire que j'étais restée enfermée plusieurs jours avec June afin de le terminer.

Toutes les lumières dans la chambre de Chae Rin étaient éteintes, excepté un lampadaire dans un coin qui n'éclairait pas grand-chose. En tout cas, pas autant que l'incessant déluge d'éclairs en provenance de l'écran. Je m'accroupis à côté d'elle.

— On dirait que tu en es déjà à la moitié… Tu as trouvé le Vieux Sage ? Tu utilises quel émulateur ? Oh, je suis super douée à ce niveau ! Tu as besoin d'aide ? Parce que je peux…

Chae Rin écarta ma main alors que je m'aventurai un peu trop près de son clavier. C'est le moment que Lake choisit pour entrer dans la chambre d'un pas hésitant. Elle alluma le plafonnier, puis referma la porte derrière elle. Avec une grimace, elle jeta un coup d'œil aux récipients et cuillères en plastique qui jonchaient le sol, ainsi qu'au linge sale accroché au ventilateur posé sur la table.

— Je vois que tu es bien installée. Bon, Chae Rin, il faut qu'on parle. On va avoir besoin de ton aide.

— Ah oui ?

Hypnotisée par les magnifiques images de synthèse, je parvins enfin à m'en détacher pour me concentrer sur la tâche à accomplir. Le plan était simple. La première étape consistait à convaincre Cheryl de persuader Sibyl de nous laisser partir en France. Si nous réussissions, nous inventerions une excuse pour aller voir l'ancien foyer d'accueil de Belle dès notre arrivée à l'hôtel. Ensuite, après avoir créé une diversion, nous filerions en douce dans sa chambre pour regarder sous le parquet. Et dans la mesure où emporter un pied-de-biche aurait été un peu trop voyant, il nous avait semblé logique de solliciter Chae Rin – à condition qu'elle ne creuse pas un trou dans le sol, bien sûr… Par chance, lui exposer notre stratégie prit moins de temps que prévu.

— Oui, c'est possible que quelqu'un ait tué Natalya, lança-t-elle, toujours concentrée sur son écran alors que Lake et moi échangions un regard incrédule. Parfois, quand j'étais au Québec, j'avais l'impression d'être observée… ou suivie.

— Suivie ?

Avec un soupir, Chae Rin finit par mettre son jeu sur pause, puis s'étira et se leva.

— Je ne l'ai jamais vu. Au début, je croyais que c'était un fan, mais c'était peut-être un Indicateur. Vous savez, ces agents spécialisés qui filent les Effigies louches et rapportent les infos à la Secte. Enfin, pas que je sois concernée mais… Bon d'accord, peut-être un peu. Bref, ça ne m'étonnerait pas que la Secte ait envoyé un des leurs me surveiller pendant ma suspension. Sauf que mon activité avec les spectres n'a pas été remontée, ce qui est plutôt louche en soi. Donc si j'étais vraiment surveillée, soit cet Indicateur n'a pas fait son travail, soit il avait un autre objectif.

Je m'assis sur son lit, non sans avoir d'abord écarté des emballages vides de barres de céréales.

— Tu crois qu'un agent de la Secte aurait pu suivre Natalya ?

Chae Rin acquiesça.

— Elle avait l'air effrayée dans le souvenir que tu as vu, non ? Elle n'arrêtait pas de regarder par-dessus son épaule. Sans oublier cette bague étrange qui se trouvait dans sa boîte à bijoux. Celle que j'ai donnée à Guillaume.

— Qui ? demanda Lake.

— Le directeur du cirque dans lequel a bossé Chae Rin, répondis-je.

Celui à qui il manque un doigt maintenant.

— Je ne pense pas que Natalya connaissait le pouvoir de cet anneau. Sinon, elle ne l'aurait pas laissé dans un endroit aussi accessible.

Chae Rin attrapa une canette de soda sur sa commode et en but une gorgée.

— Mais elle avait réussi à l'obtenir, ce qui confirme qu'elle enquêtait sur Saul. Si sa mort a un rapport quelconque avec lui, alors on doit le trouver. Je lui dois bien ça, ajouta-t-elle, les yeux baissés sur sa boisson.

Une vague de soulagement me submergea. La mort de Natalya n'était pas facile à supporter, mais à présent, je sentais enfin ce fardeau s'alléger peu à peu, grâce à Lake et Chae Rin. J'aurais dû leur faire confiance plus tôt, leur parler plus tôt. C'est une erreur que je ne commettrais plus.

Plus les interrogatoires de Saul s'éternisaient, plus les récriminations des médias internationaux se faisaient virulentes. Quelques jours après la plaidoirie de Lake dans le bureau de Cheryl, Sibyl finit par nous donner le feu vert. La séance photo était prévue pour la fin de la semaine, mais j'étais tellement préoccupée par notre plan que je n'avais pas vraiment le temps de m'extasier sur mes prochains débuts dans le mannequinat. D'autant que Belle accepta de venir et que rien d'autre n'aurait pu m'enthousiasmer davantage.

— D'accord, nous dit-elle d'une voix terne. Ça m'est égal.

À la table de la cuisine, Chae Rin et Lake échangèrent un regard complice tandis que Belle sortait de la pièce.

— Toujours aussi enthousiaste, à ce que je vois…

Chae Rin continua de beurrer sa tartine. Quant à Lake, elle attendit que la porte se soit refermée et se pencha en avant :

— À propos, est-ce qu'on ne devrait pas tout raconter à Belle ? Le message de Natalya lui est destiné, après tout.

Elle chuchotait, comme si elle craignait que Belle n'écoute la conversation, de l'autre côté du mur.

— Non, soupirai-je en lâchant ma cuillère dans mon bol. Pas encore. La dernière fois que j'ai essayé de lui en parler, elle a paniqué. Elle ne m'a même pas laissée commencer. Elle ne voulait rien savoir. La mort de Natalya est encore trop fraîche dans sa mémoire. Trop douloureuse. Je sais…

Je m'interrompis. *Je sais ce que c'est de sursauter en entendant le nom d'un être cher.*

— Si on lui raconte tout maintenant, qu'on lui avoue le but de ce voyage, j'ai peur qu'elle refuse de nous accompagner. Et ce sera alors beaucoup plus compliqué d'entrer dans son ancienne maison.

— Il ne faut pas se voiler la face, l'enjeu est bien plus important que ça. (Chae Rin avala une bouchée de pain avant de préciser :) Natalya et Belle ont consacré leur vie à la Secte. Si Belle apprend que Natalya a été tuée et que la Secte couvre son meurtre ou, pire, y est mêlée, qui sait comment elle réagira ? Et si elle partait en vrille et massacrait tout le monde ? s'emporta-t-elle avec un frisson. Restons prudentes. On essaie d'abord de comprendre ce qui se passe, et on avise ensuite.

Elle allait poursuivre sur sa lancée lorsqu'on frappa à la porte. Nous nous regardâmes sans un mot.

— Ne bougez pas, je vais ouvrir.

Je posai mon verre de jus d'orange et me précipitai dans l'entrée.

— Rhys ?

Appuyé contre le chambranle, il portait un sweat à capuche trop grand, qui, à mon grand dam, dissimulait ses biceps et ses abdominaux.

— Salut ! Je peux… te parler un instant ?

J'acceptai bien que mon cœur se soulevât dans ma poitrine. Je ne l'avais pas revu depuis le premier interrogatoire de Saul et la conversation que j'avais surprise entre Vasily et lui me revenait sans cesse à l'esprit, avec son lot de questions en suspens. Chae Rin et Lake sortirent de la cuisine et s'engagèrent dans l'escalier.

— Les cloisons sont très fines, lança Chae Rin, la bouche pleine. Quoi que vous fassiez, on le saura !

Je refermai la porte – non sans avoir fusillé ma colocataire du regard –, et me raclai la gorge.

— Alors, qu'est-ce qu'il y a ?

— C'est au sujet de votre voyage à Paris, vendredi… Je voulais juste te prévenir que j'allais vous accompagner, me dit-il en prenant bien soin d'éviter mon regard.

Je tentai d'ignorer les battements de mon cœur et resserrai mon gilet trop fin contre ma poitrine.

— Pourquoi ?

— Ce sont les ordres. J'ai comme l'impression qu'ils me considèrent comme ton garde du corps. Tu vois à quoi je suis réduit, ajouta-t-il en riant.

Malgré tout, j'aimais toujours autant le son de son rire. Mais Rhys n'était pas encore prêt à embarquer dans le train du complot « Natalya *versus* la Secte ». Cette organisation, c'était toute sa vie… Bien sûr qu'il lui était fidèle – et qu'il la craignait aussi. L'avoir sur mon dos ne ferait que compliquer notre mission, pourtant je ne me voyais pas refuser. De toute façon, je n'avais pas le choix.

Rhys paraissait rassembler son courage. Les mains dans les poches, ses yeux trouvèrent enfin les miens.

— Maia, à propos de l'autre jour, je suis vraiment désolé…

— C'est bon, inutile de te justifier. Tu n'es pas obligé d'en parler si tu n'en as pas envie.

— D'accord.

Il me sourit. Son regard, à la fois sombre et enfantin, était dangereusement attirant. Je n'étais pas naïve. Je me doutais bien qu'en enquêtant sur cette affaire, je risquais de m'attirer de sérieux ennuis et que cela pouvait vite devenir dangereux. Mais même si Rhys avait des raisons évidentes d'essayer de me détourner de cette voie, j'avais le sentiment qu'il taisait le plus important. Il me cachait quelque chose, j'en aurais mis ma main à couper.

— Tu sais, tu ignores presque tout de moi, me dit-il.

— C'est normal. On vient tout juste de se rencontrer.

— C'est vrai, reconnut-il en ravalant un ricanement nerveux. Je voulais juste que tu saches, au cas où tu te ferais des idées, que je ne suis pas comme lui. Vasily.

Jamais je n'aurais pu comparer Rhys à Vasily. Ils étaient trop différents. Pourtant, comme il me l'avait si bien dit, je ne savais presque rien de lui : son passé au sein de la Secte, sa formation aux côtés d'un cinglé qui prenait à présent un malin plaisir à trancher le doigt d'un de ses semblables.

— Ne t'inquiète pas pour ça. Et n'oublie pas ton nœud papillon, il paraît que c'est très tendance à Paris.

Taquine, je lui donnai un léger coup de poing à l'épaule. Une réaction un peu niaise, j'en convenais, mais je n'avais rien trouvé de mieux pour briser la glace entre nous.

— Oh, j'ai renoncé aux nœuds pap.

Face à son doux sourire, j'espérais sincèrement que mon intuition sur la mort de Natalya – et la Secte – se révélerait fausse.

Chapitre 21

— *Ah, Paris* *! Comme tu m'as manqué !

L'accent français maniéré de Lake, puis la pirouette qu'elle exécuta – faisant ainsi tournoyer son manteau croisé rouge et sa jupe à pois –, arrachèrent une grimace à Belle. Pour ma part, je ne pouvais pas lui reprocher son enthousiasme, car, dans ma petite tête de touriste survoltée, je m'imaginais qu'en France, même l'oxygène était différent. J'avais cru sentir la différence d'atmosphère au moment même où nous avions posé pied à terre et je profitai de la traversée de l'aérogare pour me délecter de cet air frais, qui me semblait si nouveau.

Un van nous conduisit dans les ruelles sinueuses de Paris. Je baissai ma vitre pour sentir la caresse du soleil de fin d'après-midi sur mon visage. Il régnait dans cette ville une énergie autre. Malgré la fatigue, j'étais tout excitée. J'entendais des bribes de conversations en français – celles des femmes et leurs enfants qui déambulaient sur les trottoirs, des serveurs qui griffonnaient de nouveaux menus sur les ardoises des cafés, et des hommes qui jetaient leur mégot de cigare encore fumant dans le caniveau devant les bars.

Au détour d'une venelle, la voiture s'engagea soudain dans une avenue plus large au centre de Paris – de grands immeubles défilaient devant nos yeux. Je sortis mon téléphone et me penchai par la fenêtre pour prendre une photo du fleuve qui miroitait sous le soleil : la Seine, si j'en croyais mon guide. Une vedette blanche, une centaine de touristes à son bord, passait sous un magnifique pont aux arches immenses.

Je restai bouche bée. La construction n'était autre qu'un dispositif anti-spectres, l'équivalent de l'Aiguille chez nous. Même si sa conception était très différente, je voyais bien à son réacteur central qu'il s'agissait d'un DAS. Des étincelles jaillissaient du cœur du moteur, qui envoyait un courant électrique dans toute la structure, tandis que les engrenages mécaniques du réacteur tournaient dans un cliquetis permanent.

Selon mon guide, le pont Saint-Michel avait été équipé au début des années soixante, peu après le Massacre de Paris, en 1961. L'idée de transformer un site qui avait vu tant de morts en un monument dédié à la protection de la vie m'apparaissait comme un symbole, un exutoire.

— Qu'est-ce que c'est beau… chuchota Lake à côté de moi. Ce serait l'endroit idéal pour la séance photo !

Derrière elle, Chae Rin ricana.

— C'est toujours pour demain ? Pour ma part, je me fiche de l'endroit, tant qu'on ne m'oblige pas à porter une tenue ridicule !

Surprenant de la part d'une artiste de cirque.

Une fois de plus, la Secte avait réservé l'intégralité d'un étage de l'hôtel – le septième –, et ce pour notre sécurité. Par chance, personne ne savait que nous étions en ville et l'établissement dans lequel nous séjournions, fréquenté par l'élite internationale, était rompu au principe de discrétion. Nous n'avions donc pas à craindre d'être assaillies par la presse.

Notre arrivée en France nous rapprochait un peu plus de la mise en œuvre de notre plan, mais il restait encore une question de taille à régler, à savoir Belle. Après m'être armée de courage, Chae Rin et Lake sur mes talons, j'allai frapper à sa porte.

— Belle ?

Elle ouvrit et nous invita à entrer. Vêtue d'un débardeur blanc et d'un pantalon de yoga, elle semblait prête pour une séance de sport, ce qui expliquait les petits haltères posés sur la table à côté de la télévision.

— Qu'est-ce qu'il y a ?

Chae Rin me poussa un peu trop fort vers l'avant, si bien que je trébuchai et faillis m'écraser contre la colonne de lit.

— Je me demandais… tu as grandi près de Paris, non ?

Face à la fenêtre, Belle s'étira.

— Pourquoi tu me demandes ça ?

Je jetai un coup d'œil furtif à Lake, qui m'encourageait sans aucune discrétion. Bon sang, pourquoi était-ce à moi de lui demander ?

— Puisque nous sommes dans la région, je me suis dit que ça pourrait être… euh… sympa de visiter ton ancien foyer !

Je laissai échapper un rire nerveux alors que Belle me dévisageait. De toute évidence, notre idée allait être difficile à concrétiser, mais je savais aussi que ce serait beaucoup plus simple d'entrer chez des inconnus si nous pouvions jouer la carte du « j'ai habité là et j'aurais bien aimé revoir ma chambre ».

— Mon ancien foyer ? répéta Belle d'une voix blanche. Toutes les quatre ?

Je lançai un nouveau regard aux filles avant d'acquiescer.

— Pourquoi pas ? On n'est pas loin…

Belle leva les yeux au ciel avec un petit soupir, puis nous tourna le dos.

— Ce serait l'occasion de créer de nouveaux liens entre Effigies… puisqu'on est toutes là, tenta Lake.

Belle ne répondit pas tout de suite. Soit elle était très énervée, soit complètement perdue dans ses pensées. Je priai pour que ce ne soit pas la première option.

— Mon enfance vous intéresse tant que ça ?

— Pas vraiment, marmonna Chae Rin avant de recevoir un brusque coup de coude dans les côtes de la part de Lake.

— Franchement, vous vouliez me faire avaler ça ! Que Maia veuille y aller, à la limite, j'aurais pu y croire, mais vous deux ? Vous auriez pu trouver mieux !

Les mains sur les hanches, elle se retourna et s'adossa à la fenêtre contre les rideaux blanc cassé. Je poussai un long soupir. Elle avait raison, bien sûr, mais nous avions d'abord misé sur le mensonge. Le plan A était un fiasco, il nous fallait passer au plan B. C'était sans aucun doute plus risqué, mais nous n'avions pas le choix : nous avions besoin d'entrer dans cette maison. J'allais devoir choisir mes mots avec soin.

— Écoute, je sais que tu ne veux pas entendre parler de… de Natalya et de ses souvenirs.

Alors que ses mains glissaient lentement le long de ses hanches, je m'empressai de poursuivre.

— Mais on pense qu'elle a laissé quelque chose pour toi dans ton ancienne maison. Je l'ai vu en rêve. On veut juste vérifier ce que c'est, ça avait l'air vraiment important.

— Elle… elle a laissé quelque chose pour moi ? demanda Belle, perplexe.

— Oui, en cachette. Et crois-moi, elle voulait que tu le trouves.

Sans un mot, elle baissa la tête.

— Belle, commença Chae Rin, je comprends que toute cette histoire soit très sensible pour toi, mais je pense que tu devrais écouter Maia. Tu risquerais de le regretter plus tard.

La jeune fille releva alors les yeux et plongea son regard dans le mien.

— Raconte-moi ton rêve.

J'essayai de n'oublier aucun détail. À la fin de mon récit, Belle était assise au pied du lit, les bras autour de ses genoux.

— *Les Ouvrages de Castor*, murmura-t-elle.

— Quoi ? demanda Lake.

— L'une de mes dernières conversations avec Natalya avant sa… (Avec un brusque hoquet, elle sembla ravaler le dernier mot.) Il y a un mois, j'avais prévu de me rendre à Prague pour visiter le musée national. C'est là que les originaux des *Ouvrages de Castor* sont conservés. Je sais ce qu'ils contiennent, en grande partie, mais je n'avais jamais eu l'occasion de les lire. Et un tome m'intéressait en particulier. J'avais dit à Natalya que je passerais les trois derniers jours de mars à Prague, mais, en fin de compte, je n'y suis jamais allée.

— Natalya a donc caché ce message en pensant que tu le trouverais, conclut Chae Rin.

— Mais pourquoi ne m'en a-t-elle pas parlé directement ?

Je me rappelais avoir parcouru à la hâte les couloirs du musée dans le corps de Natalya, avec un seul but en tête, puis avoir ressenti un immense soulagement après avoir réussi à glisser le message pour Belle dans le livre. C'était la même sensation que lorsqu'on vient d'accomplir une tâche importante particulièrement difficile et que l'on peut enfin la rayer de sa liste. Et pendant tout ce temps, Natalya savait qu'elle était suivie.

— Peut-être tout simplement qu'elle ne le pouvait pas.

J'hésitai à continuer. Chae Rin avait raison : nous n'avions toujours aucune idée de la réaction de Belle si nous lui parlions de la mort de Natalya. Sa douleur, encore trop vive, assombrissait et contractait son beau visage. Pour l'instant, nous devions nous concentrer sur le moyen d'entrer dans son ancienne chambre, et pour cela, convaincre notre coéquipière de la nécessité et de l'efficacité de notre plan. Plus facile à dire qu'à faire…

— Je ne comprends pas, dit Belle. Pourquoi cette maison ? Pourquoi ?

Il était difficile de ne pas remarquer le léger tremblement de sa main quand elle la passa dans ses cheveux.

— Pourquoi voulait-elle que je retourne là-bas ? Elle savait que…

Elle s'interrompit et secoua la tête. Je m'approchai d'elle d'un pas prudent.

— Belle, je sais qu'il reste encore beaucoup de questions sans réponses, mais attendre ici ne nous avancera à rien. Alors, pourquoi ne pas y aller ? On avisera plus tard pour la suite.

— Qui sait, ajouta Lake avec un sourire apaisant, cette piste ne donnera peut-être rien. Mais ça vaut le coup d'y jeter un œil, non ?

Belle nous regarda longuement toutes les trois, puis finit par se redresser et prendre une profonde inspiration.

— Oui. Ça… ça vaut le coup.

J'aurais été un peu plus rassurée si j'avais perçu un minimum de conviction dans sa voix. Mais peu importait. Avec l'accord de Belle, tous les éléments étaient désormais réunis. Le plan était en marche.

Le soleil se couchait déjà. Avec la séance photo prévue le lendemain matin, le temps pressait. Nous devions partir sur-le-champ, mais Rhys nous attendait dans le couloir. Il enfila son manteau puis referma la porte de sa chambre – apparemment bien décidé à nous accompagner.

— Désolé les filles, mais l'agent Langley m'a demandé de veiller sur vous. Vous n'avez quand même pas cru pouvoir me fausser compagnie aussi facilement ?

— Jamais… marmonna Chae Rin.

— Vous vous rendez compte que je renonce à une bonne soirée en tête à tête avec ma télévision rien que pour vous ? Pourquoi est-ce que je rate toujours l'occasion de regarder *Godzilla vs Hedorah* en français ? Je dois être maudit !

Je fis volte-face.

— *Godzilla vs Hedorah* ? J'adore ce film !

— C'est vrai ?

— C'est un chef-d'œuvre !

— N'est-ce pas ? dit Rhys avec un sourire enfantin. Pourtant, selon les critiques, c'est un navet !

— Quels crétins !

— Dites, les geeks, intervint Chae Rin, gardez-en un peu pour le trajet en voiture.

Tandis que Rhys se dirigeait vers l'ascenseur avec un petit rire, Chae Rin me donna un coup de coude avant de me chuchoter :

— Le beau gosse de la Secte complique un peu nos affaires. Il va falloir le distraire. Rappelle-toi, on ne sait toujours pas où tout ça va nous mener. Moins les autres en savent, mieux c'est, surtout quand il s'agit d'un agent.

Ma bonne humeur s'évanouit aussitôt. J'en étais bien consciente, surtout après avoir essayé d'aborder le sujet de Natalya avec Rhys. J'étais loin d'avoir oublié cette tentative désastreuse. Il n'était pas mal intentionné, mais j'avais besoin d'y voir plus clair avant de pouvoir me fier de nouveau à lui… si cela arrivait un jour. Je répondis à Chae Rin par un hochement de tête solennel.

Un chauffeur nous conduisit à Gisors, au nord-ouest de Paris. La zone était encore protégée par le pont mais le signal anti-spectres n'y était pas aussi fort que dans la capitale. La ville devait sans doute posséder un DAS de niveau inférieur pour prendre le relais, en plus de quelques agents de la Secte en renfort sur le terrain.

L'ancienne maison de Belle comptait parmi les nombreux pavillons du centre-ville. Je ne savais pas quelle réaction attendre de sa part, mais je ne pensais pas qu'elle resterait muette quand la porte s'ouvrirait. Une femme d'âge mûr, émue aux larmes, tendit la main vers elle.

— Belle ?

— Madame Duval.

Belle tressaillit lorsque la femme effleura son visage, puis ajouta quelques mots en français. Même si je ne les compris pas, je perçus la froideur des paroles de l'Effigie. Mme Duval sourit malgré tout.

— Voici mes collègues, dit Belle en anglais, en désignant le reste du groupe.

Je dissimulai un sourire. Passer de « cyber-harceleuse » à « collègue »... Sacrée promotion ! Mme Duval nous accueillit avec enthousiasme et s'effaça pour nous laisser passer.

— Je vous en prie, entrez donc.

La maison sentait légèrement le renfermé, et on pouvait voir au plâtre usé qu'elle n'était pas toute neuve. À l'évidence, Mme Duval n'attendait pas de visite – de la vaisselle sale dans l'évier, une table de cuisine encombrée et un sol jonché de jouets cassés. Chaussée de vieilles pantoufles, elle s'essuya les mains sur le tablier noué autour de sa taille élancée. Sa jupe bruissait alors qu'elle débarrassait la table.

— Excusez-moi pour le désordre… et le bruit, ajouta-t-elle en référence au vacarme de la télévision qui nous parvenait depuis le salon.

— Madame Duval… commença Belle.

— Je n'arrive pas à croire que tu sois revenue, l'interrompit-elle, trop excitée pour la laisser terminer. Ça fait tellement longtemps ! Je vous en prie, asseyez-vous tous. Je vais vous préparer une petite collation.

Tandis qu'elle enjambait les jouets avec précaution, Belle balaya du regard les portraits d'enfants encadrés au mur. Je les parcourus à mon tour, mais ne la trouvai pas.

— Où est madame Bisette ? demanda-t-elle d'une voix crispée.

Dans le salon, un vieil homme regardait la télévision dans son fauteuil roulant. À ce nom, il poussa un bref grognement, mais ne se retourna pas. Mme Duval, en revanche, lâcha son torchon, désemparée.

— Tu ne savais pas ? Elle est décédée il y a près de deux ans.

— Qui était-ce ? demanda Lake.

Après s'être baissée pour ramasser son torchon, Mme Duval alla chercher des assiettes dans le buffet.

— Une amie qui s'occupait des enfants. Il y a des années, quand j'habitais encore à Paris, je venais de temps en temps. Après son décès, Papa et moi avons emménagé ici. Oh, Belle, si seulement tu avais pu la voir une dernière fois… Elle parlait toujours de toi avec tant d'affection !

Belle fit la moue et, l'espace d'un instant, je m'attendis à une réponse cinglante. Quelqu'un qui qualifiait son ancien foyer de « maison du malheur » ne risquait pas de flatter la femme qui l'y avait accueilli. Par chance, Belle garda le silence, mais un rictus glacial trahissait sa colère.

On entendit de légers bruits de pas dans l'escalier, de l'autre côté du mur, puis trois jeunes enfants déboulèrent dans la cuisine. Surexcités à la vue de Belle, ils commencèrent à parler tous en même temps, accrochés à la longue jupe de Mme Duval qui riait gaiement.

— Voici Charlotte, Claudine et Jean. Ils ont beaucoup entendu parler de toi, Belle !

L'une des deux fillettes courut vers l'Effigie, l'attrapa par la main et se mit à babiller en français. Je n'avais pas besoin de connaître sa langue pour comprendre qu'elle était émerveillée. On aurait dit que son petit corps allait exploser d'exaltation. Je souris – ses yeux brillants en disaient long.

— Claudine raconte qu'elle dort dans l'ancienne chambre de Belle, traduisit Mme Duval.

À ces mots, Chae Rin me donna un coup de coude.

— Elle collectionne tout ce qu'elle peut sur Belle ! Elle est vraiment contente de la voir !

Malgré l'enthousiasme de la petite, Belle écoutait, mal à l'aise, et ne répondait que par de brefs signes de tête. Elle avait dû mettre un point d'honneur à rester à l'écart des enfants car elle semblait incapable de communiquer avec sa jeune interlocutrice.

— C'est un peu gênant, fit remarquer Rhys, qui consulta sa montre avant de me tapoter l'épaule. Vous comptez rester longtemps ?

La nuit tombait rapidement. Nous devions trouver un prétexte pour monter dans la chambre de Belle au plus vite.

— Madame Duval, commença Belle.

— *Oui* ? * demanda la femme d'une voix inquiète.

Belle mit un long moment avant de poursuivre.

— Est-ce que vous faites du mal à cette fille ?

Un lourd silence s'abattit sur la pièce. Mme Duval faillit lâcher sa tasse.

— *Pardon** ? (Belle n'eut pas besoin de répéter car Mme Duval s'écria, indignée :) Non, bien sûr que non ! Jamais je ne ferais ça !

Belle s'agenouilla devant Claudine et lui posa une question en français. Quand la fillette secoua la tête, elle répéta la question à Charlotte, puis à Jean, et obtint la même réaction. Les enfants semblaient sincèrement perplexes, comme tout le monde dans la maison, excepté Belle et le vieux père de Mme Duval, qui restait rivé à l'écran de sa télévision, indifférent au monde qui l'entourait.

— Belle, dit Mme Duval encore sous le choc, pourquoi…

— Pourquoi ? Vous ne savez vraiment pas ? C'est vrai que Mme Bisette ne ratait jamais une occasion de répandre ses mensonges… Vous les avez avalés, je suppose.

— Que… que veux-tu dire par là ? demanda-t-elle avant de poser sa tasse avec précaution sur le plan de travail.

Malgré toutes les interviews que Mme Bisette avait accordées aux médias français, Belle, de son côté, n'avait jamais parlé de la femme qui l'avait recueillie, même quand on l'interrogeait spécifiquement à ce sujet. Son silence en disait long, mais jamais je n'aurais imaginé que la situation était aussi grave. À cet instant, on aurait dit que la colère la consumait de l'intérieur, si bien qu'elle en tremblait.

« Entêtée et furieuse » : voilà comment Belle avait décrit sa personnalité d'avant la Secte. De retour dans cette maison, elle ne pouvait supporter la vue des photos sur le mur : des portraits d'enfants plus heureux qu'elle ne l'avait jamais été. Sans un regard pour eux, elle nous tourna le dos et se dirigea vers la porte.

— Je suis désolée. Je... C'était une erreur de venir ici.

— Belle, attends !

J'essayai de la rattraper par l'épaule, mais elle m'esquiva d'un mouvement brusque.

— Je suis désolée, répéta-t-elle plus doucement. Quelle que soit votre mission, je suis certaine que vous n'avez pas besoin de moi.

— Ce n'est pas ce que je...

— « Votre mission » ? s'étonna Rhys.

J'échangeai un regard avec Chae Rin et Lake. Après avoir réussi à entrer dans la maison, nous ne pouvions pas déjà en ressortir, pas alors que nous étions si près du but... Malgré mon inquiétude pour Belle, je ne devais pas me laisser gagner par son chagrin.

— On va quand même jeter un œil, si ça ne te dérange pas, souffla Lake.

Rhys haussa les sourcils, mais garda le silence.

— Je... vais faire un tour en ville, répondit Belle. Appelez-moi quand vous avez fini.

Sur ce, elle s'éloigna à grands pas, laissant derrière elle Mme Duval et les enfants, sans voix. Visiblement déçus, ils semblaient sous le choc. Rhys me donna un coup de coude.

— Vous comptez vraiment rester ?

Je réfléchis pour trouver une excuse au plus vite.

— On ne peut pas s'en aller là-dessus. Je suis désolée pour Belle, ajoutai-je à l'adresse de Mme Duval. Je crois qu'elle a encore quelques problèmes à régler, mais vous n'y êtes pour rien.

Mon interlocutrice hocha timidement la tête.

— On va rester dîner ! s'exclama Lake. N'est-ce pas, les filles ?

— Bien sûr, répondis-je.

— Je suis partante, confirma Chae Rin sous le regard déconcerté de Rhys.

Lake se pencha vers Claudine, les mains sur les genoux.

— Ce serait chouette que tu nous fasses visiter, qu'est-ce que tu en dis ? Tu dors dans l'ancienne chambre de Belle, c'est ça ?

Claudine, en bonne petite fan, sauta sur l'occasion pour faire visiter sa maison à des Effigies pendant que Mme Duval préparait le dîner. L'ancienne chambre de Belle se trouvait derrière l'escalier au bout du couloir, troisième porte à gauche. Dès que nous entrâmes, j'examinai le parquet.

— Claudine, pourquoi tu ne viendrais pas dans la cuisine avec moi ? lui demanda Lake.

Souriante, elle prit par la main la fillette déroutée, puis se tourna vers Chae Rin et moi.

— Je vais tenter de vous faire gagner du temps, mais dépêchez-vous quand même.

— Merci, et pour Rhys ?

Il était resté avec Mme Duval pour lui tenir compagnie et avait tout naturellement commencé à mettre la main à la pâte.

— Ne vous inquiétez pas, je vais les occuper. Je vous ai déjà raconté la fois où j'ai été agressée par des paparazzis français ? C'est une longue histoire…

Avec un clin d'œil, Lake emmena Claudine.

— Bon, c'est parti, dit Chae Rin.

Je restai figée quelques secondes sur le palier et jetai un coup d'œil dans le couloir. Le silence régnait, mais j'étais certaine d'avoir entendu un bruit sourd, indéchiffrable, dans la pièce voisine. Jean et Charlotte étaient pourtant avec Mme Duval, dans la cuisine. Peut-être d'autres enfants habitaient-ils là ?

— Qu'est-ce que tu fabriques ? s'écria ma coéquipière. Allez, finissons-en !

Après un instant d'hésitation, je refermai la porte.

— Je n'aime pas ça. J'ai l'impression d'entrer par effraction…

— Il est trop tard pour se dégonfler. Et puis on remettra tout en place après.

Chae Rin s'agenouilla par terre, colla son oreille au sol et commença à frapper légèrement sur quelques lattes.

— Si Natalya a vraiment caché quelque chose sous le parquet, ça devrait sonner creux à un endroit à un autre. Ne reste pas plantée là à rien faire et viens plutôt m'aider.

Après avoir ravalé quelques insultes bien senties, je l'imitai et m'agenouillai.

— Pff, j'ai l'impression de jouer dans un vieux film d'espionnage.

— Ça ne risque pas, vu tes fringues, répliqua-t-elle en me toisant.

— Qu'est-ce qu'il a, mon sweat ?

— Continue de chercher.

Mais nous avions beau inspecter avec attention le moindre centimètre carré de parquet, cela ne donnait rien.

— Bon, ça m'énerve. Où est-ce que ça peut bien être ? me lamentai-je.

— Je ne sais pas, tu n'as qu'à demander à… Attends !

Chae Rin se trouvait près de la fenêtre, de l'autre côté du lit de Claudine. Elle souleva le tapis et tapa de nouveau. Un son creux.

— Fais attention, n'oublie pas qu'on doit tout remettre en place après.

— Je sais, dit-elle, les yeux au ciel.

Pour une fois, j'étais bien contente que Chae Rin possède une telle force. Elle dut se retenir pour éviter de démolir le plancher, mais réussit à arracher proprement deux lattes, qu'elle posa derrière elle avant de jeter un coup d'œil dans le trou.

— Eh bien, ça alors, tu avais raison !

Une sorte de boîte à cigares était nichée tout au fond.

— On dirait un objet ancien, remarquai-je.

Et de fabrication artisanale, si l'on se fiait aux magnifiques gravures qui ornaient le bois sombre. La boîte était sale et de la terre tomba au sol quand je la retournai.

Je passai les doigts sur le couvercle orné d'un serpent – enroulé sur lui-même, il se mordait la queue. Alors que je tentai de le soulever, sans succès, je remarquai une petite serrure en étain. En un éclair, je sortis de sous mon sweat la clé que je conservais autour du cou.

— Je n'y crois pas !

Elle convenait parfaitement. Mon cœur s'emballa lorsque j'entrouvris le couvercle, puis je poussai un cri : un scarabée s'échappa de la boîte et rampa sur mes doigts jusqu'à ce que je l'en éjecte. Chae Rin l'écrasa du plat de la main.

— N'infestons pas la chambre de cette pauvre gamine, dit-elle avant d'attraper un mouchoir sur le bureau pour s'essuyer. Alors… qu'est-ce qu'il y a là-dedans ?

Une collection d'objets hétéroclites qui, malheureusement, ne semblaient pas pouvoir nous être d'une grande utilité – une vieille montre à gousset dont la chaîne rouillée était cassée, deux dés, des rubans en soie et des boutons de nacre.

— Attends voir… C'est une poupée ?

Chae Rin sortit le jouet de la boîte avec une grimace. On aurait dit que quelqu'un avait volontairement recouvert son visage de boue. Sa robe simple était effilochée, ses cheveux bruns en laine ébouriffés et ravagés, ses yeux arrachés. Mais, encore plus étrange, elle avait les bras attachés dans le dos par une ficelle noire. Chae Rin secoua la tête.

— Flippant…

Ça, c'est sûr ! Je ne voyais pas du tout pourquoi Natalya aurait voulu donner cette poupée à Belle. Il devait y avoir une autre explication.

La nuit était tombée. Derrière la baie vitrée, le ciel était à peine visible à travers les arbres et le vent bruissait dans les branches. Des effluves de rôti de bœuf commençaient à nous parvenir depuis la cuisine : il fallait qu'on se dépêche à présent. Après tout, nous n'étions pas obligées de résoudre cette énigme sur place, nous pouvions emporter notre trouvaille et y réfléchir tranquillement à l'hôtel.

— Attends.

Les yeux plissés, Chae Rin scruta le fond de la boîte, puis tira quelque chose de sous l'étrange attirail. C'était une vieille feuille de papier, pliée avec soin, et tellement poussiéreuse que j'avais bien failli ne pas la remarquer. Chae Rin l'épousseta et la déplia.

— C'est une lettre !

— Fais voir.

Par chance, elle était rédigée en anglais. Une écriture déliée et arrondie recouvrait le fragile papier blanc cassé. Après avoir échangé un regard inquiet avec Chae Rin, je commençai à lire :

— « 1er mars 1872. *Ma chère poupée**… » *Poupée* * ?

— Continue. On n'a plus beaucoup de temps.

— D'accord, d'accord.

Ma chère poupée*,

J'écris cette lettre tout en sachant que tu ne la liras jamais. Cela me fait en effet beaucoup de peine de savoir que nous n'aurons plus l'occasion de converser – jusqu'à ce que je te rejoigne en enfer, du moins, ce qui, je le crains, prendra plus longtemps que prévu.

Deux ans après ton décès, ma chère amie, ma sœur, je songe toujours à toi, à Patricia, à Emilia et même à Abigail. Peut-être est-ce une forme de culpabilité. Si tu le pouvais, tu dirais d'ailleurs sans doute que je devrais me sentir coupable, car c'est moi qui t'ai montré le don. Moi qui ai commencé le jeu. Moi qui vous ai tous entraînés dans cette voie maudite. Tu le regrettes, j'en suis certaine. Tu regrettes d'être entrée dans mon domaine mais, vois-tu, c'est pourquoi j'écris cette lettre.

Je ne me sens pas coupable. Je ne regrette rien.

Cette liberté, je l'ai tant désirée. Je n'y renoncerai pour rien au monde, et certainement pas pour apaiser ton esprit qui hante mes terres et trouble mon sommeil, nuit après nuit, en me scrutant de son regard moralisateur. Moi seule utiliserai pleinement le pouvoir qui m'a été donné. Je réussirai là où tu as échoué. Voici la promesse que je te fais, sur ta tombe, dans l'espoir que ton âme me laisse enfin en paix.

Avec Nicholas, j'accomplirai des exploits, Marian. Je réaliserai tous mes vœux les plus vils. Je referai le monde.

J'espère que tu m'observeras avec affection.

Bien à toi pour la dernière fois,

Alice

Je restai bouche bée.

— Alice… Marian… et Nicholas ?

On frappa à la porte derrière nous. Chae Rin lâcha la poupée et se redressa.

— Dépêche-toi de remettre ça dans la boîte. Eh, qu'est-ce que tu fais ?

Je ne pouvais plus bouger. La feuille tremblait dans ma main.

— Alice… Alice a écrit cette lettre à Marian. La fameuse Marian. Celle de Saul… (On frappa de nouveau.) « *Poupée* * »… Saul m'appelait tout le temps comme ça, même pendant l'interrogatoire. Mais seulement quand il n'était plus Nick.

Je repensai à ma première divination, au souvenir de Marian : une fille seule dans son bureau, la tête posée sur une pile de livres, ses longs cheveux blonds qui tombaient en cascade jusqu'au sol, comme dans un portrait de conte de fées.

— Saul a deux personnalités. Nick… et Alice. Mais la lettre date de 1872.

— Maia !

— Le frère de Saul… non, de Nick, est mort à la fin du XIXe siècle. Et si…

Quelqu'un enfonça la porte. Je me retournai juste à temps pour voir Chae Rin s'écrouler par terre, assommée par une grosse pierre.

Une cagoule dissimulait le visage de son agresseur. Un voleur ? D'où sortait-il ? Où étaient les autres ? Le bruit de la télévision, entrecoupé par le rire joyeux de Lake parvenait encore jusqu'à moi. Ils n'avaient rien remarqué… Et cela ne risquait pas d'arriver. L'intrus referma la porte puis la bloqua avec une chaise.

Affolée, je replaçai la lettre dans la boîte, et la glissai sous le lit d'un coup de pied. La peur m'empêcha de crier quand l'homme se jeta sur moi et m'attrapa par le bras.

Il tenait dans sa main un stylo comme celui dont je m'étais servie sur Saul en Argentine. Il me plaqua contre la fenêtre et tenta de me le planter dans le cou, mais je bloquai son geste, me débattant du mieux que je pouvais. Après une courte lutte, je parvins enfin à lui arracher sa cagoule. *Non !*

— Vasily ?

Il me sourit. Je cherchai à l'esquiver, mais il me repoussa contre la vitre. C'est à ce moment précis que je recouvrai ma voix. Elle avait beau être forte et stridente, je ne pouvais pas me permettre d'attendre les secours. Pas non plus le temps de réfléchir. Je bousculai mon adversaire et entrouvris la baie vitrée avant de m'enfuir dans la nuit.

La clôture du minuscule jardin était trop haute pour être escaladée. J'allais devoir faire le tour par devant. L'adrénaline me donnait des ailes, mais Vasily était malgré tout plus rapide que moi. Il me tira en arrière par la capuche de mon sweat avant de me jeter dans l'herbe. Le temps que je me remette sur le dos, il était sur moi. Ses cheveux blond platine lui tombaient sur le visage, des mèches collées sur sa joue par le sang d'une blessure que j'avais dû lui causer. Je luttai de toutes mes forces mais j'étais prise en tenaille entre ses jambes.

— Lâche-moi ! Mais qu'est-ce qui te prend ?

— Je pourrais te poser la même question ! On m'a demandé de te surveiller, mais je n'aurais jamais imaginé que tu viendrais fouiller là-dedans. C'est dommage, je t'aimais bien, ajouta-t-il avant de resserrer ses doigts autour de mon cou.

— Non !

Je plaquai ma main droite sur son visage, mais elle était trop moite et il l'écarta d'un geste brusque de la tête.

— Désolé, mais c'est plus facile si je me débarrasse de toi. Ne t'inquiète pas, ce sera rapide. Certains secrets ne sont pas faits pour être déterrés. Natalya avait commis la même erreur.

La douleur dans ma poitrine devenait insupportable. Je n'avais jamais rien ressenti de tel. À chaque battement affolé de mon cœur, ma vue s'assombrissait, mais je gardais les yeux grands ouverts, fixés sur le ciel nocturne.

Alors c'était comme ça ? Et Maman, Papa, June ? Avaient-ils autant souffert quand ils avaient rendu leur dernier souffle ? Non, je ne voulais pas y penser, ni laisser l'autre m'achever.

Pourtant, je me sentais partir.

Maman... Papa... June... Des larmes coulaient le long de mes joues mais mon corps était si engourdi que je ne les sentais pas. *Non... non, non, non ! Non !*

Avec un hurlement bestial, Rhys surgit de nulle part et d'un geste, me libéra de l'emprise de Vasily. Je roulai alors sur le ventre et enfonçai mes ongles dans le sol.

— Arrête ça tout de suite ! Je vais te tuer, tu m'entends ? Je vais te tuer espèce de cinglé !

La voix de Rhys parvenait jusqu'à mes oreilles, mais je n'arrivais pas à le distinguer dans le noir. Je ne voyais que les brins d'herbe, les mottes de terre que j'avais arrachées, et mes mains sales dont je ne pouvais maîtriser les tremblements. Vasily se mit à rire.

— Tu irais vraiment jusqu'au meurtre pour elle ?

Je savais qu'ils se battaient, mais mon esprit était entièrement vide. Mon cœur palpitait dans ma poitrine, et, petit à petit, une terrible sensation montait en moi. De la colère ? Non. Ce sentiment-là me blessait, me brûlait, me déchirait de l'intérieur. Le front appuyé contre le sol, je pleurai au souvenir de leurs visages : Maman, Papa, June. Depuis leur mort, je m'étais refusé d'y penser, de les imaginer – leur corps en flammes, la peau qui se détache de la chair, leur dernier souffle. Mais à présent je les voyais mourir sous mes yeux, encore et encore. Les images défilaient et je ne pouvais plus m'en empêcher.

— Je ne fais que suivre les ordres, Aidan !

— Tu es incontrôlable ! Tu l'as toujours été !

Rhys avait dû lui donner un coup de poing car Vasily poussa un grognement.

— J'ai appris à survivre tout comme toi. C'était bien le but du Gouffre du diable, non ?

— Non ! J'ai changé, je ne suis plus comme ça !

— Ah oui ? Alors pourquoi as-tu…

Nouveaux coups de poing, ponctués de nouveaux cris. Au loin, j'entendais des enfants hurler… Ou était-ce June ? Je n'en avais pas la moindre idée, alors je me laissai aller et fermai les yeux.

Plus la terrible sensation grondait en moi, plus j'avais la tête qui tournait. Si j'étais saine et sauve, mon corps lui-même l'ignorait – je me sentais toujours partir. Je n'avais pas cessé d'étouffer. J'imaginais encore mes parents suffoquer et m'appeler à l'aide. Et je voyais encore et toujours Natalya, cramponnée au tapis, lutter pour sa survie. C'était trop. Vraiment trop.

Je lâchai prise et me mis à hurler sans pouvoir m'arrêter. Mais, lorsque j'ouvris les yeux…

Du feu ! Du feu tout autour de nous. Les flammes se propageaient à travers l'herbe, grimpaient aux arbres, léchaient les murs.

La maison brûlait. Ma maison brûlait de nouveau.

— Non ! Non, pas ça ! Maman ! Papa !

Incapable de faire le moindre mouvement, je hurlais, pleurais, suppliais… J'avais perdu toute notion de réalité, quand, quelque part, du plus profond de mon enfer, me parvint la voix de Rhys.

— Maia ! Maia, arrête ! Tu peux l'arrêter !

Mais je ne l'entendais déjà plus. Je ne percevais que les cris de ma famille dans l'incendie, comme je les avais toujours imaginés.

— Maia, s'il te plaît, écoute-moi ! Calme-toi ! Respire ! Tu peux le faire, j'en suis sûr !

— Non, bredouillai-je, le souffle court. Non ! Je ne peux pas !

Tout se passa alors très vite. Une tornade glaciale balaya le jardin et emporta le feu avec elle. Les arbres, l'herbe, la façade de la maison. En un instant, tout fut recouvert de grésil et de neige. Les cendres, transformées en flocons gris, tombaient sur ma peau. C'est la dernière chose que je vis avant de m'évanouir.

Chapitre 22

Une cigarette était à l'origine de l'incendie. Voilà le mensonge que Rhys et Belle avaient servi à la police – la vérité aurait provoqué une tempête médiatique. J'imaginais déjà les gros titres : « Maia Finley, héritière de la grande Natalya Filipova, panique et manque de réduire en cendres un foyer d'accueil rempli d'enfants ». Succès garanti pour le nouveau visage de la Secte !

Seule dans ma chambre d'hôpital depuis plus d'une heure, le regard fixé sur la fenêtre, je ruminais mon dernier échec. Quand Rhys entra et s'assit sur la chaise à côté de mon lit, je plongeai sous les couvertures.

— Ne t'inquiète pas, tout le monde va bien. L'incendie ne s'est pas autant propagé que tu le crois. Belle et Lake s'en sont occupées, même si on a mis du temps à déblayer le quartier, il y avait pas mal de débris.

Je le savais déjà, car Lake m'avait téléphoné peu de temps auparavant. Personne n'avait été blessé, mais ce n'était qu'un soulagement relatif face à l'ampleur du désastre. Après avoir rassemblé mes esprits, j'eus juste le temps de lui parler de la boîte sous le lit de Claudine, puis j'avais raccroché.

— J'aurais pu les tuer. Tout est ma faute.

— C'est la faute de Vasily, pas la tienne.

Avec douceur, Rhys dénoua mes doigts crispés sur le drap. Je m'essuyai les yeux et me redressai.

— On sait où il est ?

— Il a profité de la confusion causée par l'incendie pour s'enfuir, répondit Rhys d'un ton froid. J'ai alerté quelques agents en ville, mais ils ne l'ont pas vu. Il doit être déjà loin.

Le sourire impitoyable qu'arborait Vasily au moment d'en finir avec moi me revint soudain en mémoire. Je ne voyais qu'une seule explication.

— Il a tué Natalya.

— Quoi ?

— C'est lui qui l'a tuée. Il me l'a presque avoué quand il a essayé de m'étrangler.

Le visage de Rhys se referma brutalement, comme la fois où j'avais évoqué la possibilité que Natalya ait été assassinée. Mais là, c'était différent. Il se pencha en avant, les mains serrées entre les genoux.

— Si quelqu'un en est capable… c'est bien lui.

Je repoussai mon drap et me tournai sur le côté.

— Parle-moi de lui. Je veux tout savoir. Il travaille pour Blackwell, n'est-ce pas ? Est-ce que son patron aurait pu commanditer le meurtre de Natalya ?

— J'ai commencé ma formation d'agent à l'âge de dix ans, me confia soudain Rhys, les yeux rivés sur le couvre-lit. Comme beaucoup d'entre nous… La Secte recueille des tas d'enfants. Des orphelins, des gamins des rues… Sans doute parce qu'ils sont plus malléables.

C'était rare d'entendre le jeune homme parler de lui.

— Tu es orphelin ?

— Non. Certaines familles ont prêté serment à la Secte et travaillent pour elle depuis des générations. La lutte contre les monstres devient alors une sorte de tradition familiale, répondit-il avec un sourire narquois.

Tous les muscles de son visage et de son cou étaient contractés. Le plus infime de ses mouvements faisait ressortir les contours de sa mâchoire.

— Je suis né dans l'une de ces familles. Mon père a été au combat, tout comme mon frère.

— Tu as un frère ?

Mon expression déconcertée le fit sourire.

— Il ne travaille plus sur le terrain.

— Ah…

— J'ai rencontré Vasily dans l'un des centres de formation de la Secte, le Gouffre du diable, au Groenland, poursuivit-il d'un ton grave. Certaines bases ont une discipline plus stricte que d'autres.

J'attendis une explication, qui ne vint pas.

— Quand Vasily a achevé son apprentissage, Blackwell l'a choisi comme agent personnel. Ça arrive. Mais ce qui s'est passé au Groenland… Je crois que ça l'a transformé pour toujours.

— Pas toi ?

— C'est le propre des expériences de nous façonner, répondit-il sans me regarder. Mais au bout du compte, Vasily reste un agent de la Secte qui obéit aux ordres. Comme tous les agents. C'est la Secte qui détient le pouvoir absolu.

Je me raidis sur mon lit. Cette réflexion ne m'étonnait pas, venant de sa part. Il avait été formaté par sa famille et cette même organisation qui m'avait obligée à prêter serment.

— Sauf que Natalya enquêtait sur Saul, ainsi que sur Nick et Alice. La Secte a peut-être demandé à Vasily de me surveiller, mais quand il s'est rendu compte que j'en savais trop, il a tout de même tenté de me tuer. S'il obéit aux ordres, comme tu dis, alors peut-être que quelqu'un au sein de la Secte en sait plus qu'il ne le prétend sur Saul… Peut-être ont-ils éliminé Natalya pour la faire taire ?

Sans un mot, Rhys se leva et se dirigea vers la fenêtre. Lentement, il posa une main sur la vitre.

— Je n'ai pas connu Natalya très longtemps. Elle était si… noble. Juste. Je voyais bien qu'elle souffrait. Son fardeau… Personne ne devrait avoir à supporter cela.

Il se retourna vers moi. Je ne bougeai pas, alors même qu'il s'approchait.

— Quand je t'ai rencontrée pour la première fois dans cet hôtel à Brooklyn, je n'ai vu qu'une gamine innocente soudain condamnée à porter un poids bien trop lourd pour ses épaules : l'héritage de Natalya. Et… j'ai tout de suite eu envie de t'aider.

Son regard était d'une noirceur inquiétante, comme privé de lumière.

— Rhys, pourquoi tu me racontes tout ça ?

Il s'assit à côté de moi sur le lit, à une distance raisonnable. Quand il repoussa ses cheveux bruns emmêlés, je remarquai pour la première fois son extrême fatigue : ses yeux cernés, son teint pâle, ses lèvres sèches.

Si seulement j'avais su comment réagir quand ses doigts agrippèrent les miens, avec une force si désespérée que je me demandai à quoi il s'accrochait en réalité. Qu'aurait fait June à ma place, devant les larmes de ce garçon ? Elles roulaient silencieusement le long de ses joues tandis qu'il me serrait la main sans me regarder.

— Maia… Natalya… elle…

— Ne t'inquiète pas, je le retrouverai, affirmai-je, plus résolue que jamais. Je ne laisserai pas Vasily s'en tirer aussi facilement après le meurtre de Natalya. C'est promis.

Il leva la tête, prêt à me répondre, mais un léger bruit au niveau de la porte l'empêcha de continuer. Un silence gênant s'abattit sur nous lorsque Belle, perplexe, parut sur le seuil de la chambre et découvrit Rhys assis près de moi au bord du lit. Je retirai ma main en hâte, mais le reste de mon corps était comme paralysé.

— Belle… Je…

— C'est bon, Maia. Viens avec moi. J'ai pris ma décision.

Sa main glissa de la poignée. Elle ferma les yeux un instant, puis les rouvrit pour me fixer d'un regard d'acier.

— Je vais t'apprendre la divination.

Dehors, il faisait nuit noire. Le froid s'infiltrait sous mon manteau et mon sweat-shirt. Belle m'avait emmenée au « Lavoir », qui surplombait une rivière, l'Epte. Je n'arrivais pas à croire que ce lieu soit une attraction touristique : on aurait dit un long trottoir pavé, abrité par un toit rouillé. Original, sans aucun doute. Mais je voyais bien qu'il était aussi très ancien : peut-être le monument avait-il été bâti par les premiers occupants de la ville, avant l'arrivée des spectres.

En chemin, j'avais raconté à Belle la mort de Natalya, les souvenirs que j'avais vus, et la boîte à cigares cachée sous le parquet de sa chambre. Son silence, seule réponse à toutes ces révélations, était un peu inquiétant. Sans un mot, elle grimpa jusqu'à la balustrade en pierre qui nous séparait de la rivière puis posa les mains sur la rambarde.

— Est-ce que tu sais en quoi consiste notre travail d'Effigies, Maia ?

Après avoir rabattu ma capuche sur mes oreilles pour me réchauffer, j'acquiesçai, sûre de moi.

— Protéger la population.

— Détruire les spectres. Mais Natalya… Elle en faisait toujours plus que nécessaire. C'était une idéaliste.

Elle avait prononcé ce dernier mot d'un ton éteint, les épaules affaissées, le regard perdu dans le vague.

— Pas toi ?

Son silence me troubla. L'instinct protecteur de Natalya en faisait une héroïne, non ? Je repensai à son appartement : la carafe de whisky, les bouteilles vides de vin et de vodka qui ornaient la table. Natalya était une héroïne. Tout comme Belle. Combattre les spectres et protéger la population allaient de pair. C'était sans doute ce que Belle avait voulu dire, mais l'expression sur son visage me mettait mal à l'aise.

— Le concept de la divination est très simple. Natalya avait utilisé l'image des poupées russes pour me l'expliquer. Comme tu le sais, chaque fois qu'une Effigie meurt, une partie de son esprit subsiste dans celui de la suivante, dit-elle en se tapotant la tempe. Tu sais aussi sans doute que la conscience de la dernière à mourir est la plus présente, la plus vive.

Je hochai la tête.

— Une barrière sépare ton esprit des fragments de l'âme de Natalya, mais elle est perméable. Tu dois atteindre un état de paix intérieure qui permettra à ta psyché de pénétrer la sienne sans difficulté. Tu la verras alors. Tu l'as même peut-être déjà aperçue : la porte rouge.

— Ça ne me dit rien…

— Et le ruisseau blanc. Je n'y suis pas allée depuis longtemps, mais je m'en souviens encore, me confia-t-elle, les yeux fermés. L'eau glaciale qui clapote autour des chevilles. Le brouillard, si épais que l'on ne voit que la porte rouge au loin… C'est la passerelle vers l'esprit de celle qui t'a précédée. Tu la trouveras si tu pratiques la divination correctement.

Franchir avec fierté la porte d'entrée au lieu d'être traînée, hurlant comme une damnée, les yeux bandés, par la fenêtre de derrière… Le rêve !

— Je ne sais pas si tu as remarqué, mais je ne suis pas un modèle de « paix intérieure » en ce moment, rétorquai-je en me dandinant.

— Je te l'ai déjà expliqué en Argentine. Saul t'a obligée à passer le premier seuil trop tôt. Depuis, dès que tu es troublée, des parties de ta psyché peuvent pénétrer celle de Natalya, et ce même pendant ton sommeil. Mais l'inverse aussi est vrai, précisa Belle, le regard fixé sur les flots ondulants. Pendant la divination, l'esprit est dans son état le plus vulnérable. Si tu es trop perturbée, la conscience des Effigies précédentes peut s'introduire dans la tienne. Dans les cas extrêmes, l'une d'elles peut même prendre le contrôle de ton corps pendant un court laps de temps.

Saul m'en avait parlé. Je serrai mes bras autour de ma poitrine pour limiter mes tremblements.

— Dans ce cas, n'aurais-tu pas dû m'apprendre la divination un peu plus tôt ?

Belle poussa un soupir. Ses cheveux caressaient son visage.

— Le suicide de Natalya… Je n'y ai jamais cru. Je ne pouvais pas. Mais s'il se trouve… qu'elle s'est…

Elle détourna le regard. Pour moi, le meilleur et le pire dans le fait d'avoir perdu ma famille étaient de savoir, en mon for intérieur, qu'ils n'avaient pas complètement disparu. Les prêtres, conseillers et autres psychologues me l'avaient assez rabâché – à tel point que j'en avais encore la migraine. Pourtant, c'était la vérité, même si elle m'avait contrariée à l'époque – certains jours, je me serais sentie plus sereine s'ils avaient simplement été effacés de ce monde. Mais les morts laissaient des traces : des photos, d'anciens messages sur le répondeur… Des souvenirs… Du chagrin. Des fragments de chaque vie restaient sur Terre, piégés çà et là, à la fois réconfortants et obsédants pour les survivants. Ainsi une partie de Natalya, de même que la vérité sur sa mort, demeurait en moi. Je ne pouvais pas en vouloir à Belle d'avoir peur. Elle me regarda enfin, avec un calme effrayant.

— Mais aujourd'hui, on sait. Ou plutôt, je veux savoir. Entraîne-toi à la divination, Maia. Trouve Natalya.

Je suivis toutes ses instructions : fixer la rivière, laisser son rythme et son flot m'apaiser. Chaque fois que je me déconcentrais, Belle m'incitait à réessayer d'une voix douce mais où perçait l'impatience.

Je fis de nombreuses tentatives et répétai ses paroles comme une élève consciencieuse. « *Ignore le froid. Compte chacune de tes respirations. Ne réfléchis pas. Affranchis-toi de tes émotions. Laisse ton esprit plonger dans les flots et la chercher.* »

Mais quand je contemplais le cours d'eau, je voyais mon reflet, celui de June. June qui ne me sourirait plus jamais. Soudain, je me représentai son visage après l'incendie – mon propre visage – ravagé par les flammes.

Je ne pouvais que l'imaginer, car je n'avais jamais vu la dépouille de June. C'était Nathan qui avait identifié les corps. Mon oncle... Comment allait-il ? Mal, bien sûr. Comment pourrait-il aller bien après avoir perdu presque toute sa famille, puis moi, qui avais disparu de sa vie pour rejoindre la Secte ? Je voulais simplement lui parler. Juste un petit coup de fil... Pourquoi n'en avais-je pas le droit ?

Alors que les larmes brouillaient ma vision, une vive douleur me transperça le crâne. La tête dans les mains, je grimaçai et tombai à genoux. Des étoiles dansaient derrière mes paupières, des éclairs fusaient dans le noir. Quand je rouvris les yeux, Belle était agenouillée devant moi.

Mais était-ce vraiment Belle ? Non, impossible. La fille à mes côtés lui ressemblait, mais elle était beaucoup plus jeune. Ses cheveux blonds en broussaille étaient maculés de sang et de sueur. Les yeux rouges, elle criait et marmonnait des bribes de phrases d'une voix rauque, alternant français et mauvais anglais. Son corps frêle était penché en avant, les poings enfouis dans le sable.

Belle ?

La voix de Natalya. Belle ne réagit d'abord pas. Tremblante, suffocante, elle finit pourtant par hocher la tête, puis posa une main crasseuse sur son visage qui était plus sale encore.

Je les ai sauvés. J'ai tué les spectres. Douze. J'en ai tué douze. Tu es fière de moi, Natalya ?

C'est alors que je les vis : les corps sur le terrain sablonneux. Des soldats de la Secte au milieu des restes de spectres en putréfaction sous le soleil couchant.

Tue-moi ! hurla soudain Belle, s'arrachant les cheveux par poignées. *Je veux mourir. Je ne peux pas faire ça ! Tue-moi !*

Avec un violent frisson, j'émergeai du souvenir de Natalya et me retrouvai face à la Belle que je connaissais.

— Qu'est-ce que tu as vu ? L'assassin de Natalya ?

Belle, la Tueuse aux douze proies. Ce surnom aurait dû faire la fierté de celle qui avait réussi à abattre douze spectres au cours de l'une de ses premières missions. Mais ces images… Cette horreur que je venais de découvrir… Comment trouver les mots ? J'essayai de les formuler, mais ils refusaient de sortir. Belle ne cessait de me secouer en tous sens, m'agrippant par les épaules, enfonçant ses ongles dans ma chair.

— Dis-moi ce que tu as vu ! Dis-moi ! Qui a tué Natalya ?

— Arrête ! S'il te plaît…

Prise au dépourvu, acculée, je l'avais presque suppliée. Aussitôt, elle se ressaisit. Mais son calme n'était que façade. Elle recula d'un pas chancelant.

— Ça… ça ira pour aujourd'hui.

Chapitre 23

Coriace, implacable, Belle ne lâchait jamais rien. Voilà pourquoi j'étais aussi fan d'elle. De retour dans ma chambre d'hôtel à Paris, je regardai une vieille vidéo d'une de ses batailles en Caroline du Sud. Loin de se douter que les spectres étaient juste sous ses pieds, l'armée de la Secte avait mobilisé ses chars d'assaut.

Le souffle coupé, je vis les monstres surgir de terre tels des vers et éjecter un blindé dans le ciel. Alors qu'il s'écrasait un peu plus loin, Belle sauta au sommet d'un autre véhicule en manœuvre pour crier aux soldats d'ouvrir le feu. Elle s'élança ensuite dans les airs et saisit l'un des spectres, encore étourdi. Belle, l'Effigie légendaire. La Tueuse aux douze proies.

« *Tue-moi ! Je veux mourir. Je ne peux pas faire ça ! Tue-moi !* »

Avec un frisson, je chassai le souvenir de mon esprit avant de lancer une nouvelle vidéo. Natalya. Elle portait une chapka blanche qui recouvrait ses cheveux coupés court à la garçonne, même si quelques mèches noir de jais s'échappaient de la fourrure et retombaient sur l'un de ses yeux marron. Le vent venait déposer de la neige sur son long manteau mauve et les flocons s'accrochaient dans les boucles de ses cuissardes noires.

Elle se tenait, dos à Belle, dans une rue de Moscou – dans le blizzard, je distinguai à peine la cathédrale Basile-le-Bienheureux. Quand la sirène retentit, elle tendit un bras ganté de rouge. Une grande épée, dont la garde sculptée lui arrivait à l'épaule, émergea alors d'entre les flammes. L'épée de Natalya.

Une nuée noire déferlait déjà de derrière la cathédrale : des spectres. Natalya bénit sa lame désormais célèbre dans la neige avant de la brandir, prête au combat. C'est à ce moment-là que le journaliste s'était mis à courir. Le paysage vacilla, puis plus rien.

Était-ce l'image que Belle conservait de Natalya : une sorte de tueuse de dragons ? À moins qu'elle ne s'efforce de chasser de sa mémoire tout souvenir de son amie, pour tenter d'endiguer la peine. Je songeai à Lake, qui sanglotait la nuit quand elle me croyait endormie, et à Chae Rin, qui s'éclipsait dès qu'on prononçait le mot « famille » dans une conversation.

Après avoir refermé le clapet de mon ordinateur portable, je posai la tête sur mon oreiller. Aucune de nous n'en parlait vraiment : le deuil, la solitude, le chagrin. Pourquoi ne pouvais-je rien y faire ?

Lake pestait contre la pluie, qui avait réduit à néant ses espoirs d'une séance photo en extérieur. Selon elle, il n'y avait rien de mieux à Paris. Le directeur artistique se rabattit sur de somptueux décors, montés en intérieur. Mais, c'était l'heure, pour nous, de passer entre les mains des stylistes.

Je n'avais jamais été autant inspectée ni manipulée de toute ma vie. Je finis par me retrouver avec deux fers différents glissés dans la chevelure tandis qu'une parfaite inconnue évaluait les dégâts causés sur les pores de ma peau par des années d'absence de soin. La maquilleuse se leva et fit signe à son assistante.

— On a besoin d'une BB crème illico. Donne-moi l'une des teintes moyennes.

Finalement, elles décidèrent de ne pas me lisser les cheveux. Cette interview faisait office de présentation officielle à mes fans potentiels, je devais donc rester moi-même autant que possible. C'est pourquoi mes mèches furent crêpées puis épinglées.

En vraie pro, Lake feuilletait une revue, assise dans un fauteuil, pendant qu'on lui cousait des extensions capillaires, pour former une longue queue de cheval brune qui lui tombait jusqu'en bas du dos. Elle s'arrêta à une page, qu'elle frappa du dos de la main.

— Pff ! Jo parle encore de moi !

Chae Rin, qui avait accepté d'avoir les cheveux coupés à hauteur d'épaule puis teints en rouge, baissait une paupière le temps qu'une ombre foncée y soit appliquée.

— Qui ?

— Jo ! Jo Matthews ! Vous savez, elle appartenait à mon ancien groupe…

La chanteuse de Filles de Jour. Lake brandit le magazine à notre intention. Le groupe avait essuyé un revers à la suite du départ de Lake en Finlande, mais après avoir finalement décidé de l'exclure de la formation et remplacé deux autres membres de la bande, les filles avaient changé d'image pour devenir quatre « ados rebelles », connues sous le nom de FDJ. Il allait sans dire que les lourdes chaînes et les bandanas ne collaient pas tout à fait avec leurs mines de midinettes, mais Jo, l'une des deux fondatrices du groupe, essayait sans doute de donner le change sur la photo.

— Elle répand des rumeurs dégueulasses sur moi ! s'écria Lake. Elle prétend que j'ai flirté avec les producteurs de l'émission. J'avais treize ans ! Non mais, vous y croyez ? C'est quoi, son problème ? Elle pourrait changer de sujet de temps en temps ! On dirait qu'elle fait une fixette sur moi depuis les auditions.

Lake froissa la revue et la lança sur les genoux de Chae Rin, qui la feuilleta à son tour.

— C'est très shakespearien, commenta-t-elle.

— Elle était tellement méchante avec moi, au début. Elle se moquait de mon nom de famille et m'appelait Nala, comme dans *Le Roi lion*. Quelle grosse vache ! s'exclama Lake avant de se redresser dans son fauteuil, le menton levé. Mais on va leur montrer ce qu'on a dans le ventre, hein ? Et après on pourra reprendre… Vous savez…

L'affaire Natalya. Je jetai un coup d'œil à Belle, assise à côté de Lake. Elle était restée silencieuse, sans un regard pour nous, pendant toute la séance de maquillage, alors que les stylistes s'affairaient autour d'elle. Les FDJ maintenaient au moins l'illusion d'être une équipe.

Mais Belle ne semblait pas dans son assiette depuis la veille au soir. J'étais stupéfaite de constater avec quelle habileté les profonds cernes sous ses yeux avaient été masqués. Cependant, même l'éclat de la crème ne parvenait pas à dissimuler son regard vague, à peine lucide. Je me détournai sans un mot.

Le premier décor évoquait une salle de classe. Bureaux, tableau noir, et uniforme scolaire gris clair pour chacune d'entre nous. Sans doute un fantasme du directeur artistique… Il nous expliqua la scène pendant que l'éclairage finissait d'être installé.

— Le thème du shooting, c'est « identités secrètes ». Vous êtes des lycéennes normales, puis, tout à coup, vous vous transformez en femmes fatales sexy, cool et chics, tueuses de spectres. Les deux facettes de notre nouvelle équipe de princesses guerrières.

— C'est tellement ringard, marmonna Chae Rin. Allez, finissons-en !

Je ne mis pas longtemps à m'habituer à la chaleur émise par les projecteurs. Hors plateau, le photographe aboyait des ordres.

— Belle, lève le menton. Chae Rin, lance ton blazer sur ton épaule… Oui, voilà. Lake c'est parfait, parfait ! Continue comme ça. Maia… Fais quelque chose !

Mais, c'était plus fort que moi : dès que les flashes se mettaient à crépiter, je perdais toute contenance… On passa ensuite à la phase « femme fatale ». Je détestais devoir porter des talons aiguilles – ma démarche en devenait plus que chancelante –, mais au moins j'avais échappé au ridicule pantalon en cuir dont avait écopé Chae Rin. Et si ma jupe taille haute était également en cuir, je devais reconnaître qu'elle allait bien avec mes chaussures noires à semelles compensées et le haut en dentelle assorti. J'avais les cheveux lâchés, et des mèches rebelles collaient à mon rouge à lèvres cerise.

— Les filles, concentrez-vous sur la force ! La force !

En prenant la pause, je pensai à Rhys, qui patientait avec un livre dans le hall. Je me pris à rêver un instant, mais mon souhait, à peine formulé, s'évanouit en un éclair.

Ce fut bientôt l'heure de l'interview et des assistants nous apportèrent des chaises. Une femme à l'allure stricte arriva sur le plateau, une tablette dans les mains, ses cheveux blonds coiffés en un court carré bombé. Lake avait dû remarquer mon agitation car elle me donna un petit coup de coude.

— Ne sois pas si nerveuse. C'est la partie la plus facile.

Elle prenait ses désirs pour des réalités.

— Lake, selon les rumeurs, vous seriez bien plus intéressée par la célébrité que par la protection du reste de l'humanité. Qu'avez-vous à répondre à vos détracteurs ?

La journaliste, Lydia Klein, avait commencé par nous poser les habituelles questions idiotes des magazines pour ados : ce que nous recherchions chez un petit ami, quel genre de musique nous écoutions, et d'autres âneries de ce genre. Grâce au rapide brief de Lake pendant le trajet en voiture, mes réponses étaient toutes prêtes, mais aucune de nous ne s'était attendue à ce revirement. Malgré sa surprise évidente, Lake se défendit tant bien que mal, un sourire figé sur les lèvres.

— Eh bien, quand on est sous le feu des projecteurs, il faut s'attendre à des critiques négatives. Mais je pense que beaucoup se trompent à mon sujet. Et pour tout vous dire, c'est d'autant plus difficile que, quand on devient célèbre, on se doit d'être parfait à tout moment, surtout quand on est une fille. Un modèle. Comme si on n'avait pas le droit d'avoir des… défauts. Des faiblesses.

À mesure que son sourire s'effaçait, je serrais les dents pour chasser un désagréable sentiment de culpabilité. Après tout, peu de temps auparavant, je passais encore mes soirées sur Internet à descendre Lake et Chae Rin en flammes pour avoir commis la faute impardonnable de ne pas correspondre à mon idéal utopique d'Effigie. À présent, je me sentais plus bête que jamais. Lake baissa un instant les yeux sur ses pieds avant de recouvrer ses esprits.

— Donc pour répondre à votre question, non. La célébrité n'est pas ce qui m'importe le plus.

— Pourtant, votre insistance à employer votre nom de scène semble indiquer le contraire.

— Quel est le problème avec mon nom de scène ?

— Après avoir quitté votre groupe, il aurait été logique de reprendre votre vrai nom : Victoria So… Soyo…

— Soyinka, articula la jeune fille. Vous êtes vraiment sérieuse ?

À la grande déception de Lake, Lydia répondit par un rire. Ensuite, la situation dérapa.

— Bon, changeons de sujet et intéressons-nous à vous, Chae Rin. On dirait que vous vous en sortez très bien en ce moment, vous arrivez même à éviter les problèmes. Bravo !

— Merci, vos encouragements signifient beaucoup pour moi, répondit-elle sans une once de sincérité.

— Il y a quelques mois, votre père a supplié le public de se montrer patient envers vous, mais nous ne voyons jamais votre mère. Et dans ses rares interviews, elle ne parle jamais de vous. Est-ce simplement pour protéger sa vie privée ? Ou bien cacheriez-vous un aspect de votre relation à vos fans ?

Les yeux plissés, la mâchoire crispée, Chae Rin luttait pour garder son calme.

— Vous devriez peut-être changer de sujet…

— J'espère que vous ne le prenez pas mal, rétorqua Lydia, qui s'enfonça dans son fauteuil, jambes croisées. Ces questions ont été plébiscitées par nos lecteurs. Mais si vous le voulez bien, passons à vous, Maia.

Oh là là !

— D… d'accord.

— Tout le monde sait que vous avez perdu votre famille dans un dramatique et terrible incendie.

Elle devait dire vrai, car Chae Rin se tortilla soudain sur sa chaise, tandis que Lake baissait la tête.

— Selon vous, en quoi cette douloureuse expérience vous a-t-elle préparée au dangereux travail d'Effigie ?

Je ne savais même pas par où commencer, alors je lançai un regard implorant aux filles.

— Vous n'êtes pas un peu inquiète ? Vous êtes quand même l'héritière de la grande Natalya Filipova. Comment comptez-vous la remplacer ?

— Elle ne la remplace pas !

C'était Belle qui avait répondu à ma place. Je me recroquevillai sur mon siège alors que Lake commençait à protester, mais Belle n'avait pas terminé.

— Maia possède sa propre personnalité. Elle n'est pas Natalya, mais c'est son destin. Elle a été choisie pour remplir son devoir sacré d'Effigie. Elle en est donc digne

« Digne ». Mon cœur se gonfla de fierté. C'était tout ce que j'avais besoin d'entendre. Les yeux fermés, je souris.

— Comme nous toutes. Nous avons été choisies.

Belle avait prononcé ces paroles pourtant fortes sans détermination ni émotion aucune. Je jetai à nouveau un œil sur elle et mon regard tomba sur la courbe quasi imperceptible de ses lèvres : les prémices évidentes d'un sourire cynique qui disparut aussi vite qu'il était apparu. Après avoir passé tant d'années de sa vie à combattre des créatures de cauchemar bien réelles, elle paraissait soudain usée, éteinte malgré le masque de son élégante beauté. Elle fixait Lydia avec insistance.

— Choisies pour combattre… jusqu'à la mort.

Teen Vogue voulait ensuite faire des portraits en individuel, mais quelques instants après la fin de l'interview, Belle avait déclaré avoir besoin d'air. Vingt minutes s'étaient déjà écoulées depuis son départ.

— Elle en met du temps, marmonna Chae Rin, prête à monter sur le plateau.

— Je vais voir où elle en est, proposai-je quand le directeur artistique commença à jurer car c'était bientôt le tour de Belle.

Je trouvai Rhys dans le hall, occupé à lire un roman de James Joyce. Dès qu'il m'aperçut, il referma son livre pour me dévisager. J'avais oublié comment j'étais habillée. Sans voix, je tirai sur mes longs gants en dentelle, soudain brûlants contre ma peau.

— Tu… tu sais où est Belle ?

— Elle est sortie il y a quelques minutes, me répondit-il en désignant la porte. J'ai pensé qu'elle allait prendre d'air. Elle doit être encore dehors.

— Ah, O.K. Je vais la chercher alors, tout le monde l'attend.

— Tiens, pour ne pas te mouiller.

Il me tendit un grand parapluie bleu foncé. Je n'avais pas l'habitude de le voir rougir ainsi en ma présence. Je hochai la tête en guise de remerciement avant de m'éclipser.

D'un pas prudent pour ne pas me casser une cheville, je descendis l'escalier puis passai devant la réception. Dès que je franchis le seuil de l'immeuble, j'inspirai l'air frais et humide. Un changement plus que bienvenu après l'atmosphère étouffante du studio.

Moteurs vrombissants, klaxons assourdissants, bribes de conversations portées par le vent et lointains hurlements de sirènes d'ambulances : les bruits de la ville défiaient le clapotis continuel de la pluie. Si je ne voulais pas énerver l'équipe de production, je devais veiller à ne pas me faire tremper… enfin, au cas où ils pourraient être plus exaspérés qu'ils ne l'étaient déjà.

Bon sang, Belle, où es-tu ?

À travers un rideau de pluie, je scrutai les rues, regardai les passants entrer et sortir des boutiques de mode et des cafés. Devant un magasin de spiritueux tout proche, quelques hommes réunis pour fumer se tournèrent vers moi. *Mon visage…* Il était exposé à la vue de tous ! Ce n'était pas une très bonne idée d'attirer l'attention des foules.

Attirer l'attention des foules. J'étouffai un rire. En tant qu'Effigie, j'étais devenue plus ou moins « célèbre », mais c'était encore très étrange pour moi. Le simple fait que des inconnus puissent me reconnaître, me remarquer dans la rue, me grisait et me gênait en même temps.

Dissimulée derrière mon parapluie, je me remis en route, descendis l'étroit trottoir en toute hâte, et finis par trouver Belle dans une ruelle voisine. Enfin… Une fille adossée à un mur de briques, les yeux fermés, une bouteille d'alcool à la main pas vraiment bien cachée dans un sac en papier, et qui ressemblait à Belle. En même temps, elle devait être la seule superbe blonde à courir dans Paris vêtue d'une tenue haute couture de meurtrière néovictorienne. J'avançai d'un pas hésitant.

— Belle ?

Protégée de l'écoulement qui provenait du toit par son parapluie, elle ouvrit soudain les yeux.

— Ah, c'est toi.

— Belle, qu'est-ce que tu fais là ?

Elle me jeta un regard désinvolte alors que je fixais le sac en papier.

— Je te l'ai dit, j'avais besoin de prendre l'air.

— Tu… Tu as bu ?

— Peut-être bien.

Incrédule, je la regardai prendre une autre gorgée au goulot.

— Où as-tu trouvé ça ?

— Tu connais les assistants de production… aussi froussards que serviables. J'ai dû m'assurer qu'ils ne diraient rien, mais je sais me montrer très convaincante. Pourquoi ? Tu as soif ? Il en reste si tu veux.

Elle me tendit la bouteille. Seul le ruissellement de la pluie brisait le silence entre nous. Les yeux vitreux et gonflés, elle inclina négligemment son parapluie, juste assez pour qu'une avalanche de gouttes tombe sur un pan de sa jupe. Elle ne broncha même pas. Je tordis mes mains froides et humides.

— Belle, je ne sais pas ce qui se passe, mais on doit rentrer. Tu vas être trempée. Ils t'attendent pour ton portrait…

— Je sais.

— Et donc…

— Vous n'avez pas besoin de moi.

— Bien sûr que si, rétorquai-je, sur le point de perdre patience. Ils veulent photographier chaque membre de l'équipe…

Son petit rire, glacial et saccadé, couvrit soudain le bruit de la pluie. Et si je n'étais même pas certaine d'avoir déjà eu l'occasion d'entendre ce son, une chose était sûre : il ne m'était pas agréable. Belle fixait la bouteille dans sa main, le sac mouillé et déchiré par la pluie.

— L'équipe… Après m'être battue aux côtés de Natalya, je me retrouve avec une bande de gamines incompétentes. Je crois que c'est ce qu'on appelle « l'ironie du sort », non ? Je suis peut-être punie.

Je me crispai tandis que son rire résonnait à mes oreilles. Elle décolla son dos du mur.

— Bon, allons en finir avec ce cirque, d'accord ?

— Non.

Le martèlement de ses talons s'arrêta net sur le trottoir mouillé.

— Pardon ?

— Tu ne peux pas juste… me cracher au visage et te barrer comme si de rien n'était. J'attends des excuses.

— Des excuses ? demanda Belle, amusée. Mais qu'est-ce que j'ai dit ?

— Des « gamines incompétentes » ?

— Je me trompe ou il n'y a pas si longtemps, tu as mis le feu à un foyer rempli d'enfants ? Aurais-tu la mémoire courte, Maia ?

— Non, murmurai-je, le poing serré alors que le parapluie tremblait dans mon autre main. Je n'ai pas oublié. Mais ça ne te donne pas le droit de… Tu sais, j'ai compris. Je ne suis pas Natalya, je ne t'intéresse pas, et de toute évidence tu méprises aussi les filles, mais ça ne te donne pas le droit de tout effacer. Tout ce qu'on a accompli.

Je me rappelai ma terreur face à Saul, en Argentine. Le soutien de Lake qui avait volé à mon secours, et l'ardeur de Chae Rin qui, à moitié inconsciente, continuait à embrocher des spectres. Notre lutte acharnée contre cet homme. Toutes les quatre, ensemble.

— Aucune de nous n'est Natalya, certes, mais nous faisons de notre mieux, depuis le début.

— Mais pourquoi ? Dans quel but ?

Belle paraissait épuisée et son maquillage masquait difficilement son teint cireux. Ce qui me peinait le plus, c'était que sa question semblait sincère.

— J'espère vraiment que c'est l'alcool qui parle…

— Ça va, répliqua-t-elle. C'est une simple question. Après tout ce que tu as subi, tu assumes ta responsabilité d'Effigie avec autant de fierté que s'il s'agissait d'un insigne scout épinglé à ta poitrine. Comme une petite idiote… Je trouve ça intéressant. Ou plutôt amusant. Pourquoi ? Pourquoi t'acharnes-tu ? Qu'est-ce que tu y gagnes ? (Elle me dévisageait comme si elle espérait lire les réponses sur mon front.) Est-ce parce que tu souhaites ressembler à Natalya ? À moins que tu ne tentes de prendre sa place parce que tu m'idolâtres ? Ou alors tu es juste maso ! Débile ? Est-ce que tu le sais, au moins ?

Ce n'était pas Belle. Ce n'était pas la fille que j'avais attendue pendant des heures au Lincoln Center dans l'espoir de recueillir un autographe, un signe de tête, une quelconque preuve qu'elle avait remarqué mon existence. Impossible.

— Je voulais juste être comme toi. Une héroïne.

— Je te l'ai déjà dit : aucune de nous n'est une héroïne.

— June pensait le contraire. Ma sœur. Elle se faisait harceler. C'était très grave, tu sais.

J'avais du mal à tenir mon parapluie. L'eau qui gouttait sur mon visage faisait couler mon mascara et plaquait mes boucles sur mes joues. Les mains crispées, je luttais contre le flot de mes souvenirs. Je n'avais jamais parlé de June aussi ouvertement. C'était terrifiant, comme si j'avais enfoui un secret palpitant dans ma poitrine pour le protéger du monde extérieur. Je me sentais nue, exposée, mais les mots sortaient d'eux-mêmes.

— En plus d'être une intello, June bégayait. Un jour, quelques gamins s'en s'ont pris à elle, sous prétexte qu'elle les avait provoqués. Je ne me souviens même plus comment ça a commencé, mais… ça a duré longtemps. J'ai évité la plupart de leurs représailles car je restais à l'écart, et

June… Elle est allée jusqu'à se couper les cheveux pour s'assurer que personne ne nous confonde. Ce n'était pas une période facile. Mais grâce aux Effigies, grâce à Natalya et à toi surtout, elle se sentait forte. Et moi aussi. Comme si on pouvait… Je ne sais pas. Mais en fin de compte, je n'ai rien pu faire pour elle, conclus-je, amère.

Je n'osais pas regarder Belle, trop terrifiée par sa réaction. Parler de June me plongeait dans un torrent d'émotions, qui me brûlaient le visage malgré l'air froid. Il me restait tant de choses à dire, or je savais que je ne serais jamais capable de toutes les exprimer comme je le voulais – un sentiment pour le moins frustrant. Mais Belle devait comprendre.

— Voilà pourquoi je m'« acharne ». Je suis devenue une Effigie. Si June était à ma place, elle s'acharnerait aussi à vous ressembler. Et cette volonté-là, c'est Natalya et toi qui lui avez donnée.

Dans le silence, j'entendais la pluie s'écouler dans le caniveau. Belle but plusieurs gorgées à la bouteille, s'essuya la bouche du revers de la main, puis poussa un profond soupir.

— Alors c'était une petite idiote, tout comme toi.

Incapable de me retenir, je levai la main, mais Belle arrêta mon geste sans aucune difficulté. Les larmes aux yeux, j'essayai de me dégager de toutes mes forces.

— Lâche-moi ! Comment oses-tu ? Comment peux-tu… (Je me mordis la lèvre jusqu'au sang.) Pour qui tu te prends ?

— Réveille-toi, Maia, me souffla-t-elle à l'oreille. Ce n'est pas un conte de fées. Hier soir, je t'ai demandé en quoi consistait notre travail. Tu t'en souviens ?

— Sauver des vies !

— Combattre les spectres, Maia. On rend des comptes à la Secte, et uniquement à la Secte, déclara-t-elle avec un regard plus froid que jamais. On est choisies pour combattre. Jusqu'à la mort. Même Natalya n'a pas pu y échapper. Elle avait beau être forte, elle est morte comme tout le monde… Morte !

— Elle a été assassinée !

— Quelle importance ? Elle n'était rien, en fait. Elle a sacrifié sa vie pour chacun d'entre nous et au bout du compte, la Secte a traité sa mort comme une vulgaire poussière qu'on cache sous le tapis. Et puis tu es apparue. Toi ! s'exclama-t-elle, sa main tremblante serrée sur mon poignet. Comme si tout ça ne comptait pas, parce que… te voilà ! Le cycle reprend. Donc le reste n'a aucune importance ! Quel est l'intérêt de s'y attarder, franchement ? Tous ces morts, toute cette souffrance, ça ne sert à rien ! Tu comprends, Maia ? On n'est pas des héroïnes. On n'est rien ! (Elle me jeta par terre et je heurtai le trottoir avec un gémissement.) On lutte et on meurt. C'est pour ça qu'on vit. Qu'on respire. Qu'on existe. C'est comme ça, c'est tout. Alors arrête avec tes histoires larmoyantes sur ta famille. Ils sont morts.

Sur ces mots, elle balança sa bouteille un peu plus loin et rajusta les manches de son manteau, tandis que je roulais sur le côté, en pleurs.

— Voilà la réalité, ajouta-t-elle. Si elle est trop dure pour toi, alors rends les armes et dégage.

Chapitre 24

Plusieurs mois auparavant, alors qu'elle sortait du Lincoln Center en ce jour humide de septembre pour affronter une nuée de paparazzi, je m'étais demandé ce que Belle pouvait penser de moi, avec mon poster et mon rêve. Un rêve qui avait commencé comme une lubie et s'était transformé en un souhait ardent et douloureux, attisé par les flammes qui avaient emporté ma famille.

Le souhait de devenir forte – comme Belle –, suffisamment forte pour ne plus jamais perdre personne. Voilà à quoi je songeais, étendue par terre sur le trottoir de cette ruelle sale, les articulations de mes doigts en sang, trempée et tremblante sous la pluie.

— Je suis désolée, June…

La séance photo était enfin terminée. Nous remettre en état, Belle et moi, avait rallongé notre calvaire, mais à la nuit tombée, nous étions prêtes à rentrer à Londres. Pour ma part, je ne demandais rien de plus. Dans le hall de l'hôtel, Rhys aboyait au téléphone.

— Comment ça, il n'y a plus de jet disponible ? Oui, je sais qu'il y a eu beaucoup de missions ces derniers temps…

Et j'ai bien conscience que les jets de la Secte ne sont pas destinés à mon usage personnel, mais ce n'est pas…

Il raccrocha avec un grognement de frustration, puis nous adressa un sourire à toutes les quatre.

— Ça ne vous dérange pas de voyager en classe économique ?

Sauf qu'il n'y avait plus de vols pour Londres avant le lendemain après-midi et que Sibyl voulait que je rentre au complexe sur-le-champ pour reprendre ma formation. Le retour s'effectuerait donc en train. Un trajet plus long, mais qui nous ferait arriver avant la fin de la journée.

Le départ était prévu à 19 h 45. Arrivée à la gare, Lake me prêta une paire de lunettes de soleil pour dissimuler mon visage. Le but était bien sûr de dissimuler mon identité, même si, après cette journée éprouvante, je désirais avant tout cacher mon teint blafard ainsi que mes yeux rouges et gonflés.

Le train était conçu selon un ancien modèle, tout en cuivre et en belles boiseries avec une succession de longs wagons. Chacun comportait deux entrées : l'une à l'avant pour la seconde classe, et l'autre à l'arrière pour la première.

Nous avions réservé les deux compartiments de queue du premier wagon pour éviter d'être assaillis par le public. Je mettrais du temps à m'habituer à mon statut de « célébrité », mais la situation était sans doute pire pour Nathan. Quel genre de problèmes devait-il gérer, maintenant que tout le monde savait qu'il était de la famille d'une des Effigies ? J'avais écumé Internet, guetté les informations : il n'acceptait aucune interview, mais cela ne voulait rien dire. Il pouvait quand même être harcelé par les journalistes. Alors que nous montions dans le train, je cherchai mon téléphone dans ma poche – pur réflexe, je savais bien que je ne pouvais pas le joindre.

De chaque côté d'un étroit couloir se trouvaient, face à face, nos deux compartiments, séparés de la seconde classe par une porte coulissante. Rhys me donna un coup de coude puis désigna la fenêtre du doigt.

— Regarde, dehors.

À travers la vitre, je vis des étincelles et un courant bleu clair parcourir les rails. La voie ferrée était bordée de grands poteaux arqués qui se rejoignaient au-dessus de la ligne. Chaque barre métallique était traversée par le même courant azur. Une technologie anti-spectres, qui créait une sorte de champ magnétique autour du train et nous protégeait de l'extérieur.

— Comme au Québec, tu te rappelles ? C'est une variante du blindage électromagnétique. Ici, ce sont les rails qui envoient un signal. Leur fonctionnement est interdépendant et s'active par sections d'une cinquantaine de kilomètres. Donc si une partie est endommagée, tout le DAS tombe en panne sur cette portion… J'adorais les trains quand j'étais petit, se justifia Rhys, qui rougit quand je levai les yeux vers lui.

Lorsque le train démarra, il entra dans le compartiment de droite, mais Lake m'attira dans celui de gauche puis referma la porte derrière moi. Déjà installée, Chae Rin pianotait sur un écran tactile fixé à la paroi mais je n'y prêtai pas attention.

— Après ce qui s'est passé hier, il faut qu'on parle de Natalya. Je convoque donc une réunion de crise, déclara Lake avant de s'asseoir sur la banquette pour fouiller dans sa valise.

Chae Rin s'appuya dans un coin, juste à côté de la fenêtre ouverte – le vent balayait ses cheveux à présent auburn.

— Il n'y a pas grand-chose à dire. Un agent de la Secte a essayé de tuer Maia. De toute évidence, il se passe des trucs pas clairs.

— On doit planifier notre prochaine action.

Quand Lake sortit la boîte à cigares d'un sac en plastique, Chae Rin haussa un sourcil.

— Tu as mis ça dans un sac de courses ?

— Bien sûr ! Comme si j'allais mettre un objet aussi sale avec mes affaires. Chae Rin m'a parlé de la lettre, Maia. Est-ce qu'elle pourrait avoir été écrite par l'une des personnalités de Saul ?

Elle posa la boîte sur la table puis souleva le couvercle. La poupée ravagée me fit face, le visage couvert de boue séchée et des fils qui dépassaient à la place des yeux.

— Alice. Je pense que c'est elle qui est à l'origine de toutes les attaques qui ont eu lieu ces dernières années dans les grandes villes. Nick, l'autre personnalité… Pendant l'interrogatoire il avait l'air tellement… impuissant. Effrayé. Il ne voulait qu'une chose : parler à Marian. Enfin, ils veulent tous les deux lui parler.

— Ah bon ? D'après la lettre, on dirait plutôt qu'Alice voulait se débarrasser du fantôme de cette Marian. Pff… Ça commence à devenir compliqué, soupira Lake.

— Alors, quelle est notre prochaine action ? demanda Chae Rin après avoir refermé la boîte.

— Le musée. Maia, tu as bien dit que Natalya était entrée dans la pièce secrète d'un musée, n'est-ce pas ? Tout ça pour y cacher dans un livre le message destiné à Belle ?

— C'est bien ça.

— Bon, tant que tu n'auras pas trouvé d'autres indices grâce à la divination, ce musée est notre seule piste. Même si je ne vois pas vraiment quelle excuse on pourrait inventer pour nous y rendre cette fois. Maia doit continuer sa formation…

Chae Rin continuait de jouer avec l'écran, qui n'affichait pourtant qu'une succession interminable de collines ondoyantes.

— Alors on fait profil bas jusqu'à ce qu'elle ait terminé.

— La formation dure en général deux ans.

— Parle pour toi, espèce de flemmarde.

— Lâche-moi avec cette histoire ! s'écria Lake, qui la fusilla du regard. En tout cas, j'ai déjà joué la carte de la séance photo, donc il va falloir trouver un autre prétexte. Mais ça devra rester entre nous.

— Oui, car la Secte est diabolique.

— Ce n'est pas ce que j'ai dit, rétorqua Lake, énervée. Il n'y a aucun moyen de savoir qui est impliqué dans cette affaire. C'est peut-être juste ce cinglé de Vasily. Sans preuves solides, on ne peut pas incriminer une organisation internationale et les milliers de membres qui vont avec.

Je hochai la tête, même si en réalité je n'écoutais qu'à moitié, les yeux rivés sur la porte.

— Ce serait quand même beaucoup plus simple si notre super barbie tueuse daignait nous donner un coup de main. Où est-elle d'ailleurs ?

Chae Rin et son tact habituel… Il n'empêche qu'elle m'avait ôté les mots de la bouche.

— À mon avis, ça ne l'intéressera pas vraiment…

Je finis par leur raconter ce qui s'était passé dans la ruelle plus tôt ce jour-là. Lake en resta médusée et Chae Rin croisa les bras.

— Bon sang, j'en ai ras le bol de son numéro de garce glaciale et torturée ! Tout le monde meurt, ce n'est pas la fin du monde.

Elle avait dû remarquer ma réaction car elle se recroquevilla dans son coin.

— Enfin, ce n'est pas ce que je voulais dire. Tu comprends ce que je voulais dire, non ?

Elle lança un regard implorant à Lake, qui soupira et me prit la main, un peu comme ma mère quand elle était encore en vie.

— On lutte jusqu'à la mort. C'est peut-être vrai. Et c'est pour ça que j'ai aussi peur des spectres. Je… je n'ai pas envie de mourir, confia-t-elle avec un sourire triste.

— Désolée, dis-je en me relevant.

J'avais besoin de prendre l'air.

— Qu'est-ce que tu fais ? s'enquit Lake.

— Continuez sans moi.

Une fois dans le couloir, je restai immobile un instant – je ne savais pas où aller. J'aurais aimé sortir un peu pour me vider la tête, mais Belle m'avait devancée. Je pouvais voir sa silhouette à travers la porte vitrée de la sortie de secours. M'aventurer en seconde classe n'était pas non plus une bonne idée. Je donnerais juste aux passagers l'occasion de publier de nouveaux articles à mon sujet.

Une seule solution s'offrait à moi... Nerveuse, je jetai un œil en direction du compartiment de Rhys. *Non, je ne peux pas. Enfin... Ce serait bizarre, non ?* Je me tordis les mains et continuai de me torturer l'esprit jusqu'à ce que la porte s'ouvre.

— Maia ? Ça va ?

Je fixai mes pieds.

— Euh... je peux entrer ?

— Bien sûr.

Même si j'appréciais son ton désinvolte, un peu plus d'enthousiasme de sa part m'aurait aidée à ne pas avoir l'impression d'être une gamine qui embêtait son grand frère. Je m'assis sur la banquette en face de lui avec précaution, comme si elle risquait de se casser en deux. Je priai pour qu'il ne remarque pas à quel point j'étais tendue. C'était pourtant flagrant.

Les mains crispées sur mon jean, je me tournai vers la fenêtre pour éviter son regard alors qu'un grand silence régnait dans la pièce. Le DAS du train avait une portée assez grande pour maintenir les spectres à une distance raisonnable, mais je savais que si je plissais les yeux, je pourrais apercevoir leurs silhouettes piétiner, voler, s'agiter derrière les vertes collines tandis que le train traversait la campagne. Rhys me montra soudain l'écran tactile.

— Tu vois ce moniteur ? Il y en a aussi en seconde classe. On peut visualiser n'importe quel angle à l'extérieur du train. Si on zoome assez, on peut sans doute apercevoir quelques spectres.

Tout comme au *Cirque de Minuit*, les créatures semblaient faire partie du spectacle. Je ne comprendrais jamais cette fascination pour les monstres.

— Tu veux essayer ?

— Sans façon.

Touchée par son sourire, je commençai à me détendre. Il but une gorgée de son café.

— Tu voulais me parler ? (Je ne savais même plus pourquoi je l'avais dérangé.) Tu n'as pas l'air bien depuis la séance photo, fit-il remarquer, à juste titre. Quelque chose ne va pas ?

En fait, rien ne va. Avec un profond soupir, je lui racontai ce qui s'était passé, mais contrairement à Lake et Chae Rin, l'anecdote ne sembla pas l'étonner.

— Elle est en colère. Elle l'a toujours été plus ou moins, mais depuis la mort de Natalya… Eh bien, rappelle-toi sa réaction lors de votre première rencontre.

Effectivement. On ne pouvait pas vraiment dire que notre entrevue au *Manoir* avait été très chaleureuse ! Sans doute le premier signe que quelque chose ne tournait pas rond, même pour Belle. Elle s'était montrée glaciale – cruelle. J'aurais dû me méfier davantage. Rhys fixait le contenu de sa tasse, qu'il serrait entre ses mains.

— Ce n'est pas une tâche facile. Que l'on soit Effigie… ou agent. La Secte ressemble parfois à une énorme vague qui nous emporte dans son sillage et contre laquelle on ne peut lutter. Surtout quand on a été élevé en son sein. Elle exige tant de nous et on lui donne tellement, qu'au bout d'un moment, ce sacrifice nous paraît naturel. Comme si c'était une fatalité. D'autres fois, pourtant, on a l'impression que notre vie n'est qu'un pion entre les mains de l'organisation, qu'elle peut le jouer à sa guise. Pour Belle, la mort de Natalya n'est qu'un exemple de plus de ce sentiment d'impuissance, j'en suis certain.

Belle faisait son deuil, car elle avait perdu un être cher. Tout comme moi.

— Si seulement la situation pouvait être différente pour nous tous… Si seulement Natalya n'était pas morte… Si seulement je pouvais revoir ma famille… me lamentai-je d'une voix brisée. Si seulement…

Rhys se voûta et enfouit sa tête dans ses mains. Je me penchai pour lui toucher le bras.

— Rhys ? Ça va ?

Lorsqu'il releva la tête et me dévisagea d'un regard impuissant, je décelai une lueur dans ses yeux sombres – comme une douleur insondable. Je devinai qu'il rêvait d'exprimer des mots qu'il ne parvenait pas encore à formuler.

— Maia.

— Qu'est-ce qu'il y a ?

Dehors, la nuit tombait. Les poteaux protecteurs qui bordaient la voie ferrée étaient éclairés. L'ombre et la lumière alternaient sur le visage de Rhys au rythme régulier du train.

— Je suis désolé, murmura-t-il d'une voix faible.

J'ignorais pourquoi il s'excusait. Les traits fermés, il se redressa et prit une profonde inspiration.

— Maia, il faut que je te dise…

Soudain, un grondement léger mais inhabituel retentit sous nos pieds. Tout le compartiment fut secoué, et nous avec. Je regardai autour de moi.

— Qu'est-ce que c'était ? Des spectres ? Non, dis-moi que ce ne sont pas des spectres !

— Tout à fait la réaction que l'on attend d'une Effigie ! plaisanta Rhys.

Je souris, penaude. Il me fallut plusieurs secondes pour me rendre compte que le train ralentissait.

— Sans blague, qu'est-ce qui se passe ? On s'arrête ?

C'est alors qu'une voix grave émana du système anti-spectres :

« Mesdames et messieurs, nous rencontrons quelques difficultés techniques. Nous avons actuellement entamé la procédure de freinage d'urgence. Nous vous prions de bien vouloir patienter pendant que nous travaillons à la résolution du problème. Merci. »

— Je vais voir ce qui se passe, déclara Rhys avant de se lever.

— Attends ! Qu'est-ce que tu voulais me dire ?

Je me levai à mon tour, mais la porte s'était déjà refermée. Il venait à peine de sortir que Chae Rin et Lake se glissèrent dans le compartiment.

— Les filles, vous savez ce qui se passe ?

Chae Rin se laissa tomber à côté de Lake, qui tenait le sac en plastique dans ses mains.

— Aucune idée, mais il faut que tu voies ça.

Lake ouvrit la boîte à cigares, dont elle sortit un minuscule éclat de pierre. *Non !*

— C'est bien ce que je pense ?

Je me penchai pour mieux voir. Le fragment était d'un blanc nacré, et sa familière spirale noire, au centre, trahissait son identité.

— Oui, la fameuse pierre, confirma Chae Rin. La même que sur la bague de Saul. Et que sur celle que j'ai donnée à mon patron. Celle qui contrôle les spectres.

— Mais elle est beaucoup plus petite, fit remarquer Lake, qui la soupesa dans sa paume. J'ai failli ne pas la voir. On dirait qu'elle faisait partie d'un plus gros morceau.

Je pris avec précaution la lettre dans la boîte.

— « Je referai le monde. »

Alors que je me remémorai les mots d'Alice à voix haute, l'évidence me sauta aux yeux.

— Les filles, où sont les bagues ?

Chae Rin et Lake échangèrent un regard.

— Quelque part au QG de Londres ? répondit Lake d'un ton incertain.

Brooklyn. Moscou. Buenos Aires. La Secte ne savait toujours pas comment Saul avait réussi à désactiver les dispositifs anti-spectres de ces villes.

Un jour, mon oncle m'avait emmenée, ou plutôt traînée, au Centre de contrôle de la défense pour me montrer où il travaillait. Cet immense bâtiment abritait de nombreux ordinateurs sophistiqués dont l'unique tâche était d'assurer le bon fonctionnement de l'Aiguille.

Saul se trouvait avec nous dans la chambre d'hôtel quand l'Aiguille s'était éteinte. Il avait donc dû recevoir de l'aide de l'intérieur. Mais de quelle ampleur ? Quelqu'un était allé jusqu'à assassiner Natalya pour l'empêcher de révéler le secret de Saul. Bon sang, j'avais moi-même failli être tuée ! Le train finit par s'arrêter dans une secousse, et je repensai alors au sourire machiavélique de Saul, inébranlable même en plein interrogatoire, lorsqu'il avait parlé de sa bague.

« En sécurité ? Tout dépend à qui vous l'avez donnée. »

— Euh… les filles ? dit Lake dont la voix douce était montée de plusieurs tons. Je rêve ou le DAS du train… est éteint ?

Le silence s'abattit sur nous. Dans une sorte de transe, toujours sans un mot, je regardai par la fenêtre. Tout mon être m'intimait pourtant de ne pas le faire.

Je ne voyais plus le courant bleu clair qui parcourait les rails et les poteaux, symbole de l'armure qui nous protégeait de l'horreur extérieure. Il avait disparu.

Non, non, non, non, non. Une légère pression envahissait ma poitrine. Chae Rin cliqua sur le moniteur. Elle avait beau scruter le paysage sous tous les angles avec acharnement, nous ne verrions pas grand-chose dans la nuit. Du moins, c'est ce que j'espérais.

Raté.

— Impossible…

La main de Chae Rin glissa le long de la console. Nous fixions toutes les trois l'écran, abasourdies, incapables de faire le moindre mouvement : l'avant du train n'était plus qu'un trou béant. J'avais le souffle coupé. Alors, c'était ça le grondement que nous avions ressenti plus tôt ? Une explosion ?

— Où est Belle ?

Rhys avait fait irruption dans notre compartiment, son téléphone portable collé à l'oreille, la main crispée sur l'appareil, les jointures blanches. Nous n'entendions que des parasites, et de temps à autre une petite voix sifflante. Il ne nous fallut pas longtemps pour comprendre l'essentiel.

— *… disparu… Saul a disparu… Prévenez tout le monde… Il arrive…*

Je bousculai Rhys pour sortir du compartiment puis, après avoir ouvert la porte coulissante qui nous séparait de la seconde classe, je me précipitai dans l'étroit couloir. Les passagers me dévisageaient, me montraient du doigt et chuchotaient mon nom. Mais peu m'importait, je devais trouver le conducteur au plus vite.

Trop tard. Cramponnée au siège du vieil homme à côté de moi, je me figeai. Je venais de l'apercevoir sur l'écran. Il se tenait devant le train et contemplait les dégâts qu'il avait causés.

Saul. Dans son regard sombre, la malveillance jubilatoire que je lui connaissais avait disparu, remplacée par une froide détermination, tout aussi effrayante.

Si le son de sa voix ne me parvint pas de l'intérieur du wagon, je compris malgré tout le mot qui franchit ses lèvres.

— Marian.

Chapitre 25

Je fis volte-face et me retrouvai nez à nez avec Rhys.

— Rhys, c'est Saul ! Il faut faire sortir tout le monde de là !

Les yeux vitreux, Lake errait dans le couloir, perdue comme une enfant. Elle dut se retenir à un siège pour ne pas perdre l'équilibre.

— Co… comment est-ce possible ?

— Quelqu'un pourrait nous dire ce qui se passe à la fin ? s'écria un jeune homme, qui se leva, faisant tomber du même coup sa tablette et ses écouteurs. Il y a un problème sur la voie ?

— Asseyez-vous ! ordonna Rhys.

— Pourquoi on n'avance plus ? demanda une jeune femme, tremblante, son enfant serré contre sa poitrine. C'est normal que les lumières soient éteintes, dehors ?

— Il faut les faire sortir ! répétai-je à l'intention de Rhys.

— Impossible, répondit-il avant de se glisser entre deux sièges vides pour regarder par la fenêtre. On est au sommet d'une colline escarpée, au milieu de nulle part, loin de tout signal anti-spectres. Le DAS de ce train était notre seule protection. Ce serait du suicide, ajouta-t-il tout bas.

— Pire que de rester à l'intérieur ?

— Il n'y a pas de bonne solution.

— *Regardez !* s'exclama un adolescent en pointant du doigt l'arrière du train. *C'est Belle ! On est sauvés* !*

Belle venait de pénétrer dans le wagon, poussée par Chae Rin. Elle jeta un regard sombre au moniteur et serra les poings.

— Saul !

Sur l'écran, je vis le conducteur et deux membres du personnel sortir pour lui parler.

— Non, murmurai-je. Ne vous approchez pas de lui !

Trop tard. Dans un silence perplexe, les passagers regardèrent les trois employés s'écrouler par terre. Un homme se mit alors à hurler, bientôt imité par d'autres. Tous se levèrent, déferlèrent dans le couloir et se bousculèrent pour s'enfuir.

— Du calme ! Non, ne sortez pas !

La voix de Rhys couvrait à peine le vacarme. Quelques passagers s'étaient déjà aventurés à l'arrière du wagon, prêts à se risquer dans la nuit hostile.

— Arrêtez ! Il y a des spectres dehors !

Les paroles de Lake tétanisèrent la foule, qui prit soudain conscience de la situation. Pendant un moment, tout le monde se dévisagea sans un mot. Ce fut finalement une jeune femme qui brisa ce silence terrifiant. Plutôt petite, elle leva les yeux vers Belle et la saisit par un pan de son chemisier d'une main tremblante.

— Ça va aller, Belle est là… Les Effigies sont là ! Il n'y pas de raison que ça ne se passe pas bien, n'est-ce pas ?

— Elle a raison ! cria un homme.

— Belle est là !

— Cette fille est une héroïne. On est en sécurité avec elle !

Plusieurs autres passagers exprimèrent leur soulagement en français. Mais quand elle regarda dans les yeux la jeune femme qui lui faisait face, Belle perdit son assurance.

— Non. Je ne suis pas… Ne… S'il vous plaît ne comptez pas sur moi.

Elle se fraya un chemin à travers la foule et sortit dehors. Je fus aussitôt submergée par la colère. Non, la rage – une rage si brûlante qu'elle me consumait de l'intérieur. À mon tour, je me faufilai à l'extérieur pour la rattraper et la retrouvai sur la plateforme au bout du wagon, penchée par-dessus la balustrade – elle s'agrippait aux barres métalliques comme une forcenée. Sa poitrine se souleva lorsqu'elle chuchota d'une voix rauque :

— Je ne suis pas… Je ne peux pas…

À la voir ainsi, à terre, dévastée, elle me parut soudain toute petite, et ma rage le céda à un immense désespoir. Mes membres étaient froids et lourds, j'avais l'impression que le monde s'écroulait autour de moi. J'étais incapable de faire un seul pas vers l'idole qui s'effondrait sous mes yeux.

C'est alors que Chae Rin surgit derrière moi. Elle me bouscula et fut sur Belle en un éclair, lui assénant un grand coup de poing au visage. Assommée, la Française heurta la rambarde et s'effondra au sol, mais sans perdre conscience. Son œil se mit aussitôt à gonfler – et pourtant Chae Rin s'était certainement retenue de frapper trop fort.

— Les Effigies guérissent, lança-t-elle avant de relever Belle par le col. Et les autres meurent. Tu crois vraiment être la seule à avoir perdu un proche ?

Sa voix se répercutait dans la nuit. Belle serra les dents, incapable de soutenir le regard de Chae Rin, qui la secouait en tous sens.

— Ce qui se passe est plus important que Natalya ou toi. Bien plus important que nous. Regarde un peu autour de toi. Regarde où nous sommes !

Lake venait de sortir du wagon à pas de loup. Inquiète, elle resta près de la porte à scruter l'obscurité.

— Il faut faire quelque chose, et vite, dis-je.

— Et toi aussi ! poursuivit Chae Rin avant de laisser retomber Belle pour faire face à Lake. Arrête un peu de trembler !

Mais Lake n'était pas la seule à avoir peur – la voix de Chae Rin était loin d'être assurée.

— On doit agir ensemble ! Toutes les quatre.

C'était à la fois un ordre et une supplication. Je serrai la main de Lake, avec douceur, comme elle l'avait fait pour moi peu de temps auparavant.

Le spectre surgit de nulle part, aussi discret qu'un voleur dans le noir. Il était si rapide que je crus d'abord à un missile. Il s'élança avec fracas, son long corps sinuant entre les wagons. Belle s'écarta d'un bond et manqua de peu d'être emportée avec la balustrade.

Comme les autres, je me baissai vivement pour éviter les morceaux de tôle projetés dans les airs. Des hurlements provenant du train se firent alors entendre. Saul avait commencé son siège.

Je me précipitai à l'intérieur du wagon – les passagers criaient et se cramponnaient les uns aux autres, recroquevillés dans leurs fauteuils. Les spectres émergeaient du plancher. D'abord de la fumée, puis des os, et enfin de la chair. Ils jaillissaient du sol, encore inachevés et prenaient ensuite une forme qui ne m'était que trop familière. Les loups de Saul.

— À terre !

Rhys plongea au moment même où deux monstres lui sautaient à la gorge. Avec la rapidité d'un combattant aguerri, il sortit de longs poignards des étuis attachés à ses jambes et les alluma d'un clic. Un courant bleu vaporeux parcourut les lames jusqu'à leur pointe dentelée, qu'il enfonça aussitôt dans la tête d'un loup.

— À l'aide ! Au secours !

— Mon Dieu !

Les supplications et les gémissements formaient un brouhaha assourdissant et des passagers commençaient déjà à se faufiler par les ouvertures.

— Arrêtez !

Je tentai de les rattraper, mais un spectre se jeta sur moi. Je saisis une mallette à mes pieds et m'en servis de bouclier pour me protéger. La force de l'impact me propulsa sur les genoux du propriétaire de la sacoche, dont les documents s'éparpillèrent autour de nous.

— Je n'en peux plus ! Il faut que je sorte d'ici !

L'homme me bouscula, ouvrit sa fenêtre et plongea dehors, tête la première.

— Non, attendez !

Trop tard. Glacée d'horreur, je regardai son corps frêle dévaler avec les autres la colline escarpée, et tomber pour finir dans les tentacules d'un spectre en décomposition. Je savais qu'ils pouvaient prendre de nombreuses formes, en particulier l'apparence d'animaux ou de bêtes antiques, mais celui-ci… Jamais de ma vie je n'aurais imaginé voir quelque chose d'aussi monstrueux. Sa tête, ronde et palpitante, s'ouvrait en deux mâchoires écumantes aux dents pointues et tordues, qui piégeaient les passagers trop téméraires. Un film d'horreur devenu réalité…

Quelque part, Lake hurlait. Pas le temps de m'intéresser davantage au destin de l'homme à la mallette : un autre loup bondit sur moi. J'exécutai une roulade par-dessus le dossier du siège puis, le porte-documents toujours en main, l'introduisit entre les dents du spectre pour lui bloquer la mâchoire. Mais je commençais à plier sous son poids.

— J'ai… J'ai besoin d'aide !

Une lame transperça la tête du loup, cloué soudain à la paroi. L'épée de Belle. D'un mouvement sec, la jeune fille ressortit son arme et le spectre s'effondra au sol.

Dehors, une autre créature fonçait sur nous à travers champs – son long corps fendait l'air nocturne. Je me préparai au choc, qui n'arriva jamais. La colline vibra sous nos pieds et le spectre heurta un mur de terre.

Le wagon tout entier fut secoué sous la force de l'impact. Je tombai en arrière et m'accrochai à un siège pour garder l'équilibre. Le rempart s'effritait déjà et emporta avec lui la tête brisée du spectre.

— Chae Rin ! Où est-elle ?

— Sur le toit, me répondit Belle. Et si elle ne fait pas attention, elle va raser toute la colline.

— Dégagez le passage !

Lake ! Elle se trouvait au fond de la voiture, du sang coulait sur son beau visage. Avec l'aide de Rhys, je parvins à faire asseoir les passagers pendant que Belle sabrait les loups qui continuaient de nous assaillir.

— Poussez-vous ! hurla Lake avant de lever les bras.

Belle venait de se jeter sur un siège quand une tornade balaya le couloir, aussi vive et rapide qu'une lame. Elle éventra les spectres et fendit le plancher en un éclair. Hors d'haleine, Lake tomba à genoux au moment où retentit un nouveau fracas. Chae Rin redessinait le paysage. Le wagon, déjà instable hors des rails, commença à basculer.

— Maia ? Maia !

Agrippé à un accoudoir, une fillette au creux de ses bras en sang, Rhys regardait tout autour de lui. Il m'appelait avec frénésie, mais alors que j'essayais de lui répondre, je fus propulsée au sol. La joue appuyée contre une basket oubliée entre les sièges, je tâtonnais autour de moi d'une main moite, trop choquée pour me rendre compte que ma paume baignait dans une mare de sang. Le train déraillait.

— Victoria !

Le cri de Belle me parvint à travers le tumulte. Lake ? Lui était-il arrivé quelque chose ?

La voiture continuait de basculer sous le poids des passagers, puis se figea soudain dans son élan – je pouvais sentir une résistance venant de l'extérieur à travers la paroi. Alors que je me hissais sur mes genoux pour regarder par la fenêtre, ma propre voix se joignit au concert d'exclamations et de gémissements.

D'une main, Lake avait convoqué une violente tornade pour bloquer le wagon, pendant que de l'autre, elle retenait Chae Rin qui avait dû tomber du toit.

Mais l'Effigie du vent ne pouvait pas se concentrer à la fois sur le train, Chae Rin et elle-même. N'ayant rien à quoi se raccrocher, elle glissait en arrière, et se rapprochait dangereusement du monstrueux spectre qui attendait au pied de la colline, patient. Livide, je me mis à hurler :

— Lake ! Lake !

Au moment même où, dans un dernier sursaut d'énergie, elle réussit à remettre le wagon sur les rails, un des tentacules de la bête s'enroula autour de sa cheville. Tirées vers le bas, Chae Rin et Lake poussèrent un cri perçant.

Affolée, j'avais du mal à respirer. Le sol gronda soudain et je vis Chae Rin ouvrir une faille sous la colline pour y aspirer le spectre… mais il les emportait dans sa chute ! J'essayais de sortir par la fenêtre pour leur venir en aide quand une nouvelle vague de hurlements attira mon attention vers l'avant du wagon.

Saul avait fini par faire son apparition. Les loups qui grognaient à ses pieds se précipitèrent alors vers moi. Je sautai dans le couloir pour écarter de justesse un petit garçon, repoussai un spectre d'un coup de pied dans la tête, puis attrapai le poignard lancé par Rhys et l'enfonçai dans le crâne de la bête. Pendant ce temps, Belle et l'agent se frayaient un chemin jusqu'à Saul.

— Les filles !

Lake ? Je me retournai. Mes deux camarades étaient saines et sauves. Soulagée, je respirai enfin. Chae Rin était en train d'escalader la fenêtre, mais à l'instant où nos regards se croisèrent, son visage se figea en une grimace.

— Maia, attention !

Le spectre de Saul arriva par-derrière. Je sentis alors une main rugueuse me pousser sur un siège vide, puis un hurlement de douleur retentit.

— Rhys !

Je me relevai, horrifiée de voir le sang jaillir de sa poitrine. Belle lança son épée, transperçant le spectre avant qu'il ne puisse dévorer Rhys, mais c'est moi qui rattrapai le jeune homme quand il tomba à terre.

— Aïe ! s'exclama-t-il.

C'était un bel euphémisme. Il tremblait et saignait beaucoup. Vraiment beaucoup. Je comprimai sa blessure pour essayer d'interrompre l'hémorragie, peine perdue. Le sang de Rhys trempait mes mains, imbibait mon jean…

— Je suis désolée.

Je ravalai un sanglot. Ses paupières tressaillirent lorsqu'il leva les yeux vers moi, puis ses lèvres se contractèrent.

— Maia…

— Marian.

Je sentis la présence de Saul dans mon dos, son souffle hérissait les cheveux sur ma nuque.

— Tu vas venir avec moi.

— Non.

Je saisis le poignard de Rhys, prête au combat. Malgré la douleur, l'agent tenta de se relever, suffoquant, mais fut pris de convulsions. Il ne me sauverait pas, Saul était trop rapide. En un clin d'œil, le diable me souleva par le col, et d'un geste d'une douceur troublante, effleura le creux de mon cou. L'instant d'après, j'avais disparu avec lui.

Chapitre 26

Je ne sentais plus mes membres, juste l'herbe sous mon corps et le froid qui me picotait la peau. J'essayais de bouger, mais c'était comme si mes nerfs n'étaient plus reliés à rien. Les yeux fermés, ma tête tournait à la vitesse d'un manège.

Ma respiration était hachée – la preuve que mes poumons fonctionnaient toujours. Saul avait peut-être l'habitude de disparaître, mais pour ma part, j'avais eu l'impression d'être écartelée quand il avait traîné mon corps à travers le continuum espace-temps. Quand le tournis cessa enfin, je sentis ma main serrée sur le poignard de Rhys.

Au prix de grands efforts, je relevai les paupières puis, cramponnée au sol, de la terre sous les ongles, je me redressai. Il faisait toujours nuit. Où étais-je ? Je ne distinguais que des champs et des collines sous la lune montante. Où Saul m'avait-il emmenée ?

Je me retournai avec un grognement et sursautai. Belle ? Que faisait-elle là ? Je me souvenais seulement que, telle une princesse guerrière, elle avait foncé entre les sièges pour me sauver. Elle avait dû disparaître puis réapparaître avec nous, mais elle était en aussi piteux état que moi. Étendue sur le dos, les mains serrées sur le ventre, elle se tordait de douleur. La lueur d'espoir insensé qui s'était allumée dans mon esprit lorsque je l'avais aperçue s'évanouit aussitôt. Aucune de nous n'était en état de se battre. Nous n'avions pourtant pas d'autre choix.

J'entendis d'abord un gémissement avant de découvrir Saul, qui titubait vers le train. À genoux, je plissai les yeux pour accommoder ma vue à l'obscurité. Oui, c'était bien notre train, toujours sur les rails au sommet de la colline escarpée, non loin de nous. Si j'arrivais à rassembler mes forces pour attaquer Saul par-derrière, je pourrais peut-être ensuite revenir chercher Belle et la porter sur mon dos.

Une brise froide chargée de flocons frôla mes oreilles. Belle reformait son épée, résolue à combattre alors qu'elle pouvait à peine bouger. C'était trop risqué... Un souffle accompagné d'une brusque chute de la température : ce changement dans l'air n'avait pas dû échapper à Saul.

En effet... Si grâce à une volonté de fer, Belle parvint à se relever, de longs membres semblables à des lianes fendirent le sol sous ses pieds dès qu'elle saisit la garde de son épée. À la vitesse de l'éclair, ils s'enroulèrent autour d'elle pour l'immobiliser. Le corps du spectre resta, quant à lui, caché sous terre.

L'un des tentacules se resserra autour du poignet de Belle qui, d'une main tremblante, finit par lâcher prise. L'arme tomba au sol avec fracas avant de se désintégrer. Je me figeai au son de la voix de Saul.

— Je n'ai rien contre toi. Vraiment rien. Que tu t'agrippes à moi ne faisait pas partie du plan. Je regrette de t'avoir emmenée avec nous. C'est une affaire entre Marian et moi.

Quelque chose en lui avait changé. Sa posture était raide et professionnelle, son attitude calme et franche. Même ses yeux n'étaient plus les mêmes. Il nous lança un regard presque désolé avant de se tourner de nouveau vers la colline. Perplexe, je mis plusieurs secondes à me rendre compte que son accent aussi était différent. Il avait à présent une intonation britannique, tranchante et détachée : Nick avait pris le dessus.

Face au train, les jambes tremblantes, son pantalon en lambeaux et sa chemise blanche gonflés par le vent – tout comme ses cheveux argentés qui flottaient sur ses épaules –, il leva les bras, dans un grand geste qui me rappela Moïse brandissant son bâton pour écarter les eaux de la mer Rouge. Sauf qu'en guise de mer, ce sont des spectres qui se soulevèrent.

Des serpents au corps immense que je commençais à bien connaître surgirent de l'autre côté du train et se courbèrent au-dessus la voie. Le violent impact contre la tôle fit osciller tous les wagons. L'espace d'un instant terrifiant et étourdissant, je crus que ce mélange de chair, d'os et d'ombre allait finir par broyer le train, mais les spectres se contentèrent de s'enrouler autour pour piéger les passagers à l'intérieur. Un soulagement… en quelque sorte.

Soudain, les créatures furent secouées de tremblements et se figèrent. Je pensai un instant que Belle était à l'origine de cet étrange phénomène, mais, toujours prisonnière, elle pouvait à peine bouger et luttait encore contre les effets secondaires de la téléportation de Saul. Elle avait sans doute épuisé ses dernières forces pour convoquer son épée. Dans son état, ce serait un miracle si elle arrivait encore à créer le moindre flocon de neige.

Alors qu'arrivait-il aux spectres ? Pourquoi leurs corps se durcissaient-ils ? Et cette couche de glace qui les enfermait sous un vernis blafard… Que pouvait-il bien se passer ?

Saul répondit à mon interrogation silencieuse. Il baissa les bras et se retourna vers moi, le visage fermé.

— J'ai beaucoup appris durant ces dernières décennies, peut-être trop d'ailleurs, et notamment la pétrification. Tous les spectres possèdent cette capacité à devenir impénétrables. Ça devrait suffire à empêcher tes amis de nous rejoindre.

Belle se débattait, cherchant à se libérer de ses entraves, sans grande conviction.

— Mais qu'est-ce que tu…

Une liane s'enroula autour de sa bouche et la réduisit au silence. Saul s'avança vers nous.

— Désolé mais je te l'ai déjà dit : ceci est une affaire entre Marian et moi. Je t'expliquerai tout plus tard, c'est promis.

Je parvins à me relever pour lui barrer le passage, mais il me repoussa d'un geste et je retombai au sol. Il s'approcha alors de Belle et sortit un objet de sa poche. Seules les extrémités dépassaient de son poing, mais je compris bientôt de quoi il s'agissait. Quand il le lui enfonça dans le cou, Belle eut juste le temps de ravaler un cri.

Le stylo d'inoculation : une création de la Secte. Saul avait été piqué en Argentine, mais c'était à présent au tour de Belle de grimacer de douleur. Je me retrouvai seule. Alors qu'il se dirigeait vers moi, je levai les yeux sur lui, consumée par une rage silencieuse.

— Je vais y avoir droit, moi aussi ?

— Pour te rendre la pareille ? Non, répondit-il avant de ranger le stylo dans sa poche. Ce serait contre-productif. Je veux juste te parler.

— De quoi ? Qu'attends-tu de moi ? Qu'est-ce que tu es venu faire à Brooklyn ? Pourquoi m'as-tu suivie jusqu'ici ? Et comment t'es-tu échappé d'ailleurs ? Qu'est-ce que tu vas… faire de moi ?

J'essayai de déglutir, mais j'avais la gorge trop sèche. Saul – le garçon qui était derrière l'attaque de tant de villes, celui qui avait assiégé le train – s'agenouilla à côté de moi. J'étais toujours terrifiée, mais son attitude à mon égard était devenue douce, presque attentionnée. Il gardait ses distances et me surveillait avec inquiétude.

Soudain, je flairai le piège. Il essayait de se frayer un chemin à travers les barbelés que j'avais érigés entre nous, mais il n'y parviendrait pas. Quand il me prit la main, je la dégageai aussitôt et m'écartai de lui, le cœur battant. Ma réaction sembla l'attrister, ce qui me mit dans une rage folle. Quel droit pensait-il avoir sur moi ?

— C'est mérité, je sais, mais je n'ai pas beaucoup de temps, déclara Saul. Ce doit être les sédatifs qu'ils nous ont administrés. Alice a été bien plus affectée que moi, mais elle va revenir. Elle nous entend sans doute encore.

Je t'entends aussi, parfois. Je t'ai entendue… prononcer mon nom à Brooklyn. Quoi qu'il arrive, elle revient toujours. Et je peux te garantir qu'à ce moment-là, elle se montrera beaucoup moins gentille avec toi.

Il me releva par le bras d'un coup sec et m'entraîna vers le train, sans me regarder ni prêter attention à mes gémissements.

— Tu t'appelles Maia, c'est bien ça ? Maia, j'ai besoin que tu me rendes un service.

Il finit par s'arrêter mais me retint par le poignet. Comme si je pouvais m'enfuir, alors que je tenais à peine sur mes jambes.

— J'ai besoin que tu trouves Marian. J'ai une question à lui poser.

— C'est ce que tu me répètes tout le temps, mais tu ne me dis jamais pourquoi.

— Il vaut mieux laisser…

— Dis-moi pourquoi, Saul.

— S'il te plaît, ne m'appelle pas comme ça. (Sa main tremblait contre ma peau alors qu'il me parlait d'un ton suppliant.) C'est le nom qu'Alice nous a attribué après avoir pris possession de mon corps. C'était un roi de l'Ancien Testament qui a réuni les élus de Dieu. Quelle prétentieuse ! Je la reconnais bien là…

Même son sourire narquois ne masquait pas l'amertume qui se lisait sur son visage.

— Pour l'instant j'ai le contrôle, mais qui sait pour combien de temps. Je ne me souviens même plus à quand remonte la dernière fois où j'ai senti battre mon propre cœur.

Comme par réflexe, il posa sa main libre sur son torse et prit une profonde inspiration.

— Qui… es-tu ?

— Nick. Appelle-moi Nick.

Je parcourus du regard son corps musclé de jeune homme à peine sorti de l'adolescence.

— Mais tu as plus de cent ans. Comment…

— Le 3 juin 1871, répondit-il d'un ton grave. À peine un an après la mort de Marian, je suis devenu l'un des maudits.

— « Maudit », c'est-à-dire ?

— De la même manière que toi. J'ai été appelé après le décès d'Alice, tout comme tu l'as été après la mort de celle qu'ils surnommaient la Matriochka.

La lignée des Effigies… Mais il ne parlait que d'Alice. C'était peut-être la seule à comploter dans sa tête.

— Chacun de nous porte une malédiction : le feu pour toi. L'eau pour elle, ajouta-t-il avec un signe de tête vers Belle, à présent inerte. Ma longévité fait partie de mon fléau. Je n'ai même pas pu la rejoindre dans la mort…

Il se détourna, le visage dissimulé par ses longs cheveux. Je fis tout mon possible pour parler d'une voix calme.

— Je vais te poser la question encore une fois. Qu'est-ce que tu attends de moi ? Pourquoi as-tu besoin de moi pour trouver Marian ?

— Parce qu'elle seule sait où se trouve le reste de la pierre qui sert à fabriquer ces bagues.

Il m'attira à lui et je dus me tordre le cou pour voir sa main gauche. La bague brillait à son doigt, sa pierre nacrée scintillant à la lumière des étoiles. Pourtant Sibyl nous avait affirmé qu'elle se trouvait en sécurité – elle en était même certainement convaincue. Tout comme il ne pouvait pas s'être échappé seul du complexe de Londres, il était impossible que Saul ait récupéré sa bague sans aide. Mon intuition était donc la bonne, même si cela n'avait plus grande importance à présent.

— C'est l'hypothèse d'Alice, en tout cas. Mais seule Marian pourra la confirmer.

— Alors tu es du côté d'Alice, rétorquai-je avec un rire sans joie. Et moi qui croyais que tu étais un peu plus humain qu'elle !

— Je ne suis pas comme elle ! En revanche nous avons le même but.

— Qui est…

— De voir se réaliser un vœu, chuchota-t-il, son expression soudain adoucie. Quelque chose que je désire plus que tout au monde…

Il m'en avait déjà parlé, en Argentine… Enfin, c'était Alice qui m'avait posé la question alors qu'elle m'avait plaquée contre la vitre à l'aide du corps de Nick. « *Il y a bien quelque chose que tu souhaites par-dessus tout, dis-moi ?* »

— La bague, Maia… ajouta Saul tout bas. Elle exaucera mon vœu.

— Je n'y crois pas, murmurai-je, prise d'un vertige. C'est impossible.

— Regarde autour de toi. Tout est possible dans ce monde terrible.

— Ne me dis pas que… la bague exauce les souhaits ?

— La pierre en est capable. Je ne connais pas les détails car Alice ne me dit pas tout. Elle et moi, on a chacun un but, mais cette bague ne suffit pas à les atteindre tous les deux. Pour ça, il me faut le reste de la roche.

— Je ne comprends pas. Tu es complètement fou, Saul !

— Appelle-moi Nick, me supplia-t-il dans un sanglot. C'est mon nom. S'il te plaît...

— Mais pour qui tu te prends, à me demander une faveur ? C'est toi qui les as tués. Pas elle, pas Alice, non. Toi !

Je jetai un coup d'œil au train derrière moi, toujours prisonnier des monstres de Saul. Son visage se durcit.

— Je n'ai pas d'autre choix que de tuer. Ils devaient mourir, pour que mon vœu soit exaucé.

— Quoi ? Non ! protestai-je, mes yeux écarquillés fixés sur sa main.

— La bague contrôle les spectres. Plus ils tuent, plus elle devient puissante.

La mort alimentait l'anneau. Cette révélation m'était insupportable. À bien y regarder, la pierre n'était plus aussi blanche. La spirale noire s'était épanouie depuis la dernière fois que je l'avais vue.

— Toutes ces villes ! Tous ces massacres ! Tout ça pour quoi ? Pour que... ton vœu soit exaucé ?

— Tout le monde a un vœu, répliqua-t-il, le visage crispé en une grimace hideuse. Pas toi, peut-être ?

Je ne voulais pas penser à ma famille, mais quand je fermai les yeux, je vis leurs visages si nettement que je serrai les dents de chagrin.

— Mais mon vœu, contrairement à celui d'Alice, ne détruira pas le monde. S'il pouvait être exaucé en premier...

— Tu serais toujours un salaud égoïste.

— Mais au moins Marian serait à mes côtés.

Dans sa bouche, ce nom me sembla soudain sombre et solitaire.

— Alors c'est tout ? demandai-je d'une voix rauque. Tu veux juste ressusciter ta petite amie ?

— Bien sûr que non. J'aurais très bien pu ramener Marian simplement avec la bague. La pierre est déjà assez puissante. Et après tout, des fragments de Marian se trouvent quelque part au fond de toi. Pour revenir, elle n'a qu'à prendre ton corps, comme Alice s'est emparée du mien. La bague suffirait à la tirer des profondeurs jusqu'à la surface de ton esprit. Mais ce serait du gâchis, mon souhait doit passer avant tout. Tu m'es donc utile puisque tu peux l'appeler.

Il me tordit le bras dans le dos pour me forcer à m'agenouiller. Un élancement douloureux me parcourut le corps. Les nerfs en feu, je poussai un cri tandis qu'il se penchait sur moi.

— Je n'ai pas besoin que Marian prenne possession de ton corps, pas encore. Je veux juste la trouver pour lui demander où se trouve le reste de la pierre, alors au boulot. Fais vite !

— Je ne peux pas, haletai-je.

— Tout de suite !

— J… Je dois être apaisée, au calme…

— Dépêche-toi, Maia. Trouve Marian ou je te garantis qu'ils mourront tous.

Le train me revint soudain à l'esprit, ainsi que tous ceux qui étaient coincés à l'intérieur – les passagers, Lake,

Chae Rin et… Mes yeux s'emplirent de larmes lorsque je pensai à Rhys. Il était gravement blessé, la poitrine en sang à cause de moi… Tout ça parce qu'il avait risqué sa vie pour me protéger.

Les larmes roulèrent sur mes joues et je sentis leur goût salé sur mes lèvres. Ce n'était pas juste. Si seulement rien de tout cela n'était arrivé… Je n'avais qu'une envie, rentrer chez moi. Mais je n'avais pas le choix.

— D'accord. J'ai juste besoin d'un peu de temps.

— D'habitude, ce n'est pas ce qui me manque.

Saul me relâcha et je tentai d'apaiser les battements de mon cœur. Mais pour cela je devais oublier le carnage qui m'entourait. Je n'avais pas le droit à l'erreur. Tous ces êtres qui m'étaient devenus chers… Si je ne me calmais pas pour trouver cet endroit au fond de moi comme me l'avait appris Belle, je ne les reverrais plus jamais. J'avais déjà assez de sang sur les mains.

Le sang… Mon cœur se serra, mais je chassai le chagrin. La peur aussi montait en moi, menaçante, paralysante, mais je ne pouvais pas la laisser gagner, cette fois. Alors, le visage crispé, je la refoulai.

Comment atteindre Marian ? Selon Belle, la conscience de la dernière Effigie était toujours la plus vive, alors que celles des autres restaient plus confuses, comme emmêlées. Comment trouver celle dont j'avais besoin ?

Les yeux fermés, les poings serrés, je fis abstraction de tout – à l'exception de la dureté du sol contre mes genoux. Je pris une profonde respiration. Une fois, puis deux, puis trois…

J'implorai les filles qui avaient laissé en moi des fragments d'elles-mêmes. *S'il vous plaît, aidez-moi !*

Belle avait raison. J'étais déjà venue. Je me rappelai le ruisseau blanc, la brume épaisse qui enveloppait le monde tout autour de moi.

Et la porte... Plus distincte à mesure que j'avançais dans le brouillard. Rouge, comme avait dit Belle. Elle se dressait là, au milieu de nulle part.

L'eau m'arrivait aux chevilles, mais elle n'était pas froide. Belle s'était trompée sur ce point, ou peut-être avait-elle vécu une expérience différente. Pour moi, au contraire, les flots étaient bouillants, même s'ils ne me brûlaient pas pour autant. La chaleur s'insinuait en moi, remontait le long de mes jambes et me réchauffait de l'intérieur. Je pouvais de nouveau respirer à pleins poumons et la douleur dans mes membres et mes articulations avait disparu. Si seulement je pouvais rester cachée dans cet étrange endroit pour toujours...

À chacun de mes pas dans l'eau cristalline, la porte s'agrandissait. Elle était magnifique, digne d'un palais royal avec ses dorures, ses boiseries ouvragées... et son garde.

— Natalya...

J'avais beau savoir qu'elle était grande, je ne m'attendais pas à ça. La légendaire Effigie me dominait à présent de toute sa hauteur. Je connaissais si bien ce regard, toujours fier et féroce, que ce soit dans le feu de l'action ou en pleine interview. Ses cheveux noirs, coupés très court, étaient tout de même agités par la brise. Et dans ses mains couvertes de cicatrices, sa longue épée – devenue célèbre pendant ses années au service de la Secte –, qu'elle tenait avec fierté. La pointe de la lame disparaissait dans le ruisseau blanc. C'était bien la belle et noble guerrière, Natalya Filipova. Mais ce n'était pas celle que je cherchais.

— On se rencontre enfin.

C'était à moi qu'elle s'adressait. Et sa voix me bouleversa. Dans chacun de ses mots perçait son accent russe, toujours audible malgré son anglais parfait.

Soudain, la peur me figea.

— Ne crains rien, me rassura-t-elle d'une voix à la fois douce et déterminée. Je sais pourquoi tu es là. J'ai tout vu à travers tes yeux.

Je serrai mes bras autour de ma poitrine. Je me sentais aliénée à l'idée que des fragments de Natalya, et de tant d'autres filles, survivaient en moi, comme si le destin m'avait privée de mon humanité le jour où il m'avait appelée à devenir une Effigie. C'était peut-être le cas.

— Tu sais qui est Marian, n'est-ce pas ?

Si j'avais eu plus de temps, mes premières paroles auraient certainement été différentes, plus élogieuses, respectueuses.

— Non. Pas tout à fait. Je… je suis morte avant d'avoir pu découvrir toute la vérité.

J'avais en tête jusqu'à présent l'image d'une jeune femme inébranlable. Ses lèvres se tordirent en une sorte de rictus, puis elle se ravisa. La tête baissée vers son propre reflet dans le ruisseau, elle paraissait vraiment abattue. La souffrance – celle causée par sa mort sans doute – était encore vive.

— Natalya, comment es-tu morte ?

J'avais posé la question presque malgré moi, mais elle fixa ses yeux sur moi aussitôt. En dépit de son calme apparent, une lueur hagarde, mystérieuse, brillait dans son regard.

— Es-tu certaine de vouloir le savoir ? En même temps, il est vrai que cela te serait d'une grande aide. Bien sûr, car pour atteindre Marian, tu devras voir ma mort. Ainsi que tous nos souvenirs les plus douloureux.

« Nos souvenirs » – ceux des Effigies. Malgré la chaleur, je frissonnai.

— Je peux te montrer comment je suis morte. Il le faut d'ailleurs, ajouta-t-elle, les mains serrées sur le pommeau rond de son épée. Tu dois savoir ce qui s'est passé.

Même si ses lèvres esquissèrent un minuscule sourire, je reculai, les mains moites. Pourquoi était-ce aussi troublant ? Je sentais sous ses airs mystérieux qu'elle me cachait un secret.

— Es-tu prête à me voir mourir, Maia ?

Mes jambes se dérobèrent lorsque mes yeux croisèrent son regard plein d'espoir. Je savais que je ne pouvais pas refuser.

— Montre-moi.

Elle s'effaça pour me laisser passer. La porte s'ouvrit toute seule.

Il faisait noir. Une fois ma vision accommodée à l'obscurité, je distinguai le fauteuil de Natalya – d'un point de vue extérieur. Car contrairement à la dernière fois, je me tenais à l'autre bout de son salon, dans mon propre corps. La jeune femme était assise dans son siège.

Je reconnus les œuvres pop art au mur, la carafe remplie de whisky sur la table, le verre au bord taché de rouge à lèvres, les bouteilles d'alcool.

J'avais à présent une vue d'ensemble sur la scène et chaque détail m'apparaissait très clairement : une main serrait la gorge de l'Effigie, ses lèvres remuaient mais les mots refusaient de sortir. Et alors qu'elle s'effondrait par terre, s'agrippant au tapis dans une tentative désespérée pour rester en vie, je réalisai que je ne supportais pas de la voir mourir. En fin de compte, je ne voulais pas savoir. Dans un gémissement, je me couvris les yeux et me détournai de la jeune femme.

— Je suis désolé. Je regrette.

Au son de la voix qui avait retenti de l'autre côté de la pièce, mon cœur s'arrêta. Le temps semblait suspendu. Je restai ainsi les bras ballants, les yeux brûlants de larmes. *Ne te retourne pas. Non, ne fais pas ça.* Mais mon corps refusait de m'obéir.

Je n'aurais pu dire si le souffle saccadé qui me parvenait aux oreilles était celui de Natalya ou le mien, mais peu importait. Je sentais mon corps sur le point de céder, me dévoiler ce que je ne voulais pas voir. Je le savais, mes jambes se déroberaient sous moi à l'instant même où je me retournerais et découvrirais…

Rhys penché sur Natalya. Je tombai en arrière et me cognai la tête contre la table. La douleur était soudain bien réelle. Mais je refusais de croire à cet horrible souvenir.

Natalya me mentait. Elle essayait de me duper ! Voilà ce que cachait son sourire. Mais oui ! Cette horrible… ignoble… Comment osait-elle ? Comment…

Il n'y avait plus de doute, c'était moi qui gémissais à présent. Recroquevillée par terre, tremblante, je pleurais comme je ne l'avais pas fait depuis longtemps.

— Non ! Non ! Non !

Je me couvrais les oreilles pour ne pas entendre les excuses répétées de Rhys. Cette réalité n'avait jamais existé, ne pouvait pas avoir existé, c'était un leurre !

— Tu mens ! Natalya ! Où es-tu ? Réponds ! Pourquoi me mens-tu ? Réponds-moi !

L'Effigie surgit alors devant moi, son sinistre visage collé au mien.

— C'est fini, me dit mon héroïne.

Et mon esprit vola en éclats.

Chapitre 27

J'ouvris les yeux, puis mes mains. Je regardais mes doigts bouger comme si c'était la première fois. Cette nouvelle peau… comme une couverture toute propre qui m'enveloppait d'amour. Ces cheveux ondulés, ce teint, ces jambes plus courtes, pas encore entraînées. Fascinant. Stupéfiant. Après avoir pris conscience de tous ces changements, je me relevai.

— Tu l'as trouvée ?

Une voix. Quelqu'un me parlait. *Mais qui ?*

— Maia, as-tu trouvé Marian ?

Je me retournai et reconnus le « terroriste » – l'homme qui, à lui seul, avait déjà pris le pouvoir sur plusieurs villes. Oui, je me souvenais de ses pommettes saillantes, de ses cils délicats, de sa mâchoire sévère, de ses lèvres minces, et aussi de ses folles boucles argentées qui encadraient son visage. Saul.

Mais c'est la fille derrière lui qui attira mon attention : Belle. Telle une poupée de chiffon dans la main d'un enfant, elle était suspendue dans les airs, impuissante, immobilisée par de longs membres grêles. Un spectre, selon toute apparence… Elle avait été attrapée. J'allais bien sûr la délivrer, mais… Quelle déception !

— Attends un peu !

Saul était tenace. Du coin de l'œil, j'aperçus ses grands yeux se rétrécir tandis que je passais devant lui sans un mot. Il m'agrippa par le poignet.

— J'ai dit : attends. Je t'ai posé une question. Tu as trouvé Marian ? Qu'est-ce qu'elle t'a dit ? (Sa voix était désespérée, aussi ridicule que pitoyable. Face à mon silence, il resserra son étreinte.) Je t'en prie. Qu'est-ce qu'elle t'a dit ?

Je dégageai mon bras pour saisir à mon tour son poignet, et d'un mouvement sec, le lui cassai. Il poussa un cri de douleur, comme le petit garçon qu'il était en réalité. Je l'attrapai alors par le col de sa chemise puis le repoussai brusquement. Il vola dans les airs. Je ne le vis pas toucher terre – je m'étais déjà détournée –, mais j'entendis le bruit de sa chute.

Étrange… Mes mouvements n'étaient plus aussi rapides. En même temps, je n'avais pas eu de corps pendant très longtemps, et celui-ci était d'une faiblesse lamentable. Il recélait pourtant un grand potentiel… Et dire que Maia en avait à peine gratté la surface ! C'était regrettable, bien sûr, mais je lui avais laissé sa chance. J'allais à présent devoir l'entraîner moi-même.

Malgré la douleur, visible sur son visage, Belle releva la tête et m'observa, les yeux écarquillés. Elle avait déjà dû remarquer le changement d'attitude de cette fille, une assurance nouvelle dans sa démarche. Je lui expliquerais plus tard, il y avait plus urgent.

Je n'eus qu'à tendre la main pour faire apparaître des flammes du néant. À travers l'écran de fumée, Belle regarda, émerveillée, la garde de l'épée se matérialiser dans mon nouveau poing. Mon arme, elle, n'avait pas changé. Belle prononça son nom en silence : *Zhar-Ptitsa*, l'Oiseau de feu.

Je franchis la fournaise et me jetai sur le spectre. Quelques coups rapides suffirent à libérer Belle d'entre les griffes du monstre. Chair et os retombèrent alors au sol, comme toujours auparavant – mais je savais que la bataille ne serait pas aussi simple cette fois-ci.

En effet, le sol gronda sous nos pieds. Après avoir emmené Belle hors de portée du danger, je revins juste à temps pour voir le spectre surgir de terre, furieux. Je plaçai mon épée en position d'attaque. J'aurais pu me contenter de le brûler, mais je n'avais pas pratiqué depuis trop longtemps. J'avais besoin d'entraînement.

La créature – une sorte de poulpe –, chancelait dans ma direction sur les quelques membres qu'il lui restait. Ses gigantesques mâchoires claquaient dans le vide. Il ne me fallut que quelques secondes. Après avoir visé la tête, je plantai un pied dans le grand trou situé entre ses dents pointues, m'élançai dans les airs puis fendis son crâne avant qu'elle n'ait le temps de refermer ses mandibules. Alors que j'atterrissais en douceur sur le sol, elle s'effondra sur le côté, le haut du corps coupé en deux. Saul et Belle me dévisageaient, chacun à leur manière : l'un avec rage, l'autre avec stupéfaction. Les mains serrées sur son ventre, mon amie s'avança vers moi en boitant.

— Qui es-tu ? Comment... D'où sors-tu cette épée ?

Elle connaissait déjà la réponse. Je la lisais dans ses yeux bleu clair remplis de larmes. *Oui, Belle, écoute ton instinct.*

Je reportai cependant mon attention sur le train, retenu prisonnier par les spectres qui s'étaient pétrifiés tout autour – leur chair avait l'air à présent aussi dure que du cristal. Il fallait libérer les passagers au plus vite. Belle semblait trop faible pour se battre, la tâche me revenait donc. Il me suffirait d'utiliser mes pouvoirs, mais comment engager le combat contre ces monstres sans blesser les otages ?

Saul résolut le problème à ma place. Il serra un poing blessé – du sang gouttait à ses pieds –, et sur un rapide mouvement de tête de sa part, l'enveloppe rigide des longs corps reptiliens tomba soudain en poussière. On aurait dit qu'ils muaient. Je n'eus cependant pas l'occasion de me pencher davantage sur cet étrange phénomène… Les spectres se jetèrent sur moi.

— Réfléchis un peu ! lançai-je d'une voix trop jeune et innocente à mon goût. Tu dois toujours retrouver ta chère Marian, non ?

Apparemment, c'était trop lui en demander. Son sourire se transforma en un rictus tandis que l'un après l'autre, les serpents se glissaient à ses côtés.

J'en réduisis un en cendres, effectuai une roulade pour l'esquiver quand il passa tout près de moi et me jetai sur le dos du suivant afin de le décapiter. Il s'écrasa au sol et je me précipitai sur les quatre autres qui fonçaient déjà sur moi.

— Non, non, ce n'est pas possible ! Arrête ça ! J'ai dit : « arrête » !

Alors que les hurlements de Saul couvraient les cris perçants des créatures putrides qui brûlaient vives autour de lui, l'une d'elle s'échappa – la dernière encore indemne –, et fondit sur Belle. Tétanisée, elle tomba à genoux. Sans perdre de temps, j'ajustai mon tir puis lançai mon épée, qui transperça le cou de la bête au moment même où elle levait son horrible tête allongée. Le spectre s'effondra non loin de la jeune fille, restée à terre, son regard incrédule fixé sur moi. Je fis disparaître mon épée l'espace de quelques secondes, avant de la rappeler à moi pour affronter Saul.

Je savourais la chaleur familière de la garde en cuir au creux de ma paume. C'était divin. Quelle joie de respirer à nouveau, de sentir la brise sur mon visage et mes muscles travailler ! Les sensations n'existaient pas dans le monde du ruisseau blanc, mais dans celui des vivants, mon cœur battait encore dans ma poitrine.

J'étais en vie – ressuscitée. Les larmes aux yeux, je me dirigeai vers Saul. C'était à cause de lui que j'étais morte, après tout. Il ne me restait plus qu'à l'achever. Ensuite, je reprendrais le cours de ma vie.

Non.

Je m'arrêtai soudain, les pieds verrouillés au sol. J'eus beau essayer de me dégager de toutes mes forces, ils refusèrent de bouger.

C'est mon corps. Le mien !

— Maia, soufflai-je.

C'est mon corps. Sors de là !

La voix devenait plus forte à mesure que la fille s'extirpait de la tombe de son propre esprit. Les bras tétanisés, je lâchai mon épée, qui disparut en fumée.

— Non… Espèce d'idiote, j'en avais presque fini !

Dehors ! J'ai dit : dehors !

Nos deux âmes se livraient à présent un véritable bras de fer, mais comme seuls quelques fragments de la mienne restaient intacts, je menais une bataille perdue d'avance. Je sombrais peu à peu. Une force me tirait vers un abîme, me ramenait dans les ténèbres, loin de la lumière.

— Non, murmurai-je d'une voix tremblante. S'il te plaît, ne m'oblige pas à y retourner…

L'instant d'après, j'avais disparu.

Je me réveillai par terre, dans un piteux état, le corps tout endolori et les muscles brûlants. J'avais à peine relevé la tête que Saul se précipitait déjà sur moi.

— Natalya, attention ! cria Belle.

J'étais trop lente pour l'esquiver, mais avant qu'il ne m'atteigne, le sol s'ouvrit sous ses pieds et Saul tomba dans une faille. Chae Rin – portée par Lake. Dieu merci ! Les deux filles volèrent jusqu'à moi, puis Lake m'aida à me relever.

— Maia ! Ça va ? Que s'est-il passé ?

— Attention !

Chae Rin la poussa sur le côté, avant de reculer dans le même élan. Saul avait surgi derrière elle mais sa lame ne réussit qu'à couper quelques mèches de la queue de cheval de Lake. Je reconnus le poignard de Rhys. Il avait dû le trouver dans l'herbe.

Rhys. À cette pensée, je me figeai, livide. L'espace d'un instant, je me retrouvai perdue dans le néant. L'occasion rêvée pour mon adversaire.

— Maia !

J'ignorais qui avait hurlé mon nom mais je ne réagis pas assez vite : Saul était déjà derrière moi, sa lame contre mon cou. De son bras libre, il me prit par la taille et me plaqua contre lui, de telle sorte que je ne pouvais à présent plus faire le moindre mouvement.

— Reculez !

Chae Rin et Lake échangèrent un regard. Chacune semblait lutter contre son instinct, mais elles finirent par obéir. Je sentais le souffle chaud de Saul derrière mon oreille.

— Vous n'avez vraiment pas la moindre idée de ce que j'ai enduré ! Je n'avais rien demandé, moi. Mais vous ne vous rendez pas compte…

— Oh, le pauvre petit tueur psychopathe ! railla Chae Rin, écœurée. Tu plaisantes, j'espère ? Épargne-nous tes grands discours, espèce de malade, ça n'intéresse personne.

Lake lui lança un regard affolé, mais Saul éclata de rire.

— Bon, d'accord. Je ne mérite peut-être pas d'être sauvé. Et de toute façon, j'ai déjà tant souffert… J'en suis arrivée au point de penser que celui qui me tuerait me rendrait service ! Mais vous ne pouvez pas comprendre… Jamais vous n'avez été otage de votre propre esprit.

Moi si. Je venais de vivre cet enfer. C'était comme observer le monde à travers la vitre embuée d'une cave sombre – frigorifiée, seule et terrifiée. Je savais ce que c'était que de perdre espoir à chaque mouvement incontrôlé de ses membres. Après avoir subi cette malédiction, je ne pouvais pas imaginer rester plus d'un siècle dans mon propre corps sans pouvoir sentir battre mon cœur. C'est pourtant ce qu'avait vécu Nick, et cette expérience l'avait changé. Brisé. C'était évident. Pourtant…

— Si tu crois que tes excuses minables m'intéressent…

J'avais parlé d'un ton prudent, car je risquais d'avoir la gorge tranchée au moindre mouvement. Un mince filet de sang me coulait déjà dans le cou.

— Tu as tué des innocents !

Je repensai à l'enterrement, aux trois cercueils déposés en terre l'un après l'autre. À Nathan, qui me serrait l'épaule comme pour me supplier de leur survivre.

— Jamais je ne te pardonnerai, tu m'entends ? Jamais !

Une tension extrême parcourut soudain mon corps. La rage s'empara alors de moi avec un léger frémissement, puis me consuma jusqu'au bout des doigts. Les flammes surgirent de tout mon être. Elles réduisirent en poussière le poignard contre ma gorge et marquèrent la peau de Saul au fer rouge. Enfin, du feu émergea l'arme que j'avais déjà convoquée, avec son manche en chêne lisse et sa longue lame courbe. Après avoir été appelée par la peur, elle incarnait désormais ma colère.

Sans réfléchir, paupières closes, je pivotai et abaissai ma faux. Lorsqu'elle entama la chair, je sentis une résistance qui se répercuta dans la poignée puis dans mes bras – la secousse me força à ouvrir les yeux.

Saul chancela en arrière avec un cri de douleur, les mains crispées sur son ventre. Des larmes coulaient sur ses joues. J'étais terrifiée, mais ce n'était pas encore terminé. Malgré le poids inattendu de mon arme, je réussis à la soulever au-dessus de ma tête et, avant que le jeune homme n'ait le temps réagir, je l'abaissai et lui tranchai la main qui portait la bague.

Retentit alors un hurlement terrible, presque insoutenable. Choquée, je reculai. Toute ma rage se volatilisa en un instant, et avec elle mes flammes et ma faux.

Nos regards se croisèrent. Saul… non, Nick. Un garçon à qui on avait confisqué la vie, et qui avait décidé de faire de même avec autrui en retour. Une telle personne n'avait pas le droit de sembler aussi peinée, aussi blessée.

Il essaya de parler, mais son corps se vidait de son sang sur l'herbe, et il ne put qu'entrouvrir les lèvres. Alors que ses paupières tressautaient, il utilisa ses dernières forces pour disparaître encore une fois. J'ignorais où il avait bien pu aller mais il était parti et c'était tout ce qui m'importait. Je tombai à genoux, épuisée. Lake accourut aussitôt et s'accroupit à mes côtés, un bras passé autour de mes épaules.

— Maia ! Mon Dieu… Ça va ? Regarde-moi.

J'esquissai un petit sourire tandis qu'elle me triturait le visage et le tournait en tous sens à l'affût de la moindre contusion.

— Je vais bien, Lake. Je suis juste fatiguée.

Enjouée, Chae Rin me donna un petit coup de genou dans le dos et partit d'un peu rire lorsque je pris appui sur elle.

— Tu vas mieux que bien, oui ! C'était d'enfer, gamine ! Où as-tu appris à faire ça ?

Je n'en avais aucune idée. Mon esprit partait à la dérive et la fatigue s'abattait sur mon corps, pesait sur chacun de mes membres. Heureusement que Chae Rin se tenait derrière moi car je peinais à garder la tête droite.

— C'est Natalya qui lui a ouvert la voie.

Je n'avais pas remarqué que Belle s'était relevée. Elle avançait d'un pas mal assuré et semblait peiner à respirer. Elle ne s'était pas encore remise, mais elle arriva malgré tout jusqu'à nous – enfin, jusqu'à son but –, et nous la regardâmes se baisser pour ôter l'anneau du doigt de Saul.

— Belle ? l'interpella Lake, assise par terre.

— La pierre est devenue plus sombre. Il a tant tué pour cette bague…

Elle la posa dans sa paume, puis l'approcha de son visage, les yeux plissés pour en examiner la nacre.

— Il devait se réjouir chaque fois que la spirale noire s'épanouissait.

— Qu'est-ce que tu racontes ? demanda Chae Rin.

— C'est vrai, vous n'étiez pas là quand il nous a tout expliqué. La bague contrôle les spectres, et quand ils prennent des vies, le pouvoir de la pierre en est renforcé… Elle permet alors d'exaucer des vœux.

Le silence s'installa entre nous.

— C'est complètement dingue !

Lake éclata d'un rire nerveux, puis s'arrêta net après s'être rendu compte que personne ne l'avait suivie.

— C'est vrai, mais ça m'intrigue.

Quand Belle posa les yeux sur moi, je compris aussitôt ce qu'elle entendait par là. Elle n'avait pas besoin de préciser sa pensée. Elle avait assisté à la résurrection de Natalya, après tout. Ce moment m'avait paru durer des heures, des jours, des décennies. Mais pour Belle, il avait dû passer beaucoup trop vite.

D'après Saul, la bague aurait suffi à ramener Marian pour que sa conscience prenne le contrôle permanent de mon corps. Cela devait donc également pouvoir fonctionner avec Natalya. Belle avait dû y songer.

Je connaissais ce sentiment. Combien de fois avais-je appelé June pendant ces longues minutes terrifiantes que j'avais passées prisonnière de mon propre corps ? Combien de vœux avais-je formulés au plus profond de mon cœur ?

En toute franchise, je n'en aurais pas voulu à Belle si elle avait décidé de me sacrifier pour son amie. Mais je ne pouvais pas mourir, pas encore. Je n'étais pas la seule Finley en vie et cette raison suffisait à elle seule. Les larmes coulèrent le long de mes joues jusqu'à venir se mêler au sillon de sang sur mon cou.

— Je t'en prie, Belle. Je t'en prie, ne me fais pas de mal…

Des mots simples, à la fois fragiles et désespérés.

Tout à coup, comme réveillée en sursaut, Belle lâcha la bague. Ce qui l'avait habitée jusqu'à présent la quitta dans un violent tremblement. Elle s'effondra par terre, dans la mare de sang laissée par Saul, et, le visage dans les mains, elle se mit à pleurer.

Chapitre 28

« Agent Langley, en tant que directrice par intérim de la Division européenne de la Secte et chef du quartier général de Londres, ne vous sentez-vous pas un rien responsable de l'évasion du terroriste international connu sous le nom de "Saul" ? »

« Étant donné qu'il revient à la Secte de protéger le monde des attaques de spectres, croyez-vous qu'une meilleure coordination et coopération avec les gouvernements des grandes puissances auraient conduit à un résultat différent ? »

« Que répondez-vous à vos détracteurs de plus en plus nombreux qui réclament encore aujourd'hui l'abrogation des Accords de Greenwich ? »

Sibyl avait des nerfs d'acier. Je ne savais pas comment elle résistait. Malgré les attaques acerbes de journalistes impitoyables, elle se tenait sur l'estrade avec la confiance aguerrie, voire provocatrice, d'une femme qui avait déjà affronté et vaincu bien pire.

De retour au QG, Lake, Chae Rin et moi regardions la conférence de presse à la télévision, dans le bureau de Cheryl. Nous étions rentrées à Londres un peu plus tôt ce matin-là. Après avoir été malmenée à maintes reprises, risqué ma vie et eu mon esprit brisé, j'avais espéré avoir droit au moins à une journée de congé. Mais tout le monde ne l'envisageait pas de la sorte.

Devant la prestation de Sibyl, qui répondait aux questions sans pour autant donner aucune réponse valable, Chae Rin secoua la tête.

— Eh bien, il y a de l'ambiance…

— Vous êtes mieux placées que n'importe qui pour savoir que laisser Saul s'échapper était une bévue énorme, répliqua Cheryl avant de s'asseoir à son bureau. Monumentale, même.

— Il faut voir, dit Lake. Maia l'a bien amoché. Il doit être mort à l'heure qu'il est.

— Il s'est quand même enfui. Et les Effigies ont une capacité de guérison impressionnante. En plus, nous n'avons aucune idée de ce qu'il manigance à présent. C'est vraiment le pire scénario qui soit ! Comment a-t-on pu en arriver là ?

Sibyl retira ses lunettes et se frotta les yeux. À la conférence de presse, un petit journaliste chauve leva son stylo.

« Savez-vous où se trouve Saul en ce moment même ? Avez-vous des pistes ? »

Pour la première fois, Sibyl commença à manifester des signes d'irritation.

« J'ai déjà répondu à cette question, Phil. Et oui, l'information est toujours confidentielle.

— En réalité, je devrais pouvoir vous éclairer un peu sur ce sujet. »

Sous les murmures et le crépitement des flashes, Bartholomäus Blackwell rejoignit Sibyl sur l'estrade.

Cheryl remit ses lunettes, trop perturbée pour s'apercevoir qu'elles lui glissaient déjà du nez.

— Blackwell ? Mais que…

— Quel est le problème ? demanda Chae Rin. C'est le représentant du Conseil, non ?

— Parce que vous croyez que la duchesse d'York répond aux questions sur la sécurité nationale britannique ?

Apparemment, l'accent cockney de Cheryl ne refaisait surface qu'en cas d'agacement extrême. Elle le refoula et poursuivit :

— C'est avant tout un diplomate. Le visage du Conseil.

À ce moment précis, une sorte de jubilation semblait habiter le visage en question alors que Blackwell faisait signe à Sibyl de lui céder sa place. Au prix d'efforts visibles, l'agent faisait son possible pour rester impassible et serrait les dents, comme pour retenir une pique qui aurait risqué de faire scandale. Blackwell exagérait peut-être un peu sur le cérémonial, mais en tant que représentant officiel du Conseil, il devait être son supérieur car elle lui obéit.

« Vos questions sont tout à fait compréhensibles. La Secte n'a pas géré au mieux le cas de ce terroriste international, Saul, je le reconnais. »

Ses lèvres rouges et son teint pâle lui donnaient l'allure d'un vampire. Je comprenais pourquoi Sibyl ne voulait pas qu'il prenne le relais, malgré son costume sur mesure. Contrairement à elle, qui avait conservé une expression neutre, il arborait un sourire moqueur – le même qu'il m'avait adressé dans la cathédrale le jour de mon évaluation.

« *Quant au complice de son évasion, il est déjà en garde à vue.*

— *De qui s'agit-il ?* lui demanda une journaliste.

— *Il s'appelle Vasily Volkov. Mais il a dû également recevoir de l'aide au sein du département Recherche et développement du complexe de Londres.* »

À ce nom, Lake eut un hoquet de surprise et je me redressai immédiatement dans mon fauteuil.

— Vasily ?

— Non mais dites-moi que je rêve !

Cheryl enfouit sa tête dans ses mains. Au milieu de la foule déchaînée, Sibyl se dirigea vers l'estrade pour souffler quelque chose à l'oreille de Blackwell, qui l'arrêta d'un geste.

— Eh bien, cette annonce n'aura pas duré longtemps, fit remarquer Lake.

— Il est fou ! s'écria Cheryl. Avouer aux journalistes que c'est un employé de la Secte qui a aidé Saul à s'échapper ? Il cherche à retourner l'opinion contre nous ?

Vasily… Le souvenir de son sourire rusé me fit frissonner. Pourtant, n'avait-il pas dit lui-même qu'il se contentait d'obéir aux ordres ? S'il était prêt à trancher le doigt d'un directeur de cirque pour récupérer une bague, à me tuer pour m'empêcher de découvrir les secrets d'Alice et de Nick, et à libérer Saul, c'était forcément pour le compte de quelqu'un d'autre. Je plissai les yeux pour voir Blackwell glisser les mains dans ses poches.

La conférence de presse était suivie d'un débat télévisé entre experts. Nous étions toutes les trois un peu inquiètes au sujet de Cheryl, qui avait les yeux injectés de sang. Lake changea donc de chaîne pour lui épargner la deuxième partie du programme.

FLASH SPÉCIAL : Réactions à Londres après l'attaque du train fantôme

— Le… train fantôme ? s'étonna Chae Rin. Vous croyez que ça a un rapport avec nous ?

En effet, des journalistes de la BBC avaient parcouru la ville à la recherche de rescapés de l'attaque de la nuit précédente et les avaient interviewés ainsi que leurs familles, puis des passants au hasard. Je n'avais toujours pas l'habitude qu'on parle de moi, qu'on sache qui j'étais, ce que j'étais. Je remuai dans mon fauteuil, prête au pire.

« Je n'ai jamais eu aussi peur de toute ma vie, mais ces filles… C'est grâce à elles qu'on est sains et saufs. Elles ont été incroyables ! »

Le passager qui s'exprimait ne me disait rien. Coup du sort, après l'attaque, le seul visage resté ancré – certainement à jamais – dans mon esprit était celui de l'homme à la mallette. Je revoyais encore son regard terrifié quand il avait dévalé la colline. À l'écran, une adolescente racontait à présent comment Lake avait remis le wagon sur les rails pour éviter qu'il ne bascule dans le vide.

« J'étais dans la voiture suivante. De notre côté, ça allait à peu près, les spectres ne nous ont pas attaqués. Mais j'ai vu ce qui se passait dehors sur les écrans. »

Elle parlait avec des gestes nerveux – sans doute un reste de la terreur de la veille –, mais il était clair que sa réaction n'était pas due uniquement à l'effroi.

« Elles nous ont sauvés ! Il n'y a pas d'autre mot… Les Effigies nous ont sauvé la vie ! »

À chaque témoin, le même refrain. J'avais beau fixer l'écran, je n'arrivais pas à comprendre ce qui se déroulait sous nos yeux.

— Intéressant, dit Cheryl avant de se pencher vers nous. Je sais que Sibyl n'a pas eu l'occasion de vous féliciter, mais vous avez fait du très bon boulot.

Alors que l'assistante sortait une tablette du tiroir de son bureau, Lake nous lança un regard sceptique et se tordit les mains.

— On n'a pas réussi à capturer Saul. Et beaucoup de passagers sont…

Morts. Oui, beaucoup de morts étaient à déplorer, et aucune de nous ne pouvait l'oublier.

— Les batailles font des victimes, Victoria, lui rappela Cheryl. On ne peut pas sauver tout le monde. Vous devriez le savoir, en tant qu'Effigie. Malgré tout, votre cote de popularité à toutes semble en hausse.

Elle se tut un instant pour lire quelques lignes sur l'écran de sa tablette qui se reflétait dans ses lunettes, puis la reposa avec un sourire.

— Vous avez des fans. Des tas ! C'est parfait. Vous savez, Lake, vous tenez peut-être une piste avec cette histoire de communication.

— Comment ça ? demanda Lake, aussi perplexe que nous.

— C'est vous qui en avez eu l'idée, non ? La Secte a besoin d'un visage pour la représenter. Et pas celui de Blackwell, cracha-t-elle. Des personnalités plus aimables, dont le grand public peut s'enticher. Nous devons lui montrer que, malgré de légers dysfonctionnements çà et là, la Secte gère la situation.

Écœurée, Chae Rin attrapa un magazine sur la table à côté d'elle et le brandit.

— Et vous allez faire quoi, organiser d'autres séances photo ? s'écria-t-elle avant de le rejeter sur la table. Pas question ! La dernière était assez catastrophique comme ça.

— De toute évidence, vous ne pouvez pas devenir trop commerciales. Sinon vous perdrez votre image de guerrières. Mais il est indéniable que votre collaboration regonfle le moral des populations et stimule leur soutien à la Secte. Vous formez un groupe, comme les « guerrières du siège de Seattle », mais en mieux.

C'était au tour de l'assistante de Sibyl de tenter de nous embobiner avec son discours de charlatan. Même Lake parue troublée et sursauta quand Cheryl reprit son laïus.

— Lake, vous l'avez vous-même très bien expliqué la dernière fois.

— Euh… Oui… mais je voulais juste que vous nous…

Chae Rin la fit taire d'un coup de pied tandis que Cheryl jetait un œil las vers la télévision.

— Malheureusement, nous n'avons pas vraiment le choix. Je suis certaine que Sibyl sera d'accord. Alors c'est décidé, ajouta-t-elle d'un ton résolu. Je vous laisserai en informer Belle… Où est-elle, d'ailleurs ?

En entendant ce nom, je relevai la tête.

— Aucune idée, répondit Lake. La dernière fois que je l'ai vue, j'allais prendre une douche. Le temps que je ressorte, elle avait disparu.

Agacée, Chae Rin secoua la tête et pianota sur son accoudoir.

— C'est du Belle tout craché ! J'en ai ras le bol de ce traitement de faveur. Si vous voulez qu'on devienne une équipe toutes les quatre, un genre de super brigade, je vous conseille de commencer par là.

— Quoi qu'il en soit, il faut qu'on y aille, dis-je tout bas.

— Aller où ? demanda Cheryl.

— On allait partir à l'hôpital avant que vous nous convoquiez ici, répondit Lake. On en a parlé avec Belle tout à l'heure, mais ça ne m'étonne pas qu'elle nous ait laissées tomber. Vous êtes prêtes, les filles ?

Non.

Mais je ne pouvais pas leur expliquer pourquoi. Après avoir rassemblé le peu de courage qu'il me restait et adressé un petit signe à Cheryl, je me levai pour suivre mes camarades.

Rhys était hospitalisé dans une clinique privée. Les secouristes nous avaient rassurées avant de l'emmener en ambulance. Il allait bien, mais il aurait besoin de temps pour se rétablir.

Sa chambre était payée non pas par la Secte mais par sa mystérieuse famille. À priori, Lake, Chae Rin et moi étions ses seules visiteuses. Restées derrière moi, elles me regardèrent avec inquiétude alors que je restais immobile, la main sur la poignée. Jamais je n'avais eu autant de mal à ouvrir une porte.

— Chae Rin, on devrait peut-être laisser Maia y aller en premier, suggéra Lake.

— Bonne idée, confirma l'intéressée, à mon grand regret. Préviens-nous quand tu auras fini, gamine.

J'avais le sentiment que jamais je ne pourrais surmonter cette épreuve seule, mais en un sens, il le fallait– et je ne m'imaginais pas non plus entrer accompagnée. Les épaules affaissées, les membres lourds, je pris une profonde inspiration, appuyai sur la clenche et finis par franchir le seuil, presque malgré moi.

Rhys dormait, allongé sur son lit d'hôpital – ce qui était déjà un miracle en soi. Après avoir refermé avec précaution la porte derrière moi, je m'approchai de lui. Mes talons claquaient sur le sol au rythme de son moniteur cardiaque.

Côtes cassées, lacérations, commotion cérébrale… Je pouvais réciter le diagnostic complet car j'avais mémorisé tous les détails, rendus à présent supportables par le mouvement régulier de sa poitrine. Le voir en vie me remplissait d'un immense soulagement, pourtant mon cœur battait à tout rompre. Et ma main… Elle tremblait encore quand je la tendis vers lui sans savoir où la poser – sur sa joue ou son cou ?

Mais je me ravisai au dernier moment et la retirai vivement, serrant le poing. Ce que Natalya m'avait montré était un mensonge. Belle l'avait dit elle-même : une Effigie morte ne pouvait s'emparer de l'esprit de la vivante que dans un état d'extrême agitation. Lake m'avait aussi prévenue que la divination n'était pas toujours fiable. La Matriochka m'avait montré un faux souvenir pour me déstabiliser et se glisser en moi. Voilà tout.

Je me souvenais encore de sa joie lorsqu'elle avait pris possession de son nouveau corps. Puis de sa tentative désespérée de le conserver. Je ne pouvais pas vraiment lui en vouloir car elle ne s'était bel et bien pas suicidée.

Mais ce n'était pas Rhys qui l'avait tuée. Je suivis du regard les blessures de guerre sur son torse, les cicatrices estompées sur ses bras musclés. Il avait passé des années à les collectionner sans ciller – toute sa vie. Une vie consacrée à la Secte, à obéir à ses ordres, jusqu'à la mort.

Soudain, je perçus chez lui un battement de cils. Paniquée, je me précipitai à la porte sans un mot, et sursautai d'effroi en l'ouvrant.

— Belle ?

Vêtue d'un jean moulant et d'un pull en laine, ses cheveux blonds torsadés en une tresse impeccable, elle paraissait soignée. À première vue. Car il était évident qu'elle n'avait pas dormi. Ses yeux étaient rouges et gonflés, sa beauté glaciale aussi terne que de la neige sale. Mais l'épuisement n'était pas la seule cause de son état. Elle humecta ses lèvres gercées avant de commencer à parler.

— Je suis venue… voir si Aidan allait bien.

Mon cœur tressaillit. Sans réfléchir, je sortis de la chambre et refermai derrière moi.

— Il dort. Tu devrais attendre dehors.

Elle acquiesça. Submergée par une bouffée de chaleur nerveuse, je sentais des gouttes de sueur perler à la naissance de mes cheveux. Je devais me calmer. Après tout, j'étais convaincue que Rhys n'avait rien fait de mal, qu'il n'était pas l'assassin du mentor de Belle. Les mains – tremblantes – cachées dans mon dos, je m'appuyai contre le mur.

— En tout cas… je suis contente… de te voir, bredouilla Belle.

Incapable de me regarder en face, elle fixait le sol – on aurait dit qu'elle avait perdu toute confiance en elle. Ce n'était pas la Belle que je connaissais. Enfin, à en juger par les événements des jours précédents, je ne l'avais jamais vraiment connue.

— Je suis désolée. J'avais tort sur toute la ligne.

Le chagrin imprégnait sa voix et son visage. Aucune de nous ne réagit, pas même Chae Rin. Nous restions graves et silencieuses dans ce couloir d'hôpital désert.

— Tu avais raison à propos de Natalya, poursuivit-elle d'un ton un peu plus ferme. Elle a été assassinée. Et sa mort est liée à Saul, Nick et Alice. J'ai besoin de savoir, il doit y avoir une explication. Maia… Serais-tu d'accord pour m'aider ?

J'ouvris la bouche, mais aucun son n'en sortit.

— Vous n'êtes pas toutes seules, tu sais. Cette énigme, on va la résoudre ensemble, répondit Lake. Après tout, la Secte aussi est impliquée.

Elle hésita un instant avant de poser une main sur l'épaule de Belle. Je voyais bien qu'elle ne savait pas si la jeune fille allait apprécier son geste ou la transformer en glaçon, mais elle prit tout de même le risque.

— Je suis d'accord, dit Chae Rin. On devrait se serrer les coudes. Maia ?

Elles me regardaient toutes les trois. J'avais l'impression d'être en cours de sport – je venais de recevoir le ballon et restais figée sans un mot. J'avais la gorge serrée. Élucider le mystère de la mort de Natalya signifiait ouvrir des portes que je tenais absolument à garder fermées. Mais elles avaient raison. Saul avait disparu, et personne ne savait à quel point la Secte était impliquée dans ses exactions. Même si on m'autorisait à rentrer chez moi, je resterais hantée par cette question.

— Entendu, tu peux compter sur moi.

— Les voilà ! Elles sont là-bas !

J'eus tout juste le temps d'apercevoir l'expression penaude de l'infirmière qui tendait le doigt dans notre direction avant que les journalistes ne déferlent dans le couloir. Toutes les sorties étaient déjà bloquées.

— Qu'est-ce que c'est que ça encore ? grogna Chae Rin.

— Qu'importe, dit Lake. De toute façon, on va devoir traverser. Allez, personne ne reste en arrière et… C'est parti !

Après m'avoir donné un coup de coude, elle m'offrit son bras. Voilà ce qu'était ma nouvelle vie, les caméras et les flashes – le sang et la mort. Pour une raison inconnue, tout semblait aller de pair.

Nous n'avions pas le choix. La vague de journalistes était parvenue jusqu'à nous. Le visage rouge, ils nous assommaient de questions, en quête d'un scoop.

— Savez-vous où se trouve le terroriste…

— Que pensez-vous du soutien que vous recevez de…

— Dans combien de temps est-ce que vous…

Après avoir pris une profonde inspiration, j'adressai un signe de tête aux filles. Puis, bras dessus, bras dessous, nous disparûmes au milieu de la foule, ensemble.

Remerciements

Tous mes remerciements à mon agent, Natalie Lakosil, et à mon ancien éditeur, Michael Strother, pour avoir cru en ce livre, mais aussi lu et relu ses innombrables versions. Merci à Sarah McCabe et toute l'équipe de Simon Pulse pour leur soutien, et tout particulièrement à ma famille, qui est et restera toujours ma principale source d'encouragement ! Je veux aussi exprimer ma reconnaissance à mon frère aîné, David, qui, avant que qui que ce soit n'ait entendu parler des Effigies, a été mis le premier dans la confidence et n'a cessé de m'encourager à me lancer dans l'écriture.

Achevé d'imprimer en France en août 2019 par Aubin Imprimeur

Le papier de cet ouvrage est composé de fibres naturelles, renouvelables, recyclables et fabriquées à partir de bois issu de forêts plantées expressément pour la fabrication de pâte à papier.

ISBN : 978-2-37102-092-4
Dépôt légal : avril 2017

Loi n° 49-956 du 16 juillet 1949 sur les publications destinées à la jeunesse, modifiée par la loi n°2011-525 du 17 mai 2011

Numéro d'édition : 0050-023-01-03

Numéro d'impression : 1905.0369

LUMEN